ACTION

BAND 95

VINCE FLYNN

LETHAL AGENT

★ DIE PANDEMIE ★

EIN *MITCH RAPP*-THRILLER VON KYLE MILLS

Aus dem Amerikanischen von Alexander Rösch

FESTA

Die amerikanische Originalausgabe *Lethal Agent*
erschien 2019 im Verlag Emily Bestler/Atria Books,
Simon & Schuster.

1. Auflage September 2021

Titelbild: Arndt Drechsler-Zakrzewski

ISBN 978-3-86552-946-6
eBook 978-3-86552-947-3

VORBEMERKUNG DES AUTORS

In *Transfer of Power – Der Angriff* schrieb Vince, dass er absichtlich gewisse Details in Bezug auf das Weiße Haus und den Secret Service verschwiegen hat. Ich finde mich bei *Lethal Agent* in einer ähnlichen Lage wieder.

Aufgrund der Sensibilität von Informationen zur Grenzsicherung zum Zeitpunkt der Niederschrift habe ich Einzelheiten zum illegalen Grenzübertritt bewusst vage geschildert. Darüber hinaus wurden Herstellungsschritte zur Produktion von Anthrax weggelassen oder verfälscht.

PROLOG

NORDIRAK

Die Höhle maß jeweils mehr als zehn Meter in Länge und Breite und wurde von einer Handvoll batteriebetriebener Arbeitslampen erhellt. Ihr Schein und die abgesonderte Wärme konzentrierten sich auf zwei Reihen von Männern, die auf farbenfrohen Kissen knieten. Bewaffnete Wachen hielten sich an den zerklüfteten Wänden bereit, kaum sichtbar in den Schatten verborgen.

Mullah Sayid Halabi saß mit übereinandergeschlagenen Beinen auf einem natürlichen Felsvorsprung und betrachtete sie aus leicht erhöhter Position. Die meisten der Männer vor ihm befanden sich im mittleren Alter – ehemalige Junioroffiziere aus Saddam Husseins aufgelöster Armee. Ihre Kommandanten waren entweder in Gefangenschaft geraten oder getötet worden. Diese einfachen Soldaten erwiesen sich in vielerlei Hinsicht als deutlich nützlicher. Ihre Vorgesetzten hatten ihnen die eigentliche Kriegsführung überlassen und sich selbst auf bedeutsamere Aktivitäten konzentriert, um bei Hussein Pluspunkte zu sammeln.

Der vorherige Anführer des IS hatte diese Männer in der Absicht rekrutiert, aus motivierten, aber undisziplinierten Kampftruppen eine Armee zu formen, die Gebiete behaupten und verwalten konnte. Nach seinem Tod während eines Drohnenangriffs hatte Halabi die Organisation mit einem deutlich ambitionierteren Ziel übernommen: eine Militärmacht zu erschaffen, die es selbst mit den Amerikanern aufnehmen konnte. Bedauerlicherweise stellte sich das als vertrackter, träger und kostspieliger Prozess heraus.

Seine Männer, die sich normalerweise ständig zankten oder lautstark Treueschwüre ausstießen, waren verstummt und lauschten dem Rhythmus der sich nähernden Schritte. Halabi tat dasselbe und richtete seine Aufmerksamkeit auf einen tintenschwarzen Tunnel in der Wand vor ihm. Einige Augenblicke später erschien Aali Nassar.

Seine teure Kleidung war zerrissen und mit dem Staub bedeckt, der für diesen Teil des Iraks typisch war. Die körperlichen Qualen verdrängte er auf bewundernswerte Weise aus seinem Gesicht, doch sowohl Körperhaltung als auch das gebrochene Schlüsselbein, das gegen die luxuriöse Baumwolle des Hemds drängte, verrieten, wie es um ihn stand.

Noch vor Stunden war er der allseits respektierte und gefürchtete Chef des saudischen Geheimdienstes gewesen. Ein Mann, der sich ständig selbst übertraf – erst bei den saudischen Sondereinsatzkräften, später beim kometenhaften Aufstieg durch die Ränge des Spionageapparats seines Heimatlandes. Er fand Gehör beim König, scharte eine ihm ergebene Familie um sich und genoss einen von Privilegien und Macht geprägten Lebensstil.

Nun blieb ihm nichts mehr von alledem. Sein Komplott zum Sturz der saudischen Dynastie war vorzeitig aufgeflogen und hatte ihn zu einer überstürzten Flucht gezwungen. Der große Aali Nassar war nun ganz allein, angeschlagen und stand mit nichts als den Kleidern, die er am Leib trug, und dem Inhalt seiner Taschen in dieser Höhle. Letzteren wollte er gegen Schutz und einen Rang in der IS-Hierarchie eintauschen.

»Willkommen, Aali«, begrüßte ihn Halabi. »Ich hoffe, Ihre Reise war nicht zu strapaziös.«

»Überhaupt nicht.« Er kaschierte, dass ihm sogar das Sprechen wehtat.

»Wie ich hörte, haben Sie mir etwas mitgebracht.«

Seine Leute hatten das Speichermedium entdeckt, als sie ihn in Mekka nach Wanzen durchsuchten. Er durfte es behalten und zog es jetzt aus der Tasche. Als er vortrat, um dem IS-Anführer den Stick zu geben, erwachten die Bewaffneten an den Ausläufern der Höhle zum Leben.

»Geben Sie es nicht mir«, sagte Halabi und deutete auf einen Mann rechts von Nassar. »Sondern ihm.«

Er tat, was von ihm verlangt wurde. Der Angesprochene steckte den USB-Speicher an einen Laptop.

»Es gibt eine Passwortabfrage.«

»Natürlich gibt es die«, meinte Halabi. »Ich fürchte, der Direktor wird uns die Zugangsdaten nicht ohne Weiteres nennen.«

Vor seiner Flucht aus Saudi-Arabien hatte Nassar enorme Mengen an Informationen über den Sicherheitsapparat des Landes, Regierungsvertreter und geheime finanzielle Transaktionen auf das Medium überspielt.

»Die Geheimdienstinformationen und Bankdaten auf diesem Laufwerk gehören Ihnen«, versicherte Nassar.

Der Mullah lächelte. »Eine inhaltslose Aussage. Sie hätten besser in die Politik gehen sollen.«

»Vielleicht.«

»Können wir die Verschlüsselung knacken?«, wollte Halabi wissen.

Sein äußerst fähiger Technikberater schüttelte den Kopf. »Unwahrscheinlich. Ihn zu foltern halte ich für aussichtsreicher.«

Halabi nickte gedankenverloren. »Das mag sein. Andererseits könnte er uns ein falsches Passwort nennen, das die Informationen für immer zerstört. Ist es nicht so, Aali?«

»Ganz genau.«

Halabi rieb vor seinem Gesicht die Handflächen gegeneinander. »Das Geld, auf das uns diese Dateien Zugriff geben können, wird rasch durch unsere Finger rinnen und die darauf gespeicherten Geheiminformationen dürften bald wertlos sein. Wer weiß, ob wir vielleicht weniger von den Daten selbst profitieren, sondern vielmehr von der Erfahrung und Cleverness des Mannes, der sie uns gebracht hat?«

Obwohl es sich um eine rein rhetorische Frage handelte, sprang einer von Halabis Männern darauf an. »Machen ihn diese Qualitäten denn wirklich wertvoll für uns oder nicht doch eher gefährlich? Er hat König und Vaterland verraten. Warum? Für unsere Sache? Für Allah? Oder aus persönlichen Motiven? Können wir ihm trauen, Mullah Halabi? Will er Ihnen helfen oder legt er es darauf an, Sie abzulösen?«

»Ich hatte Macht«, antwortete Nassar. »Und ich hatte Reichtum. Darüber hinaus genoss ich den Respekt des Königs und der Amerikaner. Ich habe alles aufgegeben, um …«

»Der König ist alt und schwach«, widersprach sein Gegenüber. »Sie haben auf den Zusammenbruch des

Königreichs spekuliert und für beide Seiten gearbeitet. Die Amerikaner sind Ihrem Verrat auf die Schliche gekommen, darum mussten Sie fliehen.«

Nassar schwieg kurz, bevor er antwortete.

»Man hat entdeckt, dass ich Mullah Halabi unterstütze, das stimmt. Eine bedauerliche Entwicklung, weil ich Ihnen zwar auch von hier aus nützlich sein kann, aber an der Seite des Königs noch wesentlich mehr hätte ausrichten können. Mir ist klar, dass ein einfacher Soldat nicht nachvollziehen kann, wie schwierig es ist, das Vertrauen eines Herrschers zu gewinnen.«

Der andere zuckte in Anbetracht dieser Beleidigung zusammen.

Nassar sprach ungerührt weiter. »Ich habe eng mit den Amerikanern zusammengearbeitet, um Sicherheitsprotokolle zu entwickeln, mit denen sie terroristische Angriffe im eigenen Land abwehren können. Deshalb verfüge ich über weitreichendes Wissen zu ihren Grenz- und Einreisebestimmungen, zur Energieversorgung und vor allem zu ihren Atomkraftwerken. Das Gleiche gilt für ihre Wasserversorgung. Wenn wir geschickt agieren, können wir das Blatt zu unseren Gunsten wenden und dafür sorgen, dass die Amerikaner alle Muslime offen zum Feind erklären. Dann stehen uns bald nicht mehr nur 30.000 Soldaten zur Verfügung, sondern eher eine Milliarde.«

Halabi blickte auf Nassar hinab, der die Augen in einer offensichtlich halbherzigen Geste der Schwäche abwandte.

Dann explodierte sein Kopf förmlich.

Im Sekundenbruchteil der Stille, die sich anschloss, sah Halabi ein bärtiges Gesicht am Tunneleingang aufblitzen. Es war das Gesicht des Teufels, das sich tief in seine Gedanken und seine Seele eingeätzt hatte. Das Gesicht von Mitch Rapp.

Auf einmal war der Teufel los. Mitglieder von Halabis Leibwache rannten zum Amerikaner, andere gaben Schüsse in den Tunnel ab. Drei seiner Wachposten warfen sich schützend auf ihn und schleiften ihn zu einer kleinen Öffnung im hinteren Teil der Höhle. Das Plärren der Waffen und der säuerliche Gestank des Schießpulvers überforderten Sinne und Verstand.

Ein grelles Aufflackern ging dem stechenden Gefühl von Granatsplittern voraus, die ihm den unteren Teil des Beins aufrissen. Der Mann hinter ihm bekam den größten Teil der Wucht ab, knallte in seinen Rücken und riss ihn zu Boden. Sofort ging das Licht aus und Gesteinsbrocken regneten von der Decke. Seine Begleiter waren entweder tot oder bewusstlos. Halabi mühte sich, das Gewicht des Leibwächters von sich abzuwälzen, der reglos auf ihm zusammengebrochen war.

Dabei wurde ihm das volle Ausmaß seiner Verletzungen bewusst. Den rechten Arm konnte er nicht mehr benutzen, er war komplett taub. Das linke Bein fühlte sich an, als stünde es in Flammen. Ein dolchartiger Schmerz im seitlichen Brustbereich erschwerte das Atmen. Die warme Nässe von fließendem Blut schien seinen gesamten Körper erfasst zu haben. Er wusste nicht, ob es sich um sein eigenes oder das seiner Leute handelte.

Ein paar erstickte Schreie wurden hörbar, rasch übertönt von einem nicht weit entfernten Einsturz. Ein Luftzug strich über ihn hinweg und trieb erstickende Wellen aus Staub und pulverisiertem Gestein in die

Höhle. Er begrub das Gesicht im blutdurchtränkten Umhang und kämpfte darum, bei Bewusstsein zu bleiben.

So durfte es nicht enden. Der Allmächtige durfte nicht zulassen, dass sein treuer Jünger durch die Hand von Satans Vertreter auf Erden gerichtet wurde. Nicht ehe sein göttliches Werk vollendet war.

Ein Test. Das musste die Erklärung sein. Ein Test seiner Stärke. Seiner Würdigkeit. Seiner Hingabe.

Beflügelt durch diese Erkenntnis gelang es Halabi, sich unter dem Leibwächter hervorzukämpfen. Es herrschte vollkommene Finsternis, doch es gelang ihm, die Rückwand der Höhle zu finden und sich daran entlangzutasten, während die letzten schwächlichen Schreie in der Nähe verstummten. Endlich erreichte er die schmale Öffnung, nach der er gesucht hatte. Dank Gottes Gnade war sie nach wie vor passierbar.

Soweit er sich erinnerte, musste man fast 600 Meter laufen, um nach draußen zu gelangen. Stellenweise erreichte der Tunnel einen Durchmesser von drei Metern, in anderen Bereichen war er kaum breit genug, um einen ausgewachsenen Mann durchzulassen. Er tastete sich an den scharfkantigen Felsen entlang. Gelegentlich schien der Pfad blockiert zu sein, doch nach einigen Sekunden hastigen Suchens gelang es ihm jeweils, Boden gutzumachen.

Schließlich verengten sich die Wände so stark, dass an Weiterkommen nicht zu denken war. Er wollte den Rückweg antreten, merkte aber, dass er feststeckte.

Die Welt um ihn herum schien zu verschwinden. Hinzu kamen seine Verwirrtheit und der Schmerz, der in seinem Körper tobte. Eine Zeit lang registrierte er nichts anderes. Kein Geräusch, das nicht von ihm ausging. Kein Licht, das an seine Augen drang. Nur den Schmerz, den Geschmack von Erde und das Rasen der eigenen Gedanken.

Das erhabene Gefühl, als er zur Schlussfolgerung gelangte, dass es sich hierbei um einen Test handelte, wich der Erkenntnis, dass es sich eher wie eine Bestrafung anfühlte. Was hatte er getan, um Allahs Zorn auf sich zu lenken?

Er pendelte zwischen Wachzustand und Ohnmacht, obwohl sich beide Zustände in der Dunkelheit kaum voneinander unterscheiden ließen. Er sah Amerika. Die schimmernden Wolkenkratzer. Ein Volk, das Vergnügen und Bequemlichkeit als gleichwertigen Ersatz für eine höhere Macht betrachtete. Er sah den glorreichen Einsturz des World Trade Centers und das Entsetzen und die Verwundbarkeit, die dieser Angriff bei den Amerikanern hervorgerufen hatte. Ein glorreicher Sieg, verschwendet von Osama bin Laden, der im Anschluss nur endlos in verrauschten Videos über den Islam fachsimpelte.

Er sah den Aufstieg des IS, beflügelt durch die geschickte Handhabung der sozialen Medien und ein tiefgreifendes Verständnis, wie sich junge Männer auf der ganzen Welt motivieren ließen. Und schließlich sah er auch ihren Sieg auf dem Schlachtfeld und wie sie den Amerikanern auf eine Weise Furcht einflößten, wie es selbst der 11. September 2001 nicht vermocht hatte.

Er versuchte erneut, sich vorwärtszukämpfen, und stürzte auf ein Bett aus Geröll, das sich unter ihm erstreckte. Die Finsternis und Stille übertrafen alles, was er bisher erlebt hatte. Nicht nur die Grenzen zwischen

Bewusstsein und Dämmerzustand verschwammen, sondern auch zwischen Leben und Tod. Nur der Schmerz und die eigenen Atemgeräusche verrieten ihm, dass er noch nicht auf die andere Seite gelangt war.

Ohne sagen zu können, wie lange er so dalag, verzog sich die Dunkelheit irgendwann. Er schlug die Augen auf, ohne durch die Erde hindurch etwas anderes als den Tunnel zu erkennen, der ihn umschloss. Dann traf ihn das blendend weiße Licht Gottes. In diesem Moment begriff er. Seine eigene Arroganz hatte ihn an diesen Punkt geführt. Hass und die Gier nach Erfolg lenkten ihn von dem Auftrag ab, den der Allmächtige ihm erteilt hatte. Er hatte sich von der Macht verführen lassen, die er auf sein Gefolge ausübte, von der Furcht, die er seinen Feinden einflößte. Von Visionen eines neuen Kalifats mit ihm selbst an der Spitze, verwickelt in eine rechtschaffene Schlacht mit den Mächten des Westens.

Er spürte, wie Panik in ihm aufstieg und ein Niveau erreichte, das sich kaum ertragen ließ. Das Leben, das er geführt hatte, war eine einzige Lüge. Gott machte ihn nun darauf aufmerksam. Er hatte ausschließlich seine persönlichen Ziele verfolgt. Sich von Eitelkeit und Hass pervertieren lassen.

Halabi krallte sich an den Wänden fest und weigerte sich schlicht, so würdelos zu sterben. Etwas in seiner Schulter schien zu reißen, doch er ignorierte den Schmerz und wurde mit einem Felseinsturz belohnt, der ihm das Weiterkommen ermöglichte.

Er war frei.

1

Südlich von Thamud, Jemen

Mitch Rapp setzte sich erneut in Bewegung. Er wankte durch ein ausgedehntes Geröllfeld, bevor er sich an dessen Rand auf den Bauch fallen ließ. Eine rasche Überprüfung des Geländes mit dem Fernglas erbrachte dasselbe Ergebnis wie bei früheren Checks: rötlicher Lehm, der eine endlose Aneinanderreihung ausgeprägter Felsgrate bedeckte. Kein Wasser. Keine Pflanzen. Ein ausgedörrter Himmel, der sich von Westen her langsam orange färbte. Wären es 70 Grad unter null statt 35 Grad über null gewesen, er hätte sich ebenso gut auf dem Mars befinden können.

Rapp verlagerte den Blick nach rechts, konzentrierte sich volle 15 Sekunden und registrierte etwas, das sich rührte. Entweder Scott Coleman oder einer von dessen Männern. Alle trugen Tarnmontur aus Stoff, den Charlie Wickers Freundin eigens für diesen Einsatz ausgewählt und eingefärbt hatte. Sie war ausgebildete Textilgestalterin und ein absolutes Genie, wenn es um das Abstimmen von Farben und Materialien ging. Man brauchte ihr nur ein paar anständige Fotos vom Einsatzgebiet in die Hand zu drücken und sie ließ einen verschwinden.

Eine Reihe von Kondensstreifen zeichnete sich am Himmel ab. Er fuhr sie mit den Augen nach. Saudische Jets auf dem Weg, urbane Ziele im Westen zu bombardieren. Diesen spärlich bevölkerten Teil Jemens beanspruchten IS und Al-Qaida für sich. Von den Saudis wurde er weitgehend ignoriert. Aus der Luft ließen sich geeignete Ziele schwer ausmachen und es fehlte dem Königreich an Mumm für blutige Bodenkämpfe. Dieser Job war ihm einmal mehr in den Schoß gefallen.

Da sie offenbar nicht beobachtet wurden, setzte Rapp den Weg in kauernder Haltung fort. Coleman und sein Team folgten im idealen Abstand, um ihm den Rücken zu decken. Wie bereits im Irak. In Afghanistan. In Syrien. Und in jedem anderen Scheißhaus, das dieser Planet zu bieten hatte.

Der Bürgerkrieg im Jemen war 2015 zwischen Huthi-Rebellen und Regierungstruppen ausgebrochen. Erwartungsgemäß wurden auch andere regionale Mächte in den Konflikt hineingezogen, vor allem der Iran, der sich auf die Seite der Rebellen stellte, und Saudi-Arabien, das die Regierung unterstützte. Die Einmischung dieser Länder verschärfte die Auseinandersetzungen und löste eine selbst nach Maßstäben des Nahen Ostens weitreichende humanitäre Katastrophe aus.

In gewisser Hinsicht handelte es sich um einen vergessenen Krieg. Das dreckige kleine Geheimnis der Welt. Selbst bei US-Regierungsvertretern und militärischen Befehlshabern tat man sich schwer, jemanden zu finden, der wusste, dass zwei Drittel der jemenitischen Bevölkerung allein durch ausländische Hilfsgelder überlebten und weitere acht Millionen langsam verhungerten. Sie hätten auch nicht gewusst, dass dieser Hunger und der Verlust grundlegender Strukturen dazu führten, dass Krankheiten sich ungehindert im Land ausbreiteten. Cholera, antibiotikaresistente Bakterien und selbst Diphtherie führten zu in der modernen Zeit nicht für möglich gehaltenen Infektionsquoten.

Natürlich entwickelte sich jeder Ort, der sich mit Attributen wie abgehängt, zügellos oder kriegsgeschüttelt beschreiben ließ, früher oder später zum Anziehungspunkt für Terroristen. Eine weitere Seuche, die Schwache und Verwundete heimsuchte.

Ein ungewöhnlich hoher Gebirgskamm geriet im Nordwesten in Sicht. Rapp ging erneut in Bauchlage und inspizierte ihn mit dem Glas. Er entdeckte einen schmalen Spalt, gerade breit genug für einen Menschen, in rund 300 Metern Entfernung.

»Was entdeckt?«, erkundigte sich Coleman per Headset.

»Den Höhleneingang. Genau dort, wo sie es gesagt haben.«

»Vorstoß?«

»Nein. Es fällt Licht drauf. Wir warten, bis die Sonne hinter dem Horizont versunken ist.«

»Roger. Haben das alle mitbekommen?«

Bruno McGraw, Joe Maslick und Charlie Wicker bestätigten. Die vier Männer machten ungefähr die Hälfte der Menschen aus, denen Rapp auf der Welt vertraute. Eigentlich ziemlich traurig, aber das hatte ihn deutlich länger am Leben gehalten als in den kühnsten Prognosen.

Er regelte die Schärfe des Feldstechers nach und konzentrierte sich erneut auf das dunkle Loch in der Felsformation. Die Vorstellung, dass Sayid Halabi noch lebte, fiel ihm schwer. Ein paar Schritte mehr, und Rapp hätte die Granate dem IS-Anführer direkt in die Kehle rammen können. So oder so musste die Detonation einen beträchtlichen Teil des Höhlenabschnitts zum Einsturz gebracht haben, in den sich der Terrorist mit seinen Bodyguards zurückgezogen hatte.

Der Einsturz war immerhin heftig genug gewesen, um Rapp selbst einzukesseln. Er wäre qualvoll in der Dunkelheit krepiert, doch davon hatte Joe Maslick nichts wissen wollen. Der hatte in seiner Jugend im Landschaftsbau Gräben geschaufelt und als menschliche Abrissbirne für Furore gesorgt. Als der Sauerstoff langsam knapp wurde, war Mas zu ihm vorgedrungen und hatte ihn aus dem selbst geschaufelten Grab befreit.

Das änderte nichts daran, dass die Informationen zu Halabis Überleben halbwegs solide zu sein schienen. Vor einer Weile hatte ein NSA-Mitarbeiter ein verschlüsseltes Internetvideo abgefangen, das den Mann bei einer Al-Qaida-Versammlung im Hintergrund zeigte. Anfangs gingen sie davon aus, dass es sich um älteres Material handelte, um die Truppen bei Laune zu halten. Eine genauere Analyse förderte jedoch zutage, dass die Bilder sechs Monate *nach* jener Nacht entstanden waren, in denen Rapp diese IS-Kakerlake vermeintlich mit dem Stiefel zertreten hatte.

Das Video führte zur Festnahme eines Teilnehmers an diesem Treffen. Seine Befragung hatte Rapp zu dieser ausgebrannten Ebene geführt. Der Aussage zufolge war Halabi durch die Granate schwer verwundet worden und erholte sich hier draußen von seinen Verletzungen. Die 64.000-Dollar-Frage war, ob das stimmte. Und falls es stimmte, ob er sich *weiterhin* hier aufhielt. Offenkundig war er gesund genug, um an Besprechungen teilzunehmen und den Neuaufbau der IS-Organisation voranzutreiben, die während seiner Abwesenheit schwere Rückschläge eingesteckt hatte.

Die Sonne versank hinter dem Horizont, was zum sofortigen Temperaturabfall und einer verbesserten Sicht führte. Bis zum vollständigen Einbruch der Dunkelheit zu warten war sicher eine Option, erschien ihm aber überflüssig. Er hatte nirgends Wachen in der Umgebung des Höhleneingangs gesichtet. In den dunklen Gängen machte es ohnehin keinen Unterschied, ob draußen Tag oder Nacht herrschte.

»Aufbruch«, raunte er ins Kehlkopfmikro.

»Verstanden«, kam Colemans Antwort.

Rapp brach nach links aus und arbeitete sich stumm über das felsige Terrain zu einer Steinwand vor, gut 20 Meter vom Zugang zur Höhle entfernt. Er blieb in der Hocke und schob sich an der Wand entlang, bis er den äußeren Rand erreichte. Weiterhin keine Spur von IS-Kämpfern. Hinter ihm lag das Gelände wie ausgestorben da. Nichts anderes hatte er erwartet. Coleman und sein Team blieben unsichtbar, bis sie gebraucht wurden. Die Bedingungen in der Höhle ließen sich schwer abschätzen. Rapp ging davon aus, dass der Tunnel stellenweise schmal genug verlief, um das Eindringen von mehr als einem Mann kontraproduktiv zu gestalten.

Als er schließlich hineinglitt, lieferte die aufgewühlte Erde zu seinen Füßen den einzigen Beleg dafür, dass sie bewohnt war. Er hielt die Waffe ausgestreckt und arbeitete sich durch die etwa einen Meter breite und drei Meter hohe Passage. Das vertraute Gewicht der Glock war durch das frühe Modell einer Mission-Armbrust ersetzt worden. Die Technik der Waffe hatte man modifiziert, damit sie so lautlos wie möglich auslöste. Sie erreichte einen Schalldruckpegel von unter 85 Dezibel, wobei das entstehende Geräusch dank der Anpassungen überhaupt nicht nach einer Waffe klang. Selbst Rapps geübtes Gehör fand, dass es eher an einen Sandsack erinnerte, der auf einen Gehsteig prallte.

Eine Armbrust nachzuladen dauerte dummerweise recht lange und ihm war nicht viel Zeit zum Trainieren geblieben. Trotzdem hielt er sie bei diesem Einsatz für das optimale Werkzeug. Die leiseste Waffe, die er besaß – eine VM-22-Selbstladebüchse von Volquartsen mit Gemtech-Schalldämpfer –, war für den Fall der Fälle an der Hüfte festgeschnallt. Sie mochte zwar beeindruckend unauffällig sein, doch der scharfe Knall, den sie hervorrief, war viel zu laut und charakteristisch; erst recht in dieser beengten Umgebung.

Die Dunkelheit nahm zu, je weiter er vordrang. Das zwang ihn langsamer zu gehen, damit seine Augen die Orientierung nicht verloren. In Anbetracht dessen, was beim letzten Mal passiert war, als er Sayid Halabi in einem Loch festsetzte, hielt er es für angebracht, Vorsicht über Geschwindigkeit zu stellen. Vor allem falls Mas diesmal seine Schaufel vergessen hatte.

Ein schwacher Lichtschein wurde am Ende des Gangs erkennbar. Rapp schlich langsam darauf zu, vermied es, auf das Geröll zu treten, und hielt sich an das weiche Erdreich. Im Näherkommen sah er, dass der Korridor in ein T mündete. Der Abzweig nach rechts endete nach wenigen Metern in einer Sackgasse, nach links ging es weiter. Eine Reihe winziger Lampen, angeschlossen an eine Autobatterie, entpuppte sich als Quelle der Helligkeit.

Zu den Schattenseiten der LED-Technologie gehörte, dass sie das Verschanzen in Höhlenkomplexen deutlich erleichterte. Eine einzige Batterie lieferte genug Energie für Tage. Umgekehrt machte es den Gegner verwundbar.

Offen verlaufende Zuleitungen und fehlende Redundanzen erleichterten es, ihm das Licht auszuknipsen.

Rapp griff nach unten und zog das Kabel von der Batterie ab. Schlagartig wurde es finster.

Sofort erklangen laute Rufe, eher genervt als alarmiert. Rapp konnte die Stimmen zwei männlichen Arabern zuordnen. Was sie genau sagten, ließ sich aufgrund des Nachhalls schwer heraushören. Offenbar stritten sie sich, wer an der Reihe war, das Problem zu beheben. Wenn sämtliches Licht von einer einzigen Quelle stammte, ließen sich gelegentliche Ausfälle nicht vermeiden.

Wenige Sekunden später tauchte einer der beiden Männer auf. Er schwenkte eine Taschenlampe in der rechten Hand, hielt sie jedoch nicht hoch genug, um sein Gesicht hervorzuheben. Egal. Der jugendliche Schwung und die Körperhaltung machten klar, dass es nicht Halabi war, sondern einer seiner Handlanger.

Rapp zielte um die Ecke und löste die Armbrust aus. Klangprofil und Einschlagverhalten des Projektils ließen nichts zu wünschen übrig, die Zielgenauigkeit dafür umso mehr. Der Gegner stand noch, lediglich verwirrt wegen der gefiederten Spitze, die unter dem linken Schlüsselbein aus der Haut ragte.

Rapp ließ die Waffe fallen und sprintete auf den Araber zu, bekam einen Arm um seinen Hals und eine Hand über Mund und Nase. Der Mann wehrte sich, als er in einen dunklen Winkel geschleift wurde, doch der weiche Untergrund dämpfte die damit einhergehenden Geräusche. Mitch schlang die Beine um den anderen, um dessen Beweglichkeit einzuschränken. Der Winkel war ungünstig, aber die Hand über dem Gesicht erstickte den Gegner förmlich. Das Ganze dauerte länger, als ihm lieb war. Ein paarmal kam Mitch der aus dem Körper ragende Pfeil in die Quere, doch schließlich verlor der Araber das Bewusstsein. Ein Messer, in die Schädelbasis gerammt, erledigte den Job.

Rapp glitt unter der Leiche hervor und hatte sich gerade die Armbrust wieder geschnappt, da hallte ein weiterer Ruf durch das Höhlengewölbe.

»Farid! Was treibst du da, du Idiot? Schalt endlich das Licht wieder an!«

Rapp rief zurück, dass die Technik streike. Er baute darauf, dass die Akustik seine Stimme stark genug verzerrte, um nicht als Fremder enttarnt zu werden. Er schob einen neuen Pfeil in die Abschussvorrichtung und rannte zur Batterie. Bevor er sich davorkniete, rammte er die Taschenlampe mit der Spitze nach vorn ins Erdreich. Die austretende Helligkeit war so gering, dass man von Weitem nicht mehr als einen vagen menschlichen Umriss wahrnahm.

Eine Flut von technischem Halbwissen prasselte auf ihn ein, bevor Schritte ertönten und ein weiterer junger Mann erschien. Er wirkte völlig unbesorgt und bestätigte damit eine universelle menschliche Wahrheit: Die Leute sahen immer, was sie sehen wollten und womit sie rechneten.

Rapp ließ den Terroristen bis auf knapp fünf Meter herankommen, bevor er die Armbrust nach oben riss. Diesmal tarierte er beim Zielen leicht nach unten und links aus, um das Massezentrum des Projektils zu verlagern. Nachsetzen war nicht nötig. Der Mann kippte nach vorn und landete mit dem Gesicht im Dreck.

In der Gewissheit, dass er nicht wieder aufstand, schloss Rapp die Batterie wieder an. Er brauchte Licht.

Bisher war es gut gelaufen, aber nach seiner Erfahrung hielt eine Glückssträhne nie lange an.

Die Bestätigung dieser Hypothese nahte in Gestalt eines Mannes, der dem Geräusch fallender Sandsäcke zu misstrauen schien und um die Ecke gerannt kam. Rapps 22er war in seiner momentanen Haltung schwer zu erreichen, also schnappte er sich stattdessen einen der Armbrustpfeile.

Der Terrorist hatte es bei seinem Vorstoß etwas zu eilig gehabt. Sein Schwung ließ ihn gegen eine der Höhlenwände krachen. Rapp nutzte den Gleichgewichtsverlust aus, sprang vor und trieb ihm die scharfe Pfeilspitze in die Kehle.

Keine hübsche Aktion, aber effektiv. Der Gegner ging zu Boden. Im Fallen entglitt seiner Hand eine kleine Drahtrolle.

Nicht schon wieder!

Rapp trat die IED mit dem Stiefel unter den Körper des Mannes und stürmte in die entgegengesetzte Richtung davon. Nach etwa acht Metern ging er in einer flachen Vertiefung in Deckung. Die Explosion schickte aufgeheizten Schotter in seine Richtung. Ein paar besorgniserregend laute Knackgeräusche von der Decke folgten, dabei blieb es. Der Fels hielt stand. Er wälzte sich auf den Rücken und zog das Shirt über Mund und Nase, damit ihm der Staub nicht in die Lunge drang. Am klügsten wäre es gewesen, die Flucht zu ergreifen und ein paar bunkerbrechende Waffen anzufordern. Dazu konnte Rapp sich jedoch nicht durchringen. Sollte Halabi hier sein, wollte er ihn tot sehen. Selbst um den Preis, dass sie gemeinsam ins Jenseits einzogen, die Hände um die Kehle des anderen.

Von draußen hörte man das Geräusch von Automatikfeuer. Er ignorierte den Lärm, zog die Volquartsen und drang mithilfe einer Stiftlampe tiefer in die Höhle vor. Coleman und seine Jungs konnten auf sich selbst aufpassen.

Der weitere Verlauf erwies sich als relativ simpel. Jede Menge Abzweigungen, die allesamt nach wenigen Metern endeten. Die erste Kammer von nennenswerter Größe enthielt ein Feldbett und elementare medizinische Ausrüstung – einen Infusionsständer, Kontrollmonitore und einen Mülleimer, halb gefüllt mit blutigen Bandagen. Er sah aus, als ob er schon eine ganze Weile hier stand.

In der zweiten Kammer stieß er auf einen simplen Operationstisch mit eingetrocknetem Blut, der wie ein Relikt aus Zeiten des Ersten Weltkriegs wirkte. Ein Gaszylinder, der von einem Schweißgerät zu stammen schien, und ein Tablett mit wahllos darauf verteilten Instrumenten vervollständigten die primitive Ausstattung.

Weiter ging es nicht. Das Einbahnstraßensystem der Höhle endete hier.

»Scheiße!«, fluchte Rapp. Seine Stimme hallte durch den Gang und kehrte als Echo zu ihm zurück.

Der Hurensohn war hier gewesen. Sie hatten in dieser Höhle die Verletzungen behandelt, die er sich im Irak zugezogen hatte, und ihm Zeit zur Erholung gegeben. Vor einem Monat hätte Rapp ihm in die Augen sehen, eine Pistole an die Stirn halten und abdrücken können. Jetzt war er längst verschwunden. Sayid Halabi war ihm ein weiteres Mal entwischt.

2

Al-Mukalla, Jemen

Sayid Halabi ließ sich langsam auf den Stuhl sinken. Sein Blick richtete sich auf ein riesiges Loch in der Wand des Gebäudes, in dem er sich aufhielt. Betonbrocken und verzerrter Betonstahl rahmten die Silhouette der Stadt ein, die sich auf der anderen Seite in der Dunkelheit erstreckte. Ein Halbmond ermöglichte es, die Umrisse zerstörter Fahrzeuge, eingestürzte Häuser und versprengten Bauschutt zu erkennen. Außer dem von Gott geschenkten Licht gab es nirgendwo ein anderes. Der Strom war erneut flächendeckend ausgefallen. Die rund 500.000 Einwohner der Stadt schreckten davor zurück, Feuer zu entzünden oder batteriebetriebene Energiequellen zu benutzen aus Angst, ins Visier der Saudis zu geraten.

So war es nicht immer gewesen. 2015 hatte Al-Qaida die durch den Luftkrieg der Saudis angerichteten Verwüstungen im Jemen ausgenutzt und einen Angriff auf Al-Mukalla gestartet. Regierungstruppen hatten sich kaum die Mühe gemacht, Gegenwehr zu leisten. Nach ein paar kurzen Scharmützeln suchten sie das Weite und ließen nicht nur eine verängstigte Bevölkerung zurück, sondern auch modernste Kriegswaffen – Panzer, amerikanische Humvees und schwere Artillerie.

Nach diesem überwältigenden Sieg lieferte Al-Qaida einen Vorgeschmack, wozu sie fähig war. Strikte islamische Gesetze wurden verhängt und das Netzwerk übernahm in der Stadt die Führung. Straßen wurden repariert, die öffentliche Ordnung wiederhergestellt,

Krankenhäuser gebaut. An die Stelle von Sünde und Zerstörung traten Ordnung und Ehrerbietung an Allah.

Ein Jahr später vertrieben vom Emirat finanzierte Soldaten Al-Qaida und überließen die Stadt erneut der dysfunktionalen, korrupten Regierung der Jemeniten. Seitdem waren keinerlei Anstrengungen für einen Wiederaufbau unternommen worden. Stattdessen setzten die Saudis ihre willkürlichen Bombardements fort und erstickten schrittweise die Hoffnung der Bevölkerung. Hunger, Krankheiten und Gewalt waren alles, was den Menschen blieb.

Ein einzelnes Auto näherte sich von Osten her und schob sich mit abgeschalteten Scheinwerfern langsam durch die Trümmer. Halabi folgte ihm eine Weile mit seinem Blick, fragte sich, wo der Fahrer Sprit aufgetrieben hatte, und lauschte auf die Annäherung saudischer Kampfjets. Allerdings kamen keine. Der Wagen verschwand irgendwann außer Sichtweite.

Der IS-Anführer rappelte sich hoch. Die Schmerzen im Rücken machten das Sitzen auf Dauer unerträglich. Drei gebrochene Rückenwirbel zählten zu seinen unauffälligsten, aber bei Weitem schmerzhaftesten Verletzungen. Mitch Rapps Angriff im Irak hatte Spuren hinterlassen. Neben der Rückenverletzung konnte Halabi sein rechtes Bein nicht länger voll belasten und war nur knapp einer Amputation entgangen. Das linke Auge war irreparabel beschädigt und hinter einer Lederklappe verschwunden. Die zerschmetterten Finger an der rechten Hand waren gerichtet worden, verfügten aber über kein Tastempfinden.

Er hatte sich über Monate im Untergrund versteckt und medizinischen Eingriffen unter primitivsten

Bedingungen unterzogen, zahllose Infektionen und ausgedehnte innere Blutungen überlebt. Dabei quälte ihn die ganze Zeit über die Frage, ob die Amerikaner wussten, dass er noch lebte, und Rapp möglicherweise jede Sekunde auftauchte, um ihm den Rest zu geben.

Nach einer Weile verblassten diese Ängste und er gesundete körperlich und psychologisch gleichermaßen. Sobald er dazu in der Lage war, widmete er sich Gebeten und religiösen Studien. Er hatte endlose Stunden damit verbracht, Nachrichten aus aller Welt zu verfolgen, sich in historische und politische Abhandlungen vertieft und mit Militärstrategie auseinandergesetzt. In dieser Phase keimte in ihm die Frage, warum Gott es zugelassen hatte, seinen ergebensten Diener derartigen Widrigkeiten auszusetzen. Halabi hatte zugelassen, dass sein Leben vom Kampf dominiert wurde. Er hatte sich dem flüchtigen Vergnügen hingegeben, andere zu verletzen, statt sich der wesentlich beschwerlicheren und unbefriedigenderen Aufgabe zu widmen, einen letzten Sieg zu erlangen.

Schritte ertönten hinter ihm. Er drehte sich um. Sein loyalster Schützling näherte sich.

Muhammad Attia war gebürtiger Amerikaner, der Sohn algerischer Einwanderer. Er hatte seine Jugend damit verschwendet, im kleinen Supermarkt seiner Eltern in New York zu arbeiten und um die Zuneigung und Akzeptanz der Westler in der Nachbarschaft zu buhlen. Nach der High School hatte er ein Jahr am Community College studiert und dann eine Stellung als ziviler Dolmetscher bei der U.S. Army angetreten.

Als muslimischer Amerikaner wusste er natürlich um den Verrat und die moralische Verderbtheit der

Wahlheimat seiner Eltern, doch erst nach der Ankunft im Irak war ihm beides in vollem Ausmaß bewusst geworden.

Seine Rekrutierung durch Al-Qaida war weniger als sechs Monate nach Beginn des hiesigen Einsatzes erfolgt. Er diente der Organisation fast fünf Jahre lang, ehe er aufflog. Er erwies sich allerdings als zu clever für die Amerikaner und war der drohenden Festnahme entgangen, indem er sich in die Wüste absetzte.

»Können wir anfangen?«, fragte Halabi den Jüngeren. »Sind meine Anhänger dazu in der Lage?«

»Alles ist möglich mit Allahs Hilfe.«

»Es ist deutlich schwieriger, als ich dachte, diese Hilfe zu erlangen.«

»Kein Mensch weiß, was im Verstand des Allmächtigen vorgeht. Wir können lediglich hoffen, eine kleine Rolle bei der Erfüllung seines Plans übernehmen zu dürfen.«

Halabi nickte. »Sind wir bereit?«

»Das sind wir.«

Die Treppe war von Trümmern befreit worden. Dennoch benötigte der IS-Anführer Hilfe, um nach unten zu gelangen. Während sie die Stufen zu den Überresten des Kellers hinabstiegen, wurde es zunehmend dunkler. Halabi verspürte einen Anflug von Panik, als sich die Tür hinter ihnen schloss. Die durchdringende Schwärze weckte Erinnerungen an die qualvollen Stunden, in denen er sich aus der Höhle im Irak gekämpft hatte.

Diesmal wich die Dunkelheit jedoch rasch. Mit einem sanften Glimmen erwachten Computerbildschirme zum Leben und vertrieben das Gefühl von Leere. Er fand sich vor einer Batterie von Monitoren wieder, die jeweils ein einzelnes männliches Gesicht zeigten.

Der Unterschied zwischen dieser Unterredung der IS-Führungsspitze und der letzten hätte kaum drastischer ausfallen können. Die ehemaligen irakischen Soldaten, die auf dem Boden der Höhle vor ihm gekniet hatten, und der verräterische Aali Nassar waren allesamt tot. Gott hatte sie beseitigt, nicht als Strafe, sondern weil sie nutzlos für ihn waren. Das begriff er inzwischen – und noch so viel mehr.

Mit der neu erlangten Einsicht stufte Halabi seine bisherigen Anstrengungen als fast schon grotesk fehlgeleitet ein. Er hatte seinen Glauben in Männer gesetzt, die schon einmal von den Amerikanern besiegt worden waren. Ihnen fehlte es an neuen Ideen. An neuen Fertigkeiten. Sie klammerten sich an Wissen und Einsichten, die seit Jahrzehnten kursierten. Mehr als den nächsten Fehlschlag des IS durch Ordnung und Disziplin halbwegs zu kontrollieren hätten sie nicht zustande gebracht.

Ein rotes Licht blinkte an der Kamera vor ihm und die Gesichter auf den Bildschirmen gewannen schlagartig an Entschlossenheit. Trotz ihrer harten Mienen erkannte man sofort, dass es sich nicht um ausgebildete Soldaten handelte. Einige von ihnen hatten adrette Frisuren und waren sauber rasiert, bei anderen dominierten dicke Bärte und ungekämmte Haare. Der Jüngste war kaum 20, der Älteste nicht einmal 40. Zwei von ihnen, darunter ein blässlicher Engländer, beherrschten kaum die Grundlagen der arabischen Sprache.

Ihre Spezialisierung unterschied sich noch stärker als ihr äußeres Erscheinungsbild. Programmierer.

Marketingexperten. Finanzspezialisten. Wissenschaftler. Fast am wichtigsten war der junge Dokumentarfilmer, der bis letztes Jahr für Al Jazeera gearbeitet hatte. Die einzige Gemeinsamkeit, die sie verband, war die Ausbildung im Westen. Eine Voraussetzung, die er für seinen inneren Zirkel als notwendig empfand.

Mit den brutalen, fanatischen Kämpfern, die Halabi früher kommandiert hatte, verband diese Männer so gut wie gar nichts. Dafür besaßen sie das Potenzial, deutlich gefährlicher zu sein.

»Es gab eine Phase, da befürchtete ich, unsere Bewegung sei vom Kurs abgekommen«, sagte Halabi auf Englisch. Der schwere Akzent wurde über eine gesicherte Satellitenverbindung weitergeleitet. »Inzwischen ist mir klar geworden, dass es nie einen klaren Weg zum Sieg gegeben hat. Osama bin Laden rechnete damit, dass seine Aktionen in New York den Zusammenbruch einer Gesellschaft einleiten, die bereits unter der Bürde ihres moralischen Zerfalls litt. Doch was folgte? Strapaziöse, letztlich unentschlossene Kriege in Afghanistan und im Irak. Eine Handvoll kleinerer Folgeangriffe, die in der amerikanischen Kultur der Gewalt und des Massenmordens weitgehend unbemerkt blieben. Bin Laden blökte in seinen letzten Lebensjahren wie ein Schaf und bettelte förmlich darum, von den Amerikanern entdeckt zu werden.«

Halabi hielt inne und musterte die Gesichter auf den Bildschirmen. Obwohl sie sich in der Tat von früheren Untergebenen unterschieden, loderte das Feuer in ihrem Blick ebenso hell. Die Bewegung bedeutete ihnen alles. Sie gab ihrem Leben ein Ziel. Ein Ventil für ihren Zorn, ihren Hass und ihre Enttäuschung. Und sie schenkte ihnen Seelenfrieden.

»Al-Qaida hat versagt, weil die Führung alterte und darüber vergaß, was junge Männer motiviert«, setzte er nach.

Osama bin Laden hatte den Aufschwung brutaler Gewalt in der Region kritisch verfolgt und als kontraproduktiv für die Gewinnung neuer Rekruten eingestuft. Bedauerlicherweise hatte er die Wahrheit nicht mehr miterlebt. Die elegant produzierten Videos chaotischer, gnadenloser Triumphe. Die pumpenden Beats, die die Bilder untermalten, und die computergenerierten Grafiken, die ihre Botschaft verdeutlichten. Tausende junger Männer, motiviert von dieser Propaganda, strömten in den Nahen Osten. Bereit zu kämpfen. Bereit zu sterben.

»Und der IS hat sich kaum besser geschlagen«, fuhr Halabi fort. »Ich und meine Vorgänger ließen sich von der Vision eines neuen Kalifats einlullen. Spaltungen erfassten den Nahen Osten. Der Westen wurde es leid, Kriege zu führen, die keine entscheidenden Siege einfuhren. Wir machten uns selbst etwas vor, redeten uns ein bereit zu sein, aus den Schatten hervorzutreten und gegen das US-Militär bestehen zu können.«

Er hielt kurz inne und überlegte, wie viel er ihnen anvertrauen sollte. Sie lebten in einem Informationszeitalter, entschied er. Dem inneren Kreis Wissen vorzuenthalten führte am Ende nur zu einer weiteren Niederlage.

»Es war alles eine Verschwendung von Zeit und Märtyrern. Der Moment für ein solches Vorgehen war noch nicht gekommen.«

»Ist er jetzt gekommen?«, wollte einer der Männer wissen. Seine jugendliche Ungeduld war selbst über die billigen Computerboxen zu hören. »Amerika ist schwächer denn je. Die Bevölkerung zerfleischt sich in gegenseitigem Hass. Sie bilden sich ein, vom Rest der Welt betrogen worden zu sein. Beraubt. Ausgenutzt. Die ständige Berieselung mit Nachrichten bestärkt sie in dieser Haltung, genau wie die Propaganda der Russen im Internet. Und die bevorstehende Präsidentschaftswahl spitzt die gesellschaftliche Spaltung weiter zu. Das Land steht kurz davor, sich selbst zu zerlegen.«

»Das genügt nicht«, erwiderte Halabi. »Die Amerikaner sind ein Volk der Extreme. Sie neigen zu Anflügen von Aggressivität und Selbstzerstörung, verfügen aber auch über eine innere Stärke, die in der jüngeren Geschichte niemand bezwingen konnte.«

Die Gesichter auf den Monitoren nahmen das, was sie als Lobhudelei an den Feind empfanden, mit sichtbarem Erstaunen zur Kenntnis. Eine der vielen Lektionen, die Halabi gefesselt an ein Krankenhausbett tief unter der Erde gelernt hatte: Hass durfte einen nicht blind für die Stärken und Tugenden des Feindes machen.

»Wenn sie niemand bezwingen kann«, fragte der Brite, »wie soll es uns dann gelingen?«

Eine Frage, die Halabi zeitlebens beschäftigt hatte. Nun endlich hatte Gott sie ihm beantwortet.

»Wir werden sie weiterhin ablenken, indem wir die Feuer ihrer Angst und Spaltung schüren«, erklärte er.

»Und dann?«, hakte der andere nach.

»Dann werden wir sie in einer Weise treffen, wie es sich bisher niemand vorstellen konnte.«

3

Al-Hudaida, Jemen

Die Hafenstadt hatte weiterhin mehr als zwei Millionen Einwohner. Das lag aktuell vor allem daran, dass die Menschen nirgendwo anders hinkonnten. Manche Gebäude waren unversehrt geblieben, andere hatten schwere Treffer der saudischen Luftwaffe eingesteckt und befanden sich in unterschiedlichen Stadien der Zerstörung. Fast jede Nacht veränderten Bombenangriffe die Landkarte von Al-Hudaida, verteilten tonnenweise Schutt auf manchen Straßen und fegten andere sauber.

Rapp umrundete ein ausgebranntes Autowrack und erreichte eine mit Löchern gespickte Straße, auf der etwas mehr Betrieb herrschte. Trauben von Männern versammelten sich um Holzkarren und feilschten um das, was zu haben war. Frauen, von Kopf bis Fuß in traditioneller Kleidung verschleiert, mischten sich nur vereinzelt unter die Menge. In diesem Teil der Welt neigte man dazu, sie zu Hause einzusperren, was den dysfunktionalen Gesamteindruck verstärkte.

Eine dieser Frauen kam Rapp gerade entgegen. Sie klammerte sich an den Arm eines männlichen Verwandten, der normalerweise dafür zuständig war, auf sie aufzupassen. In diesem Fall hatten sich die Rollen umgekehrt. Er trug ein AK-47 und den zeremoniellen Dolch, der im Jemen zur obligatorischen Alltagsmode gehörte, litt aber auch unter einer der schweren Krankheiten, die dieser Krieg entfesselt hatte. Seine Begleiterin war alles, was ihn auf den Beinen hielt.

Er stolperte. Rapp fing ihn auf und stützte ihn, bis er wieder Halt gefunden hatte. Die Frau flüsterte ein Dankeschön. Der Amerikaner beschloss spontan, die Situation auszunutzen. Die Karte, die ihm die CIA mitgegeben hatte, war kaum das Papier wert, auf dem sie gedruckt war.

»Können Sie mir sagen, wo das Café Pachachi ist?«

Ihre Augen – der einzige unverhüllte Teil ihres Körpers – weiteten sich und sie trat zögernd einen Schritt zurück.

Kaum überraschend. Je mehr der IS an Boden einbüßte, desto mehr wandten sich seine unbezahlten, führungslosen Kämpfer Erpressung, Drogenschmuggel und sexueller Versklavung zu, um sich über Wasser zu halten. Rapps Erscheinung und der irakische Akzent ließen sie offenbar vermuten, einen dieser Kämpfer vor sich zu haben.

»Café Pachachi?«, wiederholte er.

Ihr Kopf zuckte unbestimmt in eine Richtung. Nach ein paar kurzen, gemurmelten Anweisungen schob sie sich an ihm vorbei und verschwand im grellen Sonnenlicht.

Er brauchte weitere 30 Minuten, dann hatte er das Restaurant gefunden. Es hatte sich in einem weitgehend intakten Steinbau einquartiert. Draußen standen niedrige Plastiktische und Stühle. Einige improvisierte Sonnensegel spendeten Schatten, behelfsmäßige Absperrungen schützten die Gäste davor, in den Bombenkrater am östlichen Rand der Fläche zu stürzen.

Trotz des Krieges schienen die Geschäfte gut zu laufen. Der Außenbereich war gefüllt mit Männern, die dicht aneinandergebeugt über Politik, Gott und den

Tod philosophierten. Kellner eilten aus dem verglasten Inneren herbei und verschwanden wieder, brachten Essen und Getränke, räumten Geschirr ab und ließen sich gelegentlich in eine der leidenschaftlich geführten Diskussionen verwickeln.

Schwer zu glauben, dass es sich hierbei um die Gesamtsumme der CIA-Präsenz im Jemen handelte. Das Land gehörte zu den ruchlosesten, am stärksten vom Terrorismus geprägten Staaten weltweit. Die Vereinigten Staaten hatten es quasi kampflos der Kontrolle der Saudis überlassen.

Amerikanische Politiker kümmerten sich aktuell um nichts anderes als die Bestätigung ihrer Macht bei den nächsten Wahlen. Der amtierende Präsident hatte auf Verteidigungsmodus geschaltet und verkniff sich alles, was seiner Partei bei den anstehenden Präsidentschaftswahlen womöglich schadete. Die Vorwahlen waren in vollem Gang. Die schmierigsten, destruktivsten Kandidaten auf beiden Seiten lagen klar in Führung. Und das amerikanische Volk hockte wie das Kaninchen vor der Schlange und feuerte die Widersacher an, als säße man im Publikum eines Cage-Fights beim Pro-Wrestling.

Da sich niemand so recht um den Jemen kümmerte, weitete der IS schrittweise seinen Einfluss aus. Die Organisation nutzte das Chaos, um sich neu zu formieren und die eigenen Strukturen auszubauen. Ein Fehler, den die Politik häufig machte. Oder war es gar kein Fehler? Immerhin lieferte der Terrorismus großes Theater. Opfer als Sympathieträger, mit denen man mitfühlte, tapfere Soldaten und böse Schurken. Die perfekte Show. Vielleicht hatten es Amerikas gewählte Volksvertreter gar nicht so eilig, die Verhältnisse zu regeln, wie das Volk glaubte. Krisen lockten die Menschen eher an die Wahlurnen als gelöste Probleme.

»Allah hat dich sicher bei uns abgeliefert«, rief Shamir Karman aus und schob sich zwischen den vollen Tischen durch, um ihn zu umarmen. »Willkommen, mein Freund!«

Rapp erkannte ihn nicht auf Anhieb. Karman schleppte in der Regel 15 Kilo oder mehr, die der Schwerkraft trotzten, als Ring um den Bauch mit sich herum. Der zusätzliche Ballast war komplett verschwunden und sein bärtiges Gesicht wirkte gezeichnet.

»Schön, dich wiederzusehen«, sagte Rapp in dem freundschaftlichen Tonfall, den die anderen Gäste erwarteten.

»Komm! Es gibt keinen Grund, dass wir uns bei diesem Gesindel rumtreiben. Das gute Essen und den Kaffee hab ich hinten versteckt.«

Die Umsitzenden lachten, während er Rapp in das marode Gebäude führte. Menschen richtig anzupacken gehörte seit jeher zu Karmans besonderen Talenten. Der gebürtige Jemenit war vor Jahren von der CIA rekrutiert worden. Von Anfang an zeichnete sich ab, dass er nicht zum Schützen taugte. Nein, seine Waffe war die tödliche Liebenswürdigkeit. Einem Typen wie ihm vertraute man die größten Geheimnisse an. Man lud ihn zur Hochzeit ein oder bot ihm Unterschlupf im eigenen Haus, solange er bleiben wollte. Und zwar innerhalb von zehn Minuten nach der ersten Begegnung.

»Letzte Nacht gab es einen weiteren Bombenangriff«, berichtete er, während sie an den Tischen im Innenraum vorbeigingen, reserviert für Frauen, die mit ihren Familien speisen wollten.

»War es knapp?«

Die Agency arbeitete daran, die Saudis von diesem Viertel wegzuhalten, doch niemand traute sich, ihnen zu viel zu sagen – aus Angst, dass einer von ihnen plauderte. Der typische Drahtseilakt, auf den sich Irene Kennedy so gut verstand. Es gab keine Garantien. Ein arroganter Kommandant oder verwirrter Pilot genügte, um Karman und seine Operation in ein brennendes Pulverfass zu verwandeln.

»Nein. Die Bastarde haben bloß wahllos Bomben abgeworfen, um von ihrem wahren Ziel abzulenken.«

»Und zwar?«

»Die sanitäre Einrichtung, die wir mit Dreck und Spucke immer wieder zusammenflicken. Wir kämpfen gegen einen der schlimmsten Choleraausbrüche der Geschichte an. Sie wollen, dass sich die Lage verschlimmert. Wenn sie uns nicht mit Waffen zum Gehorsam zwingen können, lassen sie uns eben verhungern oder an Seuchen krepieren.«

Die Wut in seiner Stimme diente nicht allein der Tarnung. In Wahrheit ließen sich Karmans Loyalitäten nicht so genau festmachen, aber genau deshalb war er so gut in seinem Job. Er sorgte sich wirklich um sein Heimatland und jeder, der mit ihm sprach, merkte das sofort.

»Hast du deine Familie mitgebracht?«, fragte der Jemenit.

Der Grund für diese Frage war nicht schwer zu erraten. Er sorgte sich, dass Coleman und seine Männer hier auffielen wie bunte Hunde. Rapp teilte diese Sorge und hatte sie nach Riad geschickt. Sie ließen es sich derzeit im Pool eines Fünf-Sterne-Resorts auf Kosten der amerikanischen Steuerzahler gut gehen.

»Nein. Ich bin allein.«

»Dann wohnst du natürlich bei mir. Ich kann dir keinen großen Luxus anbieten, aber den wirst du im Jemen sowieso nirgends finden.«

»Danke. Sehr großzügig von dir, mein Freund.«

Sie betraten die Küche. Statt des angenehmen Geruchs von köchelndem Saltah stieg ihm ein beißender Gestank nach Bleiche in die Nase.

»Mein Erfolg beschränkt sich nicht auf mein Talent als Koch und die dauerhafte Versorgung mit Essen.« Karman schien seinen Blick richtig zu deuten. »Seit dem Ausbruch der Cholera ist Hygiene unglaublich wichtig. Niemand ist je krank geworden, nachdem er in meinem Restaurant gegessen hat.« Er erhöhte die Lautstärke seiner Stimme. »Und das wird auch nie passieren, richtig?«

Die Mitarbeiter in der Küche versicherten ihm nachdrücklich, dass sie das genauso sahen.

»Aber im Ernst«, meinte er und schob eine Tür auf, die nach hinten führte. »Steck nichts in deinen Mund, das nicht von hier stammt, sonst scheißt und kotzt du dir die Seele aus dem Leib. Zumal du das allein durchstehen musst. Das Krankenhaus wurde schon dreimal von Bomben getroffen und muss trotzdem Hunderte neuer Patienten am Tag versorgen. Die Kranken und Sterbenden bedecken dort jeden Zentimeter freie Fläche und stapeln sich inzwischen auf dem Parkplatz. Es ist schlimm. Keine Medizin. Kaum Personal. Nichts.«

Der Raum, in dem sie sich wiederfanden, war kaum sechs Quadratmeter groß. Eine Glühbirne an der Decke spendete etwas Helligkeit. Ein Klapptisch musste als Arbeitsfläche herhalten, davor stand ein Plastikstuhl, abgezwackt aus dem Restaurant. Vor den Wänden stapelten sich Kartons mit dem arabischen Wort für Bleiche. Ein paar Notizbücher, offenbar für die Buchhaltung genutzt, und eine mickrige Topfpflanze komplettierten die Einrichtung.

Laut Rapps Briefing existierte in diesem Haus auch eine Geheimkammer mit Kommunikationsvorrichtungen und ein paar Waffen, die nur im absoluten Notfall genutzt werden sollten. Falls jemand von ihrer Existenz erfuhr, baumelte Karmans Leiche binnen kürzester Zeit an einem der Dachbalken im Gastraum.

»Noch besser als Bleiche ...«, murmelte der Jemenit und wühlte in einem Karton, der hinter ihm stand, »... ist Alkohol.«

Er zog eine halb volle Flasche Jack Daniel's hervor und goss sorgfältig bemessene Schlucke in zwei Kaffeebecher. Einen davon reichte er Rapp.

»Ist deine Arbeit gut gelaufen?«, erkundigte er sich bewusst vage und auf Arabisch. Man mochte ihn in der Gegend und vertraute ihm. Dennoch war es ein Kriegsgebiet. Man musste überall mit Lauschern rechnen und auf der Hut sein.

»Nein. Ich habe leider keinen Kontakt zu deinem Freund herstellen können.«

Karmans Gesicht verriet Bedauern. »Das tut mir leid. Ich habe mein Bestes getan, um das Treffen in die Wege zu leiten. Du weißt ja, wie unberechenbar er manchmal ist.«

Rapp nickte und nippte am Drink.

»Ich komme mir vor wie eine Klatschtante in einem Café«, raunte Karman leise. »Mehr als ein paar Bröckchen, die vom Tisch fallen, wenn die Leute im Restaurant sitzen und über Politik reden, fallen für mich nicht ab.«

Die Botschaft war eindeutig. Er verlangte nach zusätzlicher Unterstützung. Dummerweise waren die Scheißkerle in Washington derzeit nicht in Stimmung, sie zur Verfügung zu stellen.

»Ach wirklich? Für mich sieht's aus, als laufen die Geschäfte gut.«

»Das täuscht. Die Kunden brechen weg und das Gerede wird immer abstruser. Spione. Intrigen. Verschwörungen. Wenn man sich so was den ganzen Tag anhört, ertappt man sich irgendwann dabei, in den Himmel zu gucken und sich nach einer saudischen Rakete zu sehnen, die einem den Rest gibt. Oder hinter der Schulter einen Mann auftauchen zu sehen, der einen ersticht, um sich das mickrige Kleingeld aus der Tasche zu schnappen.«

»Ehemalige IS-Kämpfer?«, fragte Rapp.

Karman nickte. »Sie sind schwer bewaffnet und agieren ziellos. Junge Männer voller Hass, Gewalt und Gier, die jede Winzigkeit für eine göttliche Botschaft halten. Falls Sayid Halabi noch lebt, hätte ich erwartet, dass er sie ins Zentrum des Landes beordert. Dort herrscht völlige Anarchie. Das scheint ihn nicht zu interessieren. Man hört Gerüchte, dass er eine deutlich kleinere Gruppe studierter, gut ausgebildeter Anhänger um sich sammelt.«

Karman führte den Becher an die Lippen und schloss die Augen, ließ den Whiskey genüsslich in der Mundhöhle kreisen und schluckte ihn erst dann hinunter. »Die Leute reden über ihn, als wäre er ein Geist. Als wäre er gestorben und von den Toten zurückgekehrt. Sie glauben, dass Gott zu ihm gesprochen und ihm das Geheimnis verraten hat, wie sich die Ungläubigen besiegen lassen.«

»Glaubst du, dass es stimmt?«

»Nein. Aber ich glaube, dass Halabi davon überzeugt ist. Und ich glaube, dass er mindestens so clever wie durchgeknallt ist. Was ich dir mit Sicherheit sagen kann: Der IS entwickelt sich weiter. Und falls er dahintersteckt, garantiere ich dir, dass er es nicht zu seinem Privatvergnügen tut. Er arbeitet auf etwas hin. Auf ein großes Ziel.«

Erneut wies ihn Karman unter dem Deckmantel, wilde Gerüchte nachzuplappern, auf einen wichtigen Punkt hin: Es musste etwas unternommen werden, bevor es Halabi gelang, seinen Einfluss auf eine neu erstarkte Dschihadistenbewegung zu erweitern. Ihm erzählte er damit nichts Neues. Rapp und Kennedy predigten dasselbe den amerikanischen Politikern. Nur dass die sich von Tag zu Tag weniger dafür zu interessieren schienen.

Karman griff nach einer Packung Zigaretten und zündete sich eine an, bevor er weitersprach: »Für uns ist hier nichts mehr zu holen, mein Freund. Ich kann einen Tag nicht mehr vom nächsten unterscheiden. Ich serviere Essen. Ich putze. Ich höre mir das Gerede der Leute an. Und ich warte auf den Tod.«

4

ZENTRALJEMEN

Der Junge rollte sich auf der schmutzigen Pritsche zusammen, hielt die Hand vor den Mund und wappnete sich für den anstehenden Hustenanfall. Dr. Victoria Schaefer verfolgte hilflos, wie er verkrampfte. Die abgehackten Geräusche wurden vom Schutzanzug gedämpft, den sie trug. Als es vorbei war, streckte er eine Hand aus, an der Blut aus seiner Lunge klebte.

Sie griff danach, drückte sie sanft durch die Gummihandschuhe und kämpfte dagegen an, in Tränen auszubrechen. Ihre Kopfbedeckung hätte es sowieso nicht zugelassen, sie wegzuwischen. Eine Lektion, die sie in den vergangenen Jahren wieder und wieder gelernt hatte.

»Alles wird gut«, log sie durch die Plexiglasmaske.

Die Atemwegskrankheit, auf die sie in diesem abgelegenen Jemenitendorf gestoßen waren, hatte mehr als ein Drittel der Menschen mit Symptomen dahingerafft. Bald würde auch der Junge in dieser Statistik auftauchen. Es gab nichts, was sie dagegen unternehmen konnte.

Er mühte sich etwas zu sagen und deutete dabei auf eine der anderen Pritschen, die sich in dem winzigen Steingebäude aneinanderreihten. Sie verstand die Wörter nicht – ihren Dolmetscher in diese primitive Klinik mitzunehmen wäre zu riskant gewesen –, aber sie verstand ihre Bedeutung. Die Frau, die neben dem Eingang lag, war seine Mutter. Nach tagelangem Kampf um jeden Atemzug hatte sie vor zwei Stunden aufgegeben.

»Sie schläft nur.« Schaefer bemühte sich, so sanft wie möglich zu sprechen.

In seinem Alter waren Vertrauen und Hoffnung noch nicht aus den Augen des Jungen verschwunden. Im Gegensatz dazu schienen ihr die Erwachsenen im Dorf nicht länger zu trauen. Kein Wunder. Schon bevor ihre Medikamentenvorräte zur Neige gingen, hatte sie auf verlorenem Posten gekämpft. Mehr als es den Kranken so behaglich wie möglich zu machen und ihre sekundären Infektionen mit Antibiotika zu bekämpfen blieb nicht. Das Virus ließ sich nicht aufhalten.

Der Junge verlor das Bewusstsein. Schaefer lief durchs Dämmerlicht zu einem Hocker in der Ecke. Das Fenster war abgeklebt, die Tür so dicht wie möglich gegen die mit Gummileisten verstärkte Zarge geschoben. Licht drang durch ein Loch im Dach, das mit einem Stück weißen Stoffes abgedeckt wurde. Etwas anderes stand ihnen nicht zur Verfügung.

Die anderen drei lebenden Menschen im Gebäude befanden sich in verschiedenen Stadien der Erkrankung. Einer – ironischerweise ein Mann, der sein Alter auf Ende 60 schätzte – schien auf dem Weg der Besserung zu sein. Ob man tatsächlich von Besserung sprechen konnte, da war sie nicht so sicher. Immerhin ließ das Akute Jemenitische Atemwegssyndrom, wie sie es getauft hatten, fast 30 Prozent der Überlebenden mit permanenten Behinderungen zurück. Dass er nie wieder normal arbeiten konnte, stand so gut wie fest. Die Frage war eher, ob er es schaffte, ohne fremde Hilfe den Alltag zu bewältigen.

Das endgültige Schicksal der beiden anderen Patienten hing in der Schwebe. In der Frühphase des Ausbruchs waren keine verlässlichen Prognosen möglich. Beide waren kräftig und um die 20, doch das schien für das AJAS keinen Unterschied zu machen. Es befiel in gleichem Maße die gesamte Bevölkerung, ob nun kerngesunde Erwachsene, Kinder oder Ältere.

Der Junge fing wieder an zu husten. Diesmal ging sie nicht zu ihm, sondern starrte auf das Blut an ihren Handschuhen. Sie hatte seine Mutter extra so platziert, dass er sie sehen und Trost aus ihrer Anwesenheit ziehen konnte. Im Gebäude herrschte eine stickige Hitze. Am Ende war es egal. Er lebte sowieso nicht mehr lange genug, um mitzubekommen, wie ihre Leiche sich zersetzte.

»Vick-«

Die Stimme aus dem Satellitenhandy brach ab. Schaefer schüttelte genervt das Gehäuse. Keine besonders technische Herangehensweise, aber es schien zu funktionieren. Auf diese Weise bekam sie die abschließenden Worte des Satzes von ihrem Boss mit, beschloss jedoch, sie zu ignorieren. Ken Dinh war der Leiter von Ärzte ohne Grenzen, ein guter Mann und ein persönlicher Freund. Allerdings saß er hinter einem Schreibtisch in Toronto, während sie sich im Niemandsland des Jemen durchschlagen musste.

»Hast du gehört, was ich gesagt habe, Vicky?«

Da sie niemand sah, gönnte sie sich ein Stirnrunzeln mit finsterer Miene. Mit 42 hatte sie bereits eine Reihe von Ehemännern verschlissen, die letztlich alle dieselben Beschwerden vorbrachten. Ganz oben auf der Liste stand, dass sie besessen von ihrem Job war. Dann kam hinzu, dass sie – um die Formulierung ihres letzten Gatten zu benutzen – ständig irgendwo in einem vom Krieg erschütterten, mit Krankheiten verseuchten Loch in der Dritten Welt feststeckte. Und schließlich warfen ihr alle vor, dass sie nie zuhörte und ständig nur selbst redete. Zumindest vermutete sie das, denn sie hatte nie richtig zugehört.

»Ja, hab ich. Ich weiß nicht, was du von mir erwartest. Willst du hören, dass du dir keine Sorgen machen sollst? Dass es nicht so schlimm ist, wie es klingt? Und was soll ich den Leuten hier im Dorf erzählen? Schluckt zwei Aspirin und kommt morgen wieder?«

»Sarkasmus steht dir nicht, Vicky.«

»Ernsthaft?«

»Nein. Das sollte ein Witz sein.«

»Also sind wir jetzt an dem Punkt angelangt, wo wir uns mit Witzen aufheitern?«

Selbst eine halbe Welt entfernt konnte sie sein tiefes Seufzen hören. »Aber die Krankheit tritt *isoliert* auf, oder? Du hast nichts mitbekommen, das auf einen Ausbruch außerhalb des Dorfs hindeutet?«

Sie war ungefähr einen halben Kilometer weit gelaufen, um den Anruf zu erledigen, und hatte auf halber Strecke einer Anhöhe haltgemacht, wo große Felsbrocken ein wenig Schatten spendeten. Hierhin kam sie immer, wenn sie allein sein wollte und Orientierung in einer Welt suchte, die kaum welche bot.

Das Dorf im Tal machte nicht viel her. Ein paar primitive Bauten, allesamt aus Lehm und rötlichen Steinquadern errichtet, die die Landschaft ringsum dominierten. Sie betrachtete sie einige Momente lang, statt zu antworten. Streng genommen hatte Dinh recht. Die Krankheit, die sie entdeckt hatten, schien sich auf diesen gottverlassenen Ort und die 43 verbliebenen Bewohner zu beschränken.

Genau deswegen interessierte sich niemand dafür. Für die Huthi-Rebellen und die Regierungstruppen, die um die Kontrolle über das Land stritten, hatten diese Menschen keine strategische Bedeutung. IS- und Al-Qaida-Soldaten in diesem Gebiet scheuten ebenfalls den Aufwand, zwei oder drei Bewaffnete hinzuschicken, um das Dorf einzunehmen. Und die Saudis sahen keinen

Grund, Treibstoff und Geschütze zu verschwenden, um es einzuebnen.

Die Krankheit, die hier wütete, ließ sich vermutlich auf eine der Fledermauspopulationen in den Höhlen jener Anhöhe zurückführen, auf der sie gerade stand. Die Spezialisten, mit denen sie sich abgestimmt hatte, versicherten ihr, dass der Flugradius der Tiere nicht ausreichte, um die nächste Siedlung zu erreichen – ähnlich klein und mehr als 60 Kilometer weiter östlich.

»Ja, sie tritt isoliert auf«, erklärte sie schließlich. »Ich weiß nur nicht, wie lange das so bleibt. Es klappt nur, weil ich diese Menschen mit Essen und medizinischer Hilfe versorge, damit keiner von ihnen auf die Idee kommt, das Dorf zu verlassen. Und ich setze darauf, dass niemand von außerhalb einen Anlass findet herzukommen. Blind darauf verlassen können wir uns nicht.«

»Du hast erwähnt, dass du das Ganze für einen unglücklichen Zufall hältst, richtig? Der Krieg hat das Dorf von der Versorgung abgeschnitten. Daraufhin sahen sie sich zum ersten Mal gezwungen, ihren Hunger mit Fledermäusen zu stillen.«

»Das war nur eine Vermutung«, antwortete sie angespannt. »Wir schaffen es nicht, jemanden mit der entsprechenden Expertise herzuholen, um die nötigen Tests durchzuführen. Hör zu, Ken, ich bin mit einem Pfleger und einem Mikrobiologen hier, der sich bloß dafür interessiert, ein paar wissenschaftliche Aufsätze in Fachzeitschriften zu veröffentlichen. 25 Menschen in diesem Dorf sind bereits tot. Das entspricht gut einem Drittel der Bevölkerung.«

»Aber es ist dir gelungen, die Ausbreitung zu stoppen, oder? Die Lage ist unter Kontrolle.«

»Wir haben die letzten eindeutig identifizierbaren Erkrankten unter Quarantäne gestellt und fürs Erste die Bewohner davon überzeugt, sich von den Fledermäusen fernzuhalten«, bestätigte sie. »Aber es ist extrem ansteckend, Ken. So etwas habe ich bisher noch nie erlebt. Selbst kurzer Kontakt mit einem Infizierten führt mit mehr als 50-prozentiger Wahrscheinlichkeit zu einer Ansteckung. Das Schlimmste ist, wie lange das Virus auf Oberflächen zu überleben scheint. Es gibt stichhaltige Hinweise, wonach Menschen erkranken, nachdem sie Gegenstände berührten, die 72 Stunden vorher von einem der Opfer angefasst wurden. Was, wenn jemand, der darunter leidet, an einem Flughafen auftaucht? Es würde genügen, dass er einen Knopf im Aufzug drückt oder sich am Check-in-Schalter aufstützt, und das Virus würde sich weltweit ausbreiten. Wie sollen wir so etwas verhindern?«

»Das letzte Mal haben wir es auch verhindert.« Er bezog sich auf die SARS-Pandemie zu Beginn des 21. Jahrhunderts.

»Das kann man nicht vergleichen, und das weißt du auch! SARS ist deutlich weniger infektiös und brach zuerst in Asien aus. Uns blieb damals genug Zeit, global Gegenmaßnahmen auf Basis moderner medizinischer Gerätschaften einzuleiten. Wir reden hier vom Jemen. Dort fehlt es an jeglichen Ressourcen. Man kann sich nur hinsetzen und beten. Wir sprechen von einer potenziellen Pandemie, die am Ende Hunderte Millionen Opfer fordert. Bist du Arzt oder Politiker, Ken? Wir …«

»Halt den Mund, Vicky! Halt einfach mal für eine Minute den Mund und hör zu, wenn du das hinbekommst.«

Der für ihn untypische emotionale Ausbruch brachte sie zum Schweigen.

»Hast du eine Vorstellung, was im Rest des Jemen gerade geschieht? Außerhalb deiner kleinen Welt? Wir haben es mit einem Cholera-Ausbruch zu tun, der nun offiziell als schlimmster der Nachkriegszeit gilt. NGOs treten wegen der ständigen Bombardements und der zunehmenden Gewalt den Rückzug an. Die Mitarbeiter des örtlichen Gesundheitswesens sind entweder selbst erkrankt oder haben seit Monaten kein Gehalt mehr bekommen und legen die Arbeit nieder, weil sie ums nackte Überleben kämpfen.«

»Ken …«

»Ich bin noch nicht fertig! Rund ein Drittel des Landes steuert auf den Hungertod zu. Wir haben es mit Infektionen zu tun, bei denen unsere Antibiotika keine Wirkung zeigen. Und es gibt Gerüchte, wonach ein massiver Angriff auf Al-Hudaida bevorsteht. Sollte der dortige Hafen schließen, würden alle Nachschublieferungen versickern. Dann käme die humanitäre Hilfe zum Stillstand. Es kämen weder neue Nahrung noch Medikamente ins Land. Kein Treibstoff. Das Land würde im wahrsten Sinne des Wortes ausgehungert.«

»Aber …«, versuchte sie einen Einwand vorzubringen.

»Klappe!«, rief er und fuhr fort: »Als ob das noch nicht reicht, halten es die meisten Regierungsvertreter oder Großspender nicht mal für nötig, mich zurückzurufen. Und warum? Weil sich niemand einen feuchten Dreck um den Jemen schert. Sie finden das Land nicht mal auf der Karte und haben die Nase voll davon, Hilfsgelder in Projekte im Nahen Osten zu pumpen, die ihnen vorzeitig um die Ohren fliegen. Ganz zu schweigen von der US-Präsidentschaftswahl, die weltweit die Berichterstattung dominiert. Selbst wenn morgen ein Raumschiff mit Außerirdischen im Jemen landet, schafft es die Meldung mit Glück auf Seite neun der *Times.*«

»Ken …«

»Sei still, sei still, *sei still!*«, herrschte er sie an. »Wo war ich? Ach, genau. Nachdem das also geklärt ist, erwartest du, dass ich meine ohnehin mickrigen Ressourcen von den Tausenden, die in den Städten sterben, auf ein winziges Dorf mit 50 Leuten umlenke, das isoliert in der Wüste dahinsiecht?«

»Leck mich, Ken.«

Seine Stimme klang nun etwas sanfter. »Pass auf, ich versteh ja, wie's dir geht. Vergiss bitte nicht, dass ich jahrelang dieselbe Arbeit erledigt habe wie du, bevor ich an diesem Schreibtisch gelandet bin. Ich will dir ja helfen. Was du da erzählst, macht mir Angst …«

»Aber du wirst nichts unternehmen.«

»Ach, ihr Kleingläubigen!«

Sie horchte auf. »Was willst du damit andeuten?«

»Ich wünschte, ich könnte die Lorbeeren für mich beanspruchen. In Wahrheit hatte ich nichts damit zu tun. Vor ein paar Wochen nahm ein saudischer Geschäftsmann, von dem ich nie zuvor gehört habe, Kontakt zu mir auf. Er meinte, er habe einen Artikel über dich in einer Universitätszeitung gelesen und wolle helfen. Damit erwischte er mich absolut unvorbereitet. Ich hab einfach eine Zahl in den Raum geworfen.«

»Was für eine Zahl?«

»250 Riesen.«

»Und?«

»Lange Geschichte. Am Ende hat er Ja gesagt.«

»Was?«, stammelte Victoria, die sich schwertat, das zu verarbeiten, nachdem sie seit Monaten um jedes kleinste Taschengeld kämpfen musste. »Ich … Ich verstehe nicht mal, was das für mich konkret bedeutet.«

»Es bedeutet, dass ich ein Team darauf angesetzt habe, eine Lieferung für dich abzuwerfen. Ausrüstung, Lebensmittel, Medikamente. Eventuell fliegt sogar jemand von der Universität Wyoming mit, um sich deine Fledermäuse anzuschauen. Wir lassen das Zeug im Container von einem Frachthelikopter runter, damit keiner in die Nähe deiner Patienten kommt. Ich verhandle aktuell mit den Saudis über eine Genehmigung.«

»Warum hast du mir das nicht gleich zu Beginn des Gesprächs erzählt?«

»Weil ich wollte, dass du dich erst um Kopf und Kragen redest. Pass auf, das ist kein Ackergaul, der dauerhaft Gold scheißt. Ich weiß nicht mal, wie ich zu diesem Spender Kontakt aufnehmen kann. Er will anonym bleiben und kriegt das verdammt gut hin. Sorg dafür, dass dieses Dorf gesund wird, und überleg dir, wie das dauerhaft so bleibt.«

»Ken. Tut mir leid, dass ich …«

Die Verbindung wurde getrennt. Sie ließ das Handy fallen und lehnte sich gegen den Felsen in ihrem Rücken. Sie ließ in Gedanken die Entwicklungen Revue passieren, die sie zu diesem konkreten Zeitpunkt an diesen konkreten Ort geführt hatten. Ihre Kindheit in einem Außenbezirk von Seattle war nicht sonderlich bemerkenswert verlaufen. Sie war nie viel gereist und zu Beginn ihrer medizinischen Ausbildung im Großraum Washington geblieben. Erst mit Anfang 30 erlag sie der

Verlockung der großen weiten Welt und den Milliarden verzweifelter Menschen, die dort lebten.

Schaefer floh vor der aufkommenden Sonne und blickte auf das Dorf im Tal. Die Tür zu ihrer improvisierten Klinik ging auf und ein Mann im Schutzanzug erschien. Dabei schirmte er die Augen hinter dem Plexiglas-Schutzschirm mit der Hand ab. Otto Vogel war ihr nüchterner deutscher Fels in der Brandung. Sie waren sich vor sieben Jahren in Ghana begegnet und arbeiteten seitdem zusammen. Er war nicht nur der beste Pfleger, dem sie je begegnet war, sondern wahrscheinlich der verlässlichste Mensch auf dem ganzen Planeten. Es gab keine Krise, die er nicht bewältigte, keine Katastrophe, die ihn aus dem Tritt brachte, keine Gefahr, die ihm Angst machte. Hinter ihnen lagen gemeinsame Einsätze in Haiti, Nigeria und Laos, um nur ein paar zu nennen. Und jetzt kämpften sie hier im Jemen gegen eine von der Menschheit verdrängte humanitäre Katastrophe.

Er suchte das Gelände ab und entdeckte sie schließlich im Schatten der Felsen. Sie hatte ihm gesagt, dass sie Ken Dinh anrufen wollte. Natürlich brauchte er nicht lange, um auf die Idee zu kommen, dass sie das Gespräch an ihrem Lieblingsplatz führte. Vogel deutete mit einer übertriebenen Geste auf sein Handgelenk. Er trug zwar keine Uhr, aber sie begriff sofort, dass er damit auf die Säumigkeit ihres dritten Musketiers anspielte. Ein Mann, der so gar kein Fels in der Brandung war. Eher ein Haufen Scheiße, der in der Hitze zerfloss.

Als Vogel hinter der nächsten Ecke verschwand, um die kontaminierte Kleidung abzulegen, stand sie auf und näherte sich zögernd einem Gebäude am entgegengesetzten Ende des Dorfs. Sie öffnete die Tür des steinernen Gemäuers. Dort saß ein Mann allein und kritzelte etwas in ein Notizbuch. Er war nur teilweise zu erkennen hinter der arg ramponierten Laborausrüstung, die sie von fliehenden NGOs ›ausgeliehen‹ hatte – in der Regel während sie im schwarzen Rollkragenpulli mit abgeschalteten Scheinwerfern mitten in der Nacht auf Beschaffungstour ging.

»Du solltest Otto vor mehr als einer halben Stunde ablösen«, schimpfte sie.

Die erste Reaktion bestand in einem genervten Stirnrunzeln. Das mochte bei den Studenten funktionieren, die an seinen Lippen klebten, nicht aber hier im Jemen.

»Ich stecke gerade mitten in einem Projekt«, behauptete er. Sein Englisch war grammatikalisch perfekt, aber er bildete sich viel darauf ein, es mit einem dicken französischen Akzent zu verstümmeln. »Ich muss das aufschreiben, solange es in meinen Gedanken noch frisch ist.«

Gabriel Bertrand war ein astreiner Scheißkerl, zugegebenermaßen ein ausgesprochen brillanter. Er hatte seine berufliche Karriere als Arzt begonnen, dann aber festgestellt, dass er es nicht mochte, ständig von kranken Menschen umgeben zu sein. Daraufhin sattelte er um und wechselte als Dozent in die Forschung.

»Das kann ich nachvollziehen«, meinte sie und schaffte es irgendwie, ihre gute Laune aufrechtzuerhalten. »Allerdings sterben gerade Menschen in diesem Gebäude. Otto und ich schaffen es nicht …«

»Dann lass mich ihnen helfen, Victoria! Du weißt genauso gut wie ich, dass es uns nicht gelingen wird, sie zu retten. Was ich hier mache, könnte künftige Opfer verhindern. Es wird …«

»Dir eine wichtige Auszeichnung verschaffen und Einladungen zu allen angesagten Cocktailpartys in Paris?«, spritzte sie dazwischen.

Wieder dieser herablassende Blick. Diesmal zielte er damit über den Rand der Lesebrille. »Sollte diese Krankheit unsere Schutzmaßnahmen überlisten, wird es *meine* Arbeit sein, die von Bedeutung ist. Nicht das, was ihr in eurer kleinen Krankenstation treibt.«

»Erzähl das den Menschen in dieser kleinen Krankenstation.«

»Es geht um so viel mehr. Ich bin sicher, vor ein paar Minuten hast du selbst versucht, das Ken Dinh zu verdeutlichen.«

Er stand hinter dem improvisierten Schreibtisch auf, rückte ihr etwas zu dicht auf die Pelle und strich mit der Hand über ihre nackte Schulter. Sie war zwar etwas älter als die meisten Studentinnen, mit denen er flirtete, aber fit, mit langen blonden Haaren und der für Leute, die im pazifischen Nordwesten aufgewachsen waren, typischen Bräune. Vor allem war sie die einzige Braut weit und breit.

»Deine Bemühungen werden prominente Berücksichtigung in meiner Arbeit finden. Du wirst sehr heroisch rüberkommen. Garantiert nicht schlecht für deine Karriere.«

Früher wäre sie vermutlich auf ihn hereingefallen. Als junge Frau hatte sie auf intelligente, kultivierte Männer gestanden. Jetzt nicht mehr. Nicht nach den Erfahrungen der letzten Jahre.

»Zehn Minuten, Bert.« Sie benutzte absichtlich die Kurzform seines Namens, die er hasste. »Sonst schicke ich Otto her, damit er dich rüberschleift.«

5

Al-Hudaida, Jemen

»Zwei Portionen Saltah«, rief Shamir Karman durch die offene Tür des Restaurants. »Und haben wir noch kleine Colaflaschen?«

Rapp saß allein an einem der Tische im Freien, trank Kaffee und paffte sich durch die Zigarettenpackung, die in diesem Teil der Welt nie fehlen durfte. Es war früh am Tag und die Sonne stand so niedrig am Himmel, dass die improvisierte Terrasse noch im Schatten lag. Etwa ein Viertel der Plätze war besetzt. Männer nippten an dampfenden Tassen, tauschten Tratsch aus und schickten gelegentlich einen neidischen Blick in Richtung von Rapps Rauchschwaden.

Wenn er den Bombenkrater hinter sich und die eingestürzten Gebäude vor sich ignorierte, wirkte alles recht normal. Kaum anders als in Tausenden anderen Cafés, in denen Rapp in den letzten 20 Jahren seines Lebens gegessen hatte. Laut Karman verschwand diese Illusion allerdings spätestens, wenn es Zeit fürs Mittagessen wurde.

Offenkundig machte seinem Restaurant ebenso wie anderen strauchelnden Betrieben in der Gegend eine organisierte Verbrecherbande das Leben schwer, die aus ehemaligen IS-Kämpfern bestand. Die Bande hatte bei fast allen schmutzigen Geschäften in Al-Hudaida ihre Finger im Spiel.

Das war es allerdings nicht, was Rapp aufhorchen ließ. Nein, ihn interessierte eher das Getuschel, wonach sie weiterhin mit Sayid Halabi unter einer Decke steckten.

Die Frage war, ob diese Gerüchte stimmten oder gezielt in Umlauf gebracht wurden. Im Glanz einer IS-Legende zu baden wäre nicht verkehrt für das Image von Männern, die vor allem ungewöhnlich sadistische Kriminelle zu sein schienen. Alles, was die Angst der verzweifelten Existenzen schürte, an denen sie sich bereicherten, spielte ihnen letztlich in die Karten.

Falls es zutraf, dass Halabi an einer klüger aufgestellten, schlagkräftigeren Organisation tüftelte, konnte man davon ausgehen, dass er seine Verbindung zu diesen Schwachköpfen, die Al-Hudaida terrorisierten, vollständig gekappt hatte. Auf der anderen Seite gaben Männer, die bereitwillig ihr eigenes Leben für die große Sache opferten, extrem mächtige Waffen ab. Vielleicht zu mächtig, als dass Halabi sie so einfach aufgab.

Nach vier weiteren Stunden waren alle Tische besetzt und die Gespräche verschwammen zu einem undefinierbaren Klangbrei. Kellner schoben sich geschickt an den Kunden vorbei, servierten Kaffee, Tee und Gerichte, die Karmans gestresstes Küchenpersonal zauberte. Zerfledderte Marktschirme waren aufgespannt worden. Die Menschen drängten sich unter ihnen, um der zunehmend heftigeren Sonne zu entgehen.

Rapp hatte seine Schüssel Marak Temani – eine traditionelle Fleischsuppe – fast geleert, als die Unterhaltungen schlagartig verstummten. Er spähte hinter sich und entdeckte den Grund auf Anhieb: Zwei junge Männer mit verhärmten Gesichtern näherten sich dem Restaurant. Sie waren mit AKs bewaffnet, wie fast alle hier im Jemen, trugen sie allerdings definitiv nicht als modisches Accessoire mit sich herum. Sie hingen schussbereit vor der Brust, die Finger am Abzug. In Verbindung mit ihren forschenden Blicken und den brutalen Mienen lag der Schluss nahe, dass sie nicht wegen des guten Essens gekommen waren.

Rapp wartete, bis sie das Restaurant betreten hatten, dann folgte er ihnen. Im schwach besetzten Innenraum wurde es still. Nur Karman stand im Eingang zur Küche und winkte die Männer heran.

Erneut folgte Rapp und erreichte die hektische Küche rechtzeitig, um mitzubekommen, wie sein alter Freund von einem der Männer ins Büro gelotst wurde. Der andere stand neben dem Durchgang, kaute Kat-Blätter und hielt nach Bedrohungen Ausschau.

Da er nicht bemerkt werden wollte, stahl sich Rapp zur Angestelltentoilette am hinteren Ende der Küche davon. Er tat, als ob er an der Tür rüttelte und feststellte, dass besetzt war. Daraufhin lehnte er sich an die Wand und zündete sich eine weitere Zigarette an.

Es war schwierig, Einzelheiten im Büro zu erkennen, aber das Licht reichte, um zu enthüllen, wie Karman ein kleines Metallkästchen öffnete.

Der Jemenit zählte ruhig Scheine ab, während sein Besucher lautstark Spekulationen über den Erfolg des Restaurants anstellte und die Frage aufwarf, ob er fair bezahlt wurde. Am Ende überforderte ihn die nötige Kalkulation und er gab sich mit einem kleinen Nachschlag aus dem Kästchen zufrieden. Ein harter Stoß traf den CIA-Informanten. Um ein Haar wäre er samt Stuhl umgekippt.

Das Küchenpersonal senkte die Köpfe, als die zwei Männer den Rückzug antraten, bemüht, Augenkontakt zu vermeiden. Rapp folgte den Besuchern nicht, sondern beobachtete sie aufmerksam. Sie merkten es nicht, weil sie zu beschäftigt waren, sich um die Verteilung der zusätzlich eingestrichenen Scheine zu streiten.

Nachdem sie in Richtung Gastraum verschwunden waren, warf Rapp die halb gerauchte Zigarette auf den Boden und nahm die Verfolgung auf. Bis er in die grelle Sonne hinaustrat, hatten die Schutzgelderpresser bereits einen Vorsprung von knapp 20 Metern herausgeholt. Er ließ zu, dass der Abstand noch etwas größer wurde, und schob sich an seinem Tisch vorbei, um den Rest des wahrscheinlich besten Kaffees hinunterzustürzen, den er je im Leben getrunken hatte.

Sie führten ihn durch ein spärlich bewohntes Labyrinth aus Gassen bis zu einem lebhaften Markt. Der Gestank nach Schweiß und Kanalisation stieg Rapp in die Nase. Er beobachtete, wie sich die Männer an den Ständen vorbeischoben und jedem der duckmäuserischen Betreiber Geld abluchsten.

Die Sonne stand bereits tief am Horizont, als die Erpresser ihre Runde durch das Viertel abschlossen und eine deutlich heruntergekommenere Ecke der Stadt erreichten. Rapp hatte Hunger und Durst, aber der gelegentliche Anblick von Cholera-Leichen am Wegrand, die auf Abholung warteten, hielt ihn erfolgreich davon ab, etwas dagegen zu unternehmen.

Der Staub reizte seine Kehle und der halb leere Magen trug zu der Wut bei, die sich schon den ganzen Tag in ihm anstaute. Mitzuverfolgen, wie diese Männer Menschen ausnahmen, die so gut wie nichts besaßen, war nichts Neues für ihn. Das machte es trotzdem nicht angenehmer. Rapp widmete sein Leben dem Ziel, solchen Abschaum von der Erde zu beseitigen. Blöd nur, dass ständig Nachschub um die nächste Ecke bog.

Sie stoppten vor einer Ruine, die mit Planen und anderem geklauten Material notdürftig repariert worden war. Rapp ging davon aus, dass sie ihre Arbeit für heute erledigt und ihn zu ihrem Hauptquartier geführt hatten. Das erwies sich als Irrtum.

Ein halbherziger Tritt von einem der Männer gab den Überresten einer Holztür den Rest und sie verschwanden im Inneren. Schwache Protestrufe und das Schreien von Kindern drangen durch glaslose Fensterrahmen. Rapp nistete sich an einer Stelle im Schatten ein, von der aus man den Eingang gut sehen konnte.

Die IS-Männer tauchten einige Minuten später wieder auf, ein ungefähr 14-jähriges Mädchen im Schlepptau. Es wehrte sich und schrie, versuchte vergeblich, sich loszureißen und ins Haus zurückzurennen. Kurz darauf stürzte ein Mann, den Rapp für den Vater des Mädchens hielt, ins Freie und wollte einen der Männer festhalten, brach dann aber kraftlos auf dem Boden zusammen. Der Schein der Sonne ließ den Schweiß auf seiner Stirn glänzen und hob die Blässe und die dunklen, eingefallenen Augen hervor. Ein weiteres Opfer von Al-Hudaidas kollabiertem Sanitärsystem und des Mangels an Medikamenten. Die IS-Schergen lachten bloß und schleiften seine Tochter die Gasse entlang.

Was nun kam, ließ sich leicht vorhersagen: die Reise in einen etwas wohlhabenderen Teil der Stadt. Die stumpfen Blicke der Menschen auf dem Weg dorthin, die zu sehr mit ihrem eigenen Schicksal haderten, um einzugreifen. Die Ablieferung bei einem Mann, der in bar bezahlte. Ihre Schreie, die durch die Wände des Hauses drangen und auf der Straße nachhallten.

Rapp folgte dem Duo und bemühte sich, die Hilferufe des Mädchens auszublenden. Er hatte im Irak etwas Ähnliches miterlebt. Es gehörte zu den wenigen Episoden seines Lebens, die ihn nicht in Ruhe ließen. Sein Schritt verlangsamte sich. Er zog kurz in Betracht umzukehren, wusste aber, dass es nicht infrage kam. Sie war eine von Tausenden. Seine Mission beschränkte sich nicht auf die Rettung eines Mädchens. Es ging nicht.

Die Nacht hielt Einzug und es wurde kälter. Die beiden Männer führten ihn zu einer Art Gewerbegebiet, das offenkundig von den Bombenattacken verschont geblieben war. Sie verschwanden in einer kleinen Lagerhalle. Rapp blieb stehen und musterte die steinerne Außenfassade. Am liebsten wäre er hineingestürmt und hätte diese Hurensöhne auf der Stelle hingerichtet.

Es wäre so einfach gewesen. Männer wie sie verfügten über keine nennenswerte Ausbildung im Nahkampf. Sie waren es gewohnt, dass die Menschen viel zu viel Angst vor ihnen hatten, um anzugreifen. Sie rechneten damit, eines Tages im Straßenkampf oder bei einem Drohnenangriff zu sterben. Die Vorstellung, dass sich ein einzelner Mann gegen sie stellte, passte nicht in ihr Weltbild. Anhand seiner Erfahrungen malte Rapp sich aus, dass sie wie ein Haufen Idioten einfach dasitzen würden, während er das Magazin seiner Glock in ihre Schädel entleerte.

Eine herrliche Fantasie. Nur leider nicht umsetzbar, ebenso wenig wie die heroische Rettung des Mädchens. Dies war die Realität – ein schmutziger, brutaler Ort. Für jeden Sieg zahlte man einen hohen Preis. Selbst eine Festnahme mit anschließendem Verhör brachte ihn nicht weiter. Nützlicher wäre es herauszufinden, wie viele Männer sich in der Lagerhalle aufhielten, Fotos zu machen, damit die CIA ihre Gesichter mit Namen verknüpfte, und ihre Kommunikation abzufangen.

Halabi war irgendwo da draußen. Er nahm sich vor, diesen Bastard zu jagen und ihm ein Messer ins Auge zu rammen. Auch wenn es in diesem Fall darauf hinauslief, etwas zu tun, das er mehr als alles andere hasste.

Warten.

6

Zentraljemen

Die Sonne am späten Nachmittag spendete so gut wie keinen Schatten, weil es kaum etwas gab, um welchen zu erzeugen. Die Umgebung bestand aus nichts als flachen Felsgraten, steinigem Wüstenboden und einer einzigen, kaum befestigten Straße, die hinter der nächsten Anhöhe verschwand. Der Mullah Sayid Halabi nahm nichts davon wahr. Er konzentrierte sich auf den Himmel. Die Amerikaner lauerten da oben. Genau wie die Saudis. Sie beobachteten. Analysierten. Warteten auf eine günstige Gelegenheit.

Für gewöhnlich wagte er sich tagsüber nicht nach draußen. Sein Leben beschränkte sich fast ausschließlich auf unterirdische Verstecke. Eine Existenz in völliger Dunkelheit, durchbrochen von fahlem künstlichen Licht und gelegentlichen Ausflügen unters Sternenzelt. Das

Risiko, das er hiermit einging, war inakzeptabel hoch und er tat es aus einem der absurdesten Gründe, die man sich vorstellen konnte. Einer seiner jungen Anhänger hatte ihm vorgeschwärmt, das Licht der Sonne sei um diese Tageszeit wunderschön.

Es war wahrlich nichts mehr wie früher.

Er fuhr in der Mitte eines kleinen Konvois. Sie hatten die Fahrzeuge einer der wenigen Hilfsorganisationen abgenommen, die sich noch im Land aufhielten. Ein sperriger SUV bildete den Anfang, dahinter holperte in einer Entfernung von 20 Metern ein sonst für Lieferungen von Medikamenten und Lebensmitteln genutzter Truck über die Buckelpiste.

Der Toyota Land Cruiser, in dem er saß, war das komfortabelste der drei Gefährte. Mit luxuriösen Ledersitzen, einer Klimaanlage und dem Blut des früheren Fahrers, das am Armaturenbrett klebte.

Die Männer, die sich in die Fahrzeuge gequetscht hatten, machten einen beträchtlichen Prozentsatz der Truppen aus, die seinem direkten Kommando unterstanden. Eine weitere verwirrende Änderung. Früher hatte er ganze Armeen angeführt und den Nahen Osten mit modernen Kriegswerkzeugen überrollt. Seine fanatischen Krieger hatten gewaltige Landstriche erobert und Tausende ausgebildeter Soldaten aus dem Westen in die Flucht geschlagen. Er hatte die Grundlagen für ein neues Kalifat mit dem Potenzial gelegt, die gesamte Region einzunehmen.

Und dann hatte er alles verloren.

In den Monaten, in denen er sich von dieser Niederlage und den körperlichen Auswirkungen von Mitch Rapps Angriff erholte, war ihm viel Zeit zum

Nachdenken geblieben. Über seine Siege. Seine Verluste. Seine Schwächen als Anführer und als Jünger des einzig wahren Gottes. Ironischerweise stammten die Worte, die er als Grundlage für seine neue Strategie heranzog, ausgerechnet aus dem Mund eines agnostischen Juden.

Die Definition von Wahnsinn ist, immer wieder das Gleiche zu tun und andere Ergebnisse zu erwarten.

Während seine aktuellen Truppen zahlenmäßig begrenzt waren, zeichneten sie sich durch eine völlig andere Qualität aus als alle vorherigen. Alle hätten jederzeit ihr Leben für ihn und das gemeinsame Ziel geopfert, keine Frage. Aber solche Kämpfer fand man in der Region zuhauf. Was die Männer, die ihn begleiteten, von anderen unterschied, war ihr Grad an Bildung und Training. Alle konnten Englisch zumindest auf Basisniveau lesen, schreiben und sprechen. Alle waren ehemalige Soldaten, ausgebildet von Amerikanern oder anderen westlichen Streitmächten. Und alle verfügten über langjährige Kriegserfahrung und hatten als Kämpfer ihre Meriten gesammelt.

Nun beschäftigten ihn ähnliche Probleme, mit denen sich auch das US-Militär und die Geheimdienste herumschlugen: gute Männer zu finden und sie effektiv einzusetzen. Die disziplinierten Soldaten, die heute an seiner Seite standen, ließen sich relativ leicht kontrollieren. Sie kannten sich mit rigiden Kommandostrukturen aus, wie er sie aufgebaut hatte. Eine größere Herausforderung stellte das technische Personal dar, das sich in der ganzen Welt verteilte. Sie waren temperamentvoll, ängstlich und reagierten oft unvorhersehbar. Bedauerlicherweise gehörten sie zu den entscheidenden Elementen im Gesamtkonstrukt.

Das Führungsfahrzeug kam zum Stehen und Halabi fuhr die Scheibe herunter. Er beugte sich hinaus und betrachtete das Schild, das aus einem Haufen Geröll hervorragte. Das Logo von Ärzte ohne Grenzen prangte darauf, außerdem ein Totenkopf mit gekreuzten Knochen und das Symbol für biologische Gefahrenstoffe. In der Mitte fand sich ein Text in zahlreichen Sprachen, der auf schwere Erkrankungen im Dorf hinwies, das vor ihnen lag, und ausdrücklich vor der Weiterfahrt warnte. Zur Unterstreichung dieser Botschaft war eine Reihe größerer Felsbrocken auf die Straße gerollt worden.

Muhammad Attia, sein Stellvertreter, sprang aus dem Führungsfahrzeug und ordnete das Entfernen des Hindernisses an.

Es war eine merkwürdig verstörende Szene. Das Beseitigen erfolgte mit einer Präzision, die man nur als westlich beschreiben konnte. Die Effizienz der Bewegungen in Kombination mit den Tarnuniformen, Helmen und Schutzbrillen ließ jeden Unterschied zu amerikanischen Soldaten, die Halabi zutiefst verachtete, verschwinden. Der Vorteil, sich die Methoden des Feindes anzueignen, war jedoch nicht abzustreiten. Nach weniger als drei Minuten setzten sie die Fahrt fort.

Das Dorf zeigte sich etwa eine Viertelstunde später und sah exakt so aus wie auf den Aufklärungsfotos, die sich sein Team beschafft hatte. Ein paar Menschen bewegten sich auf der freien Fläche zwischen den primitiven Steinhäusern. Viel mehr interessierten ihn die Personen, die auf der Straße in ihre Richtung stürmten. Die blonde Frau fuchtelte warnend mit den Händen, der Einheimische dahinter tat sich schwer, Schritt zu halten.

Sie blieb direkt vor der Kolonne stehen, rief etwas und

forderte sie mit entschlossenen Gesten auf, sofort umzukehren. Als der SUV an der Spitze anhielt, joggte sie zum geöffneten Seitenfenster. Halabi stellte überrascht fest, dass er der weiteren Entwicklung regelrecht entgegenfieberte, während er verfolgte, wie die Frau mithilfe ihres Übersetzers auf den Fahrer einredete.

Natürlich wusste Halabi alles über sie. Er hatte einen seiner ergebensten Unterstützer bei Ärzte ohne Grenzen anrufen lassen. Nach einer großzügigen Spende für ihr Projekt hatte der Leiter der Organisation ihm so gut wie jede Frage beantwortet. Ferner war es Halabis Computerexperten gelungen, sich Zugriff auf ihre Social-Media- und E-Mail-Accounts zu verschaffen und auf einen Blog, den sie schon länger nicht mit neuen Inhalten füllte.

Victoria Schaefer arbeitete seit Jahren für die NGO, meistens zusammen mit einem deutschen Krankenpfleger namens Otto Vogel. Obwohl diese Hure mit unzähligen Männern geschlafen hatte, gab es keine Anzeichen für eine Beziehung zwischen ihr und dem Deutschen, die über Freundschaft und gegenseitigen Respekt hinausging. Sie war anscheinend für den hiesigen Einsatz verantwortlich, doch er hielt den Franzosen, der bis jetzt noch nicht in Erscheinung getreten war, als Forscher für die treibende Kraft.

Ihre Beziehung zu Dr. Gabriel Bertrand gestaltete sich deutlich komplexer. Urteilte man nach den abgefangenen Nachrichten an Familienmitglieder, schien sie den Mann zu verachten, gleichzeitig aber für ein Genie zu halten, dessen Dienste unentbehrlich waren. Bertrands eigene Internetaktivitäten zeichneten das erhellende Bild eines besessenen, arroganten und selbstsüchtigen Mannes, dem es ausschließlich um den eigenen Vorteil ging. Er hielt keinen engen Kontakt zur Familie und ließ sich in Schriftwechseln mit zahllosen Frauen in Europa, zu denen er Beziehungen unterhielt, nie auf etwas Konkretes festnageln.

Schaefer stapfte mit ihrem Übersetzer im Schlepptau zu Halabis Fahrzeug, offensichtlich unzufrieden mit der Antwort, die sie am vorderen Wagen bekommen hatte.

»Wir sprechen Englisch«, sagte Halabi zur Begrüßung und bemerkte die Verärgerung in ihrem Gesichtsausdruck.

»Was in Gottes Namen machen Sie dann hier? Haben Sie das Schild nicht gesehen? Warum haben Sie die Felsen zur Seite geschafft, die wir aufgetürmt haben?«

Halabi nickte kurz. Sein Fahrer feuerte mit einer schallgedämpften Pistole durch die Scheibe. Das Geschoss flog an der Frau vorbei und traf ihren Übersetzer in die Brust. Er brach zusammen und sie taumelte benommen zurück. Einen Moment später übernahm die Ärztin in ihr die Kontrolle. Sie kniete sich hin und riss das Hemd ihres Begleiters auf. Als sie das irreparable Einschussloch über dem Herzen sah, wandte sie sich den Männern im Auto zu. Überraschenderweise lag keine Furcht in ihrem Blick. Nur Hass.

Erst als Halabis Fahrer die Tür aufriss, rannte sie los. Sie einzuholen war eine Bagatelle. Sie wurde mit derselben Effizienz gefesselt, mit der die Felsenbarriere beseitigt worden war. Sobald sie sicher verschnürt auf der Rückbank des SUV lag, schwärmten Halabis Männer aus und führten einen sorgfältig choreografierten Vorstoß auf ihr Ziel aus.

Die Handvoll Dorfbewohner im Freien bekam mit, was vor sich ging, und ergriff ebenfalls die Flucht. Alle wurden auf die gleiche Weise wie der Dolmetscher ausgeschaltet – mit einem gezielten Schuss aus einer schallgedämpften Waffe. Es war zugegebenermaßen beeindruckend. Das letzte Opfer, ein etwa zehnjähriges Kind, starb wenige Sekunden nach dem ersten Schuss. Schneller oder geräuschloser hätten amerikanische SEALs oder britische SAS-Einsatzkräfte die Angelegenheit auch nicht lösen können.

Sein Fahrer hielt 50 Meter vor dem ersten Gebäude. Halabi verfolgte die Operation durch die staubige Windschutzscheibe.

Zwei Männer liefen direkt ins Gebäude, von dem ihr Späher bestätigt hatte, dass sich sowohl Gabriel Bertrand als auch Otto Vogel aktuell darin aufhielten. Die übrigen Kämpfer drangen in das kleine Dorf vor, um den von Muhammad Attia ausgearbeiteten Plan umzusetzen.

Jeder trug ein batteriebetriebenes Bolzenschussgerät bei sich, bewegte sich zügig zwischen den eng beieinander aufgestellten Steinunterkünften und feuerte Geschosse auf Türen und Holzrahmen, um die Menschen in ihren Häusern festzusetzen. Wie erwartet dauerte der gesamte Einsatz weniger als vier Minuten. Die unterdrückten Schreie der verwirrten Bewohner setzten ein, als sie vergeblich versuchten, die Türen zu öffnen. Eine Frau klappte die Fensterläden auf, die sie wegen der Hitze geschlossen hatte, und wurde von einem perfekt gezielten Projektil in die Stirn getroffen. Von Halabis Position aus war der Schuss nicht zu hören gewesen, aber das Brüllen ihres Ehemanns und das Jammern der Kinder drang mit Leichtigkeit zu ihm vor.

Der Franzose und der Deutsche wurden aus dem primitiven Labor gezerrt. Halabis Männer rissen sämtliche Fenster auf und warfen eigens für diesen Zweck konstruierte Brandvorrichtungen in die Behausungen und andere Gebäude. Dabei sparten sie bewusst den Bau aus, der zur Krankenstation umfunktioniert worden war. Die Rufe der Einwohner wurden ohrenbetäubend laut, als die ersten Häuser Feuer fingen.

Halabi verließ das Fahrzeug und lief in Richtung Dorf. Ihm folgte ein Mann, der das Geschehen mit einer modernen HD-Kamera einfing. Er konzentrierte sich kurz auf Halabis Gesicht und zoomte auf die Klappe, die das nutzlos gewordene linke Auge bedeckte – eine Kriegsverletzung, umso dramatischer, weil sie ihm der berüchtigte Mitch Rapp zugefügt hatte. Halabis linkischen Einsatz der Krücke, auf die er zum Laufen angewiesen war, würde man hingegen nachträglich durch geschickte Schnitte kaschieren. Zwar verdankte er auch dieses Handicap dem Amerikaner, doch ließ es ihn alt und körperlich gebrechlich erscheinen – etwas, das in diesem Teil der Welt als inakzeptable Schwäche galt.

Rauchschwaden wallten bedrohlich über ihren Köpfen, während er in die Flammen starrte. Einer Frau gelang es, ihr schreiendes Kind durch ein Fenster zu hieven, doch der Kleine wurde erschossen, bevor er wieder auf die Beine kam. Dem Franzosen erging es kaum besser. Er kauerte vor dem noch intakten Labor. Die Frau und der Deutsche wurden neben ihn in dieselbe Haltung gezwungen.

Halabi stellte sich neben sie und sein Videofilmer ging in die Hocke, um einzufangen, wie der Mullah über den gefesselten Westlern aufragte. Halabi blickte auf die hilflose Gruppe zu seinen Füßen hinab und dann direkt in die Kamera.

»Nun habe ich eure biologischen Waffenexperten in meiner Gewalt«, sagte er einen eingeübten englischen Satz auf. »Nun habe ich die Macht, eure Waffen gegen euch einzusetzen.«

Der Mann mit der Kamera wirkte etwas verstört in Anbetracht der brutalen Situation, rang sich aber ein müdes Daumen-hoch-Signal ab. In der Nachproduktion ergänzte er das Material später mit Musik, verstörenden Archivbildern und weiteren Ingredienzen, um den Clip in ein mächtiges Propagandawerkzeug zu verwandeln, das es mit jeder Sprengfalle und jedem Selbstmordattentäter aufnehmen konnte.

Einige Sekunden später zog Muhammad Attia Halabi am Arm hinter sich her und half ihm zum Wagen. Sein Fahrer hatte die Tür bereits geöffnet. Halabi lehnte jegliche Unterstützung beim Einsteigen ab.

»Der Rauch könnte die Aufmerksamkeit der Saudis wecken«, warnte Attia. »Wir müssen weit weg sein, bevor sie kommen.«

Halabi nickte. Die Mediziner wurden zu einem anderen Fahrzeug geschleift.

»Wie auch immer, deine Männer müssen hierbleiben.«

»Bleiben? Wieso? Das verstehe ich nicht.«

»Weil er kommt, Muhammad.«

»Wer?«

»Rapp.«

Einer seiner Männer hatte den jüngsten Vorstoß auf die Höhle überlebt, in der Halabi sich von seinen Verletzungen erholt hatte. Die Beschreibung der Angreifer deutete darauf hin, dass es sich um niemand anderen als Rapp und die amerikanischen Ex-Soldaten handelte, mit denen er zusammenarbeitete.

»Er hat dich in der Höhle nicht erwischt«, widersprach Attia. »Weshalb sollte er noch im Jemen sein?«

»Weil er nie aufgibt, Muhammad. Er ist noch hier. Ich spüre es. Und wenn er herausfindet, dass ich in diesem Dorf gewesen bin, wird er kommen.«

»Selbst wenn das stimmt, sollten wir auf keinen Fall …«

»Befiehl deinen Männern, ihn nicht zu töten«, unterbrach Halabi. »Sie sollen ihn gefangen nehmen.«

»Was? Aber warum?«

Halabi gab keine Antwort und stemmte sich mit sichtlicher Mühe in den Land Cruiser.

Warum? Ganz einfach. Er wollte Rapp brechen. Selbst wenn es Monate dauerte. Oder Jahre. Er würde den CIA-Mann dazu bringen, ihn anzubetteln. Bis er hilflos auf dem Boden krabbelte. Wie ein gehetztes Tier, nackt und entkräftet in einem Käfig, das voller Angst und Verlangen flehend in die Augen seines Herrn blickte.

7

Kapitol-Komplex
Washington, D.C.

Senatorin Christine Barnett hielt zwar weiterhin den Hörer ans Ohr, achtete aber seit über einer Minute nicht mehr darauf, was ihr Gesprächspartner sagte.

Stattdessen schaute sie sich desinteressiert in ihrem Büro um. Ihr Blick fiel auf die schwere, polierte Tischplatte. Auf die Fotos von ihr mit einflussreichen Persönlichkeiten aus der ganzen Welt. Auf gerahmte Urkunden und Auszeichnungen, die ihr ein Leben voller Erfolge beschert hatte.

Der andere verstummte. Sie stieß ein paar eingeübte Plattitüden aus, die den Mann dazu brachten weiterzureden. Er war ein Großspender, der Wert auf diesen persönlichen Draht legte, vor allem aber einer der nervigsten Schwachköpfe, die sie je erlebt hatte. Er war im Schatten des Zweiten Weltkriegs aufgewachsen und glaubte nach wie vor an Amerika, an Gott und an objektive Wahrheiten. Ein tattriger Narr, der sich an Dinge klammerte, die längst keine Rolle mehr spielten.

Ein entschlossenes Klopfen an der Tür ertönte. Kurz darauf betrat ein deutlich interessanterer Zeitgenosse den Raum.

Kevin Gray trug einen leicht derangierten Anzug und eine übertrieben auffällige Krawatte, was in Washington längst als sein Markenzeichen galt. Er war erst Mitte 30, konnte aber auf eine Reihe von Erfolgen verweisen, die es mit ihren eigenen aufnehmen konnten. Ein Harvard-Absolvent mit kurzer, kometenhafter Karriere bei einer führenden Marketingagentur, gefolgt von einem steilen Aufstieg in der Welt der Politik.

Manchmal fiel es ihm schwer, sich auf das Wesentliche zu konzentrieren, doch er war zweifellos ein kreatives Genie – ein Mann, der mühelos den richtigen Ton bei jeder Wählergruppe traf und ein untrügliches Gespür für neue Entwicklungen besaß. Jedes neue Social-Media-Portal, jede neue Kommunikationsform, jede kulturelle

Veränderung durchschaute er sechs Monate, bevor die meisten etwas davon mitbekamen. In Verbindung mit seiner Fähigkeit, die richtigen Schlüsse zu ziehen und entschlossen zu handeln, hatte er einer Reihe potenziell unwählbarer Gestalten zu komfortablen Sitzen im Kongress verholfen.

Ihre Ziele unterschieden sich allerdings deutlich. Der komfortable Sitz, auf den sie es anlegte, stand im Oval Office. Abgesehen davon, dass sie eine Frau war, fiel sie für die meisten Wähler definitiv nicht in die Kategorie unwählbar. Etliche Parteikollegen hielten sie für wahnsinnig, ausgerechnet Gray anzuheuern, und unkten, er sei ein Abstauber, der sich auf billige Tricks und ethisch fragwürdige Methoden verließ, um gescheiterte Kampagnen zu retten.

Wie so oft lagen die anderen falsch und sie lag richtig. Mit einem starken Kandidaten gewann Grays Magie noch an Strahlkraft. Sie führte in den Vorwahlen mit satten 30 Prozent Vorsprung und galt als gesetzte Kandidatin für die Wahl, die bereits jetzt die Nation in ihren Bann zog.

Einige ihrer stärksten Konkurrenten blieben im Rennen, allerdings eher, um sich für einen Posten in ihrer Regierung zu empfehlen, als ernsthaft darauf zu spekulieren, sie in den Umfragen einzuholen. Sie rechnete fest mit ihrer Nominierung. Und in Anbetracht der Schwäche des mutmaßlichen Gegenkandidaten standen ihre Chancen gut, erste Präsidentin der Vereinigten Staaten zu werden.

Zumindest wenn es nach der Einschätzung der idiotischen Meinungsforscher und Fernsehexperten ging. Wenn sie als Frau im unbarmherzigsten Geschäft der

Welt eins gelernt hatte, dann das: Man durfte nichts als selbstverständlich hinnehmen.

Gray saß vor ihrem Schreibtisch und schlug die Beine übereinander. Das Wippen seiner Füße, die in eleganten Lederslippern steckten, wusste sie mittlerweile als Zeichen seiner Ungeduld einzustufen. Ihr Telefonat neigte sich dem Ende entgegen. Sie stellte dem Mann am anderen Ende der Leitung eine komplexe Frage, um es künstlich in die Länge zu ziehen. Dies war ihr Büro, ihre Kampagne. Gray neigte manchmal dazu, das zu vergessen.

Nach weiteren fünf Minuten beschloss sie, die Botschaft angemessen unterstrichen zu haben, und beendete das Gespräch. »Ich verstehe ganz genau, was Sie meinen, Henry. Genau deshalb kandidiere ich als Präsidentin. Und ich werde gewinnen.«

Gray hielt ihr den USB-Stick hin, bevor sie dazu kam, das Telefon auf die Ladestation zu stellen.

»Haben Sie das gesehen?«

Sie hatte keine Ahnung, wovon er redete, aber ›das‹ schien wichtig zu sein. Sonst stellte Gray nach einer Unterhaltung mit einem Spender als Erstes die Frage: »Wie viel?«

»Ich habe heute noch nichts anderes gesehen als das Innere dieses Büros. Und ich habe über nichts anderes gesprochen als über Steuern, Waffen und Umweltauflagen. Worum geht es?«

»Mullah Sayid Halabi.«

»Was interessiert mich ein toter Terrorist?«

Ein Lächeln breitete sich wie in Zeitlupe auf seinem Gesicht aus. »Sie interessiert, dass er gar nicht tot ist.«

»Wovon reden Sie?«

Er steckte den Stick in sein Tablet und spiegelte das Display auf einen Fernseher, der an der Wand hing.

Barnett verfolgte mit verdutztem Schweigen die Wiedergabe des professionell produzierten Propagandavideos. Dramatische historische Aufnahmen von Halabi und eingefahrenen Siegen des IS, dazu eine Kommentarstimme, die eine Schmährede auf Amerika und den Westen hielt. In akzentbehaftetem Englisch, unterlegt mit moderner arabischer Musik, wurde an Muslime aller Länder appelliert, sich dem Kampf gegen die Ungläubigen anzuschließen.

Nach diesem Aufruf endete die rasante Montage und man sah Halabi vor der Kulisse eines primitiven Dorfs, das in Flammen stand. Er geriet zwischen den Rauchschwaden in Sicht, verschwand wieder wie ein Geist und warf den Einheimischen vor, die Amerikaner bei der Entwicklung einer biologischen Waffe zu unterstützen, die gegen das muslimische Volk eingesetzt werden sollte.

Hektische Bildschnitte folgten. Bakterien unter dem Mikroskop, überfüllte Krankenhäuser, verfaulende menschliche Haut, dann wieder Halabi. Ziemlich dick aufgetragen, aber fraglos wirkungsvoll.

Der Kameraausschnitt erweiterte sich und erfasste drei gefesselte Menschen zu Füßen des IS-Anführers.

»Nun habe ich eure biologischen Waffenexperten in meiner Gewalt«, sagte er und starrte dabei direkt in die Kamera. »Nun habe ich die Macht, eure Waffen gegen euch einzusetzen.«

Der Bildschirm wurde schwarz. Christine Barnett starrte weiterhin darauf. Die schier unüberschaubaren Konsequenzen, die Halabis Überleben nach sich zog, überforderten ihren Verstand für einen Moment.

»Dieses Video wurde vor ein paar Stunden in Arabisch und Englisch ins Internet gestellt«, erklärte Gray. »Und alle paar Minuten kommt eine neue Sprachvariante hinzu.«

»Können wir ausschließen, dass es sich um alte Aufnahmen von Halabi handelt? Aus der Zeit, bevor Mitch Rapp ihn mutmaßlich getötet hat?«

»Zu 100 Prozent. Nach CIA-Angaben wurde das Video von dem brennenden Dorf vor drei Tagen im Jemen aufgenommen.«

Barnett spürte, wie ihr Mund trocken wurde. »Und wer sind die Gefesselten?«

»Mitarbeiter von Ärzte ohne Grenzen. Sie sind vor Ort, um die Dorfbewohner wegen Atemwegsinfekten zu behandeln.«

»Kennen sie sich tatsächlich mit Biowaffen aus?«

»Einer von ihnen ist Mikrobiologe von der Sorbonne in Frankreich. Er beschäftigt sich zwar nicht primär mit biologischen Kampfstoffen, verfügt aber über die notwendige Expertise. Die Frau ist amerikanische Ärztin, der andere Mann eine Pflegekraft.«

Barnett stand auf und lief im geräumigen Büro auf und ab. Die Entführung der Ärzte beschäftigte sie nicht länger. Der entscheidende Punkt war ein anderer. Mitch Rapp und Irene Kennedy hatten Mist gebaut. Großen Mist.

»Halabi ist also entgegen den Behauptungen der Agency nicht tot?«

»Sie sagen, Rapp habe eine Granate auf ihn geschleudert. Es sei nicht möglich gewesen, den Tod abschließend zu bestätigen, weil daraufhin das Höhlensystem eingestürzt sei.«

»Solche Nuancen interessieren das amerikanische Volk nicht. Es verfügt über die Aufmerksamkeitsspanne eines Goldfischs. Allerdings werden wir es daran erinnern, dass Präsident Alexander behauptet hat, Halabi sei von einer Bombe getötet worden. Seitdem haben wir nichts mehr von diesem Terroristen gehört, doch nun stellt sich heraus, dass er sich die ganze Zeit nur versteckt hat. Um Pläne zu schmieden. Und nun bringt er einen Franzosen in seine Gewalt, der in der Lage ist, eine Biowaffe zu konstruieren. Das Ganze direkt unter der Nase von Irene Kennedy und Mitch Rapp.« Sie wirbelte zu Gray herum. »Ich nehme an, das Video wird bereits von den Medien aufgegriffen?«

»Zunächst nur auf Websites von Dschihadisten, inzwischen läuft es auch auf Al Jazeera rauf und runter. Die amerikanischen Sender haben es erst vor Kurzem entdeckt. Natürlich ist das Internet ihnen weit voraus. Die Menschen überschlagen sich mit hysterischen Mutmaßungen und parteiischen Schuldzuweisungen. Die Hälfte der Trolle schimpft, wir hätten uns das selbst zuzuschreiben, die andere Hälfte schlägt vor, dem gesamten Nahen Osten den Krieg zu erklären.«

Sie pirschte weiter auf und ab und fasste im Kopf ihre Erkenntnisse zusammen. Joshua Alexander war seit nahezu acht Jahren an der Macht. In dieser Zeit hatte es nur einen halbwegs erfolgreichen Schlag gegen die Vereinigten Staaten gegeben. Einige andere waren rechtzeitig abgewendet worden – überwiegend dank der vereinten Anstrengungen von Rapp und Kennedy. Die Wirtschaft befand sich in solider Verfassung, das Defizit schrumpfte allmählich. Und der Präsident war ein allseits beliebter Ex-Quarterback der University of

Alabama. Das lieferte kaum Ansatzpunkte, Angst, Wut und das Gefühl von Ohnmacht zu erzeugen, die man brauchte, um eine Wahl zu gewinnen. Bis zu diesem Moment hatte sie sich auf den natürlichen Herdentrieb der Bevölkerung verlassen, um ihre Kampagne erfolgreich zu gestalten. Das war durchaus effektiv gewesen, aber nun drohten ihre Nebelkerzen beim leisesten Lüftchen ausgeblasen zu werden.

»Könnten wir das für uns nutzen, Kevin? Könnte das unser Thema sein?«

»Es handelt sich nicht um einen Angriff, Senatorin. Bloß um ein Video. Eindrucksvoll, keine Frage, aber …«

»Die Bedrohung ist jedenfalls real und nicht theoretischer Natur. Jeder kann es sehen. Im Fernsehen. Die amtierende Regierung hat versagt, Halabi zu töten, und jetzt verfügt er über Biowaffentechnologie. Womöglich wurde nur deshalb noch kein erfolgreicher Anschlag auf die USA verübt, weil sich der IS momentan auf den Nahen Osten konzentriert hat. Jetzt schießen sie sich auf uns ein und die CIA weiß nicht, was sie dagegen unternehmen soll.«

Gray verschränkte die Arme vor der Brust und starrte einige Sekunden aus dem Fenster, bevor er sprach. »Das amerikanische Volk schätzt seine Sicherheit. Das ist ein Thema, das über Parteigrenzen hinweg funktioniert und auch unentschlossene Wähler anspricht. Und es ist ein konkreter Ansatzpunkt, um Alexander Versagen vorzuwerfen. Immerhin ist es unter seiner Regie passiert.«

Sie nickte. Alexanders Vizepräsident galt als wahrscheinlichster Kandidat für seine Nachfolge. Keine nennenswerte Bedrohung. Ein 72-jähriger Aristokrat, der ständig über die Vergangenheit plauderte. Lediglich

Alexanders Rückendeckung machte den Mann gefährlich. Der Fakt, dass Halabi überlebt hatte, drohte dem Präsidenten den Boden unter den Füßen wegzureißen. Wenn er sich darauf konzentrieren musste, sein eigenes politisches Überleben und sein Erbe zu verteidigen, blieb nicht viel Zeit, den Kandidaten seiner Partei zu unterstützen.

»Können wir Alexander damit in die Knie zwingen? Ihn zur Verantwortung ziehen?«

»Ich bin mir nicht sicher«, eierte Gray herum. »Es gab bisher nie …«

»Schwachsinn. Natürlich sind Sie sicher. Mit der richtigen Botschaft, oft genug über die Medien verbreitet, könnten Sie die Amerikaner sogar dazu bringen, sich von Jesus Christus abzuwenden.«

Er runzelte die Stirn. »Das wäre Blasphemie.«

»Seit wann sind Sie so ein Gutmensch?«

»Irgendwann werden Sie sich einen Patzer erlauben und so ein Satz wird von einem Mikrofon aufgeschnappt.«

»Lenken Sie nicht vom Thema ab. Wie schwer kann das denn sein? Halabi verstreut seine Propagandavideos in alle Winde. Die Medien werden sich darauf stürzen, das Internet macht ein Pulverfass daraus. Wir müssen nur ein bisschen nachhelfen, damit es unsere Kampagne beflügelt.«

Seine Begeisterung für ihre Strategie wirkte seltsam gebremst. Der Kerl liebte es, Menschen zu manipulieren. Interessanterweise ging es ihm nicht darum, an die Macht zu kommen. Es genügte ihm, sie auszuüben. Er wollte, dass die Menschen nach seiner Pfeife tanzten. Er zwang sie, sich von der Realität abzuwenden, und ersetzte diese durch ausgefeilte Reden, Tweets und Anzeigenkampagnen. Doch von seinem berechnenden Eifer war jetzt nichts zu bemerken. Er wirkte eher verstört.

»Was ist los?«, fragte sie.

»Halten Sie es für möglich, dass Halabi mit einem Angriff Erfolg haben könnte?«

Sie gab keine Antwort, sondern lief zum Fenster und tat, als ob sie nach draußen schaute. In Wahrheit konzentrierte sie sich auf das eigene Spiegelbild und suchte die sorgsam gepflegte Erscheinung nach etwas ab, das nicht präsidial wirkte. Mit 52 war sie nach wie vor eine extrem attraktive Frau. Das Resultat von guten Genen, rigidem Fitnesstraining und ein paar diskreten kosmetischen Eingriffen. Ihr blauer Hosenanzug war konservativ geschnitten, schmeichelte ihren Kurven jedoch in einer Art, die den schmalen Grat zwischen Sex und Macht streiften. Ihr weitgehend faltenloses Gesicht wurde von dunklen Haaren eingerahmt, was sie je nach Publikum überraschend gewinnbringend für sich einsetzte.

Wie üblich sah sie perfekt aus. Trotzdem fiel es ihr schwer, sich an die Vorstellung zu gewöhnen, bald die mächtigste Person der Welt zu sein. Sie war weder in eine einflussreiche Rolle hineingeboren noch dazu erzogen worden. Ihr Einstieg in die Politik war eher einer Laune ihres Ehemanns entsprungen, eines Milliardärs aus dem Tech-Business. Er hatte damals vorgeschlagen, sie solle die Juristerei an den Nagel hängen und sich auf den freien Sitz im Senat bewerben.

Seine Firma war seinerzeit aufgrund von finanziellen Unregelmäßigkeiten, die für sie beide ernsthafte

Probleme versprachen, ins Visier der Börsenaufsicht und anderer Behörden gerückt. Er hatte ihre Bewerbung mit einem quasi unbegrenzten Budget unterstützt. Nach ihrem Sieg nutzte sie den neu gewonnenen politischen Einfluss, die missliche persönliche Situation zu klären.

Dabei ließ sie es allerdings nicht bewenden. Ihr Gespür für politische Stimmungslagen wurde sofort deutlich. Im Verlauf von nur 15 Jahren hatte sie sich auf den Posten der Vorsitzenden des Geheimdienstausschusses im Senat hochgearbeitet. Und jetzt stand sie vor dem Sprung ins Oval Office.

Der Stern ihrer besseren Hälfte war hingegen stetig gesunken. Als Risikokapitalgeber genoss er zwar gewisse Erfolge, führte jedoch ein weitgehend unbeachtetes Leben in Chicago, wo ihre zwei Kinder das College besuchten. Sie sahen sich oft genug, um die Klatschpresse bei Laune zu halten, regelten das Familiäre aber eher wie ein Geschäft. Ihr Mann pumpte weiterhin viel Geld in ihre Kampagne und genoss die Vorzüge, die das für seine Aktivitäten mit sich brachte. Hinzu kam, dass ihre Töchter auf Kommando zur Stelle waren, um reiche Gönner zu umgarnen.

»Ihr Schweigen beunruhigt mich«, verkündete Gray schließlich.

Sie drehte sich zu ihm um. »Ob Halabis Angriff Erfolg haben könnte? Ich kann es nicht einschätzen. Wir werden ein Briefing anfordern, nehme ich an?«

»Ich habe meine Kontakte im Weißen Haus aktiviert. Sie versichern mir, daran zu arbeiten, und melden sich, sobald es etwas Neues gibt.«

Sie widmete sich wieder dem Fenster. Diesmal blickte sie am eigenen Spiegelbild vorbei auf die Hauptstadt

Amerikas. Eigentlich wäre ein örtlich begrenzter Biowaffenangriff für sie ein ideales Szenario. Alexander und seine Partei konnten so etwas kurz vor der Wahl unmöglich vom Tisch wischen. Es käme für ihn einem Dolchstoß gleich.

»Wir werden uns überlegen müssen, wie wir damit umgehen, dass Sie sich bislang strikt gegen ein stärkeres Engagement im Nahen Osten und vor allem im Jemen ausgesprochen haben«, meinte Gray.

»Nur weil es hieß, Halabi sei tot und der IS besiegt.«

Das schien ihn nicht zu überzeugen. »Sie haben diese Haltung bereits vertreten, bevor es überhaupt einen IS gab. Ich kann mich auch nicht daran erinnern, dass Irene Kennedy den IS je als besiegt bezeichnet oder Halabis Tod offiziell bestätigt hätte.«

Sie setzte sich erneut an den Schreibtisch. »Das amerikanische Volk schert sich einen Dreck um politische Positionen und erst recht um die Wahrheit. Es will großes Feuerwerk. Eine Show, für die man uns gerade das perfekte Drehbuch in die Hand gedrückt hat. Während sich die Gegenseite mit dem Gesundheitswesen und der Wirtschaft befasst, rücken wir die Bedrohung durch islamistische Terroristen in den Vordergrund, die es auf unser Land abgesehen haben. Wir reden darüber, dass unsere Kinder sterben könnten, während Irene Kennedy bloß ihren Hintern retten will und Mitch Rapp dem eigenen Schwanz hinterherjagt. Das ist ein Geschenk für uns, Kevin. Packen Sie es aus.«

8

Al-Hudaida, Jemen

»Aber das ist doch deine letzte«, meinte der Mann und starrte gierig auf die leicht zerknickte Zigarette, die Rapp ihm anbot.

In den letzten fünf Tagen hatte sich der Amerikaner schrittweise von einem Einzeltisch am Rand der Terrasse zum überfüllten langen Tisch in der Mitte vorgearbeitet. In dieser Zeit hatte er mehr als 30 Tassen Tee und 20 Tassen Kaffee getrunken, jede Spezialität genossen, die die jemenitische Küche zu bieten hatte, und entschieden zu viel geraucht. Auf diese Weise mischte man sich zwar unters Volk und schloss Freundschaften, drohte aber auch an Lungenkrebs zu sterben, bevor der IS einem die Kerzen auspustete.

»Du tust mir einen Gefallen, Jihan. Meine jüngste Frau hat mich angefleht, das Rauchen aufzugeben.«

»Diese neue Generation«, erwiderte der andere mit abfälligem Kopfschütteln. »Sie hält sich für unsterblich.«

Laut gemurmelte Zustimmung von den Umsitzenden.

»Erzähl. Wie alt ist sie?«

»16«, antwortete Rapp.

Nach einigen Sekunden des Nachdenkens nahm Jihan die Zigarette entgegen. »Dann werde ich sie rauchen. Du brauchst deine Stärke.«

Am Tisch brach lautes Gelächter aus. Rapp stimmte ein, zerknüllte das leere Päckchen und warf es auf den Boden, während die Unterhaltung wieder aufgenommen wurde. Die Männer klapperten die Themen des Tages ab – das saudische Bombardement vergangene Nacht. Die irakische Unterstützung der Rebellen. Die grassierenden Krankheiten und Hungersnöte. Und natürlich die Rolle Amerikas. Rapp blendete es aus und verfolgte, wie die weggeworfene Zigarettenpackung auf dem von der Sonne aufgeheizten Kopfsteinpflaster hin und her tanzte.

Die Agency hatte eine Rund-um-die-Uhr-Luftüberwachung des Gebäudes mit ehemaligen IS-Soldaten angeordnet. Der NSA war es gelungen, ihre komplette Kommunikation abzufangen, mit Ausnahme einiger Wegwerfhandys, die sie nicht zu fassen bekamen. Bedauerlicherweise bestätigten alle bisherigen Erkenntnisse seinen ersten Eindruck. Diese Männer waren nichts als ein Haufen gewalttätiger Taugenichtse, die Halabi allenfalls als Kugelfänger gebrauchen konnte.

Rapp konzentrierte sich erneut auf den Wortwechsel am Tisch, doch das war Zeitverschwendung. Der Klatsch im Restaurant lieferte keine verwertbaren Erkenntnisse – erst recht nicht in einem Land, in dem niemand Alkohol trank. Entweder musste die US-Politik der Agency genehmigen, weitere Ressourcen für diesen Teil der Welt abzustellen, oder sie konnten es gleich ganz bleiben lassen. Ein halbherziges Vorgehen gegen einen Mann wie Sayid Halabi brachte nichts. Er klemmte sich mit voller Kraft hinter seine Mission. Wer es mit ihm aufnehmen wollte, musste dasselbe tun.

Das Gespräch drehte sich mittlerweile um Syrien, als die Stimmen um Rapp plötzlich verstummten. Er folgte ihren Blicken zu einem alten Röhrenfernseher, der im Schatten aufgestellt war. Die endlose Flut arabischer Musikvideos wurde von etwas abgelöst, das wie eine Art perverser Hommage wirkte. Bilder junger Menschen, die tanzten und sangen, wurden ersetzt durch Bilder von Gewalt und Tod und eine Stimme aus dem Off, die er eindeutig Sayid Halabi zuordnete.

Rapp kannte die vorige Version des Videos, nicht aber diese Neufassung. Die Hintergrundmusik wirkte getragener und die Aufnahmen vom Angriff auf das Dorf offenbarten zusätzliche Details. Halabi schwadronierte von der Einheit der muslimischen Welt und davon, mit vereinten Kräften gegen den Westen vorzugehen. Er konzentrierte sich auf die Aufnahmen des IS-Teams, das im Dorf wütete. Die Männer unterschieden sich deutlich von denen, die er in Al-Hudaida unter die Lupe nehmen ließ. Sie bewegten sich eher wie SEALs als wie die undisziplinierten Psychos, die er sonst mit dem IS assoziierte. Ein weiterer Beleg für Halabis Bemühungen, seiner Organisation ein strafferes, zeitgemäßeres Gewand zu verpassen.

Nach dem Clip wurde ein CNN-Interview mit Christine Barnett gezeigt. Die Männer um ihn herum verfielen in eine lebhafte Diskussion über Halabis Einfluss in der Region. Rapp richtete den Fokus weiterhin auf den Fernseher. Der Verlauf des Interviews entsprach ziemlich exakt seinen Vorstellungen. Die Vorsitzende des Geheimdienstausschusses im Senat betonte vor allem, dass man ihr mehrfach versichert habe, Halabi sei von der CIA ausgeschaltet worden.

Nachdem sie sich mit lautem Getöse einen deutlichen Vorsprung in den Umfragen verschafft hatte, schien Barnett nun ihre Botschaft gefunden zu haben: Die aktuelle Regierung verbreitete falsche Behauptungen über Halabis Ableben, um sich einen politischen Vorteil zu verschaffen und das amerikanische Volk ungeschützt den Bedrohungen des IS auszusetzen.

Eine eindeutige Lüge, aber sie kam vermutlich damit davon. Natürlich existierten zahllose Aufnahmen, in denen Irene Kennedy betonte, dass man Halabis Leiche nie gefunden hatte, doch was kümmerte das die Journaille? Sie stürzten sich lieber auf einen Skandal, der Schlagzeilen versprach.

Barnett gab exakt jenen Sicherheitsbehörden die Schuld, denen sie seit Monaten völliges Unvermögen vorwarf, den weltweiten Terrorismus nachhaltig zu beseitigen. Und natürlich beendete sie das Interview so, wie es alle Politiker taten. Indem sie behauptete, sie – und nur sie – halte den Schlüssel zur Lösung des Problems in der Hand. Das amerikanische Volk müsse sie lediglich zur Präsidentin wählen, dann garantiere sie ihnen Sicherheit, Reichtum, einen verführerischen Ehepartner und ein strammes Sixpack.

Ein weiterer Szenenwechsel. Diesmal zu einer Runde selbst ernannter Experten, die wild drauflosspekulierten, für welche biologischen Waffen das entführte Team von Medizinern das notwendige Know-how besaß. Die Debatte artete gerade in sinnloses Geschrei über Ebola und Seuchen aus, da tauchte Shamir Karman hinter Rapp auf und flüsterte ihm etwas ins Ohr.

»Es kam gerade ein Anruf für dich. Du kannst den Apparat im Büro benutzen.«

Rapp setzte sich an Karmans Schreibtisch und vergewisserte sich, dass die Tür geschlossen blieb, bevor er zum Hörer griff.

»Wir können reden«, sagte er auf Arabisch.

Seine Aussage wurde auf der anderen Seite mit Stille beantwortet. Er vermutete, den Grund zu kennen. Seit sie die Logistik in Scott Colemans Firma übernommen hatte, bemühte sich Claudia Gould, die arabische Sprache zu lernen. Dummerweise hing sie nach wie vor in der ›Guten Tag, wie geht es Ihnen?‹-Phase fest. Das hielt er zum Teil für seine Schuld. Immerhin war sie auch die Frau, mit der er zusammenlebte, und er fand ständig gute Gründe, sich um andere Dinge als ihre Spracherziehung zu kümmern. Geduld gehörte ohnehin nicht zu seinen Stärken.

»Hallo«, versuchte er es erneut und hielt sein Arabisch möglichst simpel. Englisch oder Französisch zu benutzen, was sie beides fließend beherrschte, kam nicht infrage. Ein zufällig mitgehörtes Wort, und er konnte sich genauso gut das CIA-Logo auf die Stirn tätowieren lassen.

»Es tut gut, deine Stimme zu hören, Mitch.«

So schwer es ihm fiel es zuzugeben, das galt auch umgekehrt. Der melodische Singsang ihrer Stimme erinnerte ihn daran, dass es beinahe zum ersten Mal in seinem Leben einen Grund gab, sich auf zu Hause zu freuen.

»Eins vorweg«, sprach sie weiter. »Geht es dir gut?«

»Ja«, sagte er und hielt seine Antworten schlicht.

»Keine Sorge. Ich rufe nicht an, um dich zu löchern.«

»Warum dann?«

»Ich nehme an, du hast Nachrichten gesehen und kennst die Videos von Halabi?«

Er knurrte zustimmend.

»Die Saudis haben das Dorf gefunden, das er in Brand gesetzt hat. Es liegt im Zentraljemen, ungefähr 500 Kilometer östlich von dir.«

»Und die Menschen?«

»Die, die er entführt hat? Die Medienberichte stimmen weitgehend. Was sie aber nicht gemeldet haben, ist, dass sich diese Ärzte um die Opfer einer Atemwegserkrankung gekümmert haben, deren Symptome an SARS erinnern. Die CIA-Analysen von Halabis Videos deuten darauf hin, dass er darüber Bescheid weiß. Er griff das Dorf gezielt an, als sich niemand vom medizinischen Personal in der eingerichteten Krankenstation aufhielt. Und seine Leute haben während der Aktion akribisch darauf geachtet, nicht mit den Dorfbewohnern in Kontakt zu kommen.«

»Und?«

»Die Saudis wollen das Dorf als zusätzliche Vorsichtsmaßnahme aus der Luft einäschern. Sie scheinen bereits entsprechende Vorbereitungen zu treffen, weihen die Agency aber nicht in ihre Planungen ein. Ich glaube, es hat keinen Sinn, sich dort umzusehen. Zu viel Risiko, zu wenig Ertrag.«

Grundsätzlich stimmte er mit dieser Einschätzung überein. Allerdings gehörte ›Zu viel Risiko, zu wenig Ertrag‹ zu den aktuellen Favoriten für seine Grabinschrift. Momentan lag es auf dem dritten Platz, gleich hinter ›Meinst du, die Ärzte kriegen das noch mal geflickt?‹ und ›Hört noch einer von euch dieses Ticken?‹.

Es war eine vage Spur, aber allemal besser als in Al-Hudaida rumzuhocken und die Lungenflügel mit Nikotin und Teer vollzupumpen. Zumal er darauf spekulierte, dass Halabi oder einer seiner Männer etwas Nützliches zurückgelassen hatte.

»Muss ich davon ausgehen, dass du meiner Aussage widersprichst und darauf bestehst, selbst nach dem Rechten zu sehen?«, fragte Claudia, um die Stille zu überbrücken.

»Ja.«

»Das habe ich mir schon gedacht, also habe ich Scott in Riad die Koordinaten des Dorfs geschickt. Sie kennen einen saudischen Hubschrauberpiloten, der bereit ist, dich abzuholen und hinzufliegen.«

»Wo und wann?«

»Bevor ich dir das verrate, wirst du mir zuhören. Ich weiß, dass du dich gern direkt ins Getümmel stürzt, aber bist du sicher, dass es den Aufwand lohnt, sich ein paar Stunden in einem abgebrannten Dorf umzuschauen? Al-Qaida und IS kontrollieren das Gebiet. Wir haben dort niemanden vor Ort und können nicht einschätzen, wie stark sie präsent sind.«

»Verstanden.« Er kämpfte gegen den natürlichen Drang an, Befehle in den Hörer zu blaffen. Das war der große Nachteil, wenn die Frau, mit der man schlief, einem die Logistik organisierte.

Der Vorteil war, dass sie zu den Besten auf diesem Gebiet zählte.

»Ich bin noch nicht fertig.«

Sein Kiefer verkrampfte, doch es gelang ihm, das »Was denn *noch?*« relativ gelassen herauszubringen.

»Der saudische Pilot ist keiner von uns. Er hat einen soliden Ruf, aber er ist nicht Fred, an dessen Loyalität kein Zweifel besteht.«

»Das wird schon.«

Eine kurze Pause, weil sie seine Antwort erst im Kopf übersetzen musste.

»Eine letzte Sache. Ärzte ohne Grenzen hat uns Informationen über das Virus geliefert, mit dem sich das Team vor Ort beschäftigt hat. Es klingt beängstigend. Ohne zu sehr ins Detail zu gehen …«

»Das ist deine Definition von ›nicht zu sehr ins Detail gehen‹?«

Sie hatte keine Ahnung, was er gerade gesagt hatte, beschloss aber, die Bemerkung wegen des Tonfalls zu ignorieren. »Es ist unglaublich gefährlich, Mitch. Vor allem hält es sich tagelang auf Oberflächen. Du darfst nicht voraussetzen, dass es durch den Brand ausgelöscht wurde. Du musst die Protokolle für Biogefährdung strikt einhalten, in die du eingewiesen wurdest. Ich mein's ernst. Sollte auch nur die geringste Möglichkeit bestehen, dass du oder einer von Scotts Männern dem Virus ausgesetzt wurdet, müsst ihr in Quarantäne und sterbt wahrscheinlich.«

Es kam ihm so vor, als ob sie es gezielt ausnutzte, dass er nur einsilbige Antworten geben durfte. »Verstanden.«

»Versprichst du mir, vorsichtig zu sein und nichts anzufassen?«

»Ja.«

»Okay. Der Heli holt dich um genau zwei Uhr morgens außerhalb der Stadt ab. Ich schick dir die Koordinaten aufs Handy.«

9

WESTJEMEN

Sayid Halabi stand auf dem antiken Minarett und blickte auf die Landschaft, die sich Hunderte Meter unter ihm erstreckte. Die dicht an dicht stehenden Gebäude dominierten den Gipfel, dahinter bot sich ein

360-Grad-Panorama von Gebirge, betupft mit Wolkenschleiern. Steilen Hängen hatte man im Laufe der Jahrhunderte terrassenförmig angelegte Äcker abgetrotzt. Auf einigen prangte das Grün der Kaffeepflanzen, für die der Jemen so bekannt war.

Bis vor etwa einem Jahr hatte das Anbaugebiet einem Kollektiv von Landwirten gehört, die einen Vertrag für die Ernte und den Export von Kaffeebohnen mit einem amerikanischen Großkonzern abgeschlossen hatten. Daran knüpfte sich die Hoffnung, die Wirtschaft in der Region zu beflügeln und die Verhältnisse zu stabilisieren.

Die Geschäftsleute aus dem Ausland hatten bald die Schwierigkeiten erkannt, dieses vom Krieg zerrissene Land in eine florierende Wirtschaftsregion zu verwandeln, und ihr Vorhaben aufgegeben. Die meisten Bauern und andere Arbeiter waren weitergezogen. Nur noch ein harter Kern von etwa 30 Dorfbewohnern blieb zurück – manche zu stark verwurzelt, um aufzugeben, andere ohne Alternative.

Ihre Leichen stapelten sich nun in einem niedrigen Gebäude im Südosten. Halabi konnte es von diesem erhöhten Punkt aus gut sehen. Laut seinen Informationen war das Zumauern von Fenstern und Türen so gut wie abgeschlossen. Spätestens heute Abend wurden diese gottlosen Verräter für alle Ewigkeit in ihre Grabmäler eingesiegelt. Vergessen von ihren Familien, von der Geschichte und von Allah.

Er humpelte zur anderen Seite des Minaretts und blickte in die Tiefe auf eine schmale Gasse. Zwei seiner Männer standen dort, einer im traditionellen jemenitischen Gewand, der andere mit Tschador. Eine unwürdige Verkleidung für kriegsgestählte Soldaten, doch es ließ sich nicht vermeiden. Saudis und Amerikaner hatten ihre Spione in der Luft. Sie durften auf keinen Fall etwas mitbekommen, das aus dem Rahmen des dörflichen Lebens im Jemen fiel.

Ein Windstoß traf ihn im Gesicht. Er schloss die Augen und spürte der Gegenwart des Allmächtigen in der kühlen, trockenen Luft nach. Der Pfad zum Erfolg wurde mit jedem Tag deutlicher. Allah segnete ihn mit wachsenden Einblicken in die Einzelheiten seines Plans. Das Ziel, anfangs so unklar, schien mittlerweile ebenso klar definiert zu sein wie die Landschaft, die ihn umgab.

Halabi drehte sich um und stieg die Wendeltreppe hinab, die ihn auf den Turm geführt hatte. Seine Verletzungen zwangen ihn, sich an den Steinmauern abzustützen, doch er war dankbar für diese Erschwernis. Jeder stechende Schmerz, jeder unsichere Schritt und mühsame Atemzug erinnerte ihn an die eigene Arroganz, für die ihn sein Gott bestrafte.

Wenig überraschend wartete Muhammad Attia im Hauptsaal der Moschee geduldig auf ihn.

»Was ist mit Mitch Rapp?«, fragte Halabi, während Attia sich ihm anschloss.

»Nach wie vor keine Spur von ihm. Unsere Quellen sagen, die Saudis werden das Gebiet einäschern, aus Sorge um die biologische Bedrohung. Ich musste unsere Männer in die Hügel abziehen, die das Dorf umgeben.«

»Höre ich da Verärgerung aus deiner Stimme heraus, Muhammad?«

»Verärgerung? Nein. Eher Sorge. Unsere Ressourcen sind beschränkt. Die wenigen zuverlässigen Männer in Gefahr zu bringen, nur weil wir hoffen, dass dieser Rapp in einem leeren, ausgebrannten Dorf auftaucht …«

»Er wird kommen«, versicherte Halabi.

»Selbst wenn. Wie viel sind wir bereit, für einen einzelnen Mann zu riskieren?«

Halabi gab keine Antwort. Er verließ die Moschee und schob sich durch die engen Gassen zwischen den Gebäuden über das Kopfsteinpflaster. Im Mittelpunkt des Dorfes betraten sie einen hohen, schlanken Bau mit bogenförmigen Fenstern und einem Erdgeschoss, in dem ein Dieselgenerator neben dem anderen stand. Nachdem sie eine weitere Reihe von Steinstufen hinabgestiegen waren, erreichten sie einen Kellerraum, der aus einer natürlichen Höhle entstanden war.

Trotz des Umstands, dass er persönlich an der Gestaltung beteiligt gewesen war, empfand er die Umgebung als verstörend fremdartig. Es handelte sich um einen langen, schmalen Schlauch mit weiß verputzten, glatten Wänden und einer Batterie aus unter der Decke montierten LED-Lampen, die einen stumpfen Glanz auf das darunter arrangierte Biotech-Equipment aus rostfreiem Stahl zauberten.

Die Maschinen zu beschaffen und hierherzubringen war ziemlich schwierig gewesen, aber der Effekt entsprach genau seinen Vorstellungen. Alles glich einem medizinischen Forschungslabor, das sich genauso gut in London, Berlin oder New York verorten ließe. Die hier gedrehten Videos, online verbreitet, steigerten die diffusen Ängste des Westens zu einer ausgewachsenen Panik und verstärkten so das Chaos, das in Amerikas Politik längst allgegenwärtig war.

Er wandte seine Aufmerksamkeit dem einzigen Element zu, das nicht modern oder geschliffen wirkte. Einem toten Schaf, das auf einem Rollwagen in der

Mitte lag. Wie erhofft bildeten das stumpfe Fell und das getrocknete Blut um Nase und Mund einen Furcht einflößenden Kontrast zur sterilen Umgebung.

Halabis Krücke erzeugte einen dumpfen Nachhall, während er den Raum der Länge nach durchschritt und im hinteren Teil auf ihre drei Gefangenen stieß. Sie hatten sich unter dem wachsamen Blick eines bewaffneten Aufpassers auf dem Boden zusammengekauert. Keiner machte Anstalten aufzustehen. Stattdessen musterten sie ihn mit Mienen, die sich leicht deuten ließen. Der Deutsche wirkte ruhig und resigniert, Bertrand dagegen verzweifelt und entsetzt. Aus dem Gesicht der amerikanischen Frau las er nichts als Hass.

Exakt die erwartete Reaktion. Social-Media-Plattformen mochten zu den mächtigsten Waffen gehören, die die Menschheit je ersonnen hatte, doch momentan ging es nicht darum, ihr Potenzial für die Verbreitung von Falschinformationen zu nutzen. Nein, er profitierte vielmehr von der Bereitschaft anderer Menschen, dort ihre Geheimnisse preiszugeben. So detaillierte Fakten über diese drei Ungläubigen hätte er sich auf anderen Kanälen niemals beschaffen können. Organisationen wie das FBI, die Stasi oder der KGB hatten früher Milliarden in Wanzen, Überwachungsaktionen und Informanten gesteckt. Inzwischen reichten ein paar Tastendrücke, um weitaus mehr herauszufinden.

Halabi kannte ihre geheimsten Wünsche und Hoffnungen. Ihre Stärken und Schwächen. Ihre Loyalitäten und die damit verbundenen subtilen Abhängigkeiten. Genug, um jedem des Trios eine ganz konkrete Rolle in dem Drama zuzuweisen, das er zu inszenieren gedachte.

»Wer sind Sie? Warum halten Sie uns hier fest?«

Erwartungsgemäß ergriff Victoria Schaefer als Erste die Initiative. Obwohl er es verabscheute, sich mit Frauen abgeben zu müssen, blieb ihm in diesem Fall keine andere Wahl.

»Ich bin Sayid Halabi.«

Bei der Nennung des Namens zuckte sie sichtlich zusammen. Der Widerstand in ihren Augen erlahmte, der Franzose schien am Rande einer Ohnmacht zu stehen. Nur der Deutsche trug, wie es seinem Naturell entsprach, gelassene Gleichgültigkeit zur Schau.

Halabi wies mit der Hand durch den Raum. »Das alles ist für Sie, damit Sie eine biologische Waffe bauen können.«

»Eine biologische Waffe?«, stutzte Schaefer. »Ich bin Ärztin. Otto ist Krankenpfleger. Und Gabriel ist ein Wissenschaftler, der sich damit beschäftigt, wie man Seuchen *bekämpft*, nicht damit, wie man sie auslöst.«

»Das Wissen lässt sich in beide Richtungen einsetzen«, meinte Halabi und deutete auf den Schafskadaver. »Das Tier stammt aus einer Herde, die mit Anthrax infiziert wurde. Die Bakterien lassen sich problemlos inkubieren und zu einer Waffe umfunktionieren. Man hat mir erklärt, dass jeder Biologiestudent im zweiten Semester dazu in der Lage ist.«

Sie starrte ihn einige Sekunden lang an und schüttelte langsam den Kopf. »Eher friert die Hölle zu.«

Es gab Zeiten, da hätte er sofort zu Gewalt gegriffen, um sie zu maßregeln. Inzwischen wusste er, dass diese Tendenz nur eine weitere Facette seiner Arroganz darstellte. Weniger eine Fähigkeit, Gottes Pläne zu realisieren, eher ein Ventil für den eigenen Hass. Die Zeit für

Brutalität kam erst noch, dafür war es zu früh. In der modernen Welt bildete Manipulation den Schlüssel zum Erfolg, nicht Aggressivität.

Er richtete seine Aufmerksamkeit auf Gabriel Bertrand, den Schwächsten und Intelligentesten des Trios. »Ich vermute, Ihnen ist bekannt, dass Anthrax zwar eine leicht zu erschaffende, aber nicht besonders effektive Waffe darstellt. Um tödlich zu erkranken, müsste man die Sporen einatmen und darauf verzichten, flächendeckend verfügbare Antibiotika zur Heilung einzusetzen. Ich bin ein Terrorist, richtig? Zumindest stellen Ihre Regierung und Ihre Medien mich so hin. Aus diesem Grund liegt es in meiner Absicht, Schrecken zu verbreiten, keine tödliche Seuche. Ich werde Sie und diese Ausrüstung benutzen, um Propagandavideos zu drehen …«

»Videos wie das, das Sie im Dorf gedreht haben«, fuhr ihm die Frau in die Parade. »Sie haben unschuldige Frauen und Kinder in ihren Häusern eingesperrt und bei lebendigem Leib verbrennen lassen. Und wir sollen glauben, dass das der reinen Selbstvermarktung dient?«

»Was Sie glauben, ist mir egal. Es geht nur darum, was Sie tun.«

Nach einem Leben, das er dem Kampf verschrieben hatte, kam Halabi die Szene vor seinen Augen lachhaft banal vor. Der auf der Krim geborene Dokumentarfilmer, dessen Kunstfertigkeit bislang alle Erwartungen übertroffen hatte, befand sich voll in seinem Element. Er zwängte die drei Gefangenen in imposante Bioschutzanzüge und orchestrierte ihre Bewegungen beim Sezieren des Schafs wie ein begnadeter Dirigent. Die

Beleuchtung wurde ständig verändert, neue Kameraperspektiven ausprobiert, Nahaufnahmen so lange wiederholt, bis sie perfekt waren. Er hatte sogar mit kurzen Dialogen experimentiert, obwohl er offenließ, ob er das Resultat für dramatisch genug hielt, es für die Endfassung zu verwenden.

Die drei Westler schienen sich in ihr Schicksal zu ergeben und spielten mit. Warum auch nicht? Was sie betraf, entsprach nichts von dem, was sie taten, der Realität. Ein Großteil der Ausrüstung wirkte zwar beeindruckend, war aber nicht mal vollständig montiert oder eignete sich überhaupt zur Herstellung von Anthrax. Das moderne Computerterminal, von dem sie vermeintlich Messwerte ablasen, hing gar nicht am Strom. Sollten sie ruhig glauben, dass sie lediglich Schauspieler waren, die um ihr Überleben spielten.

In Wahrheit verhielt es sich völlig anders.

Mithilfe der Biologie hatte Gott eine Form von Waffe erschaffen, die alles übertraf, was der menschliche Verstand ersinnen konnte. Halabi durchschaute mittlerweile, dass Pathogenese und die kunstfertige Manipulation von Informationen die einzigen Werkzeuge waren, auf die es in der modernen Zeit ankam. Während die Mächte im Westen Billionen investierten, um riesige Armeen zu unterhalten und in bedeutungslose Konflikte zu verwickeln, standen ihm die nötigen Mittel zur Verfügung, um die Erde in Brand zu setzen.

10

ZENTRALJEMEN

Die Bedingungen waren brauchbar. Halbmond, sternenklarer Himmel und leichter Wind. Rapps saudischer Pilot hielt den Chopper hoch in der Luft, was es unwahrscheinlich machte, dass sie von den versprengten Al-Qaida- und IS-Truppen entdeckt wurden, die das Gebiet kontrollierten.

Rapp suchte das dunkle Gelände durch die offene Luke ab, entdeckte aber nicht mal ein Lagerfeuer. Vielleicht hatten sie Glück und konnten diese Aktion zügig und reibungslos durchziehen. Laut verlässlichen Informationen war das Dorf, zu dem sie flogen, vollkommen menschenleer. Sayid Halabis Männer hatten ganze Arbeit geleistet, es in ein Massengrab zu verwandeln. Sie ließen nichts zurück außer den verkohlten Leichen der Bewohner in den Ruinen der abgebrannten Behausungen.

Die Hauptgefahren, mit denen er rechnete, waren vereinzelte Sprengfallen und diese Bakterien oder Viren, wegen denen sich Claudia so sorgte. Er hatte nicht vor, lange zu bleiben. Wollte er also Hinweise sammeln, wohin Halabi das Ärzteteam verschleppt hatte, musste er schnell sein. Die Saudis schienen entschlossen zu sein, die Überreste des Dorfes vom Erdboden zu tilgen, ließen sich aber nicht entlocken, wann genau sie zuschlagen wollten. Er verspürte wenig Lust, auf dem Dorfplatz zu stehen, wenn die Bomber eintrafen.

Der Wind, der durch die Luke fegte, wurde stärker. Er zog sich zurück und richtete seine Aufmerksamkeit auf die schummrige Kabine und die Männer, die sie mit ihm teilten. Scott Coleman, Joe Maslick, Charlie Wicker und Bruno McGraw saßen ruhig da und hingen ihren Gedanken nach oder dösten vor sich hin. Sie begleiteten ihn fast von Anfang an. Lange genug, um ein paar Jahre und ein paar Verletzungen zu viel anzusammeln. Das machte jedoch nichts. Der Grad an Vertrauen, den sie in dieser Zeit entwickelt hatten, ließ sich nicht mal durch den ausgezeichneten SEAL- oder Delta-Nachwuchs erzielen, den Coleman gelegentlich aufsammelte.

Dieses Team war immer für ihn da gewesen. Soweit es Rapp betraf, ließ sich kein Einziger von ihnen ersetzen. Er wusste, was sie als Nächstes tun würden, bevor sie es wussten. Er wusste, dass sie sich untereinander auf hundertprozentige Loyalität verlassen konnten. Und er wusste, dass jeder von ihnen noch fünf Minuten weiterkämpfte, nachdem er bereits tot war.

»Ihr seid alle im Thema«, sprach Rapp in das Mikrofon, das ihm vor dem Gesicht hing. »Wir halten nach allem Ausschau, das auch nur annähernd nützlich sein könnte – zurückgelassene Ausrüstung, Patronenhülsen, Reifenspuren. Die Jungs in Langley sagen, falls wir sonst nichts finden, nehmen sie notfalls auch Kaugummipapier. Lichtet alles ab, meinetwegen mit Blitz. Lasst keinen Stein auf dem anderen. Von den Dorfbewohnern stört es sowieso keinen mehr. Das Gebäude am westlichen Rand haben sie als Krankenstation genutzt. Nähert euch maximal auf zehn Meter. Hazmat-Protokolle gelten für die gesamte Dauer der Operation. Alles, was wir aufsammeln, wandert in Schutzbeutel.«

»Was, wenn wir auf Überlebende stoßen?«

»Haltet einen Sicherheitsabstand von mindestens fünf Metern ein und fordert sie auf, sich nicht zu nähern. Wir befragen sie dann und fordern einen Sanitätstrupp der Army an, um sicherzustellen, dass sie sich nicht angesteckt haben.«

»Und wenn sie sich nicht an unsere Anweisungen halten?«, fragte Coleman.

»Sobald sie den Sicherheitsabstand unterschreiten, setzt ihr einen Warnschuss ab. Sollten sie dann immer noch nicht hören, müsst ihr sie erschießen und wir verbrennen die Leichen.«

Die Gesichter im umliegenden Schatten kamen ihm nervöser als sonst vor. Kämpfe um Leben und Tod waren eins, Bakterien und Viren etwas völlig anderes. Sie hatten es alle bereits erlebt. Heftige Fieberschübe mitten im gottverlassenen Dschungel. Die Anstrengungen, um nicht erwischt zu werden, während man sich tief auf feindlichem Gebiet die Seele aus dem Leib kotzte. Denguefieber. Malaria. Ruhr. Infizierte Wunden, die eiterten. All das gehörte zu den verhassten Aspekten ihres Jobs.

Die Frontpartie des Hubschraubers senkte sich nach unten und der Pilot verkündete, dass er den Zielanflug einleitete. Der Plan sah vor, dass die Kufen gar nicht erst auf dem Boden aufsetzten. Sobald sie hinausgesprungen waren, sollte der Chopper auf sichere Höhe steigen und warten, bis sie ihn riefen. Sie gingen nicht davon aus, dass sich Kämpfer von IS oder Al-Qaida in der Nähe herumtrieben, aber es brachte nichts, unnötige Risiken einzugehen.

Rapp klammerte sich am Rand der Luke fest und verfolgte den Sinkflug mit dem halben Körper im Freien. Die Dunkelheit war zu durchdringend, um die Rußspuren an den Wänden der Steinbauten zu erkennen. Die eingestürzten Dächer und pechschwarzen Gräber ließen sich im Mondlicht jedoch deutlich ausmachen.

Der Saudi erledigte das Absetzen ganz passabel. Rapp stülpte die Maske übers Gesicht. Colemans Männer schwärmten aus, was in den klobigen Schutzanzügen, die sie vor biologischen Gefahren schützen sollten, etwas weniger geschmeidig als sonst wirkte. Rapp positionierte sich an der rechten Flanke und suchte die Finsternis nach menschlichen Umrissen ab, während der Heli aufstieg.

Das Flattern der Rotoren verblasste wie bei so vielen Einsätzen in der Vergangenheit und wurde abrupt vom ohrenbetäubenden Knall einer Explosion übertönt. Mitch warf sich instinktiv auf den Boden und richtete den M4-Karabiner auf die Quelle des Geräuschs. Der Himmel im Nordosten war hell erleuchtet. Durch die Gesichtsmaske verfolgte er, wie der Hubschrauber auseinanderbrach und brennende Bruchstücke auf die Wüste herabstürzten.

Wenig überraschend folgten einige Sekunden später die ersten Schüsse.

Die kontrollierte Salve eines im Süden befindlichen Tangos schlug ein paar Meter rechts neben Rapp ein. Er rollte sich in die entgegengesetzte Richtung ab, sprang auf und sprintete zum Dorf. Gerade hatte er die engen Gassen erreicht, als Projektile Brocken aus einer Steinmauer leicht östlich sprengten.

»Statusbericht!«, brüllte er ins Kehlkopfmikro.

Alle meldeten sich als unverletzt zurück und verwiesen auf feindliche Kräfte im Osten, Norden und

Süden. Rapp ging hinter einer Felswand in Deckung, was sich als schlechte Wahl erwies, denn ein Geschoss – er tippte auf Kaliber 50 – sprengte einen Stein einen halben Meter neben ihm.

Er ließ sich über die Barriere kippen. Der Schweiß floss im schlecht belüfteten Hazmat-Anzug bereits in Strömen.

»Mitch!«

Rapp merkte nicht sofort, dass der Schrei nicht aus seinem Earpiece kam. Er folgte ihm durch einen türlosen Durchgang zu seiner Rechten. Coleman stand mit dem Rücken zur Wand neben einer Fensteröffnung und lugte gelegentlich über den geschwärzten Sims, um zu überprüfen, ob sich jemand näherte.

Rapp nahm eine ähnliche Position neben der Tür ein und spähte nach draußen, während er von Colemans Männern ein Update anforderte.

»Wir sind gerade im Südwesten ins Dorf reingekommen und geben uns gegenseitig Deckung«, meldete Maslick per Funk. »Bislang wurde niemand getroffen, aber wir fangen uns schweren Beschuss vom Süden ein und registrieren Scharfschützen-Aktivität im Norden. Der Bereich im Westen scheint sauber zu sein. Könnt ihr zu uns kommen? Wir können euch Deckung geben. Kommt am besten über den Abhang zu uns rüber.«

»Rakete!«, warnte Coleman.

Sie warfen sich beide hin, um sich vor dem erwarteten Einschlag in die schweren Steinmauern des Gebäudes zu schützen. Stattdessen flog das Geschoss weit an ihnen vorbei und explodierte in einer engen Gasse weiter östlich. Flammen wogten durch Fenster und Tür, ohne ihnen gefährlich zu werden. Anders sah es mit dem

Rauch aus. Rapp war mit einem Mal äußerst dankbar für die beschlagene Gesichtsmaske.

»Wenn diese Arschlöcher anständig zielen könnten, würde es ganz schön eng«, schimpfte Coleman und bezog erneut Posten neben dem Fenster.

Die gedämpften Worte des ehemaligen SEALs waren als Witz gedacht, fassten ihre Lage aber treffend zusammen. Nur dass Rapp der Ansicht war, dass die Angreifer durchaus zielen konnten. Immerhin hatten sie den Chopper getroffen. Auch die Feuerdisziplin schätzte er als hoch ein. Kontrollierte Schübe, nur dann, wenn sich ein geeignetes Ziel präsentierte. Sie verfehlten sie zwar, aber die Treffer gingen immer nur leicht daneben.

Sie schießen bewusst daneben, begriff er. Sie trieben sein Team bewusst nach Westen, lockten sie in den niedriger gelegenen Abschnitt. Und es funktionierte. Drei ihrer Leute hielten sich bereits auf jener Seite des Dorfs auf und sowohl er als auch Coleman wurden durch Rauch und Feuer dazu ermutigt, sich zu ihnen zu gesellen.

»Warum haben sie den Heli nicht erledigt, während wir noch drinsaßen?«, fragte er über die Schüsse hinweg, die jetzt die Wände um Colemans Fenster beharkten.

»Vielleicht haben sie nicht mit uns gerechnet.«

»Du meinst also, die haben sich auf gut Glück in einem ausgebrannten Dorf am Arsch der Welt verschanzt?«

Coleman sah durch die Gesichtsmaske zu ihm, während splitterndes Holz und Gestein auf ihn herabprasselten. »Stimmt, klingt weit hergeholt.«

»Und ich halte es auch nicht für Zufall, dass sie im Westen keine Leute postiert haben.«

»Denkst du an einen Hinterhalt? Dass sie uns bewusst in diese Richtung treiben? Warum? Wenn sie uns töten wollten, hätten sie uns längst einkreisen und die Sache beenden können.«

Die Antwort war ausgesprochen simpel: Sayid Halabi. Dieser Hurensohn war unglaublich nachtragend. Er wollte Rapp nicht töten, sondern in seine Gewalt bringen. Er wollte ihn in ein tiefes Loch werfen und die nächsten fünf Jahre mit Zangen und Schweißbrenner quälen.

Sollte diese Vermutung stimmen, war sie zugleich ihr Ticket in die Freiheit.

»Wir gehen nach Osten«, gab Rapp über das Kehlkopfmikro weiter.

Wenig überraschend ertönte kurz darauf Joe Maslicks Stimme auf dem Kanal. »Meintest du nicht Westen, Mitch? Von Osten kommt schwerer Beschuss. Da müssten wir den Schützen entgegenklettern, die uns aus erhöhter Position ins Visier nehmen.«

»Du hast mich richtig verstanden. Osten. Kommt zur Mitte der Hauptstraße. Befehl von Scott. Legt die Schutzanzüge und Gesichtsmasken nicht ab. Ich wiederhole, Biogefahren-Protokolle bleiben gültig. Verstanden?«

Die Antwort kam zögernd, aber es gab keinen Zweifel, dass Maslick, Wicker und McGraw die Anweisungen strikt einhalten würden.

»Was geht dir durch den Kopf?«, fragte Coleman, als Rapp neben ihm auftauchte und einen kurzen Blick ins Freie riskierte. Die Flammen fanden ausreichend Futter. Der Qualm in Verbindung mit der beschlagenen Gesichtsmaske erschwerte die Sicht.

»Halabi hat mit meinem Erscheinen gerechnet und Männer zurückgelassen, um mich abzufangen. Wegen der Schutzmonturen können sie uns allerdings nicht auseinanderhalten.«

»Also sollen wir einen Haufen Kerle angreifen, die sich in erhöhter Position verschanzt haben, nur weil du fest davon ausgehst, dass er ihnen befohlen hat, dich nicht zu erschießen?«

»Ganz genau.«

Coleman starrte rauf zum fehlenden Dach und dem Flackern des lodernden Feuers. »Das ist ein ziemlich großes Risiko für ein Bauchgefühl.«

Rapp nickte und huschte zur Tür. »Ich geh jetzt raus. Wenn ich nach 50 Metern noch lebe, komm hinterher.«

Ehe Coleman reagieren konnte, glitt Rapp ins Freie und sprintete zum Rand der Straße. Sofort brandete eine Feuersalve auf und eilte, wie vermutet, immer ein paar Meter voraus, um ihn zurückzutreiben. Eine weitere Rakete wurde gezündet und er musste sich auf den Boden werfen. Sie schlug allerdings in ein Haus deutlich vor ihm ein. Halabis Männer gingen auf Nummer sicher. Keiner wollte nach der Rückkehr ihrem verehrten Anführer einen Eimer mit den Überresten des Hauptgewinns überreichen, auf den er so scharf war.

Rapp sprang auf die Beine und stürzte durch die vom RPG ausgelösten Brände zum Anstieg an der Ostflanke des Dorfs. Er zählte insgesamt fünf Mündungsblitze, die in der Dunkelheit vor ihm aufleuchteten. Er kämpfte gegen den natürlichen Drang an, im Zickzackkurs und mit variablem Tempo weiterzurennen. Unkalkulierbarkeit mochte eine gute Strategie bei einem Gegner sein, der einen töten wollte, aber eher kontraproduktiv, wenn es die andere Seite darauf anlegte, bewusst danebenzuzielen.

Er hörte Schüsse im Rücken und drehte sich um. Vier Gestalten in Hazmat-Anzügen schlossen sich ihm an. Die Waffen vor ihnen verstummten, auch der Sniper mit seinen Distanzschüssen von Süden her legte eine Kunstpause ein. Halabis Männer hatten begriffen, was passierte, und stellten sich auf die veränderten Umstände ein.

Rapp verdrängte die Schützen im Norden und Süden zunächst aus seinen Gedanken. Im peripheren Sehen registrierte er aufflackernde Lichter. Er nahm an, dass es Stirnlampen der Tangos waren, die nach Osten rannten, um ihren dortigen Kameraden Schützenhilfe zu leisten. Sie befanden sich noch Hunderte Meter entfernt und mussten relativ schwieriges Terrain bewältigen. Kurzfristig stellten sie für diesen Kampf keinen entscheidenden Faktor dar.

Menschliche Gestalten lösten sich rund 50 Meter vor ihnen aus dem Schatten, ihre Umrisse zeichneten sich bei ihrem Vorstoß vage im Mondlicht ab. Wenn es danach ging, wie sie die Gewehre hielten, beabsichtigten sie, ihre Waffen wie Keulen einzusetzen.

Vollkommen gestört, aber mit so etwas hatte Rapp gerechnet. Diese Männer mochten ein gutes Stück professioneller als der typische Terroristen-Psychopath agieren, trotzdem waren es IS-Mitglieder. Und das hieß, dass sie für den Mann, den sie für Gottes Stellvertreter auf Erden hielten, ohne zu zögern von der nächsten Klippe gesprungen wären. Sogar mit Vergnügen. Immerhin versprach das mehr Jungfrauen im Paradies.

Die Gegner, die sich von der Seite näherten, setzten weitere Schüsse ab, achteten jedoch nach wie vor darauf, niemanden zu treffen. Colemans Team kümmerte sich um sie, Rapp konzentrierte sich auf die Männer, die auf ihn zukamen. Platzierte M4-Treffer fällten die ersten zwei. Damit blieben zwei übrig. Sie rannten gebückt, kreuz und quer, um die Gefahr eines Treffers zu minimieren. Rapp blieb auf Kollisionskurs und feuerte auf den rechten Tango. Er verbrauchte fast das komplette Magazin, bis er ihn mit einem Einschlag in die Brust herumwirbeln ließ.

Weniger als eine Sekunde später stieß er mit dem letzten Gegner zusammen. Ineinander verschlungen kullerten sie den Abhang hinunter. Einige der Felsen unterwegs waren scharfkantig. Obwohl er nicht davon ausging, dass tödliche Bakterien an seinem Chemsuit hafteten, wollte Rapp Löcher im Material vermeiden.

Es gelang ihm, den Schwung auszubremsen, doch Halabis Mann landete auf ihm. Wie erwartet stürzte er sich direkt auf Rapps Maske, um nachzusehen, gegen wen er da kämpfte, und das weitere Vorgehen vom Ergebnis abhängig zu machen. Halabi hatte mutmaßlich befohlen, Rapp am Leben zu lassen, Coleman und seine Männer durften eher nicht mit solchem Entgegenkommen rechnen.

Rapp packte den Finger des Mannes, bevor er sich unter das Schutzvisier hakte, und riss so heftig daran, dass er es knacken hörte. Als der Tango mit einem Schmerzenslaut zusammenzuckte, setzte er die Beine als Schere ein und rammte den Gegner damit auf den Boden. Nach kurzem Gerangel bekam der CIA-Mann einen der Felsen zu packen, über die er sich vor wenigen Sekunden noch Sorgen gemacht hatte, und knallte ihn dem Tango wuchtig gegen die Stirn.

Er hatte sich gerade zurück auf die Beine gekämpft, da raste ein Mann an ihm vorbei – garantiert Wick, ein schneller, wendiger Scharfschütze, der es eilig hatte, in erhöhter Stellung Position zu beziehen, bevor die Feinde von Süden und Norden her zu dicht herangekommen waren.

Rapp ließ Coleman und den Rest der Truppe passieren, dann machte er sich selbst an den Anstieg und deckte ihre Flanke. Ein paar kurze Garben in Richtung der Stirnlampen, dann war sein Magazin leer. Er sah kaum Chancen, einen Treffer zu landen, wollte die Gegner aber zumindest aufhalten.

Als Rapp die Spitze der Anhöhe erreicht hatte, war Wicks McMillan TAC-338 bereits auf dem Stativ montiert und das Auge klemmte hinter dem Wärmebild-Zielfernrohr. Er drückte ab und eine einzelne Patrone schoss aus der Mündung.

»Treffer.«

Drei Sekunden später krümmte sich sein Finger erneut.

»Treffer. Sie gehen in Deckung.«

Rapp legte sich neben Coleman und seinen Männern auf den Boden, lugte über die Schulter und stellte fest, dass sich ein kaum wahrnehmbares Lichtband am Horizont abzeichnete.

Rapp wischte den Staub vom Visier der Gesichtsmaske. Der Fallwinkel des Jets wurde steiler. Kondensstreifen formten sich am Himmel, dann stieg eine massive Feuersäule vom Boden auf. Ein weiterer Jet setzte seine explosive Ladung ab und erweiterte den Brandherd.

Bedauerlicherweise hatte die Luftunterstützung nichts mit ihm zu tun. Die Saudis setzten ihre Ankündigung um, das Dorf einzuäschern, das mittlerweile sechs

Kilometer hinter ihm lag. Die Sonne stand noch niedrig am Horizont, die Hitze nahm jedoch bereits zu. Eine weitere Stunde in den Schutzanzügen herumzurennen, die sie trugen, hielt er für schwer machbar.

Rapp griff zum Fernglas und scannte die sechs IS-Kämpfer ab, die ihnen folgten. Er verharrte bei einem Mann, der mit der Hand eine ähnliche Vorrichtung gegen die Sonne abschirmte. Die Typen waren hartnäckig und gut organisiert, schienen aber davor zurückzuschrecken, bei ihrer Jagd auf Schussdistanz heranzukommen.

In seinem Headset ertönte ein akustisches Signal. Er nahm den Satellitenanruf entgegen. »Ja?«

»Hast du die saudischen Jets bemerkt?«, fragte Claudia.

»Sie sind schwer zu übersehen.«

»Laut den Piloten kommen zwei Konvois in eure Richtung. Einer von Nordosten her, die anderen von Südost. Insgesamt 20 Fahrzeuge. Weitere sieben nähern sich von Westen. Verstärkung für die Männer, die euch verfolgen.«

Das erklärte, warum ihre Gegner auf Abstand blieben. Halabi hatte vermutlich die Einheimischen mobilisiert, die ihm weiterhin loyal ergeben waren. Sicher konnten sie es an Qualität nicht mit den Männern aufnehmen, die ihnen bisher das Leben schwer gemacht hatten, doch das mussten sie auch gar nicht. Der Anführer der Terroristen wollte ihn lediglich gefangen nehmen. Dafür brauchte man keine erstklassig ausgebildeten Truppen. Nur eine Menge Hitzköpfe, die es hinnahmen, als kalte Leichen zu enden, solange sie ihre Gegner überwältigten.

»ETAs?«

»Rechne mit 15 Minuten für die Truppen, die sich von Osten nähern. Die westliche Unterstützung wird etwas länger brauchen, weil sie das Feuer umfahren müssen.«

»Könnten die Saudis sie nicht ausschalten?«, wollte Rapp wissen.

»Irene ist dran und hat den Präsidenten kontaktiert. Alexander bemüht sich, den König direkt zu erreichen, doch der ist krank und nimmt keine Anrufe entgegen. Ich glaube nicht, dass sie uns helfen werden, Mitch. Die Leute, mit denen Irene bisher gesprochen hat, sind viel zu wütend, dass die Agency in ihrem Gebiet operiert, ohne sie vorher informiert zu haben. Sie legen ihr Steine in den Weg, wo es nur geht.«

Der Umstand, dass zwei der Jets bereits Kurs zurück auf Saudi-Arabien genommen hatten, stützte ihre These. Eine weitere beschissene Entwicklung an einem Tag, der an Beschissenheit kaum zu überbieten war.

»Mitch? Bist du noch dran?«

»Hör dich.«

»Wie kann ich dir helfen?«

»Sag du's mir.«

Als sie weitersprach, klang es, als stünde sie kurz davor, in Tränen auszubrechen. »Ich … Ich weiß auch nicht.«

»Kein Problem. Kannst du mir einen Gefallen tun?«

»Natürlich. Welchen?«

»Reservier uns für Samstag einen Tisch bei diesem neuen Japaner in Manassas. Ich träume schon den ganzen Tag von gutem Sushi.«

Sie schaffte es, sich ein ersticktes Lachen abzuringen. »Du kriegst das mit diesem Beziehungskram langsam besser hin. Ich weiß das sehr zu schätzen.«

»Das wird schon«, meinte er und kappte die Verbindung.

Er lief zurück zu Coleman und seinen Männern. Sie drängten sich in einem schmalen schattigen Abschnitt, den ein großer Felsblock zur Verfügung stellte.

Bruno McGraw sprach als Erster. »Wie lautet der Plan, Boss?«

»Wir ziehen diese albernen Anzüge aus.«

Dieser Befehl traf auf mehr Begeisterung als jeder andere, den er in seiner Karriere gegeben hatte. Die strikten Protokolle für das sichere Ablegen der Monturen zogen sich extrem in die Länge, aber nach zehn kostbaren Minuten steckten sie alle wieder im gewohnten Wüsten-Camo. Obwohl die Temperaturen längst die 30-Grad-Marke überschritten hatten, fühlte Rapp sich, als wäre er gerade in einen eiskalten Bergsee gesprungen.

Er kniff die Augen vor der Sonne zusammen und zeigte auf zwei Staubwolken, die sich im Osten abzeichneten. »Insgesamt 20 Fahrzeuge mit einer unbekannten Zahl von Insassen. ETA bei uns in knapp 15 Minuten. Sieben weitere Fahrzeuge nähern sich von Westen her als Verstärkung für die Männer, die uns jagen. ETA in etwa 25 Minuten.«

»Was ist mit den Saudis?«, erkundigte sich Coleman.

»Die kannst du vergessen. Wir sind auf uns allein gestellt.«

Die Stimmung, die eben noch so euphorisch gewesen war, drohte zu kippen.

»Munition und Wasser gehen zur Neige«, erklärte Rapp. »Und hier gibt es nirgends Nachschub.«

»Das nächste Dorf ist verdammt weit weg«, bestätigte Maslick. »Und dort ist nicht viel zu holen.«

»Wir könnten umkehren und die Typen angreifen, die sich von hinten nähern«, schlug Wick vor. »Wenn sie uns immer noch nicht erschießen wollen, dürfte es ein Kinderspiel sein, sie umzunieten und sich ihre Ausrüstung zu krallen.«

Rapp schüttelte den Kopf. »Wenn sie clever sind, und davon gehe ich aus, werden sie flüchten und uns direkt ihrer Verstärkung in die Arme treiben. Rechnen wir mal mit fünf Mann pro Fahrzeug, dann müssten wir uns mit fast 40 Tangos rumschlagen. Die werden uns blitzschnell überwältigen und jeden Verlust direkt kompensieren.«

»Selbst wenn wir sie alle erledigen«, warf Coleman ein, »werden bis dahin weitere 100 Leute von Osten eingetroffen sein.«

»Jedenfalls können wir nicht weiter zu Fuß über die Ebene marschieren«, wandte Wick ein. »Was mich betrifft, sind das nur ein Haufen Söldner in Pick-ups. Aber wer sagt uns, dass nicht noch andere Gäste zur Party antanzen? Was, wenn irgendwo gerade 50 weitere Karren vollgetankt werden?«

Rapp nickte. Dieser schmale, flache Abschnitt war wie ein Gefängnis. Gut einen halben Kilometer weiter nördlich erstreckte sich eine steile, felsige Anhöhe. Ungefähr in derselben Distanz im Süden führte ein Abhang in die Tiefe.

»Sieht nach einer leichten Entscheidung aus«, sagte Coleman. »Wir klettern. Das schaffen wir wesentlich schneller als unsere Verfolger, verschaffen uns so eine erhöhte Position und neutralisieren den Vorteil, den sie mit den Trucks haben.«

»Und wie geht's dann weiter?«, grübelte Rapp. »Du kennst die Karte. Am Gipfel schließt sich eine

Hochebene an, die sich über einen Bereich von gut 65 Hektar erstreckt.«

»Könnte uns nicht ein Heli einsammeln?«

»Nach allem, was mir Claudia berichtet hat, halte ich das für wenig wahrscheinlich.«

Die Gruppe verstummte. Rapp lief zurück zu einem Aussichtspunkt, von dem aus man die Verfolger im Westen beobachten konnte. Er griff zum Feldstecher und bemerkte erneut einen Beobachter auf der Gegenseite. Rapp senkte das Fernglas und erlaubte dem anderen absichtlich einen genaueren Blick auf sein Gesicht.

»Ihr erklimmt den Grat im Norden.«

»Was meinst du damit? Ihr?«, entgegnete Coleman. »Und was machst du?«

»Ich klettere das Gefälle im Süden runter. Die haben es nicht auf euch abgesehen. Ihre Anweisung lautet, mich zu schnappen oder bei dem Versuch zu sterben.«

»Vergiss es«, protestierte Scott. Seine Jungs murmelten zustimmend. »Wir lassen dich nicht allein in einen Canyon kullern, während hundert Männer zu dir unterwegs sind.«

»Ihr habt eure Befehle.«

»Du kannst mich mal am Arsch lecken, Mitch. Du hast mir keine Befehle zu geben. Die Agency bezahlt mich. Du arbeitest nicht mal mehr dort. Was mich betrifft, bist du bloß ein arbeitsloser Touri.«

»Dann lass es mich anders formulieren.« Rapp sammelte seine Ausrüstung zusammen. »Ich laufe nach Süden und erschieße jeden, den ich in meinem Rücken sehe. Sollte es einer von euch sein, werd ich vermutlich nicht aufs Massezentrum zielen, aber es wird trotzdem verdammt wehtun.«

11

Westjemen

Victoria Schaefer beugte sich aus dem Fenster und kniff die Augen vor der grellen Sonne zusammen. Keine Veränderung. Wahrscheinlich seit Hunderten von Jahren nicht. Drei- und vierstöckige Gebäude unmittelbar vor ihr, separiert durch schmale Lehm- und Kopfsteinpfade. Dahinter fiel das Land steil ab, am Horizont konnte man die terrassenförmig angelegten Anhöhen sehen. Die Tupfer aus lebhaftem Grün schufen einen starken, auf ihre Weise wunderschönen Kontrast zu dem Rotbraun, das seit der Ankunft im Jemen ihr Universum dominierte.

Zum gefühlt tausendsten Mal kontrollierte sie, wie tief es von dem Turm, in dem sie eingesperrt waren, nach unten ging, und zum gefühlt tausendsten Mal gelangte sie zu der Schätzung, dass es etwas mehr als 15 Meter sein mussten. Das nächste Gebäude war kaum drei Meter entfernt. Statt der charakteristischen scheibenlosen Bogenfenster, typisch für die Architektur dieses Dorfs, sah sie eine nackte Wand vor sich. Andere Menschen bekam man nur selten zu Gesicht. In den vergangenen Tagen war in ihr die Überzeugung gereift, dass sich ausschließlich loyale Unterstützer von Sayid Halabi hier herumtrieben. Wohin die ursprünglichen Bewohner verschwunden waren, darüber ließ sich nur mutmaßen.

Schaefer drehte sich um und musterte den Raum, der als Zelle für sie herhielt. Er war kaum größer als

20 Quadratmeter, verfügte über steinerne Wände und zwei Holztüren. Eine davon führte zur Treppe, über die man sie hochgebracht hatte, die andere führte an ein unbekanntes Ziel. Die Decke wurde von Holzbalken gestützt, vermutlich vom jahrhundertelangen Rauch von Kochfeuern geschwärzt. Gut geeignet, um sich daran aufzuhängen, wenn gar nichts mehr ging. Und danach sah es im Moment aus.

Seit ihrem kurzen Starauftritt vor drei Tagen in Halabis Video hatten sie mit niemandem mehr gesprochen. Ein Wasserkrug, nun fast leer, hatte bereitgestanden, aber kein Essen. Der Eimer, den sie als Toilette benutzten, stand in der anderen Ecke und lief bald über. Am liebsten hätte sie ihn auf einen nichts ahnenden Mistkerl gekippt, der unter dem Fenster vorbeilief. Otto redete ihr die Idee aus. Die verlässliche Stimme der Vernunft.

Am schlimmsten waren die Nächte. Der kalte Wind drang ungehindert durch die Fenster ein und die nicht isolierten Steinwände verwandelten die Umgebung in ein Kühlhaus. Sie schliefen vermutlich nicht mehr als ein paar Minuten am Stück und drängten sich dafür in einem Winkel dicht zusammen. Gabriel Bertrand erhielt endlich Gelegenheit, Tuchfühlung aufzunehmen, schien es aber nicht so sehr zu genießen, wie er es sich vorgestellt hatte.

Sie betrachtete den Franzosen, der mit dem Rücken an der Mauer und vor die Brust gezogenen Beinen dasaß. Sie hatte sich bislang alle Mühe gegeben, ihn zu ignorieren. Die unerwartete Aufmerksamkeit wertete er als Einladung zu einer Unterhaltung.

»Sie werden uns verhungern lassen.«

Er stand am Rand eines Nervenzusammenbruchs. Hunger, Schlafmangel und Ungewissheit waren mächtige Waffen gegen jeden Menschen. Besondere Wirksamkeit entfalteten sie bei einem Mann, der seit seiner Geburt ein behütetes Leben geführt hatte. Der einzige Sohn einer wohlhabenden Pariser Familie, gesegnet mit außergewöhnlicher Intelligenz und seit seiner Volljährigkeit Stammgast an den besten Universitäten. Seine Forschungen im Jemen waren die größte Herausforderung seines bisherigen Lebens gewesen. Hätte er nicht fest damit gerechnet, dass sie ihm den Pfad zu akademischem Ruhm ebneten, wäre er nach einer Stunde abgereist.

Otto Vogel bildete den absoluten Kontrast zu dem französischen Wissenschaftler. Er lag ausgestreckt auf dem Boden und ließ geschickt einen Zweig auf der Spitze seines Zeigefingers rotieren. Seine Gelassenheit trug er wie eine undurchdringliche Rüstung zur Schau.

»Anthrax ist gar nicht so gefährlich«, fuhr Bertrand fort, während sie sich zurück zum Fenster drehte. »Und sie haben uns gefilmt. Wieso? Damit sie die Videos ins Internet stellen und den Menschen damit Angst machen können. Das fliegt ihnen bestimmt um die Ohren, oder? Die Leute werden sich fürchten, aber auch achtsam sein. Sobald Symptome auftreten oder sie mit einer unbekannten Substanz in Kontakt gekommen sind, werden sie zum Arzt gehen und sich Antibiotika verschreiben lassen. Und die Regierungen überall auf der Welt werden es nicht zulassen, dass wir Anthrax als Kampfmittel produzieren. Sie werden kommen und uns retten.«

Seine Andeutung, sich tatsächlich auf die Herstellung einer Biowaffe einzulassen, um ihre Rettung zu forcieren, veranlasste Victoria, ihn über die Schulter mit einem fassungslosen Blick zu bedenken. Er wandte die Augen ab.

»So hab ich das nicht gemeint.«

Vogel hörte auf, sein Holzstück kreisen zu lassen. Ein seltener Anflug von Wut trat auf sein Gesicht. Der Franzose war ihm bereits eine Stunde nach ihrer ersten Begegnung auf die Nerven gegangen und strapazierte seine Geduld weiterhin.

»Die Amerikaner hatten es auch eilig, Osama bin Laden zu finden. Und wie lang hat das gedauert? Selbst wenn sie uns finden, was wollen sie denn machen? Soldaten diesen Berg angreifen lassen, damit sie uns befreien? Das Leben ihrer Männer riskieren und Halabi eine Flucht ermöglichen, nur um drei Menschen zu retten?«

»Worauf willst du hinaus?«

»Ich will darauf hinaus, dass sie eher diesen kompletten Gipfel in die Luft sprengen. Du wirst ein kurzes Pfeifen hören und dann zerlegt es dich in …«

»Otto!«, schaltete sich Schaefer ein. »Das ist nicht hilfreich.«

Er verzog das Gesicht und widmete sich wieder seinem Stöckchen.

»Sie werden sich nicht damit zufriedengeben, Filmchen zu drehen. Früher oder später bleibt uns keine andere Wahl«, meinte Bertrand. »Wie lange halten wir durch? Sie werden uns aushungern. Erfrieren lassen. Foltern. Und wenn das alles nichts bringt, ermorden sie uns.«

In Wahrheit war nichts davon nötig, wie Schaefer wusste. Ein leichter Hautausschlag würde reichen, um Bertrand das Wissen über jedes gefährliche Pathogen ausplaudern zu lassen. Ihn dazu zu bringen, sich ein Rückgrat zuzulegen, war Zeitverschwendung. Ihrer Meinung nach blieben nur zwei Möglichkeiten. Entweder sie warfen den Franzosen aus dem Fenster und beerdigten sein erhebliches mikrobiologisches Wissen mit ihm. Zweifellos hätte sich Otto sofort für diese Strategie begeistern lassen, aber sie zog es nur als theoretische Option in Erwägung. Niemals hätte sie bewusst den Tod eines anderen Menschen in Kauf genommen.

Damit blieb nur noch eine Alternative: Sie mussten ihn davon überzeugen, sein brillantes Hirn für etwas anderes einzusetzen als für die Analyse der Hoffnungslosigkeit ihrer Situation.

Sie setzte sich neben den Franzosen und winkte Vogel zu sich.

»Hört zu«, flüsterte sie für den Fall, dass Abhörvorrichtungen sie belauschten. »Wir sind Wissenschaftler, richtig? In diesem Raum steht eine Menge Ausrüstung. Wenn wir es geschickt anstellen, bekommen wir vermutlich alles, worum wir bitten. Wir müssen uns nur überlegen, wie wir es einsetzen, um hier rauszukommen.«

»Klingt gut«, antwortete der Deutsche mit gedämpfter Stimme.

»Klingt gut?«, platzte es so laut aus Bertrand heraus, dass Victoria ihm eine Hand vor den Mund schob.

»Nicht reden, Gabriel. Denken. Gas? Gift? Sprengstoff? Du erzählst jedem, dass du ein Genie bist. Jetzt kannst du es beweisen.«

Sayid Halabi erklomm die Stufen, Muhammad Attia folgte direkt hinter ihm. Die Stimmen der Gefangenen waren so leise, dass die Mikrofone sie nicht länger auffingen. Höchste Zeit, ihnen einen Besuch abzustatten.

Zweifellos schmiedeten sie Pläne. Sie würden so tun, als ob sie kooperierten, und die Ausrüstung, die er ihnen bereitstellte, als Grundlage für eine Waffe benutzen. Eventuell ein Virus, gegen das sie sich selbst immunisierten. Oder ein Gift. Vielleicht fanden sie sogar eine Möglichkeit, Kontakt zur Außenwelt herzustellen. Er rechnete mit allem.

Er zog den Riegel zurück und öffnete die Tür. Das Trio sprang auf, als er die Zelle betrat.

»Wie lange wird es dauern, waffenfähiges Anthrax in ausreichenden Mengen für mehrere großflächige Angriffe zu produzieren?«, fragte er.

Sie tauschten kurze Blicke, bevor die Frau antwortete. »Keiner von uns hat jemals Anthrax produziert. Wir haben keinerlei Erfahrung mit Biowaffen. Gibt es hier eine Internetverbindung? Dann können Sie selbst nachprüfen, dass wir die Wahrheit sagen.«

Der Franzose starrte laufend in ihre Richtung. Er schien Stärke aus seiner Weigerung zu ziehen, schwächer als eine Frau dazustehen.

»Dr. Bertrand?«, sprach ihn Halabi an.

Bei der Nennung seines Namens zuckte er zusammen. »Es … Es ist nicht so einfach, wie Sie glauben. Deshalb setzt niemand solche Waffen ein. Man kann nicht einfach die eigenen Truppen infizieren und der Natur ihren Lauf lassen. Die Substanz lässt sich nicht kontrollieren und ihre Ausbreitung nicht prognostizieren. Anthrax bringt noch ganz eigene Besonderheiten mit sich, die den Einsatz als Waffe kompliziert gestalten. Es …«

»Ich kann Ihnen versichern, dass ich nicht dumm bin«, unterbrach Halabi seinen Wortschwall. »Wir wissen, dass man Anthrax als Waffe nutzen kann, weil es bereits getan wurde. Die Russen führten entsprechende Versuche durch, ebenso wie 2001 ein amerikanischer Wissenschaftler mit ganz ähnlichem Background wie Sie. Sagen Sie mir einfach, wie lange es dauert und welches zusätzliche Material Sie benötigen.«

Niemand antwortete ihm.

»Muhammad«, wandte sich Halabi an seinen Begleiter.

Attia zog eine Pistole aus dem Holster an der Hüfte und versenkte eine Patrone in die Brust des deutschen Krankenpflegers.

Victoria Schaefer schaffte es, ihn aufzufangen, bevor er auf den Boden schlug. Halabi verfolgte die Szene, die sich genauso entwickelte wie beim Tod ihres Dolmetschers. Sie riss Vogels Hemd auf, untersuchte das Einschussloch über dem Herzen und stellte fest, dass sie nichts mehr für ihn tun konnte.

Diesmal lief sie allerdings nicht weg, sondern stürzte sich mit beeindruckender Kraft und Geschwindigkeit auf Halabi. Sie kam nicht weit. Attia hielt sie auf und schleifte sie zur Tür am anderen Ende der Zelle. Sie stieß üble Beleidigungen aus und wehrte sich mit Händen und Füßen. Für einen Moment tat sich Attia schwer, sie zu kontrollieren, während er mit einem antiken Schlüssel im Schloss herumstocherte. Es gelang ihr tatsächlich, ihm eine oberflächliche Wunde am Hals beizubringen, bevor sie hinter der Schwelle verschwanden.

Ihre Rufe und das Geräusch der Schläge, mit denen sie Attia fruchtlos eindeckte, waren weiterhin hörbar. Halabi beobachtete Bertrands Reaktion. Die Augen des Franzosen wanderten zwischen der Leiche auf dem Boden und der offenen Tür, durch die man die Frau gezwängt hatte, hin und her. Er war ein überraschend simpel gestrickter, durchschaubarer Mann. Er brachte seinen Kollegen ebenso wenig Mitgefühl entgegen wie seinen Patienten. Ihn schien einzig und allein zu interessieren, wie sich die jüngste Entwicklung auf die eigene Situation auswirkte.

Irgendwann verstummte die akustische Kulisse von Schaefers Gegenwehr und es wurde still. Die Frau wurde knapp außer Sichtweite auf einem Tisch gefesselt. Sie stieß noch ein paar unflätige Flüche aus, dann verwandelten sich ihre Worte in Schreie. Innerhalb einer Minute hallte nichts außer ihrem Entsetzen, ihrem Schmerz und ihrer Verzweiflung durch das steinerne Gefängnis.

»Wie können Sie einfach nur dastehen und nichts dagegen unternehmen?«, wollte Halabi von Bertrand wissen. »Haben Sie vorhin nicht selbst gesagt, dass Anthrax nicht mal gefährlich ist? Ihre Vermutung stimmt. Ich habe Videos mit meinen Plänen verbreitet. Die Amerikaner wissen, was auf sie zukommt, und werden wachsam sein.«

Bertrand reagierte nicht. Er schien in eine Art Schockstarre zu verfallen, während die Schreie der Frau nicht aufhören wollten.

»Ich muss Angst erzeugen, Doktor. Das ist alles. Mein Ziel lautet, die Amerikaner davon zu überzeugen, dass sie für die Instabilität und das Leid, das sie im Nahen

Osten hervorrufen, bezahlen müssen. Wir wollen nicht wegen unseres Öls ermordet werden. Wir wollen nicht, dass unsere demokratisch gewählten Regierungen gestürzt und durch gewaltbereite Diktatoren ersetzt werden. Kurz gesagt: Wir wollen nicht leben wie Sie und weigern uns, Ihre Sklaven zu sein. Wir wollen in Ruhe gelassen werden und unseren eigenen Weg gehen.«

Das waren Aussagen, mit denen Bertrand garantiert sympathisierte. Zumindest wenn es nach seinen naiven politischen Postings auf Facebook ging. Dennoch reagierte er zunächst nicht und wartete, bis die Schreie der Frau in ein ersticktes Gurgeln übergingen.

»Ich werde es tun.«

Halabi nickte und rief Attia auf Arabisch zu: »Erledige sie.«

Ein Schuss ertönte und Halabi legte eine tröstende Hand auf Bertrands Schulter. »Ich bin sicher, sie wusste Ihre Barmherzigkeit zu schätzen.«

12

AL-HUDAIDA, JEMEN

»Diese Bilder sind Müll, Irene!«

Vor Scott Coleman lagen Überwachungsfotos, die einen Radius von 30 Kilometern erfassten; ausgehend von der Stelle, an der sie sich von Rapp getrennt hatten. Sie wirkten allerdings, als wären sie durch den Boden einer total verdreckten Colaflasche aufgenommen worden.

»Der Wind hat zugelegt und der Satellit kann die Staubschichten nicht kompensieren«, erklärte Kennedy.

Er strich mit der Hand über die verschwommenen großformatigen Abzüge auf Shamir Karmans Schreibtisch und hinterließ eine dünne Blutspur darauf. Die Bandage am Unterarm saß so eng, dass er die Finger kaum spürte. Trotzdem wollte die Wunde einfach nicht aufhören zu nässen. Er durfte sich nicht beschweren und konnte von Glück reden, dass er den Arm noch hatte. Sich nach Al-Hudaida zurückzukämpfen war schwieriger gewesen als erwartet.

Rapp hatte richtiggelegen, dass sich die IS-Kämpfer auf ihn konzentrierten. Trotzdem musste sich sein Team insgesamt drei Pick-ups mit terroristischen Schwanzlutschern vom Leib halten. Der Aufstieg war steiler und holpriger gewesen, als es anfangs aussah. Nach etwa zehn Metern hatte sie der Gegner auf einer Felsklippe festgenagelt.

Während sich die hochklassigen Truppen auf Rapp stürzten, deckten ihre deutlich undisziplinierteren Kollegen ihre Stellung mit so viel Munition ein, wie sie nur konnten, unterschätzten jedoch die Deckung der Amerikaner.

Nach etwa zehn Minuten hatten seine Jungs genug und erwiderten das Feuer – mit Einzelschüssen auf sorgfältig ausgewählte Ziele. Nachdem die Hälfte der IS-Streitmacht innerhalb der ersten zwei Minuten erledigt war, gingen die Überlebenden geschickter vor. Es entwickelte sich eine Pattsituation, die bis kurz nach Sonnenuntergang andauerte. Seine Armverletzung, ein paar angebrochene Rippen und ein selbst vernähter Schnitt an der Kniescheibe waren ihm als Souvenir der zwei Stunden geblieben, in denen er leise den dunklen Hang hinuntergeklettert war.

Die verbliebenen IS-Truppen waren davon ausgegangen, dass Colemans Team weiter nach oben stieg, um sich über den Kamm abzusetzen. Entsprechend unvorbereitet traf sie der Einmarsch der vier Amerikaner mit schallgedämpften Pistolen in ihr Nachtlager. Es wurde kurz haarig, als die unerfahrene Truppe in Panik geriet und wild um sich ballerte, doch schließlich waren alle Gegner tot.

An diesem Punkt war es zu spät, noch etwas für Rapp zu tun. Weitere IS-Soldaten hatten sich der Jagd angeschlossen. Suchscheinwerfer spannten ein fast zehn Kilometer großes Fahndungsnetz. Am schlimmsten war, dass einige von ihnen den Schusswechsel in ihrem Rücken registrierten und zur Unterstützung ihrer Kameraden umkehrten.

In die IS-Pick-ups zu steigen und in die entgegengesetzte Richtung davonzufahren gehörte zu den schwersten Entscheidungen, die Coleman je getroffen hatte. In Anbetracht der vielen feindlichen Kämpfer und der fehlenden Informationen über Rapps aktuellen Aufenthaltsort sah er keine andere Option.

»Vergiss die Fotos«, fluchte Scott und fegte sie vom Schreibtisch. »Sie verraten uns nichts, was wir nicht längst wissen. Mitch ist da draußen und kann nicht besonders weit gekommen sein in den letzten …« – er hielt inne und fluchte nach einem Blick auf die Uhr unterdrückt – »43 Stunden. Wir brauchen Luftunterstützung von den Saudis und müssen …«

»Das wird nicht passieren, Scott.«

»Was meinst du damit, das wird nicht passieren?«

»Amerikas Rolle im Nahen Osten generell und im Jemen im Speziellen wird seit Auftakt der Vorwahlen kritisch beäugt. Christine Barnett hat auf Angriff geschaltet, ihre Konkurrenten auf Verteidigungsmodus. Jemanden zu finden, der eine Operation im Jemen genehmigt, oder die Saudis zu einer weitreichenden Kooperation zu bewegen, ist momentan …« Sie führte den Satz nicht zu Ende, aber Coleman konnte sich den Rest denken.

»Nach allem, was Mitch für den Präsidenten und für Amerika – selbst für Saudi-Arabien – getan hat, ist das also der Dank? Wir lassen ihn mitten in der jemenitischen Wüste im Stich? Weil das Klima innerhalb des Beltways aktuell nicht so günstig ist?«

»Ich befürchte, aus Washington ist keine Hilfe zu erwarten«, meinte Kennedy. »Das heißt aber nicht, dass ich komplett machtlos bin. Noch nicht. Ich habe einen Hubschrauberpiloten zu euch geschickt und werde eine Möglichkeit finden, euch ein Flugzeug zu organisieren. Ich habe bereits eine Reihe privater Partner kontaktiert, die früher mit dir oder Mitch zusammengearbeitet haben. Wir schicken jemanden, der …«

»Wann, verdammt?«, fiel ihr Coleman wahrscheinlich zum ersten Mal überhaupt ins Wort.

»Einen Hubschrauber und mindestens zehn Männer innerhalb der nächsten 36 Stunden.«

Er überschlug das Ganze im Kopf. »Bis dahin muss er sich mehr als drei Tage mit nichts als einem halb vollen CamelBak, einem M4-Sturmgewehr und ein paar Ersatzpatronen da draußen durchschlagen.«

»Christine Barnett hat dafür gesorgt, dass …«

»Diese bescheuerte Kuh ist mir scheißegal«, brüllte er und senkte die Stimme, als er merkte, dass er gerade die amtierende CIA-Direktorin angeschrien hatte. »Tut mir leid, Irene.«

»Ich bin genauso wütend und genervt wie du, Scott. Ich gebe wirklich mein Bestes.«

»Weiß ich doch. Halt mich auf dem Laufenden«, sagte er und legte auf.

Er ließ sich auf den Stuhl fallen, der hinter ihm stand, und betrachtete die nutzlosen Fotos auf dem Tisch. Nun war es offiziell. Sie ließen Mitch Rapp hängen. Nicht nur die amerikanischen und saudischen Politiker. Auch er und sein Team. Hätte er Rapp doch nur gesagt, er solle sich seine Befehle sonst wohin schieben. Er sollte da draußen sein und an seiner Seite kämpfen. Und an seiner Seite sterben, falls es nötig wurde. Ein letzter gemeinsamer Vorstoß gegen das Trommelfeuer von IS-Geschützen wäre ihm hundertmal lieber gewesen als in diesem Zimmer zu hocken und nichts für den Freund tun zu können.

Sein Satellitentelefon klingelte.

Er drückte den Anruf weg, sobald er sah, dass es Claudia war. Was hätte er ihr erzählen sollen? Dass Mitch irgendwo in der Wüste von jedem einzelnen IS-Kämpfer im Jemen gejagt wurde? Dass sein Team ihm nicht etwa zu Hilfe eilte, sondern herumsaß und Däumchen drehte?

»Du solltest mit ihr reden.«

Joe Maslick saß auf einem Hocker in der Ecke des winzigen Verschlags und fühlte sich genauso hilflos wie er. Die anderen checkten ihre Waffen oder gönnten sich auf dem Boden des zerbombten ersten Stocks ein Nickerchen und warteten auf einen Befehl, erneut in den Kampf zu ziehen.

Coleman nickte und wollte gerade zum Satellitenhandy greifen, da schwang die Tür zum Büro nach innen. Statt zum Telefon griff er prompt zur SIG P226 daneben. Maslick zog ein baugleiches Exemplar aus dem Holster.

Das bärtige Gesicht des Mannes, der auf der Schwelle stand, wurde fast vollständig vom Schal verdeckt, der eine Wunde am Kopf notdürftig verarztete. Nur zwei blutunterlaufene Augen und die sonnenverbrannte Haut in direkter Umgebung ließen sich erkennen. Er trug ein traditionelles jemenitisches Gewand, so verkrustet von Dreck, dass man nicht mal mehr die ursprüngliche Farbe zuordnen konnte.

Er ignorierte die zwei Männer, die ihre Waffen auf ihn richteten, und war fixiert auf die Wasserflasche auf dem Schreibtisch. Coleman verfolgte, wie er den Schal vom Mund wegzog und die Flasche mit einem großen Zug leerte.

Der Ex-SEAL brauchte ein paar Sekunden, um sich die erwartete Gelassenheit abzuringen. »Wieso hast du dir so lange Zeit gelassen?«

Rapp schmiss die Flasche achtlos hin und wischte sich den Dreck mit dem Handrücken von den Lippen. »Kleine Pause fürs Mittagessen. Darf ich davon ausgehen, dass unsere Tarnung hier futsch ist?«

»Ja. Vier Amerikaner im Flecktarn, die im Restaurant auftauchten, waren nicht gerade hilfreich für Karmans Deckung.«

Er nickte. »Sag ihm, er soll seine Leute einsammeln und uns ein paar Fahrzeuge organisieren. Wir warten, bis es dunkel ist, und brechen dann zur saudischen Grenze auf.«

13

Westjemen

Sayid Halabi wollte aufstehen, aber die Schmerzen an der verletzten Wirbelsäule ließen ihn Abstand von der Idee nehmen. Stattdessen setzte er sich wieder an den Schreibtisch, der den Raum dominierte. Ein Panasonic Toughbook, das vor ihm stand, war mit einer Reihe von Satellitenschüsseln vernetzt, die Signale an terrestrische Sendestationen übermittelten und von dort aus in den Himmel schickten. Landkarten des Nahen Ostens, Europas und Amerikas hingen an den Wänden und erlaubten ihm, sich bildhaft vor Augen zu führen, welche Auswirkungen seine Pläne auf die Welt hatten.

Tausende von Meilen weiter westlich saß Irene Kennedy an einem vergleichbaren Schreibtisch vor einem ganz ähnlichen Rechner und ähnlichen Karten. Natürlich war alles etwas moderner und ausgefeilter, erfüllte jedoch grundsätzlich den gleichen Zweck. Wenn er Amerika besiegen wollte, musste er lernen, wie die Frau zu denken, die dafür zuständig war, das Land zu beschützen. Ihre Strategien erlernen und die technischen Mittel, die ihr zur Verfügung standen, mit der gleichen Selbstverständlichkeit handhaben wie sie.

Während der Phase, in der er sich von den Verletzungen erholte, die Mitch Rapp ihm zugefügt hatte, war er zu dem Ergebnis gelangt, dass der IS es als Militärmacht nie mit dem Westen aufnehmen konnte. Mit der Einsicht reifte die Überzeugung, dass es gar nicht nötig war. Traditionelle Armeen gaben nicht länger den Ton an, ihre große Zeit war vor Jahrzehnten abgelaufen. Ungeachtet seiner Größe und Raffinesse produzierte selbst das amerikanische Militär nichts als aufwendige Fehlschläge in Serie.

Die Welt präsentierte sich mittlerweile als komplexes Geflecht aus Kalten Kriegen mit gegenseitigen Abhängigkeiten. Externe Konflikte zwischen Europäern, Amerikanern, Russen und Chinesen brodelten dicht unter der Oberfläche. Die entscheidenden Kämpfe wurden intern ausgefochten – zwischen den einzelnen Mitgliedsstaaten der EU, zwischen politischen Parteien, Rassen oder sozialen Schichten.

Die Vereinigten Staaten waren schwächer als je zuvor. Das Volk scherte sich ausschließlich um eigene, selbstsüchtige Bedürfnisse und hatte das politische System zu einem weiteren Lieferanten für billige Unterhaltung umfunktioniert. Die nationale Verteidigung basierte auf Armeen in Bereitschaft, die allein zum Zweck der Selbstbereicherung des industriellen Militärapparats zu existieren schienen. Amerikas Fähigkeit, sich anzupassen und neu zu erfinden, war dem Land von Politikern geraubt worden, die das Wahlvolk darauf drillten, auf jede Form von Veränderung mit Angst und Abwehrreflexen zu reagieren.

Gott hatte ihn mit der passenden Waffe zum passenden historischen Zeitpunkt versorgt. Seine Aufgabe bestand darin, Amerikas innere Zerrissenheit auszunutzen, Irene Kennedy und Mitch Rapp abzulenken und sicherzustellen, dass die Vereinigten Staaten zu gespalten waren, um auf den entscheidenden Schlag zu reagieren. Danach würde die Welt führerlos dahindriften.

Bisher war es ein Kinderspiel gewesen. Christine Barnett hatte sich sofort auf die Anthrax-Videos gestürzt und sie als Munition gegen politische Gegner und die CIA eingesetzt, statt sich um die Verteidigung ihrer Heimat zu kümmern. Fast noch interessanter fand er ihre Bereitschaft, über Anschuldigungen von Inkompetenz hinauszugehen und zu unterstellen, dass das Vorgehen der Alexander-Administration im Nahen Osten diesen Angriff überhaupt erst verschuldet habe.

Halabi hatte befürchtet, dass Barnett damit zu weit ging und Gegenwind bekam, doch das erwies sich als Irrtum. In einem Amerika, das darauf trainiert war, Partei zu ergreifen, ging es lediglich darum, mit einer Botschaft das passende Publikum zu erreichen. Es entsprach der menschlichen Natur, den Verräter mehr zu hassen als den Feind. In Amerika war Verrat ein gängiger Vorwurf, um politische Gegner unter Druck zu setzen. Das ging so weit, dass ein geschäftstüchtiger Unternehmer T-Shirts mit der Aufschrift ›Ich wäre lieber IS-Kämpfer als …‹ vermarktete, wahlweise ergänzt um das Wort ›Republikaner‹ oder ›Demokrat‹. Halabi nahm belustigt zur Kenntnis, dass sie ständig ausverkauft waren.

Er streckte die Hand nach einem abgegriffenen Notizbuch auf dem Schreibtisch aus und blätterte einige Sekunden gedankenverloren darin. Gabriel Bertrands mit elegantem Schwung zu Papier gebrachte Aufzeichnungen in Französisch wären für ihn auf Englisch und selbst Arabisch ebenso unverständlich geblieben. Die komplexen Ausführungen zum Akuten Jemenitischen Atemwegssyndrom wurden derzeit übersetzt und von einem jungen ägyptischen Arzt in für Laien verständliche Formulierungen übertragen.

Der Bericht des Mannes sollte im Laufe der Woche bei ihm landen. Halabi wusste bereits jetzt, dass das Buch eine Blaupause für den Umsturz der seit Jahrhunderten bestehenden Weltordnung enthielt. Gabriel Bertrand hatte unwissentlich das Geheimnis enthüllt, wie man Leid und Tod in einem für moderne Verhältnisse unbekannten Ausmaß auslöste.

Muhammad Attia erschien in der Tür. Halabi legte das Buch auf den Schreibtisch und fragte: »Was gibt es Neues zu Mitch Rapp, Muhammad?«

Die Augenbrauen des anderen zogen sich zusammen, ohne dass er etwas sagte.

Die Reaktion überraschte ihn nicht. Attia konnte nicht nachvollziehen, warum sein Vorgesetzter so auf den CIA-Agenten fixiert war, traute sich allerdings nicht, seine Vorbehalte laut auszusprechen. Schließlich rang er sich eine Antwort ab.

»Unser letzter bestätigter Kontakt zu ihm ist fast 20 Stunden her.«

Halabi beugte sich im Stuhl nach vorn. »Heißt das, ihr haltet ihn für tot?«

»Nein.«

»Das verstehe ich nicht. Er ist allein auf schwierigem, unbekanntem Terrain unterwegs. Umgekehrt haben deine hervorragend ausgebildeten Leute inzwischen Verstärkung erhalten durch … wie viele? … 200 zusätzliche Kämpfer und mehr als 30 Fahrzeuge?«

Attia nickte.

»Dein Schweigen beantwortet meine Frage nicht, Muhammad.«

Endlich schlich sich eine Spur von Entschlossenheit in die Miene seines Schützlings ein. »Keiner hat ihn mehr gesehen, seit er in den Canyon hinabgestiegen ist. Sagen wir besser: keiner, der noch lebt. Zwölf unserer Männer sind tot, darunter drei meiner Leute. Er scheint gezielt unsere besten Kämpfer anzugreifen und die anderen weitgehend in Ruhe zu lassen. Er tötet sie, nimmt ihnen Proviant, Wasser und Waffen ab und zieht sich weiter in die Wüste zurück.«

»Irgendwann wird er erschöpft sein«, mutmaßte Halabi. Seine Stimme wurde etwas lauter. »Entweder krank oder verletzt. Er hält nicht ewig durch. Fordere weitere Männer aus der Gegend an, die uns loyal ergeben sind. Sie sollen ihn überwältigen und wie ein Tier in die Enge treiben.«

»In die Enge treiben?«, fragte Attia und machte keinen Hehl aus seinem Frust. »Wir wissen ja nicht mal, wo er steckt. Wir können lediglich Spekulationen anhand der Leichen anstellen, die er zurücklässt. Es sieht danach aus, dass er sich tagsüber zum Schlafen verkriecht und nachts aus der Deckung kommt. Und er verfügt über genug Essen, Wasser und Munition, weil seine Opfer ihn damit versorgen.«

»Die Wüste wird ...«

»Die Wüste wird gar nichts«, wagte es Attia, ihn zu unterbrechen. »Das ist keine Belastung für ihn. Er ist dort zu Hause. Sein ganzes Leben als Erwachsener hat er in solchen Umgebungen gekämpft. Er hält dort Wochen durch. Vielleicht Monate. Tötet nach und nach unsere Männer, sobald sich ihm eine Gelegenheit bietet oder wenn er neue Vorräte braucht. Das muss er nicht mal, weil seine Kameraden ihn nicht ewig da draußen lassen. Sie werden loyale Unterstützer aktivieren und ein Flugzeug oder einen Hubschrauber auftreiben. Wenn es so weit ist, werden unsere Männer sterben, ohne Mitch Rapp je zu Gesicht bekommen zu haben. Was betest du mir täglich vor? Dass du Amerika mit 1000 fähigen Kämpfern an deiner Seite über Nacht auf die Knie zwingen kannst? Nun, du hast aber keine 1000 fähigen Kämpfer. Es ist dir lediglich gelungen, die wenigen, die du um dich geschart hast, nacheinander von dem Mann aus dem Verkehr ziehen zu lassen, den Amerikas nächster Präsident wahrscheinlich einsperren wird.«

Halabi spürte, wie vertrauter Hass in ihm brodelte, dann wich dieser einem unbekannten Gefühl von Verwirrung und Unsicherheit. War er etwa in dieselbe Falle getappt wie so oft in der Vergangenheit? Rapps Leben hatte in diesem Dorf auf einem Silbertablett vor ihm gelegen. Statt den Helikopter beim Anflug abschießen zu lassen, hatte er darauf bestanden, Rapp gefangen nehmen zu lassen. Warum? Erfüllte er damit Allahs Wünsche?

Nein.

Er hatte versagt, Gottes größten Feind auf Erden zu beseitigen, angetrieben vom eigenen verzweifelten Drang nach Rache. Er hatte den CIA-Agenten nicht etwa vor Gott gebrochen und bettelnd zu Kreuze kriechen sehen wollen, sondern vor den eigenen Füßen.

Halabi begriff, dass Rapp sich nicht in dieser Wüste einfangen ließ. Der Schöpfer hatte ihn außer Reichweite seiner Männer gebracht, um ihn, Halabi, zu bestrafen. Einmal mehr fühlte er den Blick des Allmächtigen auf sich lasten. Von der Liebe und Anerkennung früherer Zeiten war nichts übrig.

»Zieh deine Leute ab, Muhammad.«

»Alle? Es gibt keinen Grund, die örtlichen …«

»Alle. Es bringt nichts.«

Attia reagierte mit einem kurzen Seufzer der Erleichterung, bevor er weitersprach. »Ich nehme an, du unterstützt unseren sofortigen Abzug aus dem Jemen? Ich halte es zwar für unwahrscheinlich, dass Rapp einen meiner Männer ausgequetscht hat, bevor er ihn umbrachte, aber es ist nicht ausgeschlossen, dass er von diesem Versteck weiß. Gestattest du, dass ich Vorbereitungen treffe, unsere Operationsbasis zum sekundären Standort in Somalia zu verlagern?«

Halabi nickte. Sein Stellvertreter drehte sich um und verschwand durch die Tür.

Eine weitere Bestrafung von Gott. Sie tauschten eine Festung in den Bergen, umgeben von Kämpfern, die seine Ziele unterstützten, gegen ein Höhlenlabyrinth und Sympathisanten ein, deren Loyalitäten sich ebenso rasch änderten wie die Windrichtung.

Halabi schloss die Augen und visualisierte den beschwerlichen Pfad zum Sieg. Das größte Hindernis auf dem Weg war nicht etwa das US-Militär oder Irene Kennedy. Nicht einmal Mitch Rapp. Nein, es war seine eigene Arroganz.

Der IS-Anführer kämpfte sich aus dem Stuhl und hinkte zur Wand am anderen Ende des Raumes. Dort zog er eine Peitsche aus der Halterung. Mehrere Ketten an einem abgewetzten Holzgriff. Er schwang sie nach hinten und ließ das Metall hart gegen das Fleisch seines Rückens klatschen. Blut floss und Schmerz brandete auf. Gott strafte ihn weiterhin mit quälendem Schweigen.

14

Westlich von Manassas, Virginia

Rapp schoss zwischen den Bäumen hervor auf eine flache Kuppe, die von einer kürzlich angelegten Straße in zwei Hälften geteilt wurde. Unter sich erhaschte er in weiten Abständen Lichtflecke auf den Veranden der Häuser. In der Entfernung glommen die Lichter von Manassas unter tief hängenden Wolken auf.

Ihre Flucht aus dem Jemen war überraschend reibungslos verlaufen, sah man von der unerwartet großen Zahl mitreisender Personen ab. Erwartungsgemäß hatte Shamir Karman emotionale Bindungen zu zahlreichen seiner Mitstreiter aufgebaut und sich geweigert, sie zurückzulassen. Mit ein wenig Kreativität war es ihnen gelungen, alle in eine Kolonne aus fünf Fahrzeugen zu quetschen und den Transport vor der saudischen Luftwaffe zu verschleiern. Mittlerweile saß Karman in einer Eigentumswohnung in New York und seine Begleiter durchliefen ein beschleunigtes Asylverfahren.

Coleman und seine Jungs ließen im Walter Reed ihre Wunden abchecken, nachdem im Jemen derzeit zahlreiche Infektionen die Runde machten, die sich als resistent gegen Antibiotika entpuppten. Vor allem ärgerte sie, dass Rapp sich mehrere Tage durch die Wüste geschlagen und nichts als einen leichten Sonnenbrand abbekommen hatte.

Unbebaute Grundstücke zogen am Straßenrand vorbei. Sie gehörten allesamt Leuten, denen Rapp vertraute. Im Zentrum des Wohngebiets fuhr er an einigen Rohbauten und einem bereits fertiggestellten Haus vorbei, auf dessen Rasen Spielzeuge und Sportgeräte wild durcheinander herumlagen. Mit seinen vielen Kindern hielt bei Mike Nash entweder die Anarchie Einzug oder er erholte sich gerade davon.

Eine Siedlung zu bauen, in der lauter hartgesottene Kämpfer wohnten, war die Idee seines Bruders gewesen. Damit bewies er einmal mehr sein goldenes Händchen. Zwar hatte sich Rapp eine wahre Festung als Zuhause einrichten lassen, die so gut wie jedem Angriff außer Artilleriebeschuss trotzen konnte. Dennoch empfand er ehemalige SEALs, Deltas und Mitarbeiter von CIA und FBI in der Nachbarschaft als willkommene Rückendeckung.

Endlich gab es einen Ort, an dem er die Wachsamkeit schleifen lassen konnte. Vielleicht sogar entspannt ein paar Bierchen in einem Liegestuhl genoss, der nicht mit dem Rücken zu einer Mauer stand.

Vielleicht auch nicht.

Sayid Halabi lebte noch, war angepisst und hatte sich offenbar eine solide Strategie zurechtgelegt. Seine Propagandavideos waren professionell produziert und zielten auf ein konkretes Publikum ab. Seine Männer waren gut trainiert und kämpften diszipliniert. Er nutzte modernste technische Spielereien.

Wie es aussah, setzte er nicht länger auf fruchtlose Versuche, Territorien zu erobern und zu behaupten, sondern griff auf die Methoden der modernen, asymmetrischen Kriegsführung zurück. Er hatte die innere Zerrissenheit Amerikas als Angriffsfläche entdeckt und setzte auf Angst, eilfertig befeuert durch Christine Barnett.

Leider musste er diesem Scheißkerl von Terrorist eins lassen: Es gelang ihm hervorragend, die Wut von Barnetts Wählerschaft zu befeuern. Ihre Anhänger verzichteten darauf, wegen der Biowaffen, die er produzieren ließ, mit dem Finger auf Sayid Halabi zu zeigen. Lieber gaben sie der amerikanischen Außenpolitik die Schuld, den Dschihad zu fördern, warfen der Partei des Präsidenten vor, die Bedrohung nicht vorausgeahnt zu haben, und erklärten die CIA für unfähig, weil sie die Gefahr nicht mit einem magischen Fingerschnippen verschwinden ließ. Einen Nachrichtensender zu finden, der die Forderung erhob, den IS in seine Schranken zu weisen, erwies sich als vergebliches Unterfangen. Sie diskutierten lediglich über den Einfluss von Halabis Videos auf die anstehenden Vorwahlen zur Präsidentschaft und die Folgen eines Terrorangriffs für das Abstimmungsverhalten der Bevölkerung.

Mit der Steuerung am Lenkrad schaltete Mitch die Stereoanlage an. *The River* von Bruce Springsteen dröhnte durch den Dodge Charger. Kein sonderlich aufmunternder Song, aber er versetzte einen zurück in simplere Tage. Eine Zeit, in der Amerikas Feinde noch von außen kamen und sich mit Pistolen aus dem Weg schaffen ließen.

Ein rot gestrichener Schuppen tauchte am linken Straßenrand auf, kurz danach die weiße Gipsputzmauer, hinter der sich sein Haus befand. Blasse Spotlights beleuchteten nicht nur das Tor aus Kupfer, sondern noch etwas. Eine Gestalt, die daneben auf dem Boden saß.

Claudia.

Sie machte keine Anstalten aufzustehen, während er auf sie zufuhr. Er bremste und stieg aus. Trotz der

Wolkendecke war es eine herrliche Nacht. Eine leichte Brise wehte von Norden her und die Temperaturen pendelten um die 24-Grad-Marke. Trotzdem hatte sie die Arme um die Knie geschlungen und zog die Beine an die Brust, als würde sie frieren. Die Scheinwerfer seines Wagens enthüllten gemeinsam mit den Spots die Tränen, die ihr über die Wangen liefen.

Er wusste nicht, was er sagen sollte. Sie war selbst seit Langem in diesem Geschäft unterwegs und kannte den Zustand der Welt. Die Wahrscheinlichkeit, dass er lange genug lebte, um sich einen Satz Golfschläger zuzulegen und in Florida zur Ruhe zu setzen, hielt er für außerordentlich gering.

»Du hast getan, was du konntest«, meinte er schließlich.

»Viel zu wenig. Kaum einer hat auf unsere Anrufe reagiert, Mitch. Und die wenigen, die es taten, hatten nichts als Ausflüchte zu bieten.«

Er setzte sich direkt neben sie und lehnte sich mit dem Rücken gegen die Mauer. »Am Ende des Tages bin ich derjenige, der es ausbaden muss, und ich habe kein Problem damit.«

»Du hast kein Problem damit, dass dich das Land im Stich lässt, für das du ein Leben lang gekämpft hast?«

Fast eine Minute ließ er sich ihre Frage durch den Kopf gehen. »Die Nächte da draußen sind wunderschön. Du kannst dir gar nicht vorstellen, wie klar der Sternenhimmel ist. Und dann diese friedliche Ruhe.«

Sie starrte stumm nach vorn und mied seinen Blick.

»Eigentlich find ich das ganz angenehm«, fuhr er fort. »Allein zu sein macht alles einfacher. Die Freiheit, dass man sich auf niemanden verlassen kann, sich umgekehrt aber auch niemand auf einen verlässt. Das liefert einem eine Form von Klarheit, wie man sie selten findet.«

Sie lachte auf und wischte sich die Tränen ab. »Das solltest du nie einem Psychiater erzählen, sonst sperren sie dich sofort weg.«

»Möglich«, erwiderte er. Schweigend saßen sie nebeneinander, bis sie es nicht länger aushielt.

»Es war eine Falle, Mitch. Halabi hatte es gezielt auf dich abgesehen.«

»Sieht ganz danach aus.«

»Mir macht Angst, dass er dich nicht sofort umgebracht hat. Er hat bereitwillig gute Männer geopfert, um dich in seine Gewalt zu bringen. Ich versuche nicht darüber nachzudenken, aber mir geht nicht aus dem Sinn, was dann passiert wäre. Was er dir angetan hätte.«

Rapp zuckte die Achseln. »Es führt zu nichts, sich zu lang mit möglichen Szenarien aufzuhalten. Man zieht daraus seine Lehren und blickt nach vorn.«

»Und welche Lehren hast du daraus gezogen, Mitch?«

Er sah zu ihr. »Reden wir nicht länger um den heißen Brei. Wenn du mir was zu sagen hast, dann raus damit.«

»Wie du willst. Es wird immer schlimmer hier, Mitch. Amerika verändert sich. Vielleicht bekommst du es nicht mit, weil es deine Heimat ist. Ich merk es jedenfalls.«

»Ach, das ist bloß Politik«, winkte Rapp ab. »Damit ärgere ich mich seit Beginn meiner Karriere rum.«

»Nein. Es ist mehr als das. Du hast nicht mitbekommen, gegen welche Mauern Irene und ich beim Versuch gerannt sind, Hilfe für dich zu organisieren. Die meisten Menschen gehen davon aus, dass Christine Barnett die nächste Präsidentin der Vereinigten Staaten wird, und sie konzentrieren sich allein darauf. Viele gute Leute steigen aus, viele schlechte Leute steigen auf. Viele sind wie gelähmt. Sie wissen nicht, mit wem sie sich verbünden sollen. Welche Positionen sie einnehmen sollen. Keiner weiß so genau, was Barnett will.«

»Macht«, sagte er, stand auf und hielt ihr die Hand hin. »Das ist es, was sie alle wollen.«

15

WEISSES HAUS
WASHINGTON, D.C.

Als Irene Kennedy das Oval Office betrat, ließen sich die anderen Teilnehmer gerade im Besprechungsbereich in der Mitte des Raums nieder. Präsident Alexander bemerkte sie als Erster und kam mit ausgestreckter Hand zu ihr.

»Irene. Schön, Sie zu sehen. Wie immer.«

Während seiner Dienstzeit in Washington hatte er sich seinen Südstaaten-Charme bewahrt. Dennoch wussten sie beide, dass es gelogen war. Wenn sie sich außerhalb der normalen Sitzungen begegneten, ging es in der Regel um eine Krise. Eine nukleare Bedrohung. Einen Terroranschlag. Einen russischen Staatschef, der durchdrehte. Oder, in diesem Fall, einen psychotischen Fundamentalisten, der mit biologischen Waffen hantierte.

»Ich glaube, Sie kennen Senatorin Barnett?«

Der Händedruck zwischen den beiden Frauen geriet kühl und mechanisch. Barnett scheiterte einmal mehr daran, sie mit ihrem Blick einzuschüchtern. Seit diese politische Aufsteigerin den Geheimdienstausschuss im Senat leitete, musste sich Kennedy öfter mit ihr auseinandersetzen, als ihr lieb war. Barnett war eine Frau, deren einzige menschliche Emotion Ehrgeiz zu sein schien. Sie interessierte sich ausschließlich für Informationen, die die eigene Position stärkten, ihren persönlichen Reichtum steigerten oder sich dazu eigneten, die Karrieren politischer Rivalen zu zerstören. Alles andere empfand sie als lästiges Beiwerk. Dieser blinde Fokus schien zu funktionieren. Die Zeichen deuteten darauf hin, dass sie zur nächsten Führerin der freien Welt gewählt wurde.

»Und Colonel Statham sind Sie auch schon begegnet, nehme ich an?« Alexander bemerkte die Spannung zwischen den beiden Frauen und versuchte, sie zu zerstreuen.

»Natürlich.« Mit einem aufrichtigen Lächeln wandte sie sich dem Offizier zu. Leicht übergewichtig und kaum größer als 1,60 Meter kämpfte er ebenso hartnäckig wie Mitch Rapp – nur nicht gegen Terroristen, sondern gegen tödliche Seuchen. Statham widmete seine Karriere der Auslöschung der teuflischsten Krankheiten, die Mutter Natur auf die Menschheit losließ. Alles von Ebola über Epidemien bis hin zur Tollwut. Er konnte unzählige Anekdoten zum Besten geben. Wie er sich mal eigenhändig einen 30 Zentimeter langen Wurm aus dem Bein geschnitten hatte. Oder sich einen Wasserfall hinabstürzte im Versuch, ein außer Kontrolle geratenes Fieber in einem asiatischen Flussgebiet zu bekämpfen. Kein Wunder, dass er bei Cocktailpartys zu den begehrtesten Gesprächspartnern gehörte.

»Gary«, sagte sie, als er mit einer warmen Geste nach ihrer Hand griff. »Ich dachte, Sie wären in Afrika.«

Seine Augen strahlten bei der Erwähnung des Schwarzen Kontinents. »Wir arbeiten an einem Impfstoff gegen Ebola. Erste Testreihen laufen, die Ergebnisse sind vielversprechend.«

»Können wir anfangen?«, fragte Alexander, um einen der berüchtigten Endlosvorträge des Mikrobiologen im Keim zu ersticken.

»Ja, Sir«, antwortete Statham.

»Dann überlasse ich Ihnen die Bühne.« Der Präsident forderte die übrigen Anwesenden auf, Platz zu nehmen.

»Ich habe die IS-Videos nicht mitgebracht, weil ich davon ausgehe, dass jeder von Ihnen sie bereits mehrfach gesehen hat. Mein Team hat die Aufnahmen sorgfältig analysiert und in Zusammenarbeit mit der Agency relativ eindeutige Erkenntnisse gewonnen, womit wir es hier zu tun haben.«

»Und zwar?« Christine Barnett klang bereits ungeduldig. Sie hoffte auf Munition für eine weitere Breitseite gegen die Regierung des Mannes, der neben ihr saß.

Dennoch verrieten weder Alexanders Miene noch seine Körpersprache, wie sehr er Barnett hasste. Er hatte sich mit dem Umstand abgefunden, dass sie seine Nachfolge antreten würde, und konzentrierte sich darauf, die Machtübergabe so reibungslos wie möglich zu gestalten.

Sosehr Kennedy ihn dafür bewunderte, hielt sie es doch für Zeitverschwendung. Das Präsidentenamt verlangte weniger nach bestimmten Fähigkeiten oder Vorwissen als nach einer bestimmten Persönlichkeit.

Bedauerlicherweise wurde Christine Barnett den Anforderungen in keiner Weise gerecht.

»Ärzte ohne Grenzen hat versucht, den Ausbruch eines gefährlichen SARS-ähnlichen Virus in dem Dorf zu verhindern«, fuhr Statham ungerührt fort. »Den drei Mitarbeitern, die Halabi entführt hat, war es gelungen, die Ausbreitung zu stoppen. Sie pferchten die Erkrankten in einem Gebäude zusammen, das sie zu einer Klinik umfunktioniert hatten. Der IS schien das mitbekommen zu haben und schickte extrem gut ausgebildete und bestens vorbereitete Truppen dorthin. Selbst unsere Delta-Kräfte zeigten sich von ihrer Strategie und der Umsetzung beeindruckt.«

»Welche Strategie?«, ging Barnett dazwischen.

»Dazu wollte ich gerade kommen. Wenn man alle vorliegenden Aufnahmen auf einem Zeitstrahl einsortiert, erhält man ein relativ klares Gesamtbild. Halabis Männer trugen alle Schutzanzüge und vernagelten die Türen im Dorf, angefangen mit der Krankenstation. Sie fassten nichts an und brannten die Gebäude nieder, nachdem die Bewohner eingesperrt waren.«

»Sind wir sicher, dass es keine Überlebenden gab?«, erkundigte sich Präsident Alexander.

»So sicher, wie man es aus der Ferne sein kann«, entgegnete Kennedy. »Wie Sie wissen, hat Mitch ein Team dorthin geführt und die Zerstörung des gesamten Dorfs bestätigt. Die Umgebung besteht aus flachem Wüstenland. Ein hypothetischer Überlebender hätte auf keinen Fall unbemerkt das nächste Bevölkerungszentrum erreichen können. Ungeachtet dessen kontrollieren wir das Gebiet sorgfältig auf Anzeichen, dass sich die Seuche weiter ausbreitet.«

»Halten Sie es für sinnvoll, ein weiteres Team zu entsenden, um sich dort genauer umzusehen?«, fragte Alexander.

Sie schüttelte den Kopf. »Die Saudis haben das Dorf vor fünf Tagen aus der Luft zerbombt.«

»In unserem Metier gibt es keine Garantien«, meinte Statham, »aber das Feuer, das Vorgehen des IS und die vorangegangene Isolation dürften die Gefahr endgültig aus der Welt geschafft haben.«

Barnett lachte auf. »Wir müssen uns also nicht länger Sorgen über irgendein Dorf in der Wildnis machen, in dem die Grippe umgeht. Bloß darüber, dass der IS über ein modernes Biowaffenlabor mit unseren Experten verfügt. Ist das Ihre Vorstellung davon, eine Gefahr endgültig aus der Welt zu schaffen? Was hatten diese Leute überhaupt in einem von Terroristen beherrschten Gebiet im Jemen zu suchen?«

»Sie begaben sich potenziell in Lebensgefahr, um kranken Menschen zu helfen und zu verhindern, dass sich eine Seuche mit potenziell katastrophalen Folgen ausbreitet«, erwiderte Statham, der nicht länger einen Hehl aus seiner Abneigung gegen die Senatorin machte.

»Eine hübsche Absicht, aber wir sehen ja, wo uns das hinführt. Hätten wir nicht zugelassen, dass diese …«

»Sie arbeiten für eine NGO«, unterbrach Kennedy, die nicht wollte, dass sich die Besprechung auf politische Nebenschauplätze verlagerte. »Zwei von ihnen sind nicht mal amerikanische Staatsbürger. Wir sind nicht in der Position, ihnen Vorschriften zu machen, wo sie Menschen helfen und nicht helfen dürfen.«

»Nun, dann sollten wir das vielleicht ändern«, schoss Barnett zurück.

»Mag sein. Ihr Ausschuss hat sich allerdings jeglichen Aktivitäten im Jemen verwei...«

»Mir wurde gesagt, Sayid Halabi sei tot«, entgegnete die Senatorin gereizt. »Hätte ich gewusst, dass er dort eine Produktionsstätte für biologische Waffen aufbaut, hätte ich mich selbstverständlich für ein hartes Vorgehen gegen ihn ausgesprochen.«

Kennedy fühlte sich versucht sie darauf hinzuweisen, dass die Agency den Tod von Halabi nie offiziell bestätigt hatte und, selbst wenn, sich zahllose gefährliche Dschihadisten in der Region tummelten. Aber was hätte das gebracht? Hier ging es nicht um Wahrheiten. Hier ging es nicht um den Schutz Amerikas. Es ging allein um den Machthunger dieser Frau.

Die unbehagliche Stille, die folgte, wurde von Statham durchbrochen.

»Nachdem Sie Halabis biologische Waffen angesprochen haben, lassen Sie uns für einen Moment darüber sprechen. Der Hauptzweck dieser Videos besteht darin, eine Drohkulisse aufzubauen. Wir sehen im Prinzip nichts als eine Menge glänzenden Stahl und drei Personen, die in einer Art Schutzanzug zwischen Apparaturen hin und her laufen. In Wahrheit ist ein Großteil des Equipments gar nicht für die Produktion von Biowaffen geeignet.«

»Was ist mit dem zuletzt verbreiteten Video?«, fragte Barnett. »Dem, das ich erst vor ein paar Stunden erhalten habe? Halabi behauptet, dass er Gabriel Bertrand mit der Produktion einer halben Tonne Anthrax beauftragt hat.«

»Das Video deutet zwar an, dass er über Mittel und Wege verfügt, Anthrax zu produzieren, aber nicht annähernd in der genannten Menge. Das ist bloß Propaganda.«

»Ob es um ein bisschen Anthrax oder ein bisschen mehr geht, ist egal«, widersprach Barnett. »Die Menschen haben Angst. Aus gutem Grund. Es ist die Pflicht dieser Regierung, das Volk vor derartigen Bedrohungen zu schützen. Obwohl wir Milliarden für das Heimatschutzministerium verpulvern, muss ich meinen Tag damit verbringen, mir Videos anzuschauen, in denen Sayid Halabi Biowaffen bauen lässt.«

»Wie viel Zeit bleibt uns, bis er genug Anthrax für einen Angriff gegen uns besitzt?«, fragte Alexander ungewohnt kleinlaut. Er klang erschöpft. Nicht bloß wegen seiner über sieben Jahre im Amt, sondern weil er genau wusste, dass alle Inhalte dieser Unterredung von Barnett in den Abendnachrichten umgehend in Vorwürfe gegen ihn und seine Regierung umgemünzt werden würden.

»Hängt davon ab, wie viel er ins Land schmuggeln will«, antwortete Statham. »Die Menge, die er für einen kleineren Anschlag benötigt, könnte ihm bereits zur Verfügung stehen.«

»Mögliche Opferzahlen?«

»Gering. Biologische Waffen sind eine ernste, Furcht einflößende Bedrohung, aber die Verbreitung von Anthrax ist alles andere als trivial. Das Granulat muss klein genug sein, um in die Atemwege zu gelangen, und darf nicht klumpen. Vor allem muss es der Betroffene zwingend einatmen. Es überträgt sich nicht durch Berührungen und lässt sich auch schwer skalieren.«

»Die Russen haben es geschafft«, erklärte Barnett.

»Die Sowjets haben es geschafft«, korrigierte Statham. »Sie haben eine extrem tödliche Spore gezüchtet, die sich als Aerosol verbreiten ließ. Als sie aus dem Filtersystem des Labors entwich, tötete sie mehrere Hundert Menschen. Aber da reden wir von einer gewaltigen Kraftanstrengung einer früheren Weltmacht. Hier backt jemand deutlich kleinere Brötchen. Denken wir an die japanische Aum-Sekte. Sie haben eine Menge Geld, Know-how und Aufwand in ein ähnliches Projekt gesteckt und es am Ende zugunsten von Sarin aufgegeben.«

»Mir hat man auch gesagt, ich brauche mir über den IS nicht den Kopf zu zerbrechen. Wir sehen ja, wo das hinführt«, schimpfte Barnett.

Kennedy verzog das Gesicht und beschloss, nichts zu sagen. Mit den schriftlichen Warnungen der CIA über das Bedrohungspotenzial des Islamischen Staats im Jemen konnte man ganze Wandschränke tapezieren.

»Fakt ist«, fuhr Statham fort, »dass Halabi deutlich mehr Menschen mit einer Bombe oder einem Amokschützen umbringen könnte. Es wäre vor allem deutlich unkomplizierter.«

»Aber nicht so beängstigend«, fand Kennedy und sah Barnett dabei direkt in die Augen. »Die bevorstehende Wahl verschärft die vorhandene tiefe Spaltung der amerikanischen Gesellschaft. Er weiß, dass die Glut längst entfacht ist, und verteilt Benzinkanister, damit jeder, der davon profitiert, das Feuer weiter anheizt.«

Erwartungsgemäß erwiderte Barnett ihren Blick mit einer aggressiven Note. Mit dem begleitenden, fast unmerklichen Lächeln hatte sie allerdings nicht gerechnet.

»Irene«, bemühte sich der Präsident, die Spannung zwischen den beiden Frauen zu lösen, »haben wir eine Vermutung, wo sich Halabi und der französische Wissenschaftler aktuell aufhalten?«

»Deshalb habe ich mich leicht verspätet«, sagte Kennedy. »Wir haben die Höhlenwand, die im letzten Video zu sehen war, von Geologen genauer prüfen lassen. Sie sind übereinstimmend zu dem Ergebnis gelangt, dass man solche Formationen vor allem in Somalia antrifft. Bedauerlicherweise verfügen wir dort über noch weniger Ressourcen als im Jemen.«

Wieder lachte Barnett auf. »Meines Wissens verfügen wir über *gar keine* Ressourcen im Jemen mehr. Wie ich hörte, trampelte Mitch Rapp in Al-Hudaida herum wie ein Elefant im Porzellanladen und lief zielgerichtet in einen Hinterhalt. Wir mussten daraufhin einen Rettungseinsatz starten, der zum Auffliegen der Tarnung unserer Kontaktleute vor Ort führte.«

Eine raffinierte Verdrehung der Tatsachen, typisch für Barnett und ihr Amt. Nichts, was sie behauptete, ließ sich eindeutig als Lüge entlarven. Trotzdem entsprachen ihre Ausführungen ziemlich genau dem Gegenteil der Wahrheit.

»Die einzige Spur, die wir hatten, betraf dieses Dorf«, entgegnete Kennedy ruhig. »Mitch hatte sich entschieden, den Einsatz trotz der Gefahr eines Hinterhalts zu riskieren. Ein Hubschrauberpilot wurde dabei getötet und Mitch irrte mehrere Tage in der Wüste herum und kämpfte um sein Überleben. Ich frage mich, ob Sie ebenfalls bereit wären, für Ihr Land ein solches Opfer zu bringen, Senatorin.«

»Ich habe mein gesamtes Leben dem Dienst an der Öffentlichkeit verschrieben«, kam die Retourkutsche.

»Ich bin sicher, wir sind Ihnen alle sehr dankbar dafür«, antwortete die CIA-Chefin, die es bereits bereute, sich auf diesen Schlagabtausch eingelassen zu haben.

Alle Auseinandersetzungen mit dieser Frau waren riskant und Zeitverschwendung gleichermaßen. Barnett teilte die Menschen in zwei Kategorien ein: jene, die ihr nützten, und jene, die ihr gefährlich waren. Kennedys Einordnung stand bereits seit Langem fest.

»Und wie genau stellt sich das Verhältnis zwischen Mitch Rapp und der CIA dar?«, hakte die Senatorin nach.

Die Frage traf Kennedy unerwartet. Hier ging es um einen potenziellen Biowaffenanschlag gegen die Vereinigten Staaten. Welche Rolle spielten da Details zu Mitchs Dienstvertrag? Sie blickte zum Präsidenten, doch der schien sich nicht einschalten zu wollen, sondern hielt es offenbar für interessanter, Barnett ins offene Messer laufen zu lassen.

»Ich weiß nicht, worauf Sie hinauswollen, Senatorin.«

»Arbeitet er für Sie?«

»Er ist nicht länger direkt für die Regierung tätig, wenn es das ist, was Sie meinen. Er arbeitet als privater Dienstleister für uns.«

»Als Dienstleister«, wiederholte Barnett. »Darf ich das so interpretieren, dass wir damit auch den letzten Rest an Kontrolle über ihn aufgegeben haben?«

Ein Ausdruck resignativer Enttäuschung huschte über Alexanders Gesicht und er beschloss, doch einzugreifen. »Ich glaube, jetzt kommen wir vom eigentlichen Thema ab. Gary, so ungern ich mir über einen möglichen Angriff Gedanken mache, was ist, wenn es dazu kommt? Was können wir tun, um uns dagegen zu wappnen?«

»Das Wichtigste ist, dass wir uns an die Fakten halten und keine Hysterie schüren. Das ist natürlich leichter gesagt als getan, weil die Medien alles künstlich hochkochen und die …« Er verkniff es sich in letzter Sekunde, das Wort ›Politiker‹ laut auszusprechen. »… äh, die medizinische Fachwelt ist gut vorbereitet und forscht nach potenziellen Infektionsherden. Meine größte Befürchtung ist, dass die Leute überreagieren und glauben, es stünde ein Anthrax-Anschlag bevor, obwohl das nicht der Fall ist. So etwas lässt sich allerdings beherrschen.«

»Irene?«, fragte der Präsident.

»Wir mobilisieren unsere Kontakte in Somalia. Wie erwähnt, sind sie recht überschaubar. Natürlich stimmen wir uns auch eng mit Homeland Security ab, um zu verhindern, dass ein biologischer Kampfstoff in die USA eingeschmuggelt wird.«

Joshua Alexander nickte. Viel mehr konnte er nicht verlangen. Am Ende seiner zweiten und letzten Amtszeit als Präsident ging er davon aus, dass dieses Desaster auf dem Schoß seines Nachfolgers landete. Einerseits war er dafür unglaublich dankbar. Acht Jahre in diesem Job reichten und hätten die meisten Menschen überfordert. Andererseits machte es ihm Angst, wie Christine Barnett mit dem Thema umging.

»Ich erwarte tägliche Updates von Ihnen beiden. Sobald es bedeutende Neuigkeiten gibt, möchte ich sofort darüber informiert werden.«

Kennedy und Statham – zwei der kompetentesten Spezialisten, mit denen er je zusammengearbeitet hatte – nickten und standen auf. Nach ein paar verkrampften Höflichkeiten verließen die drei Besucher das Oval Office. Bevor Barnett gehen konnte, schob ihr Alexander eine Hand auf die Schulter.

»Sind Sie so nett und bleiben noch kurz, Christine?«

Als sie allein waren, wies Alexander zum Sofa, auf dem Barnett gesessen hatte. Der Senatorin schien die Situation nicht ganz geheuer zu sein. Sie setzte sich und verfolgte, wie er auf dem Sessel gegenüber Platz nahm.

»Ich bin nicht damit einverstanden, wie Sie Ihren Wahlkampf führen, aber ich bin ein großer Junge und merke, dass Ihre Strategie funktioniert.« Er deutete zum Resolute Desk. »Und ich vermute, bald werden Sie an diesem Tisch sitzen und Entscheidungen treffen.«

Barnett bemühte sich um einen neutralen Gesichtsausdruck, schien es aber zu genießen, eine solche Einschätzung aus dem Mund des politischen Widersachers zu hören.

»Eins sollte Ihnen bewusst sein«, redete Alexander ganz offen. »Präsident zu *sein* unterscheidet sich grundsätzlich davon, als Präsident zu *kandidieren*. Wenn Sie auf diesem Stuhl sitzen, haben Sie gewonnen. Dann kommen Sie nicht mehr weg. Sie üben das Amt einige Jahre aus, setzen sich zur Ruhe und füllen ein paar Seiten in den Geschichtsbüchern. Solange Sie dieses Amt bekleiden, bleibt allerdings kein Raum für politische Manöver. Denn dann tragen Sie die Verantwortung für 325 Millionen Menschenleben.«

Barnett nickte kurz, ließ seine Worte im Raum stehen und stand auf. »Sie regieren auf Ihre Art, Mr. President. Ich werde auf meine Art regieren.«

16

Westlich von Manassas, Virginia

»Ich nenne sie Betty, Mitch. Sieht sie nicht aus wie eine Betty?«

Anna streichelte mit ihren zierlichen Händen über den wolligen Rücken des Schafs. Das Tier schnüffelte kurz an ihr, dann fuhr es fort, sich auf das zu konzentrieren, was es im Dreck offenkundig so Faszinierendes entdeckt hatte.

Die Sonne stand hoch am Himmel. Die Schwüle erzeugte einen Dunstschleier über den Berggipfeln. Der Schuppen, neben dem sie standen, gehörte zum Gemeinschaftseigentum der Siedlung. Unter anderem gab es dort Stallungen für Pferde. Ursprünglich hatte Rapp sie durch einen Fitnessbereich und einen Schießstand ersetzen wollen. Dumm nur, dass Scott Coleman und sein gerissener siebenjähriger Mitverschwörer während Rapps Zeit im Irak Ansprüche darauf angemeldet hatten. Er brach mit Vorstellungen von einer zehn Meter hohen Kletterwand nach Bagdad auf und fand bei seiner Rückkehr einen Streichelzoo vor.

»Das ist kein Kuscheltier, Anna. Meinst du nicht, Keule wäre ein passenderer Name? Oder vielleicht Stew?«

Sie stellte sich mit dem Rücken zum Schaf auf, breitete schützend die Arme aus und rief: »Betty ist kein Abendessen! Genauso wenig wie Jo-Jo oder Merinda!«

»Hör nicht auf den ollen Griesgram«, schaltete sich Claudia ein. »Sieh nur, wie flauschig sie sind. Vielleicht sollten wir sie scheren und ihm einen hübschen Pulli aus der Wolle stricken.«

Anna verengte misstrauisch die Augen und zeigte auf eine weitere Herde am südlichen Abschnitt des Zauns. »Was wird aus den Ziegen? Die sind nicht flauschig.«

»Aber sie fressen Gras«, beruhigte ihre Mutter sie. »Da müssen wir nicht mehr mähen.«

Rapp stöhnte innerlich. Wollte ihn das Schicksal künftig mit 30 Menschen und 200 Paarhufern quälen?

»Scott hat erzählt, manche Leute halten Strauße.«

Und einer Schar zweieinhalb Meter großer Vögel, die nicht fliegen konnten?

»Die legen echt große Eier«, verkündete Anna eifrig und wartete seine Reaktion ab. »Man kann sie zum Frühstück essen. Mom könnte einen ganzen Kanister von dieser leckeren Soße machen. Eggs Benny Dick.«

»Benedict«, korrigierte ihre Mutter.

Rapps Handy klingelte. Er schaute aufs Display. »Da muss ich rangehen. Kümmer du dich in der Zwischenzeit um unsere süße kleine Schnitzel, okay?«

»Sie heißt nicht Schnitzel!«

»Kotelett?«

Anna drohte ihm mit dem Finger. Eine Geste, die sie von ihrer Mutter aufgeschnappt hatte. Dann rannte sie zu ihren neuen Freunden.

»Hallo, Irene«, meldete sich Rapp und tat sich schwer mit dem Umschalten. In zwei völlig unterschiedlichen Welten zu leben war eine neue Erfahrung. Reibungslos zwischen ihnen hin- und herzupendeln forderte ihn. »Wie ist das Treffen gelaufen?«

»Nicht so gut, wie ich gehofft habe.«

Er sah zu, wie Claudia hinter ihrer Tochter über den Rasen lief. Sie sah aus, wie sich eine französische Modezeitschrift ein Cowgirl vorstellte. Fleckenlose Jeans, körperbetont geschnittenes Arbeitshemd, Strohhut und Stiefel, die zeigten, dass Strauße nicht nur wegen ihrer Eier begehrt waren.

»Was hat Gary gesagt?«

»Dass er die Anthrax-Bedrohung für real hält. Halabi muss nur eine Möglichkeit finden, das Zeug ins Land zu schmuggeln.«

»Freie Auswahl«, raunte Rapp.

»Wir haben bereits die Grenzkontrollen an allen Punkten verstärkt, aber so eine Lieferung lässt sich nicht ohne Weiteres entdecken. Dafür ist ja kein großes Paket notwendig oder ein typischer Behälter, der sich leicht herausfischen lässt.«

»Ich nehme an, wir wissen nach wie vor nicht, wo sich Halabi und dieses Labor genau befinden?«

»Vermutlich in Somalia. Das ist alles.«

»Ich habe ein paar seiner Männer getötet, für die muss er sich Ersatz beschaffen. Vielleicht lässt sich auf diese Weise die Spur zu ihm verfolgen. Ich könnte noch mal hinfliegen und …«

»Nein, kannst du nicht.«

»Warum?«

»Christine Barnett gibt dir die Schuld daran, dass Halabi im Irak überlebt hat und die Tarnung unserer Kontaktleute im Jemen aufgeflogen ist.«

»Sie war *gegen* jegliche US-Aktivitäten im Jemen und hat die Budgets so lange zusammengekürzt, bis es fast sinnlos wurde.«

»Ich bin sicher, sie wird es völlig anders darstellen.«

Die Manipulierbarkeit von Wahrheiten war ein weiterer beunruhigender Faktor, der in seine Welt Einzug gehalten hatte. Es existierten Hunderte Stunden Videomaterial und

Tausende Seiten Dokumente, die bewiesen, dass Barnett amerikanische Bemühungen im Nahen Osten gezielt boykottierte. Völlig egal. Es genügte, dass sie sich vor eine Fernsehkamera setzte und es abstritt. Für ihre Unterstützer reichte das, um die Realität auszuradieren.

»Barnett hält Geheimdienste für unerwünschte Kontrolleure ihrer Macht«, verkündete Kennedy. »Sie wird nichts unversucht lassen, unsere Rolle entweder zu schwächen oder uns in ihren politischen Apparat einzugliedern.«

»Wie steht es mit Alexander?«

»Er hat sich damit abgefunden, dass sie zum nächsten Präsidenten der Vereinigten Staaten gewählt wird, und will nicht unnötig Wellen schlagen. Die Wahl treibt schon genug Keile zwischen die Menschen.«

»Vor ihr zu buckeln wird nicht dazu beitragen, das Land wieder zu einen.«

»Um ganz ehrlich zu sein: Ich glaube, er hat Angst, von ihr unter Beschuss genommen zu werden, sobald er nicht mehr im Amt ist. Am liebsten würde er einfach in den Sonnenuntergang davonreiten und dauerhaft von der Bildfläche verschwinden.«

»Also lässt er uns hängen wie alle Politiker.«

»Ja. Mit dem Unterschied, dass er es bereut.«

»Hilft auch nichts, wenn man am Strick baumelt.«

»Mag sein. Aber ich kann seine Haltung im Gegensatz zu dir nachvollziehen. Er ist ein grundanständiger Mann in einem Job, an dem sich jeder die Zähne ausbeißt.«

Rapp zog sich in den Schatten des Schuppens zurück. »Ich arbeite nicht mehr für die Agency. Soweit ich weiß, gibt es kein Gesetz, das einen Privatmann und einige seiner Freunde daran hindert, Urlaub im Jemen oder in

Somalia zu machen. Sollte während dieser Ferien rein zufällig Sayid Halabi erschossen oder mit einem Eishockeyschläger zu Tode geprügelt werden, beschwert sich bestimmt keiner, oder? Besser wir fangen Anthrax vor Ort ab, als darauf zu spekulieren, dass jemand von der Transportsicherheitsbehörde zufällig bei einer Gepäckkontrolle darauf stößt.«

»Das ist der eigentliche Grund, aus dem ich anrufe, Mitch. Präsident Alexander rechnet damit, dass du so etwas sagst, und will dich davon abbringen. Er und seine Partei sind in die Defensive geraten und wollen alles vermeiden, was Barnett zusätzliche Munition liefert.«

»Soll das ein Witz sein?«

»Nein. Hast du sie schon entdeckt?«

»Wen entdeckt?«

»Wirst du gleich sehen. Sie sollten jeden Moment eintreffen.«

Rapp blickte sich um und verstand ihre Andeutung. Zwei schwarze SUVs mit dunkel getönten Scheiben kamen in seine Richtung. Sie hielten ganz in der Nähe des Hauses am noch nicht angelegten Randstreifen.

»Sie kommen vom FBI«, erklärte Kennedy. »Alexander lässt dich rund um die Uhr bewachen, damit du ihm keinen Ärger einbrockst.«

Er starrte ein paar Sekunden auf die Fahrzeuge. »So weit ist es also nach mehr als 20 Jahren gekommen.«

»Tut mir leid, Mitch. Du wirst es zwar nicht glauben, aber dem Präsidenten tut es auch leid.«

Er trat aus der Deckung des Schuppens und lief zu Claudia und Anna, ohne seine Aufpasser eines Blickes zu würdigen.

»Mach's gut, Irene.«

17

Nördlich von Hargeysa, Somalia

Der sandige Untergrund erlaubte es Sayid Halabi, sich fast geräuschlos zu bewegen, obwohl er zum Laufen aktuell auf einen knochigen Spazierstock angewiesen war. Die Decke der Höhle war niedrig genug, um über seinem Kopf entlangzustreichen – eine Sandsteinplatte mit primitiven Malereien, seit Tausenden von Jahren in Vergessenheit geraten.

Es handelte sich um eine weniger komfortable, dafür flexiblere Örtlichkeit als jene, die er im Jemen gezwungenermaßen zurückgelassen hatte, allerdings in vielerlei Hinsicht um eine deutlich sicherere. Sie befand sich in einem abgelegenen Gebiet, das einen vor neugierigen Blicken schützte; nicht so abgelegen allerdings, dass die Aktivitäten seiner Männer ungewollte Aufmerksamkeit auf sich gelenkt hätten. Die Höhle selbst bot vielfältige Verteidigungsmöglichkeiten mit tief gelegenen Kammern und mehreren, weitläufig verteilten Ausgängen. Als wichtigsten Aspekt empfand er, dass die ungewohnte Umgebung von Somalia die Effektivität von Mitch Rapp nachhaltig einschränkte.

Ein Leuchten weiter vorn überlagerte die blässlichen, auf dem Boden verteilten LED-Lampen. Halabi beschleunigte leicht seine Schritte. Als er das Ende des Gangs erreichte, blieb er stehen und musterte schweigend das halbrunde Gewölbe dahinter. Die nicht zwingend benötigte wissenschaftliche Ausrüstung hatte ihre Propagandazwecke erfüllt und war im Jemen verblieben.

Das Labor wirkte nun weniger beeindruckend, war aber wesentlich funktionaler – eine Einrichtung, die ausschließlich auf die Produktion von Anthrax ausgelegt war.

Fotos kursierten bereits im Internet, was die theoretische Bedrohung zu einer greifbaren machte. Westliche Experten hatten umgehend den Zweck des Labors und dessen Ausstattung bestätigt und lieferten so Munition für Politiker und Medienunternehmen. Die Berichterstattung kreiste um sensationsheischende und überzogene Darstellungen einer Anthrax-Attacke im großen Stil. Der Streit zwischen den Parteien gewann an Schärfe. Christine Barnett schlachtete die Bedrohung für einen politischen Schlagabtausch aus.

Amerika befand sich in fast vollständiger Paralyse. Abgeordnete konzentrierten sich vorrangig auf das Wettrennen ums Weiße Haus. Angestellte von Homeland Security starteten durchschaubare Manöver, um den Regierungswechsel unbeschadet zu überstehen. Und die amerikanische Öffentlichkeit richtete den Fokus zunehmend auf imaginäre Feinde im Inneren, ignorierte dabei völlig die äußeren Faktoren, die auf ihre Vernichtung abzielten.

Halabi verfolgte wortlos, wie Dr. Gabriel Bertrand von einem Wärmeschrank aus rostfreiem Stahl an den Tisch daneben trat. Abgesehen von den Steinmauern hätte er sich genauso gut in seiner Heimat Frankreich aufhalten können. Dank der kühlen, trockenen Umgebung der Höhle blieb sein sauber rasiertes Gesicht von Schweiß verschont. Sein sorgfältig frisiertes Haar endete kurz über dem Kragen des makellosen Laborkittels und er hatte Bügelfalten in den Hosen.

Er überließ nichts dem Zufall. Der Franzose hatte ein Wohnquartier mit Waschgelegenheit erhalten, das an Luxus sogar Halabis eigene Unterbringung übertraf. Ein hübsches, blutjunges Mädchen aus dem Jemen war angewiesen worden, ihm jeden Wunsch zu erfüllen. Je mehr er bekam, desto mehr hatte er zu verlieren.

Aus Halabis Perspektive war es eine unvertraute, an und für sich inakzeptable Situation, aber er sah keine brauchbare Alternative. Körperliche Züchtigung, auf die er gewöhnlicherweise zurückgriff, wäre in diesem Fall kontraproduktiv gewesen. So simpel sich eine Anthrax-Bedrohung inszenieren ließ, Bertrands Rolle wurde mit wachsendem Fortschreiten des Plans entscheidender und komplexer.

Er musste gesund bleiben und einen kühlen Kopf bewahren, um die bevorstehenden Aufgaben zu bewältigen.

»Wie ich höre, erzielen Sie großartige Fortschritte.« Halabi trat aus dem Schatten.

Erschrocken wirbelte Bertrand herum, lehnte sich an den Tisch und verfolgte schweigend, wie der andere näher kam.

»Bin ich richtig informiert, dass die erste Charge Anthrax bereits im Lauf dieser Woche fertig wird?«

Der Franzose nickte benommen.

»Und Ihnen ist bewusst, dass die Effektivität unseres Angriffs direkte Auswirkungen auf Ihre persönliche Situation hat? Ich erwarte, dass auch Amerikaner zu den Infizierten gehören.«

»Das kann ich nicht garantieren«, platzte es aus Bertrand heraus. »Ich weiß nicht, wie Sie es in Umlauf bringen und in welcher Umgebung. Sollten Leute merken, dass sie infiziert sind, könnten sie sich Antibiotika besorgen und …«

»Es ist mir egal, wenn sie überleben. Mir reicht, dass sie erkranken. Es geht darum, Panik zu schüren, nicht möglichst viele Opfer zu hinterlassen.«

Halabi lächelte, als die Bemerkung unerwidert blieb. Wie weit ging dieser Mann, um sein eigenes Leben und sein Wohlergehen zu schützen? Vielleicht wurde es Zeit, das herauszufinden.

»Folgen Sie mir, Doktor.«

»Wohin?«

Halabi ignorierte die Frage und entfernte sich durch den engen Korridor. Nach wenigen Sekunden hörte er die Schritte des Franzosen hinter sich. Die gewundene Strecke führte sie schließlich hinaus ins Sternenlicht und von dort aus rund 200 Meter weit zu einem zweiten Höhleneingang weiter nördlich. Halabi winkte seinen Begleiter in die Grotte hinein. Sie stiegen in die Tiefe.

»Wo bringen Sie mich hin?«, fragte er erneut. Seine Stimme klang nicht länger gleichmütig, sondern angsterfüllt.

Diesmal erhielt er eine Antwort. »Ich will herausfinden, ob Sie mir bei einem Problem behilflich sein können, das sich ergeben hat.«

Sie waren kaum 20 Meter weit gegangen, da erreichten sie einen Computermonitor, der auf einem Felsbrocken platziert war. Er war drahtlos mit einer Kamera in den Tiefen des Gewölbes verbunden. Halabi deutete auf den Bildschirm. Bertrands Augen weiteten sich, als er die beiden Frauen sah. Eine lag reglos auf einer Pritsche, sodass sich nicht erkennen ließ, ob sie noch lebte. Die andere kämpfte mit einem Hustenanfall, der so heftig war, dass sie sich übergeben musste.

»Einer meiner Männer hat sich mit dem Virus infiziert, das Sie erforschen. Vor seinem Tod steckte er seine Familie an. Die zwei sind die Einzigen, die noch leben.«

Das war natürlich gelogen. Eine der infizierten Dorfbewohnerinnen war vor dem Niederbrennen der Häuser heimlich aus der Krankenstation gebracht worden. Sie war vor über einer Woche gestorben. Halabi hatte vorher die Gelegenheit genutzt, die zwei Märtyrerinnen zu infizieren, die von der Kamera beobachtet wurden.

»Was ist mit Ihren anderen Männern? Oder mit Leuten, zu denen sie auf der Reise hierher Kontakt hatten?«, fragte Bertrand. In seiner Stimme schwang Panik mit.

»Wir sind unterwegs keinen anderen Menschen begegnet und von meinen Männern zeigt keiner Symptome.«

Das stimmte sogar. Sie waren beim Transport der Infizierten unglaublich vorsichtig vorgegangen. Nur einer seiner Leute hatte sich der Frau in Schutzkleidung genähert. Man hatte sie in einem hermetisch abgeschirmten Van hergebracht, der auf der Fahrt bewohnte Gebiete strikt aussparte. Das Fahrzeug war im Anschluss verbrannt und die Kontaktperson in einem separaten Höhlensystem einquartiert worden. Bislang ohne Symptome, Allah sei Dank. Um keinerlei Risiko einzugehen, blieb er noch weitere zwei Wochen in Isolation.

»Man darf auf keinen Fall unterschätzen, wie gefährlich dieses Virus ist«, betonte Bertrand. »Sind Sie ganz sicher, dass kein anderer Ihrer Männer Anzeichen für eine Infektion zeigt? Liegen Aufzeichnungen vor, mit wem Ihr Mann und seine Familie nach der Ansteckung Kontakt hatten? Hat möglicherweise eine der Kontaktpersonen das Gebiet verlassen? Können Sie sie gegebenenfalls erreichen?«

Der Franzose plapperte munter weiter. Halabi achtete weniger auf den Inhalt als vielmehr auf den Tonfall. Er genoss das Entsetzen und die Verzweiflung, die in den Worten mitschwangen. Er weidete sich an der Vorstellung, dass bald die ganze Welt diese Angst teilte.

»Was können Sie tun, um ihnen zu helfen?«, unterbrach Halabi das Geschwafel.

»Ihnen helfen? Wie meinen Sie das?«

»Eine ganz simple Frage, Doktor.«

»Nichts. Es gibt keine Heilung und nichts, das die Wirkung des Virus abschwächt. Das Einzige, was den Opfern hilft, ist frische Luft und ausreichend Wasser. Antibiotika tragen dazu bei, sekundäre Infektionen zu unterbinden. Ansonsten kann man nur abwarten und hoffen, dass sie lange genug überleben, bis das Immunsystem reagiert.«

»Wir haben Beatmungsgeräte und Infusionsständer, außerdem grundlegende Schutzkleidung. Was uns fehlt, sind Personen mit medizinischer Ausbildung.« Er legte eine effektvolle Pause ein. »Mit Ausnahme von Ihnen.«

Er beobachtete, wie der französische Wissenschaftler den Bildschirm anstarrte. Wie würde er reagieren? Brachte er sich selbst in Gefahr, um diesen Menschen zu helfen? Zwei vermeintlich unschuldigen Frauen?

Die Antwort erhielt er einige Sekunden später, als Bertrand zögernd den Kopf schüttelte. »Grundlegende

Schutzkleidung reicht nicht aus. Man braucht professionelle Ausrüstung und muss präzise vorgegebene Prozeduren einhalten. Andernfalls besteht das Risiko, dass sich das Virus ausbreitet.«

»Also sollen wir sie sterben lassen?«, hakte Halabi nach. »Einsam und qualvoll?«

»Es gäbe keine Möglichkeit, es zu stoppen. Wir sprechen von Millionen, eventuell Hunderten Millionen von Toten. Nur weil einer der Handschuhe, die Sie mir geben, unter Umständen eine winzige undichte Stelle hat. Oder einer meiner Schuhüberzieher hinterher nicht korrekt entsorgt wird.«

»Wir sind völlig isoliert in einer dünn besiedelten Region von Somalia«, betonte Halabi, dem es allein darum ging, den Wissenschaftler zu reizen. »Meine Männer würden bereitwillig für mich in den Tod gehen und ich wäre bereit, diese Höhlen mit uns darin zu versiegeln, um eine Ausbreitung der Krankheit zu verhindern. Dann würde sie nicht nur hier mit uns sterben, sondern es dauert wahrscheinlich Jahrhunderte, bis jemand auf unsere Leichen stößt.«

Bertrands einzige Reaktion bestand darin, sich vom Monitor abzuwenden und in die Dunkelheit der Höhle zu starren.

Halabi war es darum gegangen, den Ausländer besser einschätzen zu können. Genau das hatte er erreicht. Die Menschen auf dem Bildschirm bedeuteten ihm nichts. Zwei arme, ungebildete Landbewohner, bei denen es keine Rolle spielte, ob sie überlebten oder krepierten. Anonym und irrelevant.

Weitaus mehr Sorgen schien sich Bertrand um die Außenwelt zu machen. Wie weit würde er gehen?

Welche Opfer würde er auf sich nehmen, um Millionen von Fremden und ihre moralisch korrupten Gesellschaften zu retten? Gewisse Unannehmlichkeiten? Vermutlich. Schmerzen? Zweifelhaft. Den eigenen Tod? Garantiert nicht.

Als Halabi den Franzosen anschließend aus der Höhle führte, wirkte der Mann wie gebrochen. Er hatte ihm sämtliche Illusionen geraubt. Tief in ihm lag etwas im Sterben, genau wie die Frauen in jenem Gewölbe.

18

San Ysidro, Kalifornien

Nach wie vor fiel es ihm schwer zu glauben, dass das gerade tatsächlich passierte.

Holden Flores war in den Kofferraum eines Cadillac, Baujahr Mitte 1970, gepfercht worden – des einzigen Fahrzeugs, das die US-Drogenbehörde auftreiben konnte, in dem seine 1,82 Meter samt Körperpanzerung und Waffe ausreichend Platz fanden. Luft strömte durch ein paar Löcher herein. Inzwischen merkte er, dass man sie nicht unbedingt an den geeignetsten Stellen gebohrt hatte. In einer halbwegs bequemen Position verdeckte er etwa die Hälfte davon, was ihn vor die Wahl stellte, entweder schmerzhafte Beinkrämpfe zu ertragen oder zu ersticken. Noch befand er sich im Experimentierstadium, was von beidem schlimmer war.

Nicht dass er einen Grund hätte, sich ernsthaft zu beschweren. Das College lag erst seit ein paar Jahren hinter ihm und jeder wusste, dass man als kleines Licht in der Hierarchie die Scheiße der Vorgesetzten ausbaden musste. Außerdem gehörte ein Kofferraum beileibe nicht zu den verrücktesten Orten, an denen sich ein DEA-Agent je versteckt hatte. Nicht mal annähernd. Der Hauptgewinn ging vermutlich an eine Clownsstatue aus Porzellan vor den Toren von Albuquerque in den frühen 1990ern. Was Flores' Lage so außergewöhnlich machte, war weniger der Caddy selbst als die Stelle, an der er parkte. Nicht etwa in einem abgelegenen Wüstenstück unweit der Grenze. Und auch nicht in einem heruntergekommenen Viertel mit Meth-Laboren und Bandenbossen.

Nein, er harrte auf der unteren Ebene einer Tiefgarage aus, die zur jüngst eröffneten neuen Einkaufsmeile von San Ysidro gehörte. Direkt über ihm befand sich eine auf dem Reißbrett zusammengestellte Ladenzeile mit Fair-Trade-Kaffee, Schmuck einer örtlichen Designerin, nachhaltig hergestellter Kleidung und einer erlesenen Auswahl glutenfreier, veganer Bio-Snacks. Eigentlich nicht so seins, aber nach vier Stunden in einem Kofferraum klang ein Soja-Hotdog mit Sauerkraut aus ethischem Anbau enorm verlockend.

Flores wurde schwindlig und er rutschte mit den Pobacken von den Lüftungslöchern weg. Erleichtert nahm er die einströmende kühle Luft wahr und lugte aufs Handy. Über eine App konnte er den Live-Feed mehrerer in der Umgebung platzierter Kameras verfolgen. Er rief sie nacheinander auf. Tesla? Check. Ein weiterer Tesla? Check. Auf Hochglanz polierter Minivan mit einem Aufkleber, der behauptete, das Fahrzeug nutze aufbereitetes Speiseöl als Treibstoff? Check. Ein junges, gut verdienendes Pärchen, das einen Designer-Kinderwagen zum Aufzug schob? Doppel-Check.

Was er nicht sehen konnte: den unglaublich langen Tunnel, der von dieser Tiefgarage zu einem deutlich weniger imposanten Gebäudekomplex auf der anderen Seite der mexikanischen Grenze führte. Der Zugang war so raffiniert versteckt, dass niemand aus dem gesamten Netzwerk des Heimatschutzministeriums bislang darauf gestoßen war. Den entscheidenden Tipp hatte man ausgerechnet von der NASA erhalten. Die Weltraumbehörde war beim Testlauf eines neuen geologischen Überwachungssatelliten auf eine unterirdische Anomalie gestoßen, die in perfekt gerader Linie von San Ysidro nach Tijuana verlief.

Anfangs führte man die Darstellung auf eine technische Fehlfunktion zurück. Sobald sich das ausschließen ließ, begab man sich auf die Suche nach stillgelegten Abwasserkanälen oder Leitungsrohren. Nachdem sich das als Sackgasse herausgestellt hatte, meinte ein Techniker in Houston spaßeshalber, es handele sich wahrscheinlich um einen Tunnel zum Drogenschmuggeln. Ein Kollege nahm diese Idee ernst und schickte daraufhin ein paar Screenshots an einen Verwandten bei der DEA.

Und hier war Flores nun und schwitzte sich den Hintern nass, während ihm ein Reservereifen gegen das Kreuz drückte. Dabei hatten sie es womöglich nur mit einer auf den Karten nicht verzeichneten Mine oder einem eingestürzten Brunnenschacht zu tun, wie ihnen eine kurze Rückfrage bei den mexikanischen Kollegen verraten hätte.

Bedauerlicherweise bewegten sich die Beziehungen zum südlichen Nachbarn der USA aktuell auf einem

Allzeittief. Das ständige Hintergrundrauschen wegen Zuwanderern, Handelsbeziehungen und Drogen gestaltete die Zusammenarbeit schwierig genug. Nun standen auch noch Wahlen an und ihnen flog alles um die Ohren. Es ging nur noch um Schuldzuweisungen und politisches Tauziehen. Wir gegen die.

Selbst die verlässlichen Gesetzeshüter in Mexiko saßen da und drehten Däumchen oder, noch schlimmer, boykottierten gezielt die Aktivitäten der US-Ermittler. Warum sollten sie sich in von Banden kontrollierten Gebieten erschießen lassen, nur weil Amerikaner gern auf den Trip gingen, Tacos verputzten oder nach billigen Arbeitskräften zum Rasenmähen suchten?

Flores schaute auf den Handybildschirm. Auf der Nordkamera tauchte gerade ein Wartungstechniker auf. Idealerweise wäre es einer ihrer Leute gewesen, aber beim Einschleusen hatten sie sich die Zähne ausgebissen. Prinzipiell wurden in diesem Bereich ständig neue Leute gesucht, aber die DEA erhielt auf ihre zahllosen Bewerbungen mit fantasievoll gefälschten Lebensläufen nicht mal eine Einladung zum Vorstellungsgespräch.

Daraufhin mussten sie auf relativ aufwendiges Überwachungsequipment zurückgreifen und fanden schließlich heraus, wie das Transportsystem der Dealer organisiert war. Wie gelangten sie in den fraglichen Tunnel und wieder nach draußen, wohlgemerkt mit genügend Stoff, damit sich der ganze Aufwand lohnte?

Über einen beschissenen Autoaufzug.

Die Vorstellung allein löste bei Flores ein mulmiges Gefühl aus. Nicht der Aufzug selbst, sondern das ganze Drumherum. Das Einkaufszentrum war von einem US-amerikanisch-mexikanischen Konsortium erbaut worden. Die Stadt hatte die Investoren mit Subventionen und Steuervorteilen gelockt. Bei der Eröffnung hatte Arnold Schwarzenegger das Band durchgeschnitten. Ganz genau. Der Kindergarten-Cop persönlich weihte eine Tarnunternehmung für den Drogenschmuggel ein, finanziert mit freundlicher Unterstützung des Bundesstaats Kalifornien.

Der Wartungstechniker blieb stehen und blickte sich so auffällig um, dass er sofort Flores' Verdacht weckte. Dieser Abschnitt der Tiefgarage befand sich weit entfernt von der Aufzuganlage, die Besucher hinauf in die Mall brachte. Die Lichtverhältnisse waren deutlich schlechter als in anderen Bereichen und die Platzverhältnisse so beengt, dass sich nur selten Autofahrer mit ihren Karossen in diesen Abschnitt verirrten. Höchstens solche, die keine Dellen in der Tür riskieren wollten und bewusst weitab vom Schuss parkten.

Nachdem er sich vergewissert hatte, dass niemand in der Nähe war, stieg der Mann in einen brandneuen Ford Escape und setzte ihn von der Mauer zurück. Ein Adrenalinschub erfasste Flores. Ungläubig verfolgte er, wie der Boden hinter dem Wagen in Bewegung geriet. Einen Moment später schob sich ein Van von unten ins Blickfeld und wurde regelrecht in die Luft geschleudert, als ihn die versteckte Hebebühne in die Höhe beförderte. Aber nur fast. Gewicht und Geschwindigkeit waren sorgfältig austariert, damit er nur leicht auf den gut geölten Stoßdämpfern schaukelte.

All das geschah, während der Ford so platziert war, dass er das Geschehen komplett vor Blicken möglicher Zuschauer abschirmte. Glücklicherweise hatte die DEA eine Kamera am Röhrensystem unter der Decke platziert, was es ihm erlaubte, den spektakulären Vorfall in hochauflösenden Bildern mitzuerleben.

Der Van rollte elegant von der Plattform, die wieder im Boden versank, woraufhin die Asphaltabdeckung zur Tarnung an ihren Platz zurückgleiten wollte.

Genau das zu verhindern war Ziel dieser DEA-Operation. Es gab keine Möglichkeit, von der US-Seite aus in den Tunnel zu gelangen, sobald der Deckel eingerastet war. Höchstens unter Einsatz von schwerem Gerät und nach Einholung von Genehmigungen, wovon diese Drogenbarone zwangsläufig Wind bekamen. Im schlimmsten Fall wäre die Hebevorrichtung längst demontiert, ehe sich die Fahnder Zugang verschafft hatten. Oder sie sprengten kurzerhand alles in die Luft und brachten dabei die halbe Stadt zum Einsturz.

Es kam auf das perfekte Timing an, und diesmal klappte es.

Der direkt gegenüber vom Lift geparkte Tesla ließ sich fernsteuern. Der zuständige DEA-Mitarbeiter gab Vollgas. Das Elektrofahrzeug prallte mit Wucht gegen den Van und schob diesen zurück, direkt auf die sich schließende Öffnung zu. Gleichzeitig sprang Flores aus dem Kofferraum und lauschte dem Knirschen von Metall, als die Abdeckung gegen die hinteren Türen des Vans stieß.

Er sprintete zu einer im Vorfeld festgelegten Position hinter einer Säule, während sich die zwei Insassen des Vans abmühten, die blockierten Türen des überladenen Fahrzeugs aufzubekommen. Reifenquietschen in einiger Entfernung deutete darauf hin, dass Verstärkung anrückte. Inzwischen sollte der Strom der Personenaufzüge bereits abgestellt sein, damit niemand aus der Mall auf das Parkdeck gelangen konnte. Die Zufahrt zu dieser

Ebene wurde parallel von einem Special Response Team blockiert.

»DEA! Hände hoch!«, brüllte Flores und zielte mit der Waffe um die Säule herum.

Auf weitere Einsatzkräfte musste er zunächst verzichten. Man konnte nicht allzu viele 1970er-Cadillacs in einer Tiefgarage abstellen, ohne dass es jemand mitbekam. Er teilte diese Einschätzung zwar, fühlte sich aber trotzdem alleingelassen. Vor allem weil die Dealer gar nicht daran dachten, seine Anweisung zu befolgen, sondern sich nach vorn beugten und im Fußraum hantierten.

Flores feuerte nicht. Vermutlich waren die Männer nach dem Zusammenprall mit dem Tesla schlicht verängstigt oder benommen. Er ging nicht davon aus, hohe Tiere aus dem Kartell vor sich zu haben. Eher Hilfskräfte, die sich gegen miese Bezahlung als Fahrer einspannen ließen. Man brauchte schließlich keine Kämpfer, um Drogen durch die Stadt zu kutschieren. Und diese Typen wirkten absolut unverdächtig.

Leider löste sich seine Theorie jäh in Luft auf, als die Kerle mit MP5 in den Händen wiederauftauchten.

Die Waffe in Flores' Hand entsprach nicht dem, was man sich in einer solchen Situation gewünscht hätte. Eine Furcht einflößende Rock River LAR-15 aus dem DEA-Arsenal beispielsweise. Oder auch eine Daniel Defense DDM4 mit schickem eingebautem Schalldämpfer und übergroßem Magazin. Nichts vermittelte ein ›Auf die Knie!‹ effektiver als 30 Schuss einer 300er Blackout, die es krachen ließen.

Stattdessen musste er sich mit einem bescheuerten Granatwerfer samt Tränengasmunition herumärgern.

Er drückte zweimal kurz hintereinander ab und zog die Vollgesichtsmaske aus der Stirn nach unten. Das Gas breitete sich in dieser beengten, schlecht belüfteten Umgebung besonders zügig aus. Innerhalb von ein paar Sekunden sah man so gut wie nichts mehr.

Das schien die Typen im Van nicht zu stören. Sie ballerten im Vollautomatikmodus aus den Fenstern, die sie unvorsichtigerweise heruntergefahren hatten. In den Nebelschleiern flackerten Mündungsblitze auf. Flores ließ sich auf den Bauch fallen und hielt sich die Ohren zu. Augen und Nasen dieser Scheißkerle dürften mittlerweile brennen wie die Hölle und sie müssten enorme Schwierigkeiten beim Atmen bekommen. In dieser Phase hätten sie selbst ein Kreuzfahrtschiff von einer Bergkuppe aus an einem wolkenlosen Tag verfehlt. Hauptsache, er wurde nicht unglücklich von einem Querschläger erwischt.

Die Waffen verstummten und er hörte lautes Gebrüll auf Spanisch, während die Gegner blind nach Ersatzmagazinen tasteten.

Flores' Position auf dem Asphalt war optimal, aber hier konnte er nicht bleiben. Das Back-up bog in ein paar Sekunden um die Ecke. Bis dahin dürften die Arschlöcher im Van nachgeladen haben. Wenn sie nicht gerade taub von den Schüssen waren, konnten sie nach Gehör auf das näher kommende Fahrzeug zielen. Die Trefferwahrscheinlichkeit lag nicht besonders hoch, aber Glück hatte man immer mal.

Flores bog das Kehlkopfmikro vor den Mund. »Ich lauf zum Van. Erschießt mich nicht.«

Er zog die Schusswaffe und legte die Strecke zum Fahrzeug mehr aus der Erinnerung zurück. Er brauchte weniger als fünf Sekunden bis zum offenen Fenster, ohne zu erkennen, was sich drinnen tat. Das Einrasten eines Magazins lieferte ihm die Antwort und er rammte dem Fahrer den Griff der Waffe seitlich gegen den Schädel. Der Mann brach bewusstlos auf dem Lenkrad zusammen. Flores zielte mit der Pistole auf den Beifahrer, der sich vergeblich mit der Tür abmühte.

»Hände hoch, Arschloch!«

Der Mann erstarrte und überlegte, was er tun sollte. Ihm blieben nicht viele Optionen. Er hatte keine Munition mehr, sah nichts und atmete keuchend.

Flores' Verstärkung bog um die Ecke und kam mit schlitternden Reifen zum Stehen. Türen flogen auf und Rufe übertönten das leise Zischen eines Kanisters, bei dem Gas ausströmte.

Damit konfrontiert, hob der Mann auf dem Beifahrersitz schließlich die Hände.

Flores hielt die Waffe auf den Kopf des Drogenkuriers gerichtet. Unterdessen näherte sich sein Team vorsichtig dem Fahrzeug.

Meine Fresse! Ich hab's voll drauf!

19

Los Angeles, Kalifornien

Rapps Limousine reihte sich am Säulenvorbau des Hotels in die Schlange ein, hinter einem zitronengelben Lamborghini und einem SUV mit unverschämt hohem Chromanteil. Er sah zu, wie sich eine Frau mit

Unterstützung des Portiers aus dem tiefergelegten Sportwagen kämpfte und zum Eingang stakste. Dabei zupfte sie an ihrem Minirock, von dem die Hälfte zu fehlen schien.

»Ich steige hier aus.« Er wollte die Tür öffnen.

»Wir sind gleich da«, widersprach der Fahrer. »Ich lasse Sie unter dem Vordach aussteigen, dann haben Sie es nicht so weit zum Foyer.«

Er wusste die Professionalität des Mannes zu schätzen. Allerdings waren es draußen 28 Grad bei wolkenfreiem dunklem Himmel – und zu besagtem Foyer musste er nicht mal zehn Meter laufen.

»Das schaff ich schon.«

Er stieg aus, interessiert beäugt von einer Gruppe junger Leute, die am Rand des Parkplatzes standen. Er trug den neuen Anzug, den er im Kleiderschrank vorgefunden hatte, sowie eine Clipkrawatte, auf deren Rückseite der Namenszug irgendeines italienischen Designers prangte. Er hatte die Haare nach hinten gekämmt und den Bart ordentlich getrimmt. Vermutlich hielten sie ihn für einen Prominenten, der inkognito anreiste.

Als er an ihnen vorbeilief, schienen sie zu dem Ergebnis gelangt zu sein, dass er niemand Besonderes war. Ihre volle Aufmerksamkeit galt nun einem ankommenden Ferrari. Rapp betrat die Lobby und traf auf einen ähnlich adrett herausgeputzten Scott Coleman, der ihn zu einem Privataufzug im hinteren Teil lotste.

»Danke, dass du mich in letzter Minute rausgeboxt hast, Mitch. Das Jobangebot im Irak kam wie aus dem Nichts. Es wäre wirklich gut für das Image der Firma. Ich muss allerdings persönlich zu den Vertragsverhandlungen fliegen und wir kriechen personell auf dem Zahnfleisch.«

Alles, was er erzählte, war vollkommener Schwachsinn, wie Rapp wusste. Vermutlich versuchte Claudia auf diese Weise, ihn von den Vorzügen des privaten Sektors zu überzeugen und vor allem von der Agency, Anthrax und Sayid Halabi abzulenken.

Sein erster Impuls war gewesen, einfach Nein zu sagen, und zwar mit Nachdruck. Dann fiel ihm ein, dass Coleman ihm während ihrer gesamten Zusammenarbeit nie eine Bitte abgeschlagen hatte. Selbst wenn eine Jobbeschreibung mit den Worten ›und am Ende sind wir vermutlich alle tot‹ endete, stürzte sich der frühere SEAL ohne das geringste Zögern in den Kampf. Umgekehrt schuldete er ihm dasselbe.

»Wieso flieg ich nicht einfach mit dir in den Irak?«, schlug Rapp vor. »Mas oder Bruno könnte sich um diese Geschichte kümmern.«

Coleman lächelte, während er den Code für die Aktivierung des Aufzugs eintippte. »Ich kann dich nicht als Personenschützer einsetzen, Mitch. Nachher stirbt mein Klient noch, weil jemand versucht, *dich* umzulegen.«

»Auch wahr«, gab sich Rapp geschlagen und folgte seinem Freund in die Kabine.

»Vertrau mir, du willst im Moment nicht in den Irak. Ich garantier dir, das ist der beste Job, den du je hattest. KatyDid haben die komplette obere Etage angemietet und sich in der Präsidentensuite eingenistet.«

»Eine Krankheit quartiert sich in einem Hotel ein?«

»Das verwechselst du mit Chlamydien. KatyDids sind Heuschre…« Er führte den Satz nicht zu Ende. »Herrgott, Mitch, das Kürzel hat sich die Regenbogenpresse für Didier Martin und Katy Foster ausgedacht.«

»Wen?«

Coleman sah ihn von der Seite an, während sich der Lift in Bewegung setzte. »Martin gilt als einer der bekanntesten Sänger weltweit. Ein Star, seit er, was weiß ich, 14 war? Seine Freundin Katy ist Schauspielerin und Model. Mindestens zwei Jahre in Folge hat sie die meisten Follower auf allen sozialen Plattformen. Ich weiß ja, dass du eine Menge Zeit in Höhlen verbringst, aber ein bisschen was von der Welt da draußen solltest du schon mitbekommen.«

»Und wo komm ich ins Spiel?«

»Das ist der beste Teil. Du musst einfach nur in einem bequemen Stuhl vor ihrer Tür sitzen. Sie verlassen die Suite nie. Eigentlich essen sie die ganze Zeit, vögeln, werfen Drogen ein und schauen fern. Meistens in genau dieser Reihenfolge. In zwei Tagen gibt er ein Konzert. Sobald er das Hotel verlassen hat, übernimmt die Security des Veranstalters. Und dafür, ob du's glaubst oder nicht, berechne ich 50 Riesen pro Tag.«

»Besucher?«

»Nur wenn Martin dich anruft und sie ankündigt. Oh, und geh auf keinen Fall rein, wenn er dich nicht ausdrücklich dazu auffordert. Und wenn er's tut, red nicht mit den beiden. Es sei denn, sie stellen dir eine Frage. Außerdem wär es besser, sie nicht direkt anzusehen.«

»Im Ernst?«

»Ist eh egal«, meinte Coleman, als die Türen des Aufzugs zur Seite glitten und er in den Flur trat. »Er wird nicht anrufen, und du bekommst die beiden nur das eine Mal zu Gesicht, wenn du sie in die Obhut der Stadion-Security übergibst. Niemand wird versuchen, sie zu töten. Niemand wird auf dich schießen. Hock dich einfach auf den Stuhl, spiel Angry Birds auf dem Handy und kassier deine 20 Riesen täglich.«

»Hast du nicht eben erwähnt, dass du ihnen 50 berechnest?«

»Ich muss ja auch irgendwie auf meine Kosten kommen«, konterte Coleman gelassen. Er deutete auf einen Stuhl, der mitten vor einer eleganten Doppeltür stand. Rapp machte es sich darauf bequem.

»Na, was denkst du?«

»Er ist tatsächlich recht bequem.«

»Hier sind der Schlüssel zum Aufzug und die Keycard fürs Zimmer. Nicht dass du sie brauchst. Genieß es und vergiss nicht, Claudia dran zu erinnern, dass sie meine Pflanzen gießen soll. Wir sehen uns, wenn ich in ein paar Wochen zurück bin.«

»Da hätten wir den Chefsalat als Vorspeise, das Filetsteak mit Pommes frites anstelle der Backkartoffel und eine Cola.« Der Mitarbeiter vom Zimmerservice zog die silberne Abdeckung vom Tablett und zauberte eine Serviette hervor, die er auf Rapps Schoß ausbreitete.

»Haben Sie etwa den Käsekuchen vergessen?«

»Natürlich nicht. Er befindet sich im unteren Fach. Der beste der ganzen Stadt. Geht das auf Mr. Colemans Rechnung oder aufs Zimmer?«

»Definitiv aufs Zimmer.« Rapp griff zum Besteck.

»Kann ich sonst noch etwas für Sie tun?«

»Lassen Sie sich 30 Prozent Trinkgeld aufschreiben.«

»Vielen Dank, Sir.«

Rapp rechnete damit, dass der Angestellte genau wie Coleman vor ein paar Stunden durch den Gang verschwand, doch er blieb neben ihm stehen.

»Problem?«

»Wie sind sie denn so?«

Rapp zuckte die Achseln und widmete sich dem Steak.

»Didiers Musik tut mir in den Ohren weh, aber Katy …« Seine Stimme verlor sich. »Die Frau ist dermaßen heiß. Wäre es nicht toll, bei ihr dadrin zu sein statt hier draußen?«

Rapp schaufelte sich ein Stück Fleisch in den Mund und gab ein unbestimmtes Knurren von sich. Er wusste nicht mal, wie die beiden aussahen. Ob er doch mal bei Google vorbeischauen sollte? Immerhin war es seine Aufgabe, das Paar zu beschützen.

Der Angestellte starrte sehnsüchtig auf die Türen, dann zog er sich Richtung Aufzug zurück.

Rapp schaute ihm hinterher und richtete die Aufmerksamkeit wieder auf das Filet. Es war gut, aber nicht so gut, dass es ihn davon abgelenkt hätte, wie ungewohnt er sich in dieser Situation fühlte. Normalerweise liebte er Monotonie, weil sie die Phase zwischen zwei Einsätzen einläutete und ihm Gelegenheit zum Schlafen, Genesen und Planen verschaffte. Nicht in diesem Fall. Er war weder erschöpft noch verletzt und es gab schlicht keinen nächsten Einsatz.

Eine Flut laut gebrüllter Schimpfwörter drang nach stundenlanger Ruhe aus der Suite. Er ignorierte sie und nippte gedankenverloren an seiner Coke.

Der Kampf gegen die islamistischen Terroristen war in vielerlei Hinsicht einfach gewesen. Der Feind hatte sich als Bande religiöser Fanatiker erwiesen, die ohne Vorwarnung unschuldige Zivilisten angriffen. Ihre einzige Absicht bestand darin, anderen Menschen Leid zuzufügen. Manche trugen weiße Hüte, andere schwarze

Hüte. So lang ein Tunnel auch sein mochte, wenn man alle mit den schwarzen Hüten umgebracht hatte, war der Job erledigt.

Das unterdrückte Klirren von zerbrechendem Glas erklang, als er sich das nächste Stück Steak in den Mund schob.

Mittlerweile hatten sich die Einsatzbedingungen verändert. Mehr und mehr kamen die Bedrohungen aus der eigenen Mitte. Er hatte sich ein Leben lang mit korrupten Politikern herumgeschlagen, stets gedeckt von einigen wenigen mit guten Absichten. Nun flüchteten diese Vernünftigen zum nächsten Notausgang. In ein paar Monaten wurde unter Umständen Christine Barnett zum nächsten Präsidenten der Vereinigten Staaten ernannt. Kennedy würde damit Geschichte sein, genau wie jede andere Person, die er in Washington respektierte.

Was kam danach? Bequeme Stühle in Hotelfluren?

Der Knall, der folgte, fiel deutlich lauter aus – als würde ein Möbelstück durch eine Scheibe geschleudert. Das schied als Erklärung jedoch aus. Architekten hatten längst erkannt, dass Prominente dazu neigten, Gegenstände aus Penthouse-Fenstern zu schleudern, und verwendeten deswegen bruchsicheres Glas.

Rapp lehnte sich zurück und nagte nachdenklich an der Unterlippe.

Wo war sein Platz in einer Welt, in der sich Feindbilder je nach Perspektive ständig verschoben? In der man Menschen anhand ihrer Aussagen, nicht anhand ihrer Taten beurteilte? Wahrscheinlich nirgends. Wahrscheinlich wurde es Zeit, einer neuen Generation den Vortritt zu lassen.

Der nächste Schrei der Frau war kein Fluch mehr. Er klang ängstlich und verletzt. Die wütende Stimme eines Mannes, der unzusammenhängende Vorwürfe ausstieß, übertönte sie stellenweise. Rapp runzelte die Stirn und säbelte an seinem Steak herum. Letztlich passte dieser Zwischenfall perfekt zu dem, worüber er gerade nachgedacht hatte. Er war gern bereit, seinen Hintern zu riskieren, um Menschen vor dem IS oder den Russen oder Al-Qaida zu beschützen. Seit wann fiel es in seinen Aufgabenbereich, Promi-Paare davon abzuhalten, sich gegenseitig zu verletzen?

Dann setzte das Schluchzen ein. Erstickt und durch die Tür kaum zu hören. So jämmerlich, dass Rapp damit rechnete, die Lage werde sich nun beruhigen. Stattdessen trat exakt der gegenteilige Effekt ein.

Zu hören, wie dieses Arschloch durch die Suite wütete, weckte bei Rapp Erinnerungen an andere Personen, die er im Laufe der Jahre beschützt hatte. Und daran, dass viele von ihnen nicht mehr lebten. Unschuldige Frauen und Kinder, deren einziger Fehler darin bestand, im falschen Teil der Welt geboren worden zu sein. Männer, die lediglich sich und ihre Familien über Wasser halten wollten und in terroristische Aktivitäten verwickelt wurden. Soldaten, die alles taten, was von ihnen verlangt wurde, und dafür Scheiße fraßen.

Und nun saß er hier in einem großkotzigen Hotel und musste ertragen, wie sich zwei verwöhnte Spinner gegenseitig an die Gurgel gingen. Genauso gut hätten sie diesen unschuldigen Opfern aufs Grab spucken können.

Als etwas hart genug gegen die Tür prallte, um einen Teil vom Putz abbröckeln zu lassen, sprang Rapp auf. Am liebsten hätte er einfach gewartet, bis der Streit sich von selbst erledigte, aber wenn einer von ihnen dabei ernsthaft zu Schaden kam, würde sich das nicht sonderlich positiv auf den Ruf von Colemans Firma auswirken. Er schuldete dem Freund zu viel, um zuzulassen, dass er in einem solchen Kontext in die Schlagzeilen geriet.

Rapp hielt die Keycard vor das Schloss und betrat zögernd die Suite. Drinnen bot sich in etwa das erwartete Bild. Martin stand in Boxershorts mitten im Raum. Vollkommen zugedröhnt faselte er irgendeinen Blödsinn, auf den Rapp gar nicht achtete. Seine blasse Haut war über und über mit Tätowierungen bedeckt. Der auf die Seite gedrehte Schirm seines Basecaps unterstrich den Eindruck eines Kindes aus der Vorstadt, das den bösen Gangster spielte.

Zu seinen Füßen lag eine knochige junge Frau mit nichts als Slip und nabelfreiem T-Shirt am Leib. Sie war bildhübsch auf eine unwirkliche Reality-Sternchen-Art. Das Blut, das aus der Nase sickerte, und die geweiteten Pupillen wirkten sich eher negativ auf das Gesamtpaket aus. Als ihr Blick zu Rapp wanderte, schoss Martin herum.

»Was zum Teufel hast du hier drin zu suchen?«, krakeelte er.

»Dieselbe Frage stell ich mir auch.«

Überrascht verfolgte er, wie sich dieser Macho für Arme eine Lampe schnappte und damit auf ihn zustürzte. Er lenkte das Möbelstück mit einer Hand zur Seite und rammte ihm die andere in die Magengrube, woraufhin sich das Abendessen des Sängers auf den Marmorfliesen verteilte.

Das Mädchen folgte seinem Beispiel. Sie sprang mit einer Energie auf, die Rapp ihr nie zugetraut hätte, und setzte zu einer ähnlichen Attacke an. Diesmal trat er einfach nur zur Seite. Der Schwung ließ sie an ihm vorbeischießen, bis sie auf der Kotze ihres Freundes ausrutschte und hart aufprallte, wobei sie sich den Hinterkopf an den Fliesen aufschlug.

Rapp betrachtete die Szene ein paar Sekunden lang, dann ging er hinaus auf den Flur und zog die Tür hinter sich zu. Er setzte sich, befreite den Käsekuchen aus dem Dessertfach und wühlte in seiner Tasche nach dem Handy. Coleman ging nach dem ersten Klingeln ran.

»Was ist? Warum rufst du mich an?«

»Es gab ein Problem«, nuschelte Rapp mit einem Mund voller Kuchen.

»Du hast sie nicht umgebracht. Bitte sag mir, dass du sie nicht umgebracht hast.«

»Nein, ich hab sie nicht umgebracht.« Er schluckte den zerkauten Nachtisch hinunter. »Aber ich schlag vor, du rufst besser einen Krankenwagen.«

20

Nördlich von Hargeysa, Somalia

Sein Ziel lag weiterhin in Sichtweite, aber der Blickwinkel, aus dem Sayid Halabi es betrachtete, hatte sich massiv verändert. Das Bürogebäude im westlichen Stil, das er im Jemen errichtet hatte, war weit weg. Er saß nun auf einem zerbrochenen Hocker an einem Schreibtisch aus recyceltem Sperrholz. Die Beleuchtung fiel spärlich aus – eine Glühbirne, die über ihm an einem in den Fels getriebenen Nagel hing. Sie spendete kaum genug Helligkeit, um eine Karte von Nordamerika in Licht zu tauchen, die auf ähnliche Weise an der Höhlenwand befestigt war. Die wenigen Annehmlichkeiten, die sie nach Somalia mitgebracht hatten, gönnten sie dem Franzosen, um ihn bei Laune zu halten.

In mancherlei Hinsicht begrüßte Halabi den erzwungenen Ortswechsel. Der Laptop auf dem improvisierten Schreibtisch blieb ausgeschaltet. Seine weltlichen Besitztümer lagerten in einer schlichten Holzkiste in der Ecke. Ein Gebetsteppich, verschlissen und abgewetzt, lag sauber zusammengerollt vor seinen Füßen. Die asketische Umgebung gab ihm das Gefühl, näher bei Gott zu sein, obwohl er wusste, dass er sich selbst etwas vormachte. Um in einer Welt zu bestehen, die von Feinden des Islams beherrscht wurde, musste man auf jene fortschrittlichen Werkzeuge zurückgreifen, die sie so geschickt handhabten. Fürs Erste erlaubte er sich, die Stille zu genießen.

Er kämpfte sich in eine aufrechte Position und humpelte zur Karte. Es war schwierig, im Dämmerlicht Details zu erkennen, also beugte er sich dicht heran und fuhr den Grenzverlauf zwischen den Vereinigten Staaten und Mexiko mit dem Finger nach.

Amerikas Weigerung, sich mit der Abhängigkeit von Rauschmitteln und billigen Arbeitskräften auseinanderzusetzen, empfand er als weiteres Geschenk Gottes. Statt stabile Rahmenbedingungen zu schaffen, um diese Produkte und Dienstleistungen zu ermöglichen, erklärte dasselbe Land, das von ihnen abhängig war, sie für illegal. Erwartungsgemäß führte das zu einem florierenden Schwarzmarkt und einer ausgefeilten Infrastruktur für den Schmuggel, wie es sie in der menschlichen Geschichte kein zweites Mal gab.

Halabi war kürzlich eine Partnerschaft mit einem mexikanischen Drogenkartell eingegangen, das verzweifelt nach einem verlässlichen Heroinlieferanten im Nahen Osten suchte. Ein Geschäftszweig, mit dem er sich auskannte, nachdem er damit Millionen Westler in den Tod getrieben und die erzielten Profite genutzt hatte, um Krieg gegen ihre Heimatländer zu führen.

Im Rahmen ihrer ersten behutsamen Transaktion vor vier Tagen war ein kleines Paket, das angeblich Heroin enthielt, zwischen einer Schiffsladung mexikanischen Kokains versteckt worden. Offiziell behauptete er, auf diese Weise überprüfen zu wollen, ob Esparzas Kartell die Grenzkontrollen erfolgreich umgehen konnte und das Paket wie versprochen bei einem von Halabis Kontaktleuten in Kalifornien ablieferte.

In Wahrheit befand sich in dem Paket waffenfähiges Anthrax, um gegen jene eingesetzt zu werden, bei denen es die größte Wirkung erzielte. Politikern, die Einmischungen im Nahen Osten befürworteten. Chefs großer Wirtschaftskonzerne und IT-Firmen. Prominenten, die wie Götter verehrt wurden. Und natürlich gegen Mitch Rapp.

Die Lieferketten mussten deutlich raffinierter angelegt werden als beim anonymen Vertrieb von verdächtigem weißem Pulver, mit dem die Amerikaner rechneten. Sie hatten im Vorfeld sorgsam Profile geeigneter Opfer zusammengestellt und diejenigen ausgeschlossen, an die man zu schwer herankam. Am Ende mussten sie überraschend wenige aussortieren. Politiker und Industriemagnaten neigten dazu, Gewohnheitstiere zu sein. Aufgrund der hohen Arbeitslosigkeit in Amerika erwies es sich als lachhaft einfach, IS-Sympathisanten in Küchen, an Serviceschaltern und sogar bei der Reparatur von sicherheitsrelevanten Heizungs- und Lüftungssystemen einzuschleusen.

Als deutlich komplizierter, am Ende aber umso gewinnbringender stellten sich die Prominenten heraus. Sich Zugang zu ihnen, zu ihren Essenslieferanten und ihren Häusern zu verschaffen war gar nicht so leicht. Am Ende fand sich eine naheliegende Lösung: Man pickte sich diejenigen heraus, die Drogen konsumierten, und hielt sich an ihre Dealer.

Wenn mit der Anthrax-Lieferung alles klappte, würden Pakete mit Heroin aus Afghanistan folgen, um das Vertrauensverhältnis zum Esparza-Kartell zu stärken und sich einen zuverlässigen Transportweg zu sichern. Auf diese Weise ließ sich bei Bedarf alles und jeder unbemerkt über die US-Grenzen schaffen.

Halabi trat von der Karte zurück, vertiefte sich in die leicht unscharfe Darstellung und überlegte, wo die Anthrax-Lieferung gerade sein mochte. Irgendwo in der Einöde einer mexikanischen Wüste? Versteckt in einem unauffälligen Lieferwagen kurz vor einem amerikanischen Grenzposten? Bereits in Kalifornien, unterwegs zu seinem Kontaktmann?

Wie lange dauerte es noch, bis sie die Früchte ihrer Arbeit ernteten? Berichte über berühmte und einflussreiche US-Bürger, die auf Intensivstationen der Krankenhäuser eingeliefert wurden. Bilder von Männern in Hazmat-Monturen, die opulente Villen durchsuchten, gläserne Bürotürme oder abgesperrte Bereiche im Kapitol. Heimlich angefertigte Fotos von aufwendigen Beerdigungen oder aus den OP-Bereichen der Kliniken.

Natürlich gehörte Christine Barnett nicht zu den ausgewählten Zielen. Sie war viel zu nützlich. Er weidete sich an der Vorstellung, wie sie die Attacken zum Anlass nahm, das Vertrauen in die Geheimdienste weiter zu schmälern, die im Prinzip die einzige Hoffnung für ihr Land waren. Sie würde nicht lockerlassen, bis das Volk ein tiefes Misstrauen gegenüber CIA und FBI entwickelte, und die Führung Leuten überlassen, deren einzige Qualifikation darin bestand, ihr loyal ergeben zu sein. Bald dienten diese Organisationen, einst die vorderste Verteidigungsfront der USA, allein der Sicherung und Stärkung ihrer persönlichen Macht.

Muhammad Attia tauchte am Höhleneingang auf und zeigte auf den Computer auf Halabis Behelfsschreibtisch. »Ein Anruf aus Mexiko. Dringend.«

Der IS-Anführer nickte. Attia verschwand wieder.

Selbst tief in diesem somalischen Höhlensystem blickte er instinktiv gen Himmel, während er das Gerät anschaltete. Er gab nichts auf die Zusicherungen seiner Kommunikationsexperten, dass niemand die Übertragungen abfangen konnte. Niemand wusste so genau, welche Fortschritte die Technologie der Amerikaner in den letzten Jahren gemacht hatte. Ein endloses Wettrüsten – Terroristengruppen fanden heraus, wie sie ihre Netzwerke besser abschirmen konnten, die Amerikaner fanden heraus, wie sie die zusätzlichen Hürden überwanden.

Bedauerlicherweise gab es nur eine Möglichkeit, herauszufinden, ob man dem Gegner weiterhin einen Schritt voraus war: Man musste todesmutig den Schalter umlegen und abwarten, ob irgendwo über einem eine Warnlampe aufleuchtete und Amerikas Drohnenflotte ausschwärmte.

Halabi kehrte auf den Stuhl zurück, der eher ein Hocker war, und machte sich bewusst, dass seine Zukunft in Gottes Händen lag. Allah allein besaß die Macht zu entscheiden, ob er überlebte oder starb. Ob er eine neue Ära einleitete oder in einer Wolke aus Feuer und Staub verging.

Er gab das Passwort ein und wartete, bis die sichere Verbindung hergestellt war.

Kurz darauf füllte die akzentuierte Stimme von Carlos Esparza die Höhle aus.

»Haben Sie die Nachrichten verfolgt?«

»Natürlich.«

Die Verzögerung des Signals, das erst zwischen zahlreichen Stationen auf der ganzen Welt hin und her geschickt wurde, nervte, ließ sich aber nicht vermeiden.

»Auch wie sich die amerikanische Drogenbehörde mit dem großen Schlag brüstet, den sie in San Ysidro gelandet hat?«

»Das Einkaufszentrum«, sagte Halabi. Er hatte die Geschichte nebenbei zur Kenntnis genommen, konzentrierte sich aber eher auf die Präsidentschaftswahlen und Berichte über die Anthrax-Bedrohung. »Weshalb sollte mich das interessieren?«

»Weil sich Ihr Paket in der betroffenen Lieferung befand.«

Halabi spürte, wie ihm der Atem stockte.

»Hey. Sind Sie noch dran?«, wollte Esparza wissen. »Diese Verbindung ist eine Katastrophe.«

»Sie haben mir versichert, über das ausgefeilteste Schmugglernetzwerk aller Zeiten zu verfügen. Dass die Amerikaner …«

Der Mexikaner fiel ihm ins Wort, was dazu führte, dass sich ihre Stimmen kurz zu einem unverständlichen Klangbrei überlagerten. »… Sie Witze? Wir haben einen von Deutschen konstruierten Tunnel zu einem Einkaufszentrum bauen lassen, in dem Whole Foods einen seiner Bio-Supermärkte eröffnet hat. Haben Sie eine Ahnung, wie schwierig es ist, diese selbstgefälligen veganen Spinner dazu zu bringen, einen Laden in einem solchen Konsumtempel zu eröffnen?«

»Der Bau Ihres Tunnels und Ihre Ladenmieter interessieren mich herzlich wenig«, meinte Halabi, dem trotz der kühlen Temperaturen der Schweiß ausbrach. »Mich interessiert ausschließlich, dass Sie meine Lieferung verloren haben.«

»Wer Geschäfte macht, macht Verluste.«

Der IS-Anführer öffnete den Mund, um etwas zu sagen, schwieg dann aber. Esparza ging davon aus, dass das Paket lediglich eine lächerlich geringe Menge Heroin enthielt. Dass er darauf gereizt reagierte, war nachvollziehbar. Nicht aber, wenn er daraufhin ausflippte.

Die notwendige Ausrüstung, um weiteres Anthrax zu produzieren, befand sich hier in Somalia. Am Ende diente das Zeug ohnehin nur als Ablenkungsmanöver, um Irene Kennedy in die Irre zu leiten und dafür zu sorgen, dass das amerikanische Volk sich gegenseitig an die Kehle ging. Der entscheidende Schlag stand noch bevor.

»Ich habe hier Leute, die darauf warten, wie von Ihnen zugesichert über die Grenze gebracht zu werden«, sagte er schließlich. »Sie lassen sich nicht so simpel transportieren wie ein Paket mit Heroin und sind vor allem nicht so entbehrlich.«

»Hören Sie auf, mich zu nerven«, entgegnete Esparza. »Haben Sie überhaupt zugehört? Ohne die NASA wäre meine Operation niemals aufgeflogen. Ausgerechnet diese Arschlöcher von der Weltraumbehörde. Ihre Leute kriegen wir schon ins Land. Das wird von Tag zu Tag leichter. Dieser Spinner mit seinen Anthrax-Videos hat dafür gesorgt, dass die Grenzbehörden ihre Ressourcen vom Menschenschmuggel abziehen und sich auf das Abfangen von Warenlieferungen konzentrieren.«

»Und wenn ich Ihnen noch ein Paket schicke? Kann ich davon ausgehen, dass Sie es trotz der strengeren Kontrollen erfolgreich ans Ziel befördern?«

»Wie ich schon sagte, ohne diese Arschlöcher von der Weltraumbehörde hätte man die Lieferung auf keinen Fall abgefangen. Das war ein einmaliger Zufall. Ich habe Tausende von Möglichkeiten, Ware über die Grenze zu schaffen, und inzwischen ein Wunderkind vom MIT angeheuert, damit es mich vorwarnt, wenn mir mal wieder irgendwelche Teleskope, die im Orbit rumschwirren, das Geschäft vermasseln. Schicken Sie mir das Paket und ich garantiere Ihnen, dass es durchkommt.«

»Was passiert mit dem Heroin?«

»Welchem Heroin?«

»Aus meinem Paket, das konfisziert wurde.« Halabi strengte sich an, die Wut aus seiner Stimme zu verbannen.

»Wen juckt's? Ich hab Ihnen doch gesagt, dass solche Verluste zum Geschäft gehören. Sobald unsere

Partnerschaft richtig angelaufen ist, müssen Sie sich über solche Zwischenfälle keine Gedanken mehr machen. Dann beschäftigt Sie eher die Frage, was Sie mit dem ganzen Geld anstellen, das Sie scheffeln.«

»Sie haben meine Frage nicht beantwortet.«

»Sie wollen eine Antwort? Na schön. Nichts wird damit passieren. Diese Schwachmaten von der DEA werden ein paar Fotos von sich und der Lieferung knipsen, um damit zu protzen und Munition für ihre nächste Gehaltserhöhung zu sammeln. Danach wandert das Zeug in eine Verbrennungsanlage und löst sich in Rauch auf.«

21

WEISSES HAUS
WASHINGTON, D. C.

Irene Kennedy war in einen Konferenzraum statt in das Oval Office geführt worden, wo sie den Präsidenten üblicherweise traf. Man hatte sie weder in die Tagesordnung eingeweiht noch erklärt, warum es so dringend war, dass sie dafür ein seit Langem geplantes Treffen mit dem Mossad-Direktor absagen musste. Ungewöhnlich genug, um es zur Kenntnis zu nehmen, aber kaum ein Präzedenzfall. Der Präsident der Vereinigten Staaten konnte Gesprächspartner zu sich zitieren, wo und wann immer er wollte.

Als sie eintrat, saß Christine Barnett bereits dicht an der hinteren Stirnseite des ausladenden Tischs. Sie stand nicht auf, sah Kennedy nur an und quittierte ihre Ankunft mit einem fast unmerklichen Nicken. Ganz anders der zweite Anwesende, der zu ihr kam und ihr die Hand schüttelte. Robert Woodman war seit etwas mehr als zwei Jahren für die Leitung der staatlichen Drogenbehörde DEA verantwortlich. Sie kannte ihn nicht sonderlich gut. Er galt in Washington als Fremdkörper – ein ehemaliger Anwalt, der dem Präsidenten in der gemeinsamen Zeit am College begegnet war, sonst aber über keine nennenswerten Kontakte innerhalb des Beltways verfügte. Seine Führung der Drug Enforcement Administration galt als kompetent, aber zurückhaltend. Ihr Bauchgefühl verriet Irene, dass er ein kluger, patriotischer Zeitgenosse war, dem es lediglich an Leidenschaft für die Mission seiner Behörde mangelte.

»Schön, Sie zu sehen, Bob«, grüßte Kennedy, die nach wie vor im Dunkeln tappte, weshalb sie hier zusammentrafen. Natürlich hatte man sie über den medienwirksamen Zugriff in San Ysidro informiert, aber das fiel so gar nicht in ihren Zuständigkeitsbereich. Als der zierliche Biowaffen-Experte der Army zu ihrer Runde stieß, sackte ihr das Herz in die Hose.

In Gary Stathams Gesicht war nichts von der sonst üblichen Wärme oder Wissbegierde zu erkennen. Während des Händedrucks mit Kennedy und Woodman blieb er stumm. Einen Moment später wurde er am Tisch platziert und starrte auf die Holzplatte, als würde sie ein dunkles Geheimnis bergen.

Der Präsident betrat den Raum. Kennedy wählte einen Platz möglichst weit von Christine Barnett entfernt. Nicht weil sie die Frau aus tiefstem Herzen verachtete, sondern in der Hoffnung, dass sie sich im Zuge der körperlichen Distanz ganz auf das anstehende Thema konzentrierte, nicht auf ihren Hass gegen die CIA.

»Ich bin sicher, Sie alle haben von der jüngsten Drogenrazzia in einem Einkaufszentrum in Kalifornien gehört?«

Eine offensichtlich rhetorisch gemeinte Frage. Trotzdem antwortete Barnett. »Die Nachricht ließ sich schwer ignorieren. Was kommt als Nächstes? Stoßen wir auf unterirdische Schwebebahnen? Die Tatsache, dass unsere Grenzen …«

»Ich bin sicher, wir freuen uns alle auf den Tag, an dem Sie Amerikas Drogenprobleme lösen«, fiel ihr Alexander ins Wort. »Robert? Bringen Sie uns bitte auf den aktuellen Stand.«

Woodman nickte. »In dem Truck, der durch den Tunnel geschleust wurde, befanden sich rund 400 Kilogramm Kokain, aufgeteilt auf 200 einzelne Pakete. Gemäß der üblichen Vorgehensweise nahmen wir Stichproben, um die Ware auf Qualität, Verunreinigungen und mögliche Herkunft abzuklopfen. Als unsere Analysten sich damit beschäftigten, zeigte sich sofort, dass eins der Pakete weder Kokain noch ein anderes Rauschmittel enthielt. Vor dem Hintergrund der laufenden Vorgänge haben wir es sofort versiegelt und Garys Team informiert.«

Der Präsident richtete seine Aufmerksamkeit auf den Army-Colonel, der sofort in die Rolle des Erzählers schlüpfte.

»Es enthielt Anthrax«, verkündete er schlicht.

»Wie viel Schaden hätte es anrichten können?«, wollte Alexander wissen.

»Das hängt davon ab, wie man es einsetzt. Um eins direkt festzuhalten: Es wäre unmöglich gewesen, es als Grundlage für eine Massenvernichtungswaffe zu benutzen. Man könnte es beispielsweise nicht an Bord eines Sprühflugzeugs laden und damit über New York hinwegfliegen. In Anbetracht der aktuellen Berichterstattung gehe ich davon aus, dass jeder, der einen Umschlag mit verdächtigem Pulver erhält, sofort die Behörden informiert. Nachdem das geklärt wäre, muss ich Gabriel Bertrand attestieren, dass er sein Handwerk versteht. Es handelt sich um eine erstklassige, waffenfähige Qualität. Das Zeug in Nahrung oder Getränken aufzulösen scheidet aus, allerdings könnte jemand, der sich damit auskennt, auf die Idee kommen, es in das Lüftungssystem eines Gebäudes einzuleiten. Man bekäme erst mit, was vor sich geht, wenn die ersten Menschen mit Vergiftungssymptomen beim Arzt vorstellig werden. Dann wäre es für die meisten bereits zu spät.«

»Von wie vielen potenziellen Opfern reden wir bei der Menge, die gefunden wurde?«

»Es liegt in der Natur dieses Pathogens, dass das meiste davon verschwendet wird. Im absoluten Worst Case hätten sich vielleicht ein paar Hundert Menschen infiziert. Die Sterberate bewegt sich bei geschätzten 50 Prozent.«

»Gehen wir davon aus, dass nur dieses eine Paket im Umlauf ist?«, schaltete sich Barnett ein. »Dass die DEA zufällig darüber gestolpert ist, schließt wohl kaum aus, dass es 100 weitere gibt, die uns an anderer Stelle durchgerutscht sind.« Sie deutete auf einen Lüftungsschacht unter der Decke. »Es könnte in diesem Moment hier einströmen.«

»Das halte ich für unwahrscheinlich«, beschwichtigte Statham. »Nach der Ausrüstung aus den IS-Videos zu urteilen, hätten sie in so kurzer Zeit keine größeren Mengen herstellen können.«

»Was, wenn weitere Labors existieren, die nicht in den Videos gezeigt wurden?«

»Unwahrscheinlich«, meinte Kennedy. »Halabi setzt auf maximale emotionale Wirkung. Er weiß, dass die Stärke von Anthrax als Waffe nicht darin besteht, viele Leichen zu produzieren. Es geht darum, den Menschen Angst einzujagen. Die Fähigkeit zu demonstrieren, biologische Waffen herzustellen, ist in vielerlei Hinsicht wirksamer als der Angriff selbst.«

Barnett lachte auf. »Soll ich das so an meine Wähler weitergeben?«

»Senatorin«, zischte der Präsident. Sie ignorierte ihn.

»Gehen wir zumindest davon aus, dass Halabi eine weitere Charge produziert? Und dass wir uns nicht darauf verlassen können, dass die NASA sie erneut für uns findet?«

»Das tun wir«, räumte Statham ein.

»Was werden wir diesbezüglich unternehmen?«, erkundigte sich der Präsident bei Irene.

»Da er nicht auf große Opferzahlen abzielen kann, gehen wir davon aus, dass Halabi auf hochrangige Ziele setzt. Politiker und führende Geschäftsleute in Branchen wie Technologie oder Rüstung. Eventuell sogar Prominente. Unter anderem sind wir an zahlreiche potenzielle Zielpersonen mit der Bitte herangetreten, die Lüftungssysteme in ihren Gebäuden verstärkten Kontrollen zu unterziehen. Außerdem bemühen wir uns, die politische Führung dahin gehend zu sensibilisieren, nicht ständig dieselben Restaurants und Läden aufzusuchen. Wir werden sie in den kommenden Tagen noch einmal verstärkt auf die Bedeutung …«

»Gehen wir damit an die Öffentlichkeit?«, unterbrach Barnett.

»Davon rate ich entschieden ab«, antwortete Robert Woodman. »Laut unseren Informanten wird südlich der Grenze vor allem der Verlust des Einkaufszentrums als Umschlagplatz beklagt. Vom Stoff redet niemand. Das passt bei einem Zwölf-Millionen-Dollar-Schlag wie diesem ins Bild. Dass sie sich nicht mehr um den Inhalt des Trucks sorgen, deutet darauf hin, dass die Schleuser entweder nichts vom Anthrax in der Ladung wussten oder davon ausgehen, dass wir es nicht finden.«

»Sie wollen mir erzählen, die Kuriere hätten nicht mitbekommen, was sie da transportieren?«, fragte Barnett ungläubig.

»Das ergibt absolut Sinn«, stellte Kennedy fest. »Mit Terrorismus lassen sich keine Profite erwirtschaften. So etwas sorgt höchstens für ungewollte Aufmerksamkeit. Ich halte es für die wahrscheinlichste Erklärung, dass eine von Halabis Drogenküchen im Nahen Osten eine Partnerschaft mit einem mexikanischen Kartell eingegangen ist und ihnen das Anthrax bei dieser Lieferung untergejubelt hat.«

Woodman nickte zustimmend. »Wir bemühen uns, die Besitzverhältnisse dieser Mall aufzuschlüsseln. Wie Sie sich vorstellen können, handelt es sich um ein Geflecht aus Tarnfirmen und ausländischen Beteiligungen. Die Größenordnung des Projekts deutet darauf hin, dass sich mehrere Drogenringe zusammengeschlossen haben. Wir haben häufiger beobachtet, dass sie das Risiko in solchen Fällen auf mehrere Schultern verteilen. Zudem sitzen die beiden Fahrer des Vans in Untersuchungshaft. Wir befragen sie zur Stunde und hoffen, ihnen zu entlocken, für welches Kartell sie tätig waren. Sollten wir mit der Anthrax-Geschichte an die Öffentlichkeit gehen, werden die Beteiligten ihre Spuren verwischen. Dann sinken unsere Chancen, das Paket zum Absender zurückzuverfolgen, auf null, noch bevor die ersten Berichte auf Sendung gegangen sind.«

»Hat die Befragung bereits Ergebnisse erbracht?«, erkundigte sich Barnett.

»Noch nicht. Das sind harte Jungs, Senatorin. Die Folgen, wenn sie bei den Behörden auspacken, sind brutal. Wir geben weiterhin unser Bestes.«

»Da fühl ich mich gleich viel sicherer«, versetzte Barnett sarkastisch.

»Wenn Sie konkrete Vorschläge zum weiteren Vorgehen haben, Christine, möchte ich sie gerne hören«, bat Alexander.

Normalerweise brachte man sie mit solchen Sätzen für eine Weile zum Schweigen. Die Präsidentschaftskandidatin besaß ein Händchen dafür, die Bemühungen von anderen kleinzureden. Wenn es darum ging, selbst konstruktiv zu agieren, kam selten viel dabei heraus. Es ging ihr mehr darum, ihre Wählerbasis auszubauen, als echte Lösungen für die Probleme zu präsentieren, die Amerika plagten. Diesmal wagte sie sich jedoch aus der Deckung.

»Nichts wie raus aus dem Nahen Osten, wenn Sie mich fragen. Wir verpulvern fast eine Billion im Jahr für einen Militärapparat, der daran scheitert, Aufstände niederzuschlagen, und sich weigert, Kriege gegen Länder mit

Nuklearwaffen zu führen. Also im Prinzip gegen jeden ernsthaften Gegner. Die Bilanz ist eindeutig. Vietnam. Irak. Afghanistan. Wir machen nirgendwo Boden gut, sondern stochern bloß im Wespennest herum und zucken überrascht zusammen, wenn wir gestochen werden.«

»Das halte ich für eine ziemlich naive Sicht der Dinge«, konterte Kennedy.

Die Augen der Senatorin verengten sich in Anbetracht dieser Beleidigung. Irene war es egal. Für den anzunehmenden Fall, dass Barnett zur Präsidentin der Vereinigten Staaten gewählt wurde, installierte sie vermutlich gleich zu Beginn ihrer Amtszeit einen loyalen Mitstreiter an der CIA-Spitze. Und Kennedy würde in Untersuchungsausschüsse abgeschoben, die sie jahrelang auf Trab hielten. Nichts, was sie in dieser Phase sagte, hätte ihre Lage weiter verschlimmern können.

»Sayid Halabis Ziel lautet nicht, Anthrax einzusetzen, um ein paar Hundert, meinetwegen auch ein paar Tausend Amerikaner zu töten«, fuhr sie fort. »Den von Ihnen vorgeschlagenen Rückzug der Amerikaner aus dem Nahen Osten würde er sogar begrüßen. Allerdings nicht, um dort ein friedliches islamisches Paradies zu erschaffen. Nein, er braucht eine Zuflucht, um seinen Krieg gegen den Westen in Ruhe vorzubereiten. Wir haben diese Lektion in Syrien gelernt. Dort hinterließen wir ein Machtvakuum, das vom IS ausgenutzt wurde. Im Jemen passiert es gerade erneut. Lassen Sie sich von ihm nichts vormachen, Senatorin. Er wird mit schnellen, verführerischen Lösungen winken, die kurzfristig politische Erfolge versprechen. Allerdings wird er nicht lockerlassen, bis entweder er oder wir untergehen. In einer Welt unkontrollierbarer Technologien und politischer Spaltung befürchte ich, dass wir am Ende den Kürzeren ziehen.«

22

Westlich von Manassas, Virginia

Mit einem letzten Ruck rastete der voluminöse Filter ein. Rapp trat zurück, wischte sich den Schweiß von der Stirn und begutachtete sein Werk. Laut Gary Statham machte das Bauteil die meisten biologischen Kampfstoffe unschädlich und erweiterte das bestehende System zur Abwehr von Gasangriffen. Der Nachteil – es schien immer einen zu geben – bestand darin, dass die Motoren des Lüftungssystems durch die zusätzliche Last überfordert wurden. Laut den Spezifikationen des Herstellers war innerhalb der nächsten 48 Stunden mit ihrem Ausfall zu rechnen. Sie mussten also ebenfalls ausgetauscht werden.

Rapp ließ den Schraubenzieher auf den ölverschmierten Lappen fallen und setzte sich auf eine Munitionskiste. Der geheime Bunker im Keller war ungefähr so groß wie der Stellplatz für ein Auto. Er bestand komplett aus verstärkten Stahl- und Betonelementen und enthielt zwei Batterien, um den Strom der Solarkollektoren auf dem Dach zu speichern. Außerdem einen Tank mit gefiltertem Wasser, das aus einem Brunnen unter dem Gebäude stammte, Feldbetten und ein winziges Bad. Das fröhliche Gelb an den Wänden war eine Idee der Innenarchitektin gewesen, die er mit den Einzelheiten der Hauseinrichtung betraut hatte. Ihr Kommentar lautete damals: »Wenn die Wölfe vor den Toren lauern, kann ein bisschen Hygge nicht schaden.« Keine Ahnung, was sie damit meinte.

Getreu der Maxime ›Wer zwei hat, ist bereit. Wer nur eins hat, tut mir leid‹ hatte er die Fläche deutlich größer eingeplant als benötigt. Zum Zeitpunkt des Baus hielt er den koordinierten Angriff einer gut ausgebildeten und bewaffneten Terrorzelle für die größte Bedrohung, der er sich stellen musste. Entsprechend konzentrierte er sich auf eine solide Sprengwirkungshemmung, ein paar Waffen und atembare Luft. Nahrungsvorräte, Waschraum und den Tank mit Brunnenwasser hielt er in einer Nachbarschaft, in der Araber mit Raketen sofort Paroli bekamen, für völligen Overkill.

Nun kam ihm seine Planung schlagartig viel zu nachlässig vor. In seinem Best-Case-Szenario war Sayid Halabi im Besitz von waffenfähigem Anthrax und Rapp stand ganz oben auf seiner Abschussliste. Was das Worst-Case-Szenario anging … oje. Sayid Halabi mochte ein terroristischer Mistkerl sein, aber es ließ sich kaum leugnen, dass er ein besonders brillanter und ehrgeiziger Vertreter seiner Zunft war.

Also hatte Rapp Biofilter nachgerüstet und den ohnehin beengten Platz durch bis unter die Decke gestapelte Kartons mit Vorräten in ein Eldorado für Klaustrophobiker umfunktioniert. Trotzdem reichte es gerade einmal, um sie zu dritt für fünf Monate durchzufüttern. Sechs Monate waren sein Ziel. Tschüs also, Dusche. Und weg mit der Minigun. Sie gehörte sowieso nicht gerade zu den mobilsten oder praktischsten Waffen in seinem Arsenal und beanspruchte eine Menge Platz. Zu dumm, dass sich gewisse Hindernisse tatsächlich nur mit 6000 Schuss pro Minute aus dem Weg räumen ließen.

Er hörte Schritte von oben und schnappte sich ein Bier. Claudia kam über die Leiter zu ihm.

»Willst du mir helfen?«

»Ich fürchte, dafür bin ich nicht qualifiziert. Aber ich kenn einen guten Psychiater.«

»Witzig.«

»Jeder vernünftige Bericht, den ich zu dem Thema gesehen habe, stuft Anthrax als untaugliches Mittel für großflächige Angriffe ein, Mitch. Ich teile deine Befürchtung, dass er dich auf dem Kieker hat, aber hier unten sieht's aus, als ob du dich auf die Apokalypse vorbereitest.«

Rapp trank einen großzügigen Schluck. »Ich trau ihm nicht über den Weg. Anthrax lässt sich kinderleicht herstellen. Dafür reicht ein Biostudent im dritten Semester. Stattdessen hat er sich Gabriel Bertrand geschnappt, einen ausgewiesenen Experten. Mein Bauchgefühl sagt mir, dahinter steckt mehr als nur Anthrax.«

»Und zwar?«

»Ich weiß es nicht. Ich weiß nur, dass die USA nicht darauf vorbereitet sind. Wenn Halabi eine Möglichkeit gefunden hat, uns im großen Stil anzugreifen, mit einer Biowaffe, wie werden wir darauf reagieren? Tja, die Politiker rennen aufgescheucht durch die Gegend und geben sich gegenseitig die Schuld. Und das amerikanische Volk ...« Er klang nachdenklich. »Die fallen schon in Ohnmacht, wenn jemand in ihrer Gegenwart unangemessene Formulierungen benutzt. Die Hälfte von ihnen käme ohne Herzkasper nicht mal 'ne Treppe hoch, wenn ihnen jemand eine Pistole an den Kopf hält. Was, wenn's wirklich ernst wird? Wie reagieren sie auf eine Bedrohung, die sich nicht durch eine Facebook-Petition aus dem Weg schaffen lässt?«

»Wieso bleiben wir dann hier, Mitch? Ich hab ein Haus in Südamerika, von dem niemand etwas weiß. Fliegen wir hin. Machen wir es uns dort schön und kommen nie mehr zurück.«

»Was redest du da?«

Sie musterte ihn mit einem Hauch Mitgefühl, der an Mitleid grenzte. Als wollte sie ein Kind trösten, dem man sein Lieblingsspielzeug weggenommen hatte.

»Das Land, das du liebst, existiert nicht länger, Mitch. Christine Barnett wird die nächste Präsidentin der USA sein. Sie hasst die CIA. Und sie hasst *dich.*«

Er öffnete den Mund für eine Antwort, doch sie redete einfach weiter. »Sieh dich an. Du bist nicht länger 25. Du hast Stich- und Schusswunden kassiert, man hat dich in die Luft gesprengt. Keinen juckt's. Alles, was du geleistet hast, alles, was Irene geleistet hat ... Barnett hält diese Erfolge und die Loyalität, die man euch entgegenbringt, für eine Bedrohung. Sie wird euch vor den Kongress zitieren und eure Worte und Absichten verdrehen. Politiker, die nie ein Opfer für Amerika gebracht haben, werden euren Patriotismus öffentlich anzweifeln. Ihre Follower werden Lügen über euch im Internet verbreiten, mit freundlicher Schützenhilfe der Russen. Als Nächstes wittern die Medien Morgenluft und stoßen ins selbe Horn. Man wird dich und Irene als Verräter und Feiglinge beschimpfen und eure Verurteilung fordern.« Sie drehte sich demonstrativ um die eigene Achse. »Wie soll dich dieser schicke Bunker davor schützen? Halabi muss dich gar nicht töten. Es reicht, wenn er die Glut schürt, die in diesem Land entfacht wurde. Der Rest erledigt sich von allein.«

»Nette Ansprache«, lobte Rapp, nachdem sie verstummt war. »Hast du lang dran gesessen?«

Sie ignorierte die Spitze und ließ sich auf einen Karton mit Pintobohnen plumpsen. »Diese Schlacht kannst du nicht gewinnen, Mitch. Zum ersten Mal in deinem Leben solltest du den Rückzug antreten. Lass uns so weit weggehen, dass dich alle vergessen. Das hast du dir verdient.«

»Hör dir mal selbst zu, Claudia. Du forderst, dass ich mich von Politikern und Terroristen aus meiner Heimat vertreiben lasse.«

»Es ist vorbei!«, rief sie. Ihre Stimme hallte durch den winzigen Verschlag. »Man hat dich aufgefordert, die Füße stillzuhalten, und sogar Aufpasser vor dem Haus postiert, damit du dich dran hältst. Irene ist als Nächste dran, dann der Rest. Alle, die nicht vor Christine Barnett zu Kreuze kriechen und ihr den Ring küssen.«

»Worauf willst du hinaus, Claudia? Dass du dich für den falschen Mann entschieden hast? Das hab ich dir vom ersten Tag an gesagt.«

»Wag es nicht, dich so billig aus dieser Unterhaltung zu stehlen.«

»Sondern? Sag mir, was du hören willst!«

»Ich will hören, wie du dir unsere Zukunft vorstellst, Mitch. Ich will hören, welchen Ausweg du siehst, für den ich anscheinend blind bin. Wo werden wir in einem Jahr sein? Hier? Verschanzt in diesem Kabuff? Mit Irene bei einer Senatsbefragung? Bei unseren Anwälten, die sich überlegen, wie sie dir eine Haftstrafe ersparen?«

Sein Telefon klingelte und er schielte auf das Display. Er erkannte die Nummer sofort, hätte aber nicht damit gerechnet. Die sichere Leitung von Präsident Alexander.

»Denk nicht mal dran, ein Gespräch anzunehmen, während wir uns streiten.«

Es hätte sie vermutlich überrascht, dass ihm das nie in den Sinn gekommen wäre. Klar, sie ging ihm manchmal gewaltig auf die Nerven, aber sie war einer der wenigen Menschen auf der Welt, die sich um ihn sorgten. Sie wollte sich nicht in seinem Glanz sonnen oder ihn als Beschützer oder Waffe ausnutzen. Sie war einfach nur da.

»Wir könnten uns ein schönes Leben machen, Mitch. Wenn dir langweilig wird, erledigst du ein paar Aufträge für Scott. Du könntest endlich die Sache mit deinem Knie klären. Dich auskurieren. Eventuell sogar wieder an einem Triathlon teilnehmen.« Sie beugte sich vor und schien ihn mit ihrem Blick hypnotisieren zu wollen. »Ich bewundere alles, was du getan hast. Du bist der Beste in deinem Job. Vielleicht sogar der Beste aller Zeiten. Nur musst du auch mal loslassen. Und ich glaube, dieser Moment ist gekommen.«

Ein weiterer Signalton. Diesmal war es nicht sein Handy. Er blickte auf die Überwachungsmonitore und sah, dass einer der FBI-Agenten, die zu seiner Bewachung abgestellt waren, vor der Haustür stand. Immer wieder drückte er auf den Klingelknopf. Nach etwa 30 Sekunden zeichnete sich ab, dass er nicht lockerließ.

Rapp stand auf und lief zur Gegensprechanlage. »Was ist?«

Der Mann zuckte sichtbar zusammen. »Der Präsident bittet, dass Sie seinen Anruf entgegennehmen, Sir.«

Danach stieg er in seinen SUV und fuhr davon. Nicht zum normalen Posten am Straßenrand. Er und seine Kollegen zogen sich über den Hügel zurück.

Rapps Handy vibrierte erneut. Diesmal ging er dran. Claudia verließ für gewöhnlich den Raum, sobald Irene oder der Präsident anrief. Diesmal blieb sie, wo sie war.

»Ja?«

In der Regel begrüßte er das politische Oberhaupt der Vereinigten Staaten mit dem gebührenden Respekt, doch heute konnte er sich schlicht nicht dazu durchringen.

»Hat Irene Sie über die jüngsten Entwicklungen informiert?«, fragte Alexander.

»Weshalb sollte sie? Ich bin raus und Ihre Wachhunde sorgen dafür, dass das so bleibt.«

Alexander ignorierte die Bemerkung. »Die DEA hat Anthrax bei den Drogen gefunden, die im Einkaufszentrum in San Ysidro konfisziert wurden.«

»Gute Arbeit. Richten Sie Bob Woodman meine Glückwünsche aus.« Rapps Finger schwebte über der Beenden-Taste.

»Es ist purer Zufall, dass wir auf diese Spur gestoßen sind«, beeilte sich Alexander einzuwerfen. »Das verdanken wir der NASA. Und ein noch größerer Zufall ist, dass bei den zufällig genommenen Stichproben ausgerechnet das Paket mit dem Anthrax erwischt wurde.«

Er spürte, wie ihn Claudias Blick förmlich durchbohrte. »Das ist äußerst interessant, Sir, aber bei allem Respekt, wieso erzählen Sie mir das?«

»Wir gehen damit nicht an die Öffentlichkeit«, antwortete Alexander, der es aus unerfindlichen Gründen darauf anzulegen schien, das Gespräch in die Länge zu ziehen. »Wir hoffen, dass wir die Spur zu den Schleusern zurückverfolgen können, die Halabi einsetzt.«

»Viel Glück«, wünschte Rapp. Wieder ergriff Alexander das Wort, bevor er die Verbindung trennen konnte.

»Sie verstehen die Lage, in der ich mich befinde, nicht wahr, Mitch? Vor ein paar Tagen beschränkte sich die Bedrohung durch Halabis Anthrax auf ein paar Propagandavideos im Internet. Dagegen hielt ich Christine Barnett für eine akute Gefahr für unser Land. Nun hat sich die Lage verändert. Wir sehen uns mit der konkreten Präsenz einer biologischen Waffe konfrontiert, und es wird nicht der letzte Angriff bleiben. Alle anderen Überlegungen – sogar etwas zu tun, das Barnett unabsichtlich hilft, ins Weiße Haus zu kommen – sind zweitrangig. Und Sie sind Spezialist für solche Situationen.«

»Ach ja? Nächstes Jahr werden Sie Golf spielen und einen Multimillionen-Dollar-Vertrag für Ihre Memoiren in der Tasche haben. Irene und ich werden uns vor mindestens fünf verschiedenen Untersuchungsausschüssen verantworten müssen.«

»Möglich. Aber Sie werden Ihr Land nicht im Stich lassen. Ebenso wenig wie ich.«

Bevor er etwas erwidern konnte, ging Claudia dazwischen.

Ihre schrille Stimme hätte ihm in dem beengten Bunker fast das Trommelfell zerfetzt.

»Er will Ihren beschissenen Job nicht!«

Sowohl er als auch der Präsident verfielen in verdutztes Schweigen, während sie die Leiter hochkletterte und durch die Luke verschwand.

Alexander fand zuerst die Sprache wieder. »Stimmt das?«

Rapp setzte sich. In vielerlei Hinsicht stimmte es, was Claudia gerade gesagt hatte. Amerika zerfleischte sich mit Hass und Wut, die jeglicher rationalen Grundlage entbehrten. Christine Barnett würde ihm, Kennedy und jedem anderen, den sie nicht kontrollieren konnte, als nächste Präsidentin der Vereinigten Staaten das Leben zur Hölle machen. Was Claudia jedoch übersah: Amerika war im Kern unverändert geblieben. Die USA waren ein Land der Extreme. Es durchlitt Stimmungsschwankungen. Phasen. Episoden. Am Ende riss es sich meistens zusammen und besann sich auf seine Wurzeln.

»Mitch? Sind Sie noch dran?«

»Ja, bin da. Ich habe eine Frage.«

»Her damit.«

»Wie viel ist es Ihnen wert?«

»Wie meinen Sie das?«

»Wir haben vor einer Weile eine ganz ähnliche Unterhaltung geführt. Sie machten mich darauf aufmerksam, dass es mein Kopf ist, der in der Schlinge steckt, nicht Ihrer. Ich bin nicht länger in der Stimmung für einseitige Spielchen.«

»Ich nehme an, Sie wollen Forderungen stellen?«

»Sie nehmen richtig an. Ich will Amnestie.«

»Wofür? Noch haben Sie nichts getan.«

»Dann setzen Sie einfach ein Schriftstück mit den Worten ›Ich begnadige Mitch Rapp‹ auf und unterzeichnen Sie es. Lassen Sie dazwischen eine Lücke. Sie sollte auf jeden Fall nicht zu klein sein.«

Als Alexander weitersprach, klang er deutlich unterkühlter. »Sonst noch etwas?«

»Einen Brief, der besagt, dass Sie über jeden meiner Schritte informiert waren und ihn guthießen.«

»Haben Sie das tatsächlich vor?«

»Was?«

»Mich zu informieren.«

»Nein.«

»Wie kann ich dann ein solches Dokument unterzeichnen?«

»Das, Sir, ist nicht mein Problem.«

23

Südkalifornien

Die Schotterpiste war so löchrig, dass Rapp den SUV kaum auf 60 Stundenkilometer beschleunigen konnte. Im Osten traf das Licht der aufgehenden Sonne auf die Berggipfel und rief eine blendende Spiegelung auf der Windschutzscheibe hervor. Die Wüste in diesem Teil Kaliforniens unterschied sich bis auf ein paar verstreute Kakteen und Palmlilien kaum vom Jemen.

Nach weiteren zehn Minuten und zwei überquerten ausgetrockneten Flussbetten zeichnete sich ein Gebäude im nördlichen Hitzeflimmern ab. Zwar existierten keine Fotos, doch es entsprach weitgehend Claudias Beschreibung: eine baufällige Baracke aus Holz und Stein, die in ihrer 60-jährigen Geschichte zahlreiche Zwecke erfüllt hatte. Als Lagerhalle für den Forstbetrieb, als Unterbringung für Bauarbeiter und als Übergangsquartier für aufgelesene illegale Einwanderer. Bei manchen Fenstern fehlte das Glas, ein Teil des Dachs hing schief und der Stacheldrahtzaun drum herum rostete vor sich hin.

Die zwei mexikanischen Drogenkuriere, die man in San Ysidro aufgegriffen hatte, wurden hier festgehalten. Lange ließ sich dieser Umstand nicht mehr verheimlichen. Die Kartelle hatten ihre Augen und Ohren überall und bekamen sicher bald Wind davon. Spätestens in ein paar Tagen flog das Ganze auf.

Etwa 20 Meter vom Zaun entfernt stand eine teilweise eingefallene Mauer. Er nutzte die Deckung, die sie bot. Claudia hatte sich noch nicht gemeldet, also schnappte er sich den öligen Papierbeutel vom Beifahrersitz, stieg aus, kletterte auf die Kühlerhaube und lehnte sich gegen die Windschutzscheibe.

Die Cola, die er aus dem Beutel zog, war ein bisschen warm, der Burrito gar nicht so übel. Er verfolgte, wie die Sonne in den wolkenlosen Himmel stieg, ehe er seine Aufmerksamkeit dem Gebäude zuwandte. Ein Mann Anfang 30 kam heraus und näherte sich dem Zaun. Sie tauschten einen kurzen Blick, dann widmete Rapp sich weiter seinem Frühstück.

Laut den Daten, mit denen man ihn versorgt hatte, hieß der Mann Holden Flores. Er war relativ neu bei der DEA, galt als allgemein beliebt und konnte auf eine makellose Erfolgsbilanz verweisen. Er hatte die beiden Gauner hopsgenommen, die in dem Verschlag festgehalten wurden. Keine schlechte Leistung für einen Frischling.

Ein winziger Punkt wurde südlich am Himmel sichtbar. Rapp schirmte die Augen ab, um dessen Annäherung zu verfolgen. Das funkgesteuerte Flugzeug hielt direkt auf ihn zu und zog niedrig genug seine Kreise, um mit der 1,80-Meter-Flügelspanne, himmelblauer Lackierung und unter dem Rumpf montierter Videokamera zu protzen. Offenbar setzten die Kartelle diese fliegenden Helfer ein, um die Gesetzeshüter auf amerikanischer Seite im Auge zu behalten.

Kaum hatte er seinen Burrito vertilgt, erschien ein weiterer Mann am Zaun. Thomas Braman war der Leiter dieser Operation. Sein Ruf war deutlich weniger makellos als der des jungen Kollegen, den er gerade anbrüllte. Nicht komplett nutzlos, aber eins von diesen arroganten Regierungsarschlöchern, die ständig auf dicke Hose machten und ihre vermeintliche Wichtigkeit heraushängen ließen. Die vorliegende Situation passte einem Burschen wie Braman überhaupt nicht ins Konzept. Man hatte ihm weder vom Anthrax erzählt noch wusste er, warum er seit fast einer Woche in einem verlassenen Lagerschuppen hausen musste. Und was die Identität des Kerls anging, der sich auf der Kühlerhaube des SUV vor seiner Tür rekelte, tappte er komplett im Dunkeln.

Offenbar hatte er mindestens neunmal im Hauptquartier angerufen und nach entsprechenden Informationen verlangt. Jetzt näherte er sich dem Jubiläum. Rapp beobachtete, wie er Flores mit dem Finger an der Brust herumstocherte und wartete, dass die Verbindung hergestellt wurde. Kurz darauf tigerte er rastlos über das staubige Grundstück, deutete andauernd in Rapps Richtung und redete auf seinen Gesprächspartner ein.

Mitch sah lieber weiter der Drohne zu und vollzog mehrere Minuten gelassen ihren Flug nach, bis sein eigenes Handy klingelte. Die angezeigte Nummer bestand aus einer endlosen Abfolge von Nullen, gefolgt von einer Vier. Eindeutig ein verschlüsselter Anruf von Claudia.

»Ja?«

»Alles da.«

»Und?«

»Eine Blankobegnadigung und ein Brief, in dem steht, dass der Präsident in jede deiner Aktionen eingeweiht ist und sie gutheißt. Beide von Hand unterschrieben.«

»Irgendwelche juristischen Schlupflöcher?«

»Mein Englisch ist nicht gut genug für einige der Formulierungen. Ich habe Scott drüberlesen lassen. Er meinte …« Sie rief sich seine genauen Worte in Erinnerung. »›Notfalls kann er damit einen Haufen Nonnen überfahren und kommt ungeschoren davon.‹ Frag mich nicht, was er genau damit meint. Ich nehm an, es ist das, was du wolltest?«

Rapp nickte, obwohl sie es nicht sehen konnte. »Und beides liegt jetzt bei ihm?«

»Ja.«

Coleman hatte den Auftrag, die Komm-aus-dem-Gefängnis-frei-Karte des Präsidenten in eine luftdichte Kiste zu packen und irgendwo in der Nähe des entlegenen Bergpfads zu vergraben, auf dem sie sich manchmal zum Laufen trafen. Alexander mochte für einen Politiker ganz anständig sein. Allerdings musste man seine Fantasie nicht sonderlich anstrengen, um sich auszumalen, dass er eines Tages kalte Füße bekam und sich die Dokumente zurückholen wollte.

»Und auf deiner Seite ist alles vorbereitet?«, fragte er.

»Ja«, kam die zögernde Antwort.

»Dann lass uns loslegen.«

Er legte auf, rutschte von der Motorhaube und schlenderte zum Tor. Flores sah bloß zu. Braman beendete sein Gespräch und kam bis auf ein paar Meter an den Stacheldraht heran.

»Wie heißen Sie?«

»Mitch.«

»Haben Sie einen Ausweis dabei?«

»Nein.«

Dieses Tänzchen führte zu nichts, das war allen Beteiligten klar. Braman hatte am Telefon erfahren, dass jemand herkam, auf den Rapps Beschreibung passte, und das Kommando übernahm. Der DEA-Angestellte dachte allerdings nicht daran, seine Autorität ohne ein letztes Aufbegehren zu opfern.

Rapp zeigte auf die Kette am Tor. Flores schloss auf und ließ ihn durch.

»Etwas, das ich wissen sollte?«, fragte er auf dem Weg zum Gebäude. Braman mühte sich, mit ihnen Schritt zu halten.

»Typische Kartellsoldaten. Wir haben versucht sie zu befragen, aber sie reden nicht. Sie kennen ihre Rechte. Und sie wissen, dass wir sie ohne Anklage nicht mehr lange festhalten können, weil ihre Anwälte uns sonst zum Frühstück verputzen.«

Sie betraten das Gebäude. Rapp sah sich um. Der Schutt war zur Seite geschoben worden und man hatte versucht, den Boden halbwegs sauber zu bekommen. Rechts befand sich eine kleine Kammer, in der verrostete Werkzeuge und, vollkommen fehl am Platz, Kokain im Wert von mehreren Millionen Dollar herumlagen.

»Sind sie dahinten?« Rapp deutete auf einen engen Flur.

»Ja. Ich fürchte allerdings, Sie kommen bei denen auch nicht weiter. Wie gesagt, seit ihrer Ankunft löchern wir sie mit Fragen. Morgen sollen wir sie und ihre Lieferung dann im System weiterreichen. Ich hab keine Ahnung, wo Sie plötzlich herkommen. Ehrlich gesagt ist es mir auch egal. Ich kann Ihnen jedenfalls garantieren, dass wir noch nie mit solchen Psychos zu tun hatten. Das sind Typen, bei denen es mich nicht wundern würde, wenn sie einen Sack mit abgeschlagenen Köpfen in einen Nachtclub werfen. Sie wissen ganz genau, was ihnen blüht, wenn sie auch nur ein Sterbenswörtchen zu uns sagen. Wenn Sie mich fragen, verschwenden Sie bloß Ihre Zeit. Und Sie verschwenden vor allem auch meine.«

Rapp nickte und lief durch den Korridor zu einer Metalltür am hinteren Ende. Die Kammer dahinter maß allenfalls sechs Quadratmeter. Es gab nur einen einzigen Stuhl und etwas Sonnenlicht, das durch die Löcher im Dach eindrang.

Die zwei Männer, die an ein Stahlrohr unter der Decke gekettet waren, entsprachen ziemlich exakt seinen Erwartungen. Muskulös, Ende 20 oder Anfang 30, mit Ganzkörper-Tattoos, die sich unter schweißgetränkten Achselshirts abzeichneten. Man hatte ihnen die Schuhe ausgezogen. Die kleineren Kratzer stammten vermutlich eher von der Festnahme als von der anschließenden Befragung.

Der Jüngere der beiden hatte brutale Augen, der Ältere einen leicht irren Blick. Er setzte zu einem ziellosen Angriff an, als Rapp hereinkam, und wurde prompt von den Handschellen gestoppt. Die ruckartige Bewegung reichte allerdings, um ihm einen Schnitt am rechten Handgelenk zuzufügen. Blut rann über den verschwitzten Unterarm.

»Frischfleisch!«, rief er mit schwerem Akzent. »Noch so eine Pussy von der DEA? Wartet zu Hause eine Frau auf dich? Will sie mal so richtig rangenommen werden? Wie steht's mit einer Tochter? Je jünger, desto besser. Ich werd viel Spaß mit ihnen haben, bevor ich ihnen die Kehle aufschlitze. Wir wissen, wer du bist, mein Kleiner. Wir beobachten dich. Wir beobachten dich schon lange.«

»Halt dein verdammtes Maul!«, brüllte Braman und versuchte, sich als Chef im Ring zu inszenieren.

»Deine Familie kommt natürlich vorher dran«, schoss der Drogenkurier sich auf den anderen ein. »Glaub nicht, wir wüssten nicht, wo du wohnst.«

Der Einsatzleiter konnte nicht verbergen, dass ihn die Bemerkung des Gefangenen beunruhigte. Dazu hatte er genau genommen jeden Grund. Das Kartell setzte Drohnen, Hacker und gut bezahlte Informanten virtuos ein und hatte vermutlich tatsächlich seine Privatanschrift in Erfahrung gebracht. Bisher beschränkten sie sich auf amerikanischem Boden lediglich auf Drohungen, doch das konnte sich jederzeit ändern.

Der Drogenkurier brabbelte in unverständlichem Spanisch weiter. Rapp beschloss, sich seinem Mitstreiter zu widmen. Der gleichgültige Gesichtsausdruck des Jüngeren verriet, dass er genau wusste, was auf ihn zukam: den Mund halten, für ein paar Jahre in den Knast wandern, beschützt von Banden, die das Kartell finanzierte. In der Zelle rumliegen, ein paar Gewichte stemmen, dreimal täglich Essen fassen und nach der Entlassung zurück an die Arbeit gehen.

Jedenfalls bis er Rapp das erste Mal ins Gesicht sah. Da schien er zu begreifen, dass sich die Umstände geändert hatten. Wie, wusste er nicht genau, aber er wirkte mit einem Mal beunruhigt. Vielleicht wurde es doch nicht so ein langer Tag, wie er befürchtet hatte.

»Lasst mich gehen«, plärrte der Gestörte, der zurück auf Englisch wechselte und sich erneut auf Rapp einschoss. »Ihr könnt einfach behaupten, ich sei entkommen. Dann schauen meine Freunde auch nicht bei euren Familien vorbei.«

Rapp ließ sich das Angebot kurz durch den Kopf gehen und zog sich in den Flur zurück. Flores sprang auf, als er den Eingangsbereich erreichte, doch Mitch ging direkt weiter in das kleine Lager. Er musste über Kokainbeutel und ein paar Schaufeln klettern, um den Bolzenschneider zu erreichen, den er vorhin entdeckt hatte.

Als er in den Verhörraum zurückkam, schaute ihn Braman an, als wäre er nicht ganz sauber. »Was für Idioten schickt mir Washington denn da? Falls Sie zu viel Schiss vor dem Kerl haben, um zu bleiben, fahren Sie lieber heim in Ihr gemütliches Häuschen in der Vorstadt.«

Der Gangster vom Kartell grinste triumphierend, als Rapp sich mit dem Bolzenschneider seinen Handgelenken näherte.

»Halt!«, rief Braman und griff zur Schusswaffe.

Rapp bog die Scheren auseinander und lenkte sie in letzter Sekunde auf die Haut des Gefangenen um. Sie mochten zu alt und stumpf sein, um den Stahl der Kettenglieder zu sprengen, aber zum Amputieren einer Hand sollte es reichen.

Der Mann schrie auf und sackte auf die Knie, als Braman die Pistole zog. Das Problem war nur, dass der DEA-Vorgesetzte nicht sicher zu sein schien, auf wen er zielen sollte. Sein Zögern lieferte Rapp genug Zeit, um die blutigen Klingen gegen die Waffe klatschen zu lassen. Sie segelte durch die Luft und er beförderte Braman mit einem Fußtritt gegen die Brust rückwärts nach draußen.

Dort blieb der Agent auf dem Boden liegen und starrte ihn mit weit aufgerissenen Augen an. Rapp warf die Tür zu. Wie erwartet gab es keine Möglichkeit, sie von innen zu verriegeln. Er zog einen Gummikeil aus der Tasche und schob ihn unter den Spalt.

Als er sich schließlich umdrehte, bot sich ihm ein Anblick wie im Schlachthaus. Blut war an die Wände gespritzt und sammelte sich als Pfütze unter dem Drogenschleuser, der auf seine abgetrennte Hand glotzte.

Dann setzte sich der Mexikaner in Bewegung. Rapp wich nach rechts aus, als der Typ ihn ansprang. Der Schwung ließ ihn gegen eine der Betonwände krachen. Der zweite Angriff folgte direkt im Anschluss, begleitet von einem stöhnenden Aufschrei, der nur vage menschlich klang. Diesmal entschied sich Rapp für einen Ausfallschritt nach links, mit quasi identischem Ergebnis.

Jemand hämmerte von außen gegen die Stahltür, doch der mitgebrachte Keil leistete ganze Arbeit. Die Angriffe des Kartellschergen gingen noch eine knappe Minute weiter, dann wurde er langsamer und ungeschickter, weil der Blutverlust seinen Tribut einforderte.

Am Ende fehlte ihm die Kraft zum Aufstehen. Er wollte in Rapps Richtung krabbeln, schaffte aber nur ein paar Zentimeter, bevor er mit dem Gesicht nach unten zusammenbrach. Das Hämmern gegen die Tür hörte ungefähr zur selben Zeit auf. Bestimmt weil Braman am Telefon hing und verzweifelt versuchte, jemanden aus der DEA-Zentrale zu erreichen.

Die abrupte Stille bot einen willkommenen Kontrast. Rapp wischte das Blut vom Stuhl und setzte sich.

Der überlebende Drogenkurier wirkte benommen.

»Wie gut ist dein Englisch?«, fragte Rapp.

Der andere schaute zu seinem Kollegen und dem Blut, das dort aus dem Stumpf sickerte, wo noch vor wenigen Minuten seine Hand gewesen war. »Gut genug.«

»Na schön. Dann lass uns drüber reden, wie dein restlicher Nachmittag verlaufen wird. Du wirst sterben. Das kannst du nicht ändern. Wenn du mir alles sagst, was ich wissen will, geht es ganz schnell. Wenn nicht, müssen deine Eier mit dem Bolzenschneider Bekanntschaft machen. Und wenn du dann immer noch nicht redest, wird es echt unangenehm. Kapiert?«

»Sag ihm nichts!«, stieß der Mann auf dem Boden gurgelnd hervor.

Rapp zog seine Glock aus einem versteckten Holster unter dem Shirt und ballerte ihm in die Schläfe.

»Kapiert?«, wiederholte er und legte die Waffe auf den Schoß.

Der Mann rang sich ein Nicken ab.

»Gut. Wie heißt du?«

»Miguel Arenas.«

»In dieser Kokslieferung befand sich ein besonderes Paket, Miguel. Es unterschied sich von den anderen. Was weißt du darüber?«

Als Arenas antwortete, klang seine Stimme leicht entrückt. Genau darauf hatte Rapp spekuliert. Menschen, die dem sicheren Tod entgegensahen, neigten dazu, sich nicht länger um Verschwiegenheitspflichten oder die Probleme ihrer millionenschweren Auftraggeber zu scheren.

»Es gab ein Paket mit Markierungen, die man unter Schwarzlicht erkennen konnte. Wir sollten es von den restlichen trennen und an einen anderen Empfänger liefern.«

»An wen?«

»Das weiß ich nicht.«

Er glaubte dem Jungen. Bei Kartellen lief es ähnlich wie bei der CIA. Man achtete darauf, den Kreis der Mitwisser so eng wie möglich zu halten.

»Du hast zumindest eine Beschreibung bekommen, oder? Immerhin hättest du ihn erkennen müssen, wenn er vor dir steht.«

»Etwas über 1,80 groß. Dunkle Haare, dunkle Haut. Bart. Er spricht kein Spanisch.« Der Mann nickte zu seinem toten Freund. »Deshalb wurden Paco und ich für den Auftrag ausgewählt. Wir sprechen gutes Englisch.«

»Wo?«

»In der Wüste. Die Koordinaten sind auf unserem Handy gespeichert.«

Die Geräte lagen bei der NSA. Bisher war es den Spezialisten nicht gelungen, die Verschlüsselung zu knacken.

»Wie lautet das Passwort von deinem Telefon?«

»CALVILLO386. Alles in Großbuchstaben.«

»Wann sollte die Übergabe stattfinden?«

»Vor vier Tagen.«

Rapp fluchte unterdrückt. Nicht dass es ihn überraschte, aber er hatte auf etwas mehr Glück gehofft. Der Plan sah vor, ein Paket mit einem harmlosen Anthrax-Imitat an den Kontakt zu übergeben und nachzuverfolgen, wohin er es über sein Netzwerk weiterleitete. Hätten die faulen Säcke in Washington sich nicht endlos gestritten, wäre genug Zeit geblieben, die Sache durchzuziehen. Jetzt waren sie geliefert.

»Für welches Kartell arbeitest du?«

»Lacandon.«

»Hattet ihr weitere Befehle?«

»Nein. Nur die Lieferung erledigen und über die Grenze nach Mexiko absetzen.«

Rapp griff zur Pistole. »Dann habe ich nur noch eine letzte Frage. Kopf oder Brust?«

Der Junge lehnte sich mit gesenktem Kopf gegen das Rohr, an das er gekettet war. »Kopf.«

Rapp nahm Maß und drückte ab. Erwartungsgemäß wurde prompt gegen die Tür gehämmert. Diesmal nur ein paar Sekunden.

Er lehnte sich auf dem Stuhl zurück und dachte über die zwei Toten nach. Wie meistens blieben ihm nicht viele Optionen. Entweder er zog die Geschichte bis zum bitteren Ende durch oder er stieg mit Claudia in ein Flugzeug nach Südamerika und ließ die Welt vor die Hunde gehen.

Vielleicht hatte sie recht. Vielleicht wurde es Zeit. Er und andere wie er hatten die Flut lange genug zurückgedrängt. In der Moderne lauerten zu viele Bedrohungen aus zu vielen unterschiedlichen Richtungen. Irgendwann zielte er oder ein anderer mal vorbei. Änderte es etwas, ob es jetzt oder in einem Jahr geschah? Womöglich musste mal jemand den Reset-Knopf drücken, damit die Leute merkten, dass ihr Handeln Konsequenzen nach sich zog. Damit sie sich daran erinnerten, was sie hatten, und es genug schätzten, um darauf aufzupassen.

Blödsinn, wem machte er etwas vor?

Er wählte Claudias Nummer. Wie erwartet nahm sie nach dem ersten Klingeln ab.

»Bist du in Ordnung?«, fragte sie in einem Tonfall, der sich unmöglich deuten ließ. Sie hatte sich den Hut als Leiterin der Logistik von Scott Colemans Firma aufgesetzt und musste ihre privaten Empfindungen für Rapp deshalb vorübergehend zur Seite schieben. Zumindest theoretisch.

»Ja.«

»Wie ist es gelaufen?«

»Kein Glück mit der Übergabe. Sie hätte längst stattfinden sollen.«

»Hast du nichts über den Kontaktmann herausfinden können?«

»Nein. Er wusste nichts. Das Passwort von einem der Handys lautet CALVILLO386. Komplett in Großbuchstaben. Darauf sind die Koordinaten für den Treffpunkt gespeichert. Könnte sich lohnen, das zu überprüfen. Ich vermute allerdings, dass die Stelle irgendwo in der Einöde der Wüste liegt.«

»Und für welches Kartell haben sie gearbeitet?«

»Lacandon. Weißt du was darüber?«

»Selbstverständlich.«

Das war zu erwarten gewesen. Während sie ihren früheren Ehemann als privaten Auftragskiller vermittelt hatte, schien sie ausgiebig Kontakte in der Unterwelt geknüpft zu haben.

»Lass mich nicht so lange zappeln.«

»Es wird von Carlos Esparza geführt.«

»Nie von ihm gehört.«

»Vor Jahren, als er noch ein kleines Licht im Drogenhandel war, wollte einer seiner Konkurrenten Louis anheuern, um ihn zu beseitigen.«

»Er hat abgelehnt?«

»Ja. Selbst für Kartellverhältnisse agiert Esparza extrem gewalttätig und sprunghaft. Er ist außerdem extrem klug und ein wahrer Sicherheitsfanatiker. Ich tat mich schwer, ihn ausfindig zu machen. Genug Informationen für einen erfolgreichen Hit zu sammeln wäre unmöglich gewesen.«

»Also hast du entschieden, dass das Risiko und der damit verbundene Aufwand das in Aussicht gestellte Honorar nicht rechtfertigen?«

»Darauf wäre es vermutlich hinausgelaufen. Allerdings hat Esparza knapp einen Monat nach Beginn unserer Recherchen von sich aus Kontakt zu unserem Klienten aufgenommen.«

»Und?«

»Soweit ich weiß, hat er ihn samt Angehörigen erst monatelang gefoltert, sie dann in den Mixer geschmissen und an seine Männer verfüttert.«

»Unfassbar.«

»Er ist unser größter Albtraum, Mitch. Manche Kartellbosse erarbeiten sich ihre Stellung, weil sie behutsam und methodisch vorgehen. Er ist das genaue Gegenteil. Sein Erfolg basiert auf dem Fakt, dass er unvorhersehbar und brutal agiert. Die kleineren Clans fürchten ihn, die größten schrecken vor dem Aufwand zurück, gegen ihn in den Krieg zu ziehen. Zumal er gierig bis zum Punkt der Selbstzerstörung ist. Er will unbedingt das größte Kartell weltweit kontrollieren. Reicher und mächtiger als alle anderen sein. Falls meine Erkenntnisse über ihn zutreffen, wird er nie satt.«

»Okay. Schick mir die aktuellsten Informationen, die du über ihn auftreiben kannst.«

»Mitch … das wird nicht funktionieren. Der Plan, den du dir im Kopf zurechtgelegt hast, ist kein Plan. Das …«

»Falls du eine bessere Idee hast, lass hören.«

»Du kennst meine Antwort.«

»Ich geb nicht einfach auf, Claudia. Du kannst das gerne tun. Jederzeit.«

»Das sagst du so oft, dass ich mich allmählich frage, ob du dir das nicht insgeheim wünschst.«

Er wägte die nächsten Worte sorgfältiger ab, als er es sich in der aktuellen Situation zugetraut hätte. »Nein, ich wünsche es mir nicht. Aber ich verstehe, was ich dir abverlange. Du magst es, wenn alles kontrolliert abläuft. Das klappt bei dieser Operation nicht. Wenn sie schiefgeht, will ich nicht, dass es dir um die Ohren fliegt. Und ich will nicht, dass du dir hinterher die Schuld gibst, dass es an etwas lag, das du getan oder nicht getan hast.«

Sie schwieg so lange, dass er mutmaßte, die Verbindung sei zusammengebrochen. Dann kam doch noch eine Reaktion.

»Ich möchte nichts damit zu tun haben, das geb ich zu. Aber ich werd dein Leben nicht in fremde Hände legen. Es gibt keinen Raum für Fehler, Mitch. Nichts darf schiefgehen. Nicht das Geringste.«

Doch genau das passierte jedes Mal.

»Wie weit bist du inzwischen gekommen?«, lenkte er vom Thema ab.

»Ich hab mit deinem Bruder gesprochen. Er sagt, er kann dich problemlos in den Bankrott treiben und in so viele illegale finanzielle Aktivitäten verwickeln, wie du möchtest.«

»So, dass es glaubwürdig wirkt?«

»Er geht davon aus, aber er bat mich, dir auszurichten, dass er dich für einen selbstmörderischen Idioten hält. Und dass du deine Schulden gegenüber Amerika längst hundertfach abgezahlt hast.«

»Aber er wird es tun?«

»Er sicherte mir zu, sich persönlich darum zu kümmern.«

Rapp nickte. Steven war ein finanzielles Genie, dem seit seinem siebten Geburtstag kein mathematischer Fehler mehr unterlaufen war. Hinzu kam, dass er seinen großen Bruder mochte und etwas dagegen hatte, dass jemand ihn zu Hamburger-Pattys verarbeitete.

»Mitch. Ich denke nach wie vor, wir sollten Irene einweihen. Mit ihrem Einfluss und ihrer Erfahrung ließe sich die Umsetzung erfolgversprechender gestalten.«

»Nein. Sie würde uns ausbremsen, sobald sie den ganzen Plan kennt. Und selbst wenn nicht, müsste sie dem Präsidenten davon erzählen. Nach allem, was gerade in Washington abgeht, traue ich ihm nicht länger über den Weg. Wir schalten sie nur im äußersten Notfall ein. Sie lässt sich ohnehin nicht täuschen. Wenn sie mitbekommt, was los ist, können wir uns darauf verlassen, dass sie für uns da ist, wenn wir sie brauchen.«

»Wie steht es mit Scott und seinen Jungs? Wir müssen dafür sorgen, dass sie die Gerüchteküche in der Spec-Ops-Community anheizen.«

»Kein Problem. Weih sie ein, soweit du es für nötig hältst.«

Colemans Bande war 100-prozentig loyal und scherte sich einen feuchten Dreck um das politische Geschacher in Washington. Bevor sie ihn im Stich ließen, hätten sie eher jeden Kongressabgeordneten eigenhändig erschossen.

»Selbst für den Fall, dass alles glattgeht, Mitch …« Ihre Stimme kippte.

»Das wird schon. Ich muss bloß überzeugend auftreten.«

Als sie weitersprach, tat sie es so leise, dass er sie erst kaum verstand. »Nicht zu überzeugend, okay, Mitch? Nicht zu überzeugend.«

24

KAPITOL-KOMPLEX
WASHINGTON, D.C.

»Wenn ich es nicht besser wüsste, würde ich behaupten, es gibt einen Gott«, sagte Senatorin Christine Barnett.

Ihr Kampagnenmanager sah mit gerunzelter Stirn zu ihr auf.

»Was denn?«, fragte sie.

»Ich habe Sie gewarnt, Senatorin … wenn Sie so etwas mal bei offenem Mikro von sich geben und es aufgezeichnet wird …«

»Das wäre kein Problem.«

»Sie sind nicht unverwundbar.«

»Machen Sie sich mal locker, Kevin. Ich habe Sie angeheuert, weil ich Ihren Zynismus liebe, und jetzt halten Sie mir Vorträge über Jesus?«

»Ich halte Ihnen keine Vorträge über Jesus. Aber es gibt eine Menge Menschen da draußen, die an ihn glauben. Und Sie brauchen deren Stimmen.«

Sie verzog das Gesicht und lief erneut in ihrem Büro auf und ab. »Sie sind 35 Jahre alt und leben bereits in der Vergangenheit. Das amerikanische Volk schert sich einen feuchten Kehricht um Gott. Es schert sich nicht um die Umwelt, das Staatsdefizit oder das Gesundheitssystem. Die meisten würden daran scheitern, den Irak oder den Jemen auf einer Weltkarte zu finden.«

»Worum scheren sich die Leute dann?«, fragte Gray kühl.

»Sollte es mir Sorgen machen, dass ich Ihnen das erklären muss?«

»Falls Sie glauben, dass jemand besser für diesen Posten geeignet ist als ich, trete ich gern sofort zurück.«

Barnett hielt ständig nach geeigneten Personen Ausschau. In Wahrheit hatte sie nicht mal einen halbwegs geeigneten Kandidaten auf ihrer Liste. Sie war nicht sicher, ob das für Grays Brillanz sprach oder unterstrich, dass die meisten Menschen da draußen sabbernde Idioten waren. Egal, es spielte in dieser Phase des Wahlkampfs keine Rolle.

»Was die Menschen beschäftigt, wonach sie sich sehnen? Nun, sie wollen allen wehtun, die sie hassen. Sie wollen keinen Politiker, der ihnen langatmige Vorträge über Arbeitslosigkeit hält. Sie wollen einen General. Sie wollen blind jemandem folgen, der ihnen ein Feindbild vor die Nase hält und aus dem Kampf gegen diesen Feind als Sieger hervorgeht. Jemandem, der ihrem Leben einen Sinn gibt.« Sie lehnte sich gegen die Schreibtischkante und funkelte ihn an. »Wenn Sie Ihre Zeit und mein Geld damit verschwenden, anderen helfen zu wollen, werden wir diese Wahl verlieren. Finden Sie Möglichkeiten, Schaden anzurichten, und wir gehen als Sieger aus dem Rennen.«

»Und Sie glauben, Anthrax zu Ihrem Hauptthema zu machen ist die geeignete Waffe, um Schaden anzurichten?«

»Da bin ich mir noch nicht sicher. Das Thema hat Potenzial, aber wie alle guten Waffen ist es gefährlich, wenn man es nicht richtig einsetzt.« Sie lächelte und rief sich das gestrige Treffen in Erinnerung. »Sie hätten Irene Kennedy erleben sollen. Ihr stand dick der Schweiß auf der Stirn. Und Alexander wirkte vollkommen überfordert. Er ist fertig mit dem Amt und will bei seinem Abgang keine Scherben hinterlassen. Der DEA-Chef hingegen …«

»Woodman?«

Sie nickte. »Der ist nicht dumm. Wir sollten uns mit ihm in Verbindung setzen und ihm ein Amt in meiner Regierung in Aussicht stellen, wenn er sich an unsere Regeln hält.«

»Einverstanden. Ich kümmere mich darum.«

»Die Frage ist, ob wir die Information durchsickern lassen, dass die Anthrax-Lieferung in Amerika angekommen ist. Dann hätten wir eine klare Botschaft: Sayid Halabi blufft nicht und wir können uns nicht dauerhaft auf blindes Glück und die NASA verlassen. Das nächste Mal, wenn die scheidende Regierung einen Verbrecher mit einer Biowaffe über die Grenze schlendern lässt, wird es Tote geben.«

»Ich rate zur Vorsicht, Senatorin. Sollte je herauskommen, dass Sie den Medien diese Information zugespielt haben …«

»Dann müssen wir eben dafür sorgen, dass es nicht herauskommt. Wir haben so etwas schon öfter gemacht. Bisher ist es uns nie auf die Füße gefallen.«

»Was ist mit dem Aspekt, dass wir damit laufende Ermittlungen gegen Terroristen gefährden? Der IS wird den Rückzug antreten, wenn sich abzeichnet, dass wir ihnen auf die Schliche gekommen sind. Halabi taucht ab und sie nutzen künftig eine andere Route zum Schmuggeln. Das verschlechtert unsere Chancen, sie aufzuhalten.«

»Das werden Alexander und diese bescheuerte Kennedy natürlich behaupten, aber niemand wird auf sie hören. Man wird es als müde Ausrede abtun. Was bei den amerikanischen Wählern von der Geschichte hängen bleibt, ist etwas anderes: Das Weiße Haus und die CIA haben eine ernsthafte Bedrohung verschwiegen, um kurz vor den Wahlen keine negativen Schlagzeilen zu schreiben.«

»Was, wenn es Auswirkungen über die politische Bühne hinaus hat, Senatorin? Was, wenn Sie mit dieser Aktion den Terroristen am Ende sogar helfen?«

Eine abfällige Handbewegung. »Inwiefern sollte mir das schaden?«

»Ich verstehe nicht ganz.«

»Sie haben das Briefing gelesen. Es geht um Anthrax. Man kann die Substanz nicht als Massenvernichtungswaffe einsetzen. Wir reden von einigen wenigen hochrangigen Zielen. Hysterie bricht aus und man gibt Alexanders Regierung die Schuld.«

»Menschen werden sterben.«

»Nach Einschätzung von Gary Statham weniger als 100. Viel schlimmer wäre für uns, wenn Alexanders Leute einen Schlag gegen den IS landen. Ich kann es nicht gebrauchen, dass im Fernsehen zu sehen ist, wie Sondereinheiten der USA erfolgreich Terrorzellen sprengen. Erst recht nicht, dass es einem der Einsatzkräfte gelingt, Sayid Halabi zu erschießen. Das würde Alexanders Partei Auftrieb geben. In einer Phase, in der es überhaupt nicht in unser Konzept passt.«

»Und für wie realistisch halten Sie das?«

»Dass sie so einen durchschlagenden Erfolg erzielen? Unwahrscheinlich. Vor allem unter den gegebenen Umständen. Meines Wissens ist Mitch Rapp raus. Alexander hat Schiss, ihn so kurz vor der Wahl von der Leine zu lassen.«

Gray wirkte nicht so glücklich über diese Nachricht, wie er sein sollte.

»Entspannen Sie sich, Kevin. Ich habe den Secret Service und 30 private Dienstleister für meine Security eingespannt.«

»Ja, für *Ihre* Security. Aber niemand achtet auf verdächtiges weißes Pulver in *meinem* Briefkasten.«

Sie wischte den Einwand vom Tisch. »Mit Ihnen wird sich der IS nicht abgeben.«

»Sie scheinen nicht zu begreifen, wozu diese Terroristen fähig sind.«

»Von mir aus«, meinte sie. »Überlegen Sie, welche Sicherheitsvorkehrungen Sie für nötig halten, und leiten Sie alles in die Wege. Jetzt zufrieden?«

Seine Miene behauptete etwas anderes. Trotzdem nickte er schroff. »Was wollen Sie jetzt tun, Senatorin?«

Sie verfiel in längeres Schweigen und ließ sich die Frage durch den Kopf gehen. »Im Moment? Gar nichts. Aber wir müssen vorbereitet sein. Beschäftigen Sie sich damit, wie wir Informationen absolut unbemerkt den Medien zuschanzen können. Sobald ich mich dazu entschließe, muss es schnell gehen.«

»Gut«, erwiderte Gray. »Allerdings ist es etwas anderes, ob man über ein solches Vorgehen nur nachdenkt oder es tatsächlich umsetzt. Wir verfügen in den Vorwahlen über einen Vorsprung, den ich für uneinholbar halte, und Ihre Chancen gegen den möglichen Gegenkandidaten auf das Amt des Präsidenten stehen ähnlich gut.«

»Ruhen Sie sich nicht auf Ihren Lorbeeren aus, Kevin. Wir müssen in der Offensive bleiben.«

»Sind Sie sicher? Unnötige Risiken werden oft bestraft, Senatorin. Was wir derzeit nicht gebrauchen können, sind vermeidbare Fehler.«

»Verdammt, ja, ich bin sicher!« Ihre Stimme wurde laut. »Diese Umfrageergebnisse sind das Papier kaum wert, auf dem sie gedruckt werden. Die Leute behaupten, für eine Frau stimmen zu wollen, aber tun sie das auch wirklich, wenn sie in der Wahlkabine stehen? Oder ziehe ich am Ende mit 20 Prozentpunkten Vorsprung doch den Kürzeren und muss in einer Rede meine Niederlage eingestehen? Am Wahltag müssen Alexander, seine Partei und der Schwachkopf, den sie gegen mich aufstellen, zerstört werden. Haben Sie mich verstanden? Wenn wir mit ihnen fertig sind, müssen sich ihre eigenen Mütter die Frage stellen, warum sie sie gewählt haben. Sind Sie bereit, vollen Einsatz für diesen Erfolg zu bringen? Dann kann ich Ihnen eine strahlende Zukunft versprechen. Andernfalls werde ich Sie nicht nur ersetzen, sondern dafür sorgen, dass Sie nie wieder in der Politik Fuß fassen. Habe ich mich deutlich ausgedrückt?«

»Senatorin, wir …«

»Habe ich mich deutlich ausgedrückt?«

Gray starrte sie ein paar Sekunden an, dann wandte er den Blick ab und stand auf. »Überdeutlich.«

25

Südkalifornien

Mit ein paar gezielten Tritten entfernte er den störrischen Gummikeil und zog die Tür auf. Thomas Braman und Holden Flores fuhren herum, ebenso ein weiterer Mann, dem er bisher nicht begegnet war. Alle trugen kugelsichere Westen, der Neuankömmling zudem eine Remington-870-Schrotflinte. Flores' Hand zuckte sofort zur Pistole. Er zog sie allerdings nicht, sondern beugte den Kopf nach links, um den blutverspritzten Raum und die zwei Leichen zu inspizieren. Kurz sah es aus, als müsste er sich übergeben.

Braman ließ Rapp nicht aus den Augen, schien sich dabei aber mehr auf das ans Ohr geklemmte Telefon zu konzentrieren.

Es war nicht schwer zu erraten, was am anderen Ende passierte: rein gar nichts. Seine Bosse in Washington verschanzten sich in ihren Büros, ließen den Anrufer von ihren Assistenten vertrösten und zu einem anderen Vorgesetzten durchstellen, der ebenfalls nicht zu sprechen war.

Braman mochte eine Nervensäge sein, aber er war kein Idiot. Er wusste, dass die Musik gleich abgeschaltet wurde und er bei dieser politischen Reise nach Jerusalem als Einziger keinen freien Stuhl erwischte. Wenn er Rapp in die Parade fuhr und das im Weißen Haus für Ärger sorgte, blutete er dafür, die Verantwortung nicht wie befohlen weitergegeben zu haben. Ließ er Rapp hingegen damit durchkommen, landete er womöglich als

Mitschuldiger an der Ermordung zweier mexikanischer Staatsbürger vor Gericht.

Willkommen in der modernen Ära der amerikanischen Politik, dachte Rapp. Jeder, der keinen Platz an der Spitze der politischen Pyramide ergattert hatte, galt als entbehrlich. Auf Loyalität oder Dankbarkeit durfte man nicht setzen. Auch nicht auf Anstand. Braman war ein arroganter Emporkömmling, dem es vor allem um die eigene Karriere ging, aber nichts in seiner Personalakte deutete darauf hin, dass er dafür Untergebene ans offene Messer lieferte.

Er hielt sich bestimmt für einen aufrechten Kämpfer gegen den Drogenmissbrauch, der es nicht verdiente, für etwas bezahlen zu müssen, das nicht auf seine Kappe ging.

Und er hatte recht. Rapp ging schweigend an den Männern vorbei und hinterließ dabei blutige Fußabdrücke auf dem Beton. Er verließ das Gebäude und wurde von der ungefilterten Morgenhitze getroffen. Am Himmel war keine einzige Wolke zu sehen, Staub und Sonne verliehen ihm eine blassgelbe Färbung. Trotz des gerade Erlebten verspürte er ein akutes Verlangen nach einem eisgekühlten Bier. Etwas, das dabei half, über eine Zukunft nachzugrübeln, die so düster schien, dass sich nicht mal an den Rändern etwas Helligkeit erzwingen ließ.

Die Leute von der DEA schwärmten hinter ihm aus. Eine gute Minute stand er einfach nur da und hörte zu, wie Thomas Braman verzweifelt versuchte, einen Entscheider in die Leitung zu bekommen. Er wurde lauter und seine Stimme schallte über das eingezäunte Grundstück. Über ihnen zog eine Spionagedrohne des Kartells ihre Kreise. Wer immer sie steuerte, schien längst ein gesteigertes Interesse an der aktuellen Situation entwickelt zu haben, und nun wurde ihm ein mit Blut besudelter Mann, der hinauf in die Kamera starrte, als Bonus serviert.

»Denken Sie nicht mal dran, mich weiterzuverbinden«, polterte Braman. »Wenn er in einem Meeting sitzt, holen Sie ihn gefälligst raus!«

So hatte er sich den weiteren Ablauf nicht vorgestellt. Ursprünglich hatte er warten wollen, bis sie über die Lehmpiste davonfuhren. Es gab einen ausgetrockneten Flusslauf ganz in der Nähe, der ihm für seine Zwecke perfekt geeignet schien. Er hätte den Truck dort bewusst in den Sand gesetzt und sobald die DEAler dann ausstiegen und die Köpfe zusammensteckten, wie man die festgefahrenen Reifen am besten befreite, wäre sein Moment gekommen. Eine bessere Möglichkeit, sich abzusetzen, war ihm im Vorfeld nicht eingefallen.

Nun schwirrte allerdings diese Drohne über ihnen und die drei Mitarbeiter der Drogenbehörde standen direkt hinter ihm. Braman als erfahrenster Mann schwenkte nicht etwa eine Pistole, sondern ein Handy. Ein kurzer Blick über den Rücken bestätigte ihm, dass Holden Flores die Hände seitlich am Körper baumeln ließ, statt damit nach der Waffe zu greifen. Der Dritte im Bunde trug die Schrotflinte vor der Brust. Sie zielte harmlos in die Wolken.

Einem geschenkten Gaul …

»Wehe, Sie legen jetzt …« Braman lauschte in die Leitung. »Shit!«

Rapp wartete, bis er mit Wählen beschäftigt war, bevor er sich umdrehte, ein paar Schritte machte und seine Faust gegen Flores' Unterkiefer krachen ließ. Der Jüngere taumelte. Bevor er auf dem Boden landete, hatte Rapp bereits die Glock gezogen und eine Patrone im Brustbein des Typen mit dem Gewehr versenkt. Dieser wankte und fiel hin. Dabei glitt ihm die Waffe aus den Händen und kreiselte im Sand.

Braman ließ das Handy fallen und wollte zur Pistole greifen, da erwischte ihn bereits eine Kugel in die Brust.

Rapp trat die Waffen außer Reichweite und begutachtete das Resultat seiner Bemühungen. Flores war eindeutig weggetreten, also schaute er nach dem Mann, dem sein erster Schuss gegolten hatte, wälzte ihn auf den Bauch und benutzte die Plastikfesseln, die aus der kugelsicheren Weste baumelten, um ihm die Hände hinter dem Rücken zu fixieren.

Im Augenwinkel registrierte er, wie Bramans Hand Richtung Waffe zuckte.

»Wag's nicht, Arschloch …«

Als der andere nicht hören wollte, verpasste ihm Rapp einen Treffer zwischen die Rippen. Daraufhin überlegte er es sich anders.

Die Drohne schwebte dichter heran, während Rapp die Männer zum Gebäude schleifte. Flores war weiterhin nicht bei Bewusstsein. Die zwei anderen stöhnten und fluchten unter Schmerzen. Die Körperpanzerung hatte ihnen das Leben gerettet. Ein paar gebrochene Rippen und vermutlich ein angeknackstes Brustbein mussten sie trotzdem hinnehmen.

Braman holte er als Letzten. Als Rapp ihn in der Blutpfütze im Verhörzimmer ablegte, war er fit genug für einige äußerst anschauliche Drohungen, was er Rapps Mutter anzutun gedachte. Er verstummte, sobald Mitch ihm drohend mit dem Knauf der Glock vor der Stirn herumwedelte.

»Ersparen Sie mir Ihr Machogehabe, Braman. Ich brauch bloß die Drogen. Ich stecke in gewissen finanziellen Schwierigkeiten. Da kommen mir diese Pakete gerade recht.«

»Fick dich!«

Rapp musste zugeben, dass ihm der Kerl allmählich ans Herz wuchs. Dennoch ließ er den Pistolengriff gegen die Nase von Braman klatschen, ging durch die Tür und schob von außen den Riegel vor.

Rapp streckte sich, dehnte seinen Rücken und schaute sich im vollgestellten Lager um. Glücklicherweise hatten die Leute von der DEA das Rolltor wieder in einen funktionsfähigen Zustand versetzt. Er konnte mit dem SUV rückwärts ranfahren und lud etwa 250 Kilo Kokain in den Kofferraum. Mit einer verdreckten Plane tarnte er die Kartons und beschwerte sie mit einigen Schaufeln. Für den unwahrscheinlichen Fall, dass er in eine Kontrolle geriet, sah es danach aus, als käme er aus dem Baumarkt.

Er war gerade in frische Klamotten geschlüpft, da hörte er das dumpfe Klopfen gegen Metall. Offensichtlich war es zumindest einem der DEA-Mitarbeiter gelungen, sich zu befreien. Nun machte er sich an der Tür zu ihrem Gefängnis zu schaffen.

Rapp stieg in den Wagen und fuhr los. Er beschleunigte, um das Tor mit dem Kettenschloss zu sprengen. Wenig überraschend setzte Carlos Esparzas Überwachungsdrohne zur Verfolgung an.

26

Nördlich von Hargeysa, Somalia

Sayid Halabi fuhr den Rechner auf dem primitiven Schreibtisch herunter. Als der Bildschirm schwarz wurde, versank die Höhle in Dunkelheit. Er hatte sämtliche Berichte über die Drogenrazzia im Einkaufszentrum in San Ysidro gelesen und keine Hinweise entdeckt, dass den Fahndern an der Ladung etwas Ungewöhnliches aufgefallen war. Die meisten Artikel setzten sich eher mit der Raffinesse der Tunnelkonstruktion und der Profitabilität des Drogenhandels auseinander.

Das entsprach exakt den Prognosen von Carlos Esparza. Ein paar Pakete wurden nach dem Zufallsprinzip für Stichproben ausgewählt und anschließend die gesamte Ladung vernichtet. Dass sie dabei auf Anthrax stießen, war so gut wie ausgeschlossen. Allerdings nicht völlig.

Für den Fall, dass die Biowaffe entdeckt wurde, ging er nicht davon aus, dass die Öffentlichkeit von dem Fund erfuhr.

Kennedy dürfte unauffällig agieren und im Hintergrund den Weg des Pakets zum Ursprung zurückverfolgen.

Im Erfolgsfall schickte sie Rapp los. So lief das bei der CIA. Und deshalb hatten so viele seiner Brüder als Märtyrer ihr Leben gelassen.

Der Franzose bereitete eine weitere Lieferung Anthrax vor.

Halabi stellte sich die Frage, ob es überhaupt noch wichtig war. Er hatte sich eingeredet, es wäre nötig, um Kennedy von seinen wahren Zielen abzulenken.

Stimmte das?

Er wollte die Leiterin der amerikanischen Geheimdienstbehörde unbedingt übertrumpfen. Er wollte Mitch Rapp auskontern. Damit die US-Bevölkerung erfuhr, während sie qualvoll erstickte, wie simpel es gewesen war, sie zu besiegen. Er wollte, dass Kennedy und Rapp mitbekamen, dass er sie die ganze Zeit an der Nase herumgeführt hatte. Dass sie hilflos mitansehen mussten, wie ihnen die Felle davonschwammen.

Ironischerweise erlaubte ihm das Halbdunkel, alles besonders deutlich zu erkennen. Im Jemen hatte er bereits den Fehler gemacht, in einem günstigen Augenblick nicht zuzuschlagen. Rapp die Flucht zu ermöglichen war ein unverzeihlicher taktischer Patzer gewesen. Noch einmal wollte er die Bedrohung, die der Agent darstellte, nicht unterschätzen. Halabi wusste, dass jeder Moment des Zögerns dem CIA-Mann neue Gelegenheiten lieferte, ihn zu beseitigen.

Das Gewölbe, in dem er den Schlüssel zur Vernichtung des Westens versteckt hielt, befand sich in Reichweite der Amerikaner. Ein simples Bombardement aus der Luft genügte, um das tödliche Virus auszulöschen, das in den Körpern seiner Getreuen lauerte. In diesem Fall starb er vermutlich mit ihnen und musste sich erneut als Versager vor Gott rechtfertigen.

Ihm blieb keine andere Wahl. Er musste den Zeitplan vorziehen. Rapp war unterwegs zu ihm. Er spürte es. Schnelligkeit spielte unter diesen Umständen die entscheidende Rolle, nicht Komplexität.

Halabi griff nach dem Notizbuch auf dem Schreibtisch, schlug es auf und strich mit den Fingern über Gabriel Bertrands elegante Schwünge. Er hatte natürlich die von ihm in Auftrag gegebene, mit Anmerkungen versehene arabische Übersetzung gelesen, doch der Blick auf die Originalfassung erschien ihm deutlich bedeutsamer. Eines Tages landete diese Kladde vermutlich in einem heiligen Schrein – als entscheidendes Schriftstück, das den Sturz des Westens eingeleitet hatte.

Bertrand bezeichnete die von ihm entdeckte Erkrankung als Akutes Jemenitisches Atemwegssyndrom. Ein lächerlich banaler Name für etwas, das die Weltordnung auf völlig neue Füße stellte. Zwei Tage nach dem Erstkontakt zeigten sich in der Regel Symptome wie bei einer leichten Grippe. In der Anfangsphase wirkte alles harmlos, erst nach weiteren fünf Tagen wurde es ernst. Von diesem Punkt an starben etwa 70 Prozent der Infizierten innerhalb einer Woche. Die Mortalitätsrate übertraf damit selbst die Spanische Grippe um den Faktor 13. Dabei hatte diese Influenza-Pandemie die Weltbevölkerung im frühen 20. Jahrhundert nachhaltig dezimiert.

Noch ungewöhnlicher war, wie leicht sich das Virus ausbreitete. Unter normalen Bedingungen hielt sich das Pathogen bis zu 72 Stunden auf Oberflächen. Laut Bertrands umfassenden Berechnungen führte selbst ein relativ beiläufiger Kontakt zu einer Infektionsrate von über 50 Prozent.

Erstaunlich, wie harmlos und unbeholfen die Armeen des Westens im direkten Vergleich wirkten. Gegen diese von Gott erschaffene Waffe konnten sie nichts ausrichten. Selbst ihre nuklearen Arsenale, die

die Welt in Atem hielten, verkamen da zu ärmlichen Fingerübungen. Entfesselt im Zentrum einer Metropole forderten diese Bomben kaum mehr als ein paar Hunderttausend Opfer und hinterließen Strahlung, die sich ohne Schwierigkeiten isolieren oder vermeiden ließ.

Eine bedachte, zielgerichtete Freisetzung von AJAS führte hingegen dazu, dass sich das Virus im reisefreudigen, dicht besiedelten Westen wie ein Lauffeuer verbreitete. Er rechnete mit einer Todesbilanz im zwei- oder sogar dreistelligen Millionenbereich. Der modernen Welt mit ihren vielfältigen, engen Abhängigkeiten drohte der Kollaps, sobald es die Spezialisten zur Seuchenbekämpfung ebenfalls dahinraffte.

Das Gesundheitssystem würde als erstes überlastet sein, weil das Personal aus Angst, sich selbst zu infizieren, die Arbeit zu großen Teilen niederlegte. Danach kamen die Gesetzeshüter an die Reihe, denen bei der Niederschlagung von Gewalt und Aufständen eine entscheidende Rolle zufiel. Habgier und Aggression schlummerten direkt unter der Oberfläche der westlichen Zivilisationen.

Im nächsten Schritt brachen die Stromnetze zusammen, ebenso die komplexen Transportsysteme, die Nahrung und andere entscheidende Produkte zu den Menschen brachten. Man würde die Armeen von ihren imperialistischen Missionen im Nahen Osten und Asien abziehen, um die Aufstände vor der eigenen Tür zu kontrollieren. Dank der beengten Unterkünfte und dem ständigen Kontakt zur Öffentlichkeit würden die Soldaten noch rascher erkranken als der Rest der Bevölkerung.

Selbst nachdem die Durchseuchung abgeschlossen war, musste man mit unkalkulierbaren Langfristeffekten rechnen. Das gesamte Wirtschaftssystem des Feindes war auf stetiges Bevölkerungswachstum ausgelegt und würde kollabieren. Wohngebiete, Gewerbezentren, ganze Städte … wie leer gefegt. Offene Demokratien, die daran scheiterten, die Ordnung wiederherzustellen, fielen diktatorischen Insellösungen zum Opfer.

Natürlich musste man auch im Nahen Osten mit einer beträchtlichen Zahl von Toten rechnen, doch dort ließen sich die Auswirkungen eher kontrollieren. Größere Städte wie Kairo und Riad würden zwar ausgelöscht, aber das hatten sich diese gottlosen Sündenpfuhle selbst zuzuschreiben. Anders sah es für die versprengten ländlichen Gebiete aus, die in weitaus geringerem Maße von dem komplexen technischen Gespinst abhängig waren, das die moderne Welt am Laufen hielt. Frei von Unterdrückern und Kolonisten würden sich die Muslime in Diensten Allahs vereinen, mit einem Dschihad dem tödlich verwundeten Westen den Rest geben und rund um den Globus ein neues Kalifat errichten.

Dann galten auf der Welt wieder die göttlichen Gebote, nicht die künstlich erschaffenen Gesetze der Menschen.

27

Südkalifornien

Das GPS von Rapps Handy forderte ihn zum Abbiegen auf. Er wechselte auf eine lehmige Piste, die ihn durch eine Allee von Palmlilien führte, vorbei an blühenden

Jakobsleitern. Es blieb noch ungefähr eine Stunde hell. Genau die Zeit, die er brauchte.

Nach etwa zwei Kilometern erreichte er ein Gemäuer aus Gipsputz, das sich mit dem ockerfarbenen Anstrich und den schlichten Formen perfekt der Wüstenumgebung anpasste. Zwar etwas größer und die umliegende Fläche etwas ungeschützter, als ihm lieb war, aber in so einer Lage durfte man keine übertriebenen Ansprüche stellen. Er stieg aus dem SUV und blickte zum Himmel. Verrückt, dass zur Abwechslung er sich Sorgen machen musste, von Drohnen überwacht zu werden. Nichts zu sehen. Das Fluggerät des Kartells war ihm zunächst vom DEA-Außenposten gefolgt, doch als er auf Highway-Tempo beschleunigte, konnte der Spion nicht länger mithalten.

Rapp holte eine Fernbedienung aus einer Schlüsselbox neben dem Eingang und öffnete damit die Garage. Zwischen Liegestühlen, Mountainbikes und Kühlboxen standen etliche fabrikneue Schaufeln und Spitzhacken sowie ein Schrank mit ausreichend Waffen in Militärqualität, um einen afrikanischen Wüstenstaat zu erobern.

Er lenkte den SUV hinein und betrat das Haus, um nachzusehen, ob sich Claudias Umsicht auch auf den Kühlschrank erstreckte. Erfreut stellte er fest, dass das der Fall war. Zu den Vorzügen einer französischen Logistikchefin zählte, dass sie bei Lebensmitteln nie knauserte. Beste Käsesorten, hausgemachte Nudelsoßen, knuspriges Brot …

Und alkoholfreies Bier.

Er fluchte leise und streifte durchs Haus, während er ihre Nummer wählte.

»Bist du heil angekommen?«, fragte sie anstelle einer Begrüßung.

»Ja.«

»Und? Wie gefällt's dir?«

»Könnte schlimmer sein. Die Mauern sind solide, die Fenster entweder dick verglast oder vergittert. Unabhängige Stromversorgung, vollgeladene Batterien. Der Grundriss ist ein bisschen verwinkelt. Käme mir entgegen, wenn ich vorhätte, drinnen zu bleiben, aber das hab ich nicht. Man kann zu leicht in die Enge getrieben werden und das Haus mit ein paar gezielt geworfenen Molotowcocktails in Brand setzen.«

»Was Besseres hab ich auf die Schnelle nicht gefunden. Du wolltest ein abgelegenes Versteck. Abgelegener geht's nicht, oder?«

»Da ich nicht hierbleiben kann, wie geht's weiter?«

»Scotts Männer haben im näheren Umkreis etwas für dich vorbereitet. Du findest die Diagramme auf dem Tablet in der Küche. Das übliche Passwort.«

»Was ist mit den DEA-Leuten?«

»Ich habe der Polizei einen anonymen Tipp gegeben. Beamte sind bereits vor Ort und haben Krankenwagen für drei verletzte Männer angefordert. Wir wissen also zumindest, dass alle noch leben.«

Er hatte seine Schüsse sorgfältig platziert und Munition mit Sollbruchstelle benutzt, die zwar mit brutaler Wucht einschlug, aber nicht in der Lage war, kugelsichere Westen zu durchdringen. Andererseits handelte es sich bei der Vermeidung von Schäden am menschlichen Körper um keine exakte Wissenschaft. Oder hatte er sie gerade erfunden?

Rapp setzte sich mit einem alkoholfreien Bier an den Küchentisch. »Hattest du Glück beim Einfädeln eines Drogendeals?«

»Bisher hat keiner angebissen, aber ich hab den Preis niedrig angesetzt und die Angelegenheit spricht sich rum. Ich geh davon aus, dass bis morgen früh mindestens ein konkretes Angebot auf dem Tisch liegt.«

Er nickte und nuckelte an dem wässrigen Pseudobier. Claudia ließ ihre alten Kontakte spielen, um die Nachricht zu verbreiten, dass ein paar Hundert Kilo qualitativ hochwertigen Kokains auf dem Markt waren. Da der Verkäufer anonym bleiben wollte, musste sie im Gegenzug an der Preisschraube drehen, um Interessenten anzulocken. Die Transaktion selbst war nicht wichtig. Das Ziel bestand darin, genug Wirbel zu erzeugen, damit Carlos Esparza mitbekam, dass jemand seinen gestohlenen Stoff meistbietend vertickte.

Die Konfiszierung von Drogen galt als hinnehmbares Geschäftsrisiko. Völlig anders sah es aus, wenn sich jemand Ware aneignete und versuchte, sie an einen anderen Abnehmer zu verkaufen. Sobald ein Mitarbeiter der Regierung auf die Seite der Kriminellen wechselte, galten andere Regeln. Dann wurde er nicht länger mit Samthandschuhen angefasst. Rapp musste damit rechnen, wie jeder andere Kriminelle behandelt zu werden, der die Kartelle beklaute.

»Könnten die wissen, wo ich gerade stecke? Ich habe die Drohne auf dem Highway abgeschüttelt.«

»Ich schätze, sie haben trotzdem eine ungefähre Ahnung. Überall sitzen Informanten, die sie anrufen können. Es würde mich nicht überraschen, wenn sie gezielt Anwesen in der Nähe recherchieren, die kürzlich für einen begrenzten Zeitraum angemietet wurden. Ich bin noch dran, mir ein Bild von Esparzas Kartell zu verschaffen. Es scheint deutlich gewachsen zu sein, seit

Louis und ich damals mit ihm zu tun hatten. Die Hälfte ihrer Umsätze scheint allerdings aus dem Marihuana-Geschäft zu stammen. Die Legalisierung der Droge macht ihnen ziemlich zu schaffen.«

»Da käme ihnen eine Partnerschaft mit Heroindealern aus dem Nahen Osten gerade recht.«

»So sieht's aus. Die Kartelle betrachten das als beste Chance für künftiges Wachstum. Da die USA gegen Oxycodon härter durchgreifen, suchen die Süchtigen nach Ersatz. Esparzas Kartell zielt auf eine Vorstadt-Klientel aus der Mittelklasse als Abnehmer. Menschen, die von Schmerzmitteln abhängig sind und bisher nie Kontakt zur Unterwelt oder Drogendealern hatten. Er scheint es darauf anzulegen, ein verlässliches Produkt zu vermarkten, das pharmazeutischem Oxycodon ähnelt. Damit sein Plan aufgeht, braucht er allerdings einen zuverlässigen Lieferanten für qualitativ hochwertige Rohstoffe.«

»Klingt nach einer lukrativen Geschäftsidee. Du solltest Steven darauf aufmerksam machen. Der wird sich garantiert im großen Stil einkaufen.«

»Wie gesagt, Mitch. Esparza ist ein Psychopath, kein Idiot.«

»Und wie läuft *mein* Leben so?«, fragte er, um das Thema zu wechseln.

»Bescheiden. Dein Bruder hat für dich eine ganze Reihe halbseidener Investments getätigt, die alle gegen die Wand fahren. Unerklärliche Zu- und Abflüsse im zweistelligen Millionenbereich, dazu die Resthypothek auf deinem Haus und die Verwicklung in einen russischen Immobilienschwindel. Zudem deutet alles auf deine Beteiligung am Tod von Tarben Schkalow hin.

Viele dieser Behauptungen entsprechen der Wahrheit und werden gerade von den Behörden mehrerer Länder untersucht. Was Steven in so kurzer Zeit in Gang gesetzt hat, ist erstaunlich. Ein wahres Genie. Wusstest du, dass er vierstellige Zahlen im Kopf miteinander multiplizieren kann?«

»Ja. Das konnte er schon als Kind. Wer weiß alles Bescheid?«

»Ich habe anonym Unterlagen an FBI, CIA, SEC, IRS und ausgewählte Politiker geschickt. Natürlich auch an Christine Barnett.«

»Kurz gesagt bin ich also pleite und im Visier der Fahnder wegen einer Serie illegaler Aktivitäten, für die es mir am nötigen Grips fehlt, um sie zu durchschauen.«

»Ja. Und das ist noch nicht alles.«

»Nicht?«

»Nein. Als ich mitbekam, was du getrieben hast, hab ich ein paar deiner Bankkonten, auf denen noch Geld übrig ist, geplündert und bin in den Süden von Texas geflüchtet, um deiner Vergeltung zu entgehen.«

»Das *ist* verdammt übel«, sagte er und überlegte, ob die Detailverliebtheit, mit der Claudia und Steven seine Existenz zerlegten, irgendwann vom Segen in einen Fluch umschlug. Sein Überleben hing fraglos von der überzeugenden Zerstörung seines Rufs ab. Trotzdem war es ernüchternd, die ganzen dreckigen Details aufgetischt zu bekommen.

»Und es geht noch weiter.«

»Immer noch?«, heuchelte er Begeisterung. »Echt?«

»Ich bin nicht allein hier in Texas. Ich hab dich für einen anderen Mann sitzen lassen. Du kennst ihn. Scott

Coleman. Da wir so eng zusammenarbeiten, haben wir ein Verhältnis. Er ist bei mir, um mich zu beschützen, falls du uns je findest. Er und Anna stehen draußen am Grill und bereiten das Abendessen vor. Möchtest du mit ihm sprechen?«

»Nein.« Rapp schaute sich in der leeren Küche um und versuchte sich von der Vorstellung abzulenken, dass sie mit Coleman Steaks auf dem Rost wendete, während er wartete, dass entweder das FBI oder ein Killertrupp des Kartells vor seiner Tür auftauchte.

»Mitch? Bist du noch dran?«

»Ja.«

»Du hast mich darum gebeten, dir das anzutun.«

»Ich weiß.«

»Nachdem du auf diese DEA-Agenten geschossen hast, gab es kein Zurück mehr. Es darf keine Lücken geben, die Zweifel an deinen Absichten aufkommen lassen.«

»Es musste sein«, versicherte er.

»Nein, musste es nicht«, widersprach sie. Ihre mühsam aufrechterhaltene Fassade bekam Risse. »Wir hätten …«

»Claudia. Nicht jetzt, okay? Es wird gleich dunkel und ich muss vorher noch eine Menge Arbeit erledigen. Was mich betrifft, könnte Esparza bereits 50 Männer in der Einfahrt postiert haben, die mich bei Sonnenaufgang abfangen.«

»Tut mir leid, Mitch. Ich hätte nichts sagen sollen. Das war egoistisch von mir.«

»Mach dir keinen Kopf. Wir reden später drüber.«

Er legte auf und fragte sich, ob das stimmte. Ob sie je wieder miteinander reden würden.

Er warf die Flasche in die Spüle. Sie klirrte gegen das Porzellan des Beckens. Er hatte seine Entscheidung getroffen und konnte sie nicht mehr revidieren.

Nun galt es, den Fokus nicht zu verlieren.

28

KAPITOL-KOMPLEX
WASHINGTON, D. C.

Irene Kennedys Schritte verlangsamten sich automatisch, als sie Senatorin Barnetts Büro erreichte. Das Notfallmeeting hatte ursprünglich im Weißen Haus stattfinden sollen, doch nachdem erste Gerüchte über Mitch Rapp die Runde gemacht hatten, entschieden sie sich für einen Wechsel der Location. Dann wurden die Gerüchte schlimmer und der Präsident entschied, aufgrund eines Interessenkonflikts auf die Teilnahme zu verzichten. Nicht überraschend, aber enttäuschend. Das verhieß nichts Gutes für die Zukunft.

Sie durchquerte das Vorzimmer zu Barnetts Büro und wurde zu einer offenen Tür im hinteren Teil gelotst. Drinnen stand die Senatorin im Zentrum der einschüchternd geräumigen Fläche und unterhielt sich leise mit dem DEA-Chef.

Ihr Händedruck mit Woodman fiel angespannt und flüchtig aus. Barnett verzichtete gleich komplett auf unnötige Höflichkeiten und steuerte wortlos eine Besprechungsecke an. Das überraschte Kennedy, die erwartet hatte, dass sich die Politikerin am Schreibtisch niederließ, um ihre Überlegenheit zu demonstrieren. Der Sinn des Manövers wurde deutlich, als Woodman rechts neben ihr Platz nahm. Die einzige verbleibende Sitzgelegenheit war ein schmuckloser Holzstuhl direkt gegenüber von ihnen.

Die Fronten waren damit klar abgesteckt.

»Wann haben Sie das letzte Mal mit Mitch Rapp gesprochen?«, fragte Barnett.

»Das kann ich nicht genau sagen. Vor ein paar Wochen? Kurz nachdem der Präsident ihn aufgefordert hat, seinen Posten zu räumen.«

Barnett ließ es sich nicht nehmen, die Antwort zu protokollieren. »Sind Sie sicher?«

»Wenn Sie ein genaues Datum und eine Zeit brauchen, kann ich in meinen Anrufprotokollen nachsehen und Ihnen die Daten nachliefern.«

So wichtig schien es dann doch nicht zu sein. »Ist Ihnen bekannt, dass Mr. Rapp mit der Befragung zweier Männer beauftragt wurde, die Anthrax von Mexiko über die Grenze in die USA geschmuggelt haben?«

»Beauftragt? Von wem?«

»Von Ihnen, nehme ich an.«

»Ich kann Ihnen versichern, dass das nicht zutrifft, Senatorin.«

»Wollen Sie behaupten, dieser Befehl sei ohne Ihr Wissen erteilt worden?«

»Ich glaube, das haben wir bereits geklärt.«

Barnett interessierte sich offenkundig nicht ernsthaft für die organisatorischen Abläufe bei DEA und IS. Ihr ging es allein darum, auf wen man die Schuld schieben und wie man ihrer Mission Präsidentschaft zu einem erfolgreichen Ende verhelfen konnte.

»Ist Ihnen bekannt, was sich bei Rapps Befragung der zwei Verdächtigen ereignet hat?«

»Nein.«

Das stimmte sogar. Überall im Beltway wurde darüber getuschelt, aber sie hatte es für unnötig riskant gehalten, sich damit zu befassen. Zum ersten Mal in ihrer Karriere wertete sie Unwissenheit als Vorteil.

»Die Polizei erhielt einen anonymen Hinweis auf Schüsse, die in der fraglichen Einrichtung gefallen sind. Bei ihrem Eintreffen fanden die Beamten die Verdächtigen tot vor. Die drei DEA-Mitarbeiter waren schwer verwundet.«

Barnett lehnte sich im Sessel zurück und entblößte die unnatürlich weißen Zähne zu einem befriedigten Grinsen. Sie deutete auf Woodman, der endlich eine Gelegenheit zum Reden erhielt. Er schien darüber alles andere als glücklich zu sein.

»Rapp hat mindestens einen der Verdächtigen gefoltert und beide erschossen. Anschließend griff er meine Männer an und floh mit einem beträchtlichen Teil der beschlagnahmten Drogen, die vor Ort gelagert wurden.«

Kennedy ließ Revue passieren, was sie gerade erfahren hatte. Die logische Schlussfolgerung lag auf der Hand. Rapp hatte den Drogenkurieren Antworten entlocken wollen, die sie der DEA verweigerten. Blieb die Frage, auf wessen Anweisung hin. Hielt ein Politiker seine schützende Hand über ihn? Vielleicht sogar der Präsident? Es wäre nicht das erste Mal.

»Werden Ihre Mitarbeiter den Vorfall ohne bleibende Schäden überstehen?«, fragte sie Woodman.

»Sie haben ernste Verletzungen erlitten, aber die Ärzte rechnen mit einer vollständigen Genesung.«

»Dank ihrer Schutzkleidung und der guten Ausbildung«, mischte sich Barnett ein. »Andernfalls lägen sie zusammen mit diesen beiden Verdächtigen in der Leichenkammer.«

Woodmans Gesicht verriet keine Regung. Er wusste natürlich, dass sie tot wären, wenn Rapp es gewollt hätte.

»Bitte fahren Sie fort, Bob.«

Seine Miene verriet weiterhin Zögern. Was dieses Zögern verursachte, blieb unklar. Selbst wenn Kennedy ihn besser gekannt hätte, wäre ihr die Einschätzung schwergefallen, wie er auf eine solche Situation reagierte. Sie hielt ihn für clever genug, um zu merken, dass hier irgendetwas nicht stimmte. Aber er war ebenfalls clever genug, um zu wissen, dass Barnett wohl in ein paar Monaten zu seiner neuen Vorgesetzten ernannt wurde.

»Rapp hat etwas gesagt.«

»Was?«

»Dass er in finanziellen Problemen steckt und die Drogen braucht, damit er seine Schulden bezahlen kann.«

»Sind Sie über Mr. Rapps derzeitige finanzielle Situation informiert?«, hakte Barnett nach.

Kennedy faltete die Hände auf dem Tisch. »Gestern gingen in meinem Büro Unterlagen ein, die auf gewisse wirtschaftliche Unregelmäßigkeiten bei Mitch hinweisen. Meines Wissens haben FBI und Steuerbehörde diese Dokumente ebenfalls erhalten. Natürlich prüfen wir die vorgebrachten Anschuldigungen. Die Angelegenheit erweist sich als unerwartet komplex und schwer nachvollziehbar. Daher kann ich noch keine Einschätzung zur Stichhaltigkeit abgeben.«

»Wirtschaftliche Unregelmäßigkeiten«, wiederholte Barnett ungläubig. »Nach einer ersten Einschätzung meiner Mitarbeiter haben wir es mit einem organisierten Verbrechersyndikat zu tun, dessen Auswüchse selbst Al Capone alt aussehen lassen.«

Das war übertrieben, wenn auch nicht komplett abwegig. Bei dem Labyrinth aus geheimen Konten, Beteiligungen im Ausland und Tarnfirmen handelte es sich garantiert um das Werk von Rapps Bruder Steven. Sollte das zutreffen, dürfte es Jahre, wenn nicht Jahrzehnte dauern, den Vorwürfen auf den Grund zu gehen. Er hantierte ebenso begnadet mit Transaktionen und Investments wie sein älterer Bruder mit Waffen.

Blieb die Frage nach dem Grund. Mitch legte keinen großen Wert auf Geld und hatte bereits ein millionenschweres Vermögen angehäuft. Genau wie Claudia Gould. Wieso sollte er künstlich eine Finanznot vorgaukeln und der DEA absichtlich anvertrauen, dass er die Drogen mitnahm, um entsprechende Engpässe zu beseitigen? Die Antwort war ebenso offensichtlich wie gefährlich: Er wollte Kontakt zum Kartell aufbauen, mit dessen Hilfe das Anthrax-Paket in die USA geschmuggelt worden war, um es zu infiltrieren.

»Wie ich schon sagte, Senatorin, prüfen wir die Vorwürfe. Ich rate zur Zurückhaltung. Die Unterlagen wirken auf den ersten Blick, als wären sie von einer feindlich gesinnten ausländischen Regierung zusammengestellt worden.«

Das war natürlich blanker Unsinn. Die Spuren, die in Richtung Russland und in den Iran deuteten, gingen vermutlich auf Claudias Konto. Sie war eine ausgesprochen raffinierte Frau.

»Ein Ad-hominem-Scheinangriff, Dr. Kennedy? So etwas anzudeuten ist unter Ihrer Würde. Es ist vollkommen egal, woher die belastenden Informationen stammen. Es geht einzig und allein darum, ob sie zutreffen. Selbst wenn nicht, Mitch Rapp hat zwei Männer, die des Drogenschmuggels verdächtigt wurden, kaltblütig ermordet und ferner …«

»Es waren keine Männer, die des Drogenschmuggels verdächtigt wurden, Senatorin. Sie haben eine Biowaffe in die USA eingeschleust. Für solche Vergehen gelten andere Einsatzregeln.«

Barnett prustete los. »Ach, natürlich. Wie in den Comics, was? Mitch Rapp, der heldenhafte Patriot, lässt nichts unversucht, um zwei gnadenlosen Terroristen die Wahrheit zu entlocken und uns alle zu retten. Beleidigen Sie nicht meine Intelligenz, Doktor. Die Fragen, die Rapp diesen Männern gestellt hat, drehten sich nicht um das Wohl Amerikas. Ihn interessierte eher, wie er möglichst viel Profit aus dem geklauten Kokain schlägt und wie er dem Kartell, dem er es wegnimmt, am besten entkommt. Während Sie hier sitzen und Tatsachen verdrehen, nutzt er die Fähigkeiten, die er Ihnen verdankt, um sich abzusetzen.«

Da Irene nicht reagierte, ergriff Woodman das Wort.

»Zwei unterschiedliche Informanten aus der Drogenszene haben uns darüber in Kenntnis gesetzt, dass ein unbekannter Anbieter mehrere Hundert Kilo qualitativ hochwertigen Stoffs möglichst zeitnah veräußern möchte. Für mich besteht kein Zweifel, dass es sich dabei um Ihren Mann handelt, Irene. Ich sehe die Chance, dass wir die Lieferung abfangen und …«

Barnett schob ihm eine Hand auf den Arm und brachte ihn zum Schweigen. Sie schien zu befürchten, dass Kennedy alles, was sie bei dieser Besprechung erfuhr, brühwarm an Rapp weitergab. Die Tendenz der menschlichen Spezies, stets das zu glauben, was ins eigene Weltbild passte, war erstaunlich. Barnett ignorierte alles, was Rapp für Amerika geleistet hatte, und erklärte ihn umgekehrt auf Basis weit hergeholter Vorwürfe pauschal für schuldig.

»Ich finde, zu diesem Thema ist alles gesagt, Bob.«

Und dann geschah etwas vollkommen Unerwartetes. Woodman schielte zu Barnett hinüber und bewegte die Hand, um sich an der linken Schläfe zu kratzen. Als er sicher war, dass die Senatorin nicht hinsah, zeigte er ihr den Mittelfinger.

Kennedy gelang es mit Mühe, ein Grinsen zu unterdrücken.

Der DEA-Chef wusste selbstverständlich, wie überzeugend man eine Undercover-Legende anlegen musste, um einem mächtigen Drogenkartell auf die Pelle zu rücken. Zumindest würde er den Mund halten. Mit etwas Glück ließ er sich sogar überreden, kleinere Zuarbeiten für Kennedy zu leisten, solange es niemand mitbekam. Sie nickte ihm fast unmerklich zu, während Barnett zu einer ihrer typischen ausufernden Tiraden ansetzte.

»Selbst mir fällt es schwer zu glauben, dass so etwas passiert, Dr. Kennedy. Die beiden Männer, die Mitch Rapp umgebracht hat, waren unsere einzige Spur, um Sayid Halabi zu finden und die nächste Anthrax-Lieferung abzufangen, die vermutlich längst auf dem Weg ist. Dies ist Ihre Schuld und die Schuld Ihrer Agency. Ich kann kaum fassen, dass Sie 20 Jahre lang nicht bemerkt haben, dass ein Psychotiker für Sie arbeitet. Die Tatsache, dass Ihnen das Multimillionen-Dollar-Konstrukt entgangen ist, das er aufgebaut hat, lässt mich endgültig an Ihrer Kompetenz zweifeln.«

Darauf lief es also hinaus. Barnett wollte sie der Mittäterschaft bezichtigen und Kennedy mit endlosen Befragungen und Untersuchungsausschüssen im Kongress zermürben, bis sie auf irgendein Detail stieß, das sich als Grundlage für einen Strafprozess heranziehen ließ. Auf diese Weise wollte sie eine Botschaft an jeden übermitteln, der es wagte, nicht zu spuren.

Barnett ließ die Anschuldigung in der Luft hängen und hoffte, eine belastende Äußerung aus der CIA-Direktorin herauszukitzeln. Stattdessen griff Irene zur Aktentasche und stand auf.

»Wenn es sonst nichts mehr zu klären gibt … Ich habe aus verständlichen Gründen eine Menge Arbeit auf dem Tisch.«

Sie drehte sich um und ging zur Tür. Kaum hatte ihre Hand den Knauf berührt, setzte Barnett nach: »Haben Sie das von Rapps Lebensgefährtin Claudia gehört? Sie scheint ihn wegen Scott Coleman verlassen zu haben. Die beiden verstecken sich, weil sie fürchten, dass er sie aus Rache umbringt.«

Ihre bösartige Schadenfreude war nicht zu überhören. Kennedy nahm es erfreut zur Kenntnis. Die Senatorin war nicht so berechnend, wie die meisten behaupteten. Letztlich war sie der eigenen grenzenlosen Gier nach Macht hilflos ausgeliefert. Die Sache wurde bald hässlich und niemand käme mit einem blauen Auge davon. Sie erinnerte sich an einen Ausspruch des unvergessenen Stan Hurley: ›Es geht nicht darum, ob du dich an die Regeln hältst, sondern nur darum, ob dein Gegner am Ende verstümmelt im Wald liegt.‹

29

Südkalifornien

Wo steckten diese Arschlöcher?

Rapp schlief bereits die zweite Nacht in einem Erdloch, in dem sich 250 Kilo Koks stapelten. Die Drogen selbst empfand er als überraschend beruhigend, ganz im Gegensatz zur luftundurchlässigen Folie, in die sie eingewickelt waren. Sie trieb ihm ständig den Schweiß auf die Stirn.

Das Schlimmste war der Baum über ihm. Coleman hatte die Stelle bestimmt wegen der zusätzlichen Abschirmung durch das Blätterdach ausgewählt, aber nicht einkalkuliert, dass ständig Dornen von beträchtlicher Größe herabfielen. Er war zwar gut getarnt und hatte das Haus direkt im Blick, dafür prangten am ganzen Rücken und am Hintern kleine, unangenehm juckende Kratzer.

Wie schwer Esparza sich tat, ihn zu finden. Claudia schien dessen Möglichkeiten überschätzt zu haben. Mit den von ihr gelieferten Hinweisen wäre selbst ein Neunjähriger längst vor seiner Haustür aufgetaucht.

Rapp spähte am lästigen Baum vorbei zu den Sternen und von dort aus zu den vagen Umrissen des Hauses. Darin standen ein bequemes Bett, ein gut gefüllter Kühlschrank und ein Fernseher mit Satellitenempfang. Nicht mal 30 Meter Luftlinie entfernt.

In vergleichbaren Verstecken in Kriegsgebieten hatten ihn solche Annehmlichkeiten nie in Versuchung geführt. Da befand er sich meistens mitten in der

Einöde, umgeben von Menschen, die noch nie eine Mikrowelle oder einen Kaffeevollautomaten gesehen hatten. In unmittelbarer Laufweite einer klimatisierten Unterkunft empfand man hingegen jeden Kaktusstachel, jeden Skorpion und jede Tarantel als ungemein störend.

Nicht dass sich etwas daran ändern ließ. Esparzas Männer waren unterwegs. Aus welcher Richtung und in welcher Zahl, ließ sich unmöglich vorhersagen. Die Gegebenheiten des Hauses machten es eher zu einer Falle als zu einer brauchbaren Rückzugsmöglichkeit. Käme das vom Kartell geschickte Team auf die Idee, das Gebäude zu umstellen, hielt er es für ein Ding der Unmöglichkeit, sich einen Weg freizukämpfen. Vor allem wenn sie schwerere Geschütze als die erwarteten Pistolen und Gewehre auffuhren.

Er schob den M4-Karabiner seitlich an den Körper und bemühte sich um eine etwas bequemere Position. Noch sechs Stunden bis zum Morgengrauen. Mit Glück fand er zumindest etwas Schlaf.

Das leise Knirschen von Reifen oder das Geräusch sich nähernder Schritte, womit Rapp rechnete, kam nicht. Stattdessen bretterten zwei riesige SUVs über die Straße heran und legten eine spektakuläre Vollbremsung vor dem Haus hin, bevor sie die Lichtleisten am Wagendach aufflackern ließen.

Er stemmte sich auf die Ellbogen und verfolgte durch die Öffnung des Verstecks, wie unfassbar viele Männer aus den Fahrzeugen drängten. Trotz ihrer Waffen und des grellen Lichts empfand er die Vorstellung als grotesk.

Sie feuerten im Vollautomatikmodus auf das Gebäude. Über die Soundanlage von einem der Fahrzeuge wurden Klänge abgespielt, die Rapp an Polkamusik erinnerten. Er griff zum Gewehr und glitt in eine Position, von der aus er seine sechs Uhr im Blick behalten konnte. Fast vermutete er, der Auflauf war inszeniert worden, um vom Aufmarsch weiterer Fußsoldaten abzulenken.

Er entschied, dem Gegner zu viel zugetraut zu haben, als einer der Leute seine Deckung hinter dem SUV aufgab und zum Vordereingang sprintete. Seine Kameraden schafften es nicht rechtzeitig, ihren Beschuss umzulenken, sodass er bereits vor Erreichen der Veranda zusammenbrach. Sein Körper blieb reglos in der Nähe der Stufen liegen, während die anderen die Fensterscheiben ins Visier nahmen.

Mit einem zumindest etwas besser organisierten Manöver hievten zwei der Besucher einen taktischen Rammbock hinten aus einer der Heckklappen und schafften es, ihn unter das Vordach zu schleppen, ohne angeschossen zu werden. Zunächst scheiterten sie bei dem Versuch, ihre Bewegungen zu synchronisieren, doch mit dem zweiten Schwung sprengten sie die Tür auf. Sie verschwanden im Inneren und ihre Begleiter stellten kurz darauf das Feuer ein.

Stille trat ein, währte jedoch nur wenige Sekunden. Eine dumpfe Explosion blitzte hinter den Fensterrahmen auf. Rapp vermutete, dass es die Granate war, die er im Flur präpariert hatte. Eventuell auch die unter dem Teppich hinter dem Sofa versteckte Mine. Bei normaler Beleuchtung hätte er es sofort beurteilen können, in diesem Dämmerlicht mit den zerschossenen Glühbirnen wusste man nie so genau. Diese Arschlöcher schienen jedenfalls nicht gerade die schärfsten Messer in der Schublade zu sein.

Diese Einschätzung bestätigte sich, als die Männer auf die Detonation reagierten, indem sie zu den Fenstern und durch die Tür stürmten und sich nach dem Zufallsprinzip im Inneren verteilten. Dass einer oder beide ihrer Männer womöglich überlebt hatten, schien sie nicht zu interessieren.

Einigen ging die Munition aus und sie mühten sich erkennbar, neue Magazine in die ihnen nicht vertrauten Waffen einzusetzen. Rapp überlegte, ein paar von ihnen mit der schallgedämpften Glock niederzustrecken, hielt es aber nicht für notwendig. Am besten lehnte er sich gemütlich zurück und genoss die Show.

Zwei weitere Gestalten rannten ins Haus. Ihre Kollegen, die durch die Fenster ins Freie zielten, schienen es gar nicht mitzubekommen. Rapp rechnete damit, dass sie innerhalb der nächsten Sekunden erschossen wurden. Das erwies sich als Irrtum. Nach einigen Sekunden wurde das Garagentor mit einem lauten Knall nach draußen geschleudert und ließ Staubwolken träge durch das Scheinwerferlicht tanzen. Einer von ihnen war weit genug gekommen, um Bekanntschaft mit der Sprengladung zu schließen, die er hinter den Gartenmöbeln des Besitzers versteckt hatte.

Rapp befreite einen Keks aus der Folienverpackung und schob ihn in den Mund, während ein Mann mit einer beeindruckenden Sammlung von Tattoos diesen chaotischen Haufen dazu bewegte, das Geballer einzustellen. Wenige Sekunden später hörte man nur noch die Polkamusik und das leise Surren eines Modellflugzeugs, das über dem Grundstück kreiste.

Der Tätowierte rief einem der anderen etwas zu, der in der Nähe eines Fensters stand, und zeigte ungeduldig auf die Tür. Ohne die spanischen Worte zu verstehen, wurde sofort deutlich, worum es ging. Mr. Tattoo wollte, dass Kerl am Fenster ins Haus ging. Und Kerl am Fenster, offenbar nicht ganz so dumm oder zugedröhnt wie manche seiner Kameraden, wollte lieber bleiben, wo er gerade war.

Der Wortwechsel fand ein vorzeitiges Ende, als Mr. Tattoo dem Aufmüpfigen in die Brust schoss. Das schien die anderen aufzuschrecken. Nach kurzer Zeit kamen drei von ihnen nach draußen. Ihre zögernden Bewegungen deuteten darauf hin, dass sie den Ernst der Lage erkannt hatten.

Rapp schluckte das letzte Stück Keks hinunter und griff nach einer Packung Pop-Tarts. Popcorn wäre passender gewesen, aber wie hätte Claudia das ahnen sollen?

Vier relativ ereignislose Minuten verstrichen, ehe eine Explosion die Rückseite des Hauses erschütterte. Bei dieser Ladung hatte er sich richtig Mühe gegeben, sie in einem Luftschacht der Klimaanlage versteckt und den Stolperdraht kunstvoll um die Aufhängung des Duschvorhangs drapiert.

Es dauerte weitere drei Minuten, bis die zwei Überlebenden am Eingang auftauchten und ihren Bericht ablieferten. Wieder waren keine fließenden Spanischkenntnisse erforderlich, um sich zusammenzureimen, was gesagt wurde. Sie hatten weder den gesuchten Mann noch das Kokain gefunden.

Fünf Männer standen draußen und ihre Diskussion eskalierte binnen kürzester Zeit zu einem handfesten

Streit. Rapp rechnete damit, dass sie gleich aufeinander schossen, doch so gut meinte es das Schicksal nicht mit ihm. Mr. Tattoo brachte die Situation unter Kontrolle und rief jemanden auf dem Handy an, während sich die anderen dicht um ihn scharten. Es wirkte eher, als ob sie ihre Strategie für den nächsten Football-Spielzug abstimmen wollten. Wurden solche Typen denn nicht anständig ausgebildet?

Er griff zum schallgedämpften M4 und nahm die Gruppe im Dauerfeuer-Modus ins Visier. Wenig überraschend landeten alle auf dem Boden, bevor er die Hälfte des Magazins verschossen hatte.

Er kletterte aus dem Loch, duckte sich unter zahlreichen niedrig hängenden Zweigen weg und näherte sich den reglosen Gestalten. Alle waren entweder tot oder lagen in den letzten Zügen, also wandte er sich der kreisenden Drohne zu und machte eine Geste, die in jedem Kulturkreis dieselbe Bedeutung hatte: ›Mehr habt ihr nicht zu bieten?‹

Einer der Männer am unteren Ende des reglosen Haufens rührte sich. Rapp brachte ihn mit einem seitlichen Kopfschuss zur Strecke. Aus diesen Söldnern war nichts Nützliches herauszubekommen. Das hatte er bereits bei der Befragung der von der DEA aufgelesenen Männer festgestellt. Er musste an ihren Boss herankommen.

Rapp lief zum vorderen SUV und schaltete die nervige Musik ab. Momentan konnte er eigentlich nichts anderes tun als den Stoff einzuladen und mit einem von Esparzas aufgebrezelten Fahrzeugen davonzubrausen. Wenn das den Kerl nicht genug provozierte, um sich an seine Fersen zu heften, dann gar nichts.

Er wollte gerade einsteigen, als irgendwo ein Handy klingelte. Rapp musste eine Weile in dem menschlichen Fleischberg herumwühlen, dann entdeckte er den Apparat in der leblosen Hand von Mr. Tattoo. Das Blut auf dem Display brachte den Touchscreen aus dem Tritt, doch schließlich gelang es ihm, das Gespräch entgegenzunehmen.

»Was?«

Das Schreien am anderen Ende identifizierte er als Flut unflätiger spanischer Verwünschungen.

»Sprich Englisch, du Schwachkopf.«

»Ich werd dich aufschlitzen und an meine Hunde verfüttern, du …«

Wieder folgte eine Welle spanischer Ungezogenheiten.

»Wer spricht da?«, fragte Rapp und schaffte es, seiner Stimme einen leicht genervten Anstrich zu geben. »Lorenzo Varela? Halt gefälligst den Mund und lass die Erwachsenen in Ruhe arbeiten.«

Der Name des Anführers eines aufstrebenden Kartells, das irgend so ein College-Kid in Mexico City leitete. Prompt erhielt er den Beweis, dass es so ziemlich der Letzte war, mit dem Carlos Esparza verwechselt werden wollte.

»Varela? Du dämlicher Scheißkerl! Hier spricht Carlos Esparza!«

Rapp reagierte nicht sofort, sondern tat, als ob er der Drohne einen nervösen Blick zuwarf. »Schwachsinn.«

»Soll ich's dir beweisen? Wie wär's, wenn ich 100 Leute mit Brecheisen und Schneidbrennern zu dir schicke? Ich werde …«

Weiter ging's auf Spanisch.

Rapp wartete, bis dem Kartellboss die Luft ausging, bevor er weitersprach. »Hör zu, Mann. Die Jungs von der Drogenbehörde meinten, das sei Varelas Lieferung. Von dir haben sie nichts erwähnt.«

Erneute Wortschwalle in spanischer Sprache. Rapp bereute es so langsam, in der High School nicht besser aufgepasst zu haben.

»Ich will keinen Krieg mit dir, Carlos. Ich brauch einfach nur ein bisschen Geld, um mich abzusetzen. Deine Ware liegt in einem Erdloch nordöstlich vom Haus. Wieso schickst du nicht ein paar deiner besseren Leute vorbei, um sie abzuholen?«

»Wirst du noch da sein, wenn sie auftauchen, *pendejo?*«

»Gut möglich. Allerdings glaub ich, dass du es dir nicht leisten kannst, weitere Männer zu verlieren.«

»Fick dich!«

Rapp schwieg und blickte mit gespielter Anspannung zur Drohne hoch, von der er hoffte, dass Esparza ihre Aufnahmen in Echtzeit verfolgte.

»Vielleicht finden wir eine Lösung, die für uns beide funktioniert«, meinte er schließlich.

»Welche?«

»Ich brauche Geld und muss so viel Abstand zwischen mich und die US-Behörden bringen wie möglich. Und du brauchst eindeutig fähiges Personal, das unterscheiden kann, wo bei einer Waffe vorn und wo hinten ist.«

Esparza lachte so laut, dass Rapp befürchtete, er könnte ersticken. »Du hast meine Drogen geklaut und 18 meiner Männer getötet. Und nun bittest du mich um einen Job?«

»Wieso nicht? Ich hab ja gesagt, du bekommst dein Kokain zurück.« Er deutete mit dem Daumen auf den Leichenstapel hinter sich. »Dass du frisches Personal brauchst, steht ja wohl außer Zweifel.«

»Was hältst du davon, in ein Flugzeug nach Mexiko zu steigen, um das persönlich zu bereden?«

»Okay.«

Esparza brach erneut in lautes Gelächter aus. Diesmal klang es weniger wütend, sondern vielmehr ungläubig.

»Was ist daran so witzig?«

»Du bist entweder verrückt oder hast genug Eier in der Hose, um das tatsächlich durchzuziehen.«

»Vermutlich ein bisschen von beidem«, antwortete Rapp wahrheitsgemäß.

30

Am Himmel über Zentralmexiko

Normalerweise schlief Rapp im Flugzeug wie ein Baby. Heute saß er allerdings in der Economy Class, eingezwängt zwischen einer Frau, die deutlich über 150 Kilo wog, und einem Mann, der gefühlt alle 20 Sekunden laute Schnarchgeräusche ausstieß. Wäre er in einer C-130 über Afghanistan gewesen, hätte er sich jetzt in ein Cargonetz geflüchtet und dort den Schlaf der Gerechten geschlafen.

Es hatte nicht nur mit dem Platz zu tun. Mit jener imaginären C-130 wäre er in ein Land unterwegs gewesen, in dem er einen Großteil seines erwachsenen Lebens verbracht hatte. Im Nahen Osten kannte er die

Akteure, hatte Zugriff auf hervorragend ausgebildetes Back-up und beherrschte die Sprache. Er verfügte über einen tiefen Einblick in die Kultur, Fähigkeiten und Beweggründe seiner Gegner.

Hier musste er nach der Landung ohne all diese Vorteile auskommen. Sein Spanisch reichte kaum aus, um eine Cola zu bestellen. Schlimmer noch, hier ging es nicht um eine simple Search-and-Destroy-Mission, wie er sie aus dem Effeff beherrschte. Carlos Esparza zu töten war nicht das Ziel. Nein, er musste das Vertrauen des Mannes erlangen, mehr über das IS-Netzwerk in Erfahrung bringen und die Spur zu Sayid Halabi zurückverfolgen.

Dummerweise gehörte es nicht gerade zu Rapps Stärken, sich bei Leuten einzuschleimen. Ganz im Gegenteil.

Nicht dass es überhaupt etwas änderte. Esparza ließ ihn vermutlich nur deswegen nach Mexiko einfliegen, damit er ihm persönlich eine Kugel zwischen die Augen verpassen konnte. Das Timing war mies. Endlich hatte ihm der Präsident die Blankovollmacht erteilt, von der er immer geträumt hatte. Statt es mal so richtig krachen zu lassen, endete er vermutlich als Leiche im Dschungel.

So schlimm alles war, daran lag es nicht, dass er im Flieger kein Auge zubekam. Nein, das lag an etwas anderem. An einer Frage, die sich leicht stellen, aber schwer beantworten ließ: *Was zur Hölle mache ich hier eigentlich?*

Er hatte länger über Claudias Tirade nachgedacht, als sie es ihm vermutlich zutraute, und war zu dem Ergebnis gelangt, dass sie größtenteils richtiglag. Als nächstes Staatsoberhaupt der Vereinigten Staaten würde Christine Barnett ihren Status nutzen, um ihn und jeden anderen, der nicht spurte, zu vernichten.

Im besten Fall überlebte Rapp diese Mission und wurde im Anschluss von ihr aus dem Regierungsdienst verbannt. Für wahrscheinlicher hielt er, dass Barnett beträchtliche Ressourcen der Regierung darauf verwendete, ihn und Kennedy in benachbarte Zellen eines Hochsicherheitsgefängnisses sperren zu lassen.

Dafür musste sie sich nicht mal besonders anstrengen. Rapp hatte kürzlich zwei Drogenschmuggler getötet – juristisch gesprochen: ermordet – und seinen Bruder gezwungen, ein weltweites Netz von illegalen Transaktionen zu spinnen. Selbst wenn Steven vor einem Senatsausschuss darlegte, dass es sich dabei nur um Nebelkerzenwerfen handelte, dürfte das nicht reichen. Christine Barnett würde ihn als Waffe für ihren Krieg gegen Geheimdienste und Strafverfolgungsbehörden einspannen, die sie als Bedrohung ihrer Macht wertete.

Nach einer gefühlten Ewigkeit setzte das Flugzeug zur Landung an. Rapp blieb sitzen, während die anderen Passagiere in den Gepäckfächern über ihren Köpfen kramten. Er beabsichtigte nicht, sein Handgepäck mitzunehmen. Er hatte es lediglich als Requisit mitgenommen, um beim Einchecken keinen Verdacht auf sich zu lenken. Die einzigen Dinge von Bedeutung, die er noch besaß, waren ein gefälschter Pass, eine GPS-Uhr, ein Handy und eine Brieftasche, die 500 US-Dollar und mehrere Kreditkarten mit großzügigem Verfügungsrahmen enthielt.

Als Rapp das Terminal des Ángel Albino Corzo International Airport betrat, fiel ihm sofort der Mann auf, dessen Blick nervös vom Mobiltelefon über die Menge schweifte. Garantiert stand ihm nur ein verwaschenes Drohnenfoto zur Verfügung, um Rapp zu identifizieren.

Er beschloss, ihn aus seiner Misere zu befreien, ging gezielt auf den lässig gekleideten Mexikaner zu und deutete auf den Ausgang.

»Ich bin's. Gehen wir.«

Der Mann führte Rapp aus der Ankunftshalle. Sie liefen bei wolkenfreiem Himmel und Temperaturen jenseits der 30-Grad-Marke zum benachbarten Parkplatz. Das dünne Leinenhemd des US-Amerikaners war bereits durchgeschwitzt, als sie einen geräumigen schwarzen SUV am hinteren Ende der Fläche erreichten.

Getönte Fenster hinderten ihn daran, etwas zu erkennen. Nachdem er hinten eingestiegen war, traf Rapp ziemlich genau auf das, womit er gerechnet hatte. Zwei Männer, vermutlich Ex-Angehörige der mexikanischen Armee, filzten ihn und drängten ihn zu Boden, stülpten einen Kleidersack über seinen Kopf und legten ihm Handschellen an. Er kämpfte gegen den Instinkt an, ihnen das Genick zu brechen. In einem SUV voller Leichen durch die Gegend zu fahren und aufs Geratewohl Passanten zu fragen, ob sie zufällig wussten, wo Carlos Esparza wohnte, hielt er für keinen guten Einfall.

Es war unmöglich, die verstrichene Zeitspanne abzuschätzen. Zum einen weil die Uhr am Handgelenk hinter dem Rücken fixiert war, zum anderen weil die Wärme und Vibration im Fußraum ihn nach kurzer Zeit einnicken ließen. Aus irgendeinem Grund empfand er es als wesentlich entspannender, in Gesellschaft von zwei Kartellkillern, die ihm den Fuß in den Nacken stemmten, in einem Auto zu liegen, als auf einem Flug seinen Gedanken nachzuhängen. Er musste auf niemanden mehr Rücksicht nehmen, sich nach keiner politischen Agenda richten. Seine einzige Aufgabe bestand darin, lange genug am Leben zu bleiben, um Sayid Halabi ausfindig zu machen und zu töten.

Der Trip hatte auf glattem Straßenbelag begonnen, der irgendwann holprigem Asphalt wich und dann einem Feldweg, der ihn schlagartig aus dem Schlummer riss. Innerhalb der letzten halben Stunde waren sie durch zwei kleine Flüsse gefahren, immerhin tief genug, dass Wasser unter der Tür eindrang, und durch mehrere Spurrillen, die noch tiefer zu sein schienen.

Rapp vermutete, dass sie zwischen drei und vier Stunden unterwegs gewesen waren, als die Fahrt schließlich endete. Er wurde sofort aus dem Wagen gezerrt und gezwungen, sich auf klammem Boden hinzuknien. Stimmen auf Spanisch tauschten sich mehrere Minuten lang aus, dann wurde der Sack vom Kopf gezogen.

Er blinzelte in flirrendes Sonnenlicht und zählte acht Bewacher im direkten Sichtfeld. Alle trugen Camouflage-Montur, waren mit AKs bewaffnet und erinnerten an ehemalige mexikanische Cops oder Soldaten. Nichts Besonderes, aber den Männern, die er in Kalifornien umgebracht hatte, eindeutig überlegen.

Viel interessanter fand er die Bauten, die der Dschungel vor ihm teilweise enthüllte. Dem ersten Anschein nach handelte es sich um eine primitive Siedlung mit wackeligen, aus Müll zusammengezimmerten Wänden und Dächern aus Wellblech und Palmwedeln. Aus der Luft unterschied es sich vermutlich nicht von anderen winzigen Dörfern in der Gegend, doch aus Rapps Position war die architektonische Raffinesse zu erkennen. Riesige Fensterfronten gaben den Blick auf eine luxuriöse, moderne Inneneinrichtung aus Marmor und Glas frei. Ein Swimmingpool verbarg sich unter einem

Säulendach, das Bäumen nachempfunden war. Dahinter erstreckten sich Äcker, auf denen Pflanzen – eindeutig Getreide, keine Drogen – den Eindruck erweckten, dass sie jemand zum Eigengebrauch angebaut hatte.

Ein Mann in Freizeithose mit weit offenem Hemd verließ das Hauptgebäude und blieb wenige Meter vor Rapp stehen. Er sah aus wie Anfang 30, mit relativ eleganter Brille und teurem Haarschnitt. Garantiert nicht Esparza, sondern einer seiner Handlanger. Rapp ignorierte ihn und reckte den Hals, um die Umgebung genauer zu inspizieren. Nicht sonderlich komplex. Dschungel. Bewaffnete Männer. Großes Haus.

Weitere fünf Minuten verstrichen in Stille, dann ließ sich ein zweiter Mann blicken. Geschätzt Mitte 40, mittellange Haare, die etwas wild frisiert waren, eine mit Diamanten besetzte Golduhr, die tonnenschwer wirkte, und Klamotten, die er anhand der Höhe der Zahlen auf dem Preisschild ausgesucht zu haben schien. Das war das Seltsame an diesen Kartellbossen. Sie verbrachten die Hälfte ihrer Zeit damit, obszöne Mengen Geld anzuhäufen, und die andere Hälfte, es völlig sinnlos zu verprassen.

»Wir haben Wetten abgeschlossen, ob du wirklich kommst«, begrüßte ihn Esparza in solidem Englisch. Laut Claudia hatte er einen Teil seiner Jugend in Arizona verbracht.

»Wer hat gewonnen?«

Der Mexikaner lächelte nur und zog eine goldene 44er Magnum Desert Eagle aus dem Hosenbund. Er zielte damit auf Rapp, der instinktiv die notwendigen Bewegungsabläufe zum Überleben durchging: die Handschellen abstreifen, die er gleich auf den ersten Minuten der Fahrt geknackt hatte, sich nach vorn abrollen, damit die Patrone harmlos über den Kopf hinwegstrich, den anderen packen, entwaffnen, dicht genug vor den Körper bringen, damit niemand es wagte, auf ihn zu schießen …

Das wäre die perfekte Methode gewesen, um Esparza zu töten und in den Dschungel zu fliehen. Rapp musste sich daran erinnern, dass er nicht deswegen gekommen war. Er wollte das Vertrauen des Mannes erlangen und in Erfahrung bringen, wie er an Sayid Halabi herankam.

»Wenn du mich bloß erschießen willst, hättest du dir nicht so viele Umstände machen müssen«, spottete Rapp.

»Oh, ich will dich nicht erschießen. Ich will dich quälen. Monatelang. Bis nichts mehr von dir übrig ist, das Schmerzen empfindet. Bis du nicht mehr weißt, dass du ein Mensch bist. Dann werde ich dich an meine Hunde verfüttern.«

»Das halte ich für einen Fehler.« Rapp streifte die Handschellen ab und stand auf.

Das vertraute Geräusch von Waffen, die auf Schultern klatschten, verdrängte kurzzeitig das Brummen der Insekten im Dschungel. Esparza brachte die Waffe in Anschlag, gab sich vor seinen Männern jedoch nicht die Blöße zurückzuweichen. Sein Assistent, dem es offenbar am nötigen Machismo mangelte, trat einige Meter nach hinten.

»Was machst du im Jahr für einen Gewinn?«, fragte Rapp und klopfte sich den Staub von der Hose. »75 Millionen bei einem Umsatz von 110?«

Claudia hatte die Zahlen recherchiert. Esparzas Gesichtsausdruck deutete darauf hin, dass sie dicht an der Realität lagen. »Marihuana gehört zu deinen

Haupteinkommensquellen, aber die Legalisierung in den USA und Kanada setzt dir zu. Also sattelst du auf Heroin aus dem Nahen Osten um. Du willst das harte Vorgehen der Politik gegen Oxycodon ausnutzen und die Pharmaindustrie als Lieferant ablösen. Unter dem Strich geht's drum, deine Aktivitäten auszubauen, und das hältst du für die geeignetste Strategie.«

Rapp schwieg und stellte überrascht fest, dass ihm nicht Esparza antwortete, sondern dessen geschniegelter Sidekick. Sein Akzent klang deutlich blasierter.

»Und was halten Sie von diesem Plan?«

»Ich glaube, dass er Erfolg versprechend ist«, entgegnete Rapp. »Allerdings nicht frei von Komplikationen. Nicht nur weil die Drogenbehörden in den USA mit diesem Vorgehen der Kartelle rechnen, sondern vor allem weil eine Zusammenarbeit mit Arabern … nun, sagen wir … eine gewisse Herausforderung darstellt.«

»Ich schmiere Hunderte von Verantwortlichen«, protzte Esparza. »Polizisten, Geheimdienstmitarbeiter, Richter, Militäroffiziere. Und ich habe Leute für die Drecksarbeit. Du bist bloß ein einzelner Mann, der gut mit Waffen umgehen kann.«

Rapp betrachtete die umstehenden Wachposten. »Bist du dir da sicher? Wenn du mich fragst, ist dein Nachschub an fähigem Personal etwas versickert.«

Esparza zielte direkt zwischen Rapps Augen. Erneut schaltete sich sein Assistent ein.

»Ich nehme an, Sie haben uns etwas anzubieten?«

»Ich verfüge über umfassendes Wissen zu den Aktivitäten der US-Regierung. CIA, NSA, FBI und DEA. Was immer ihr braucht. Selbst im Weißen Haus gehe ich ein und aus.«

»Dort habe ich selbst Kontakte«, wollte sich Esparza keine Blöße geben.

»Ich verfüge außerdem über langjährige Einsatzerfahrung im Nahen Osten, spreche Arabisch wie ein Einheimischer und fließend Dari. Das ist ziemlich gefährliches Fahrwasser und ich weiß, wie man die Klippen umschifft. Die Agency und das US-Militär sind die geringsten eurer Probleme. Ihr bekommt es mit Hunderten unterschiedlicher Terrorgruppen zu tun, mit Stämmen und anderen Fraktionen, die sich seit Tausenden von Jahren gegenseitig ans Bein pinkeln. Und selbst wenn es euch gelingt, das alles hinter euch zu lassen, sind da noch die Pakistanis und die Russen.«

»Und du erwartest, dass ich dir abkaufe, ein korrupter Cop könne, wie sagst du so schön, diese Klippen umschiffen?«

»Besser als jeder andere auf diesem Planeten.«

»Besser als jeder andere auf diesem Planeten?«, äffte ihn Esparza nach. »Für einen toten Mann bist du ganz schön selbstbewusst.«

»Wie heißen Sie?«, fragte der Assistent.

»Mitch Rapp.«

Das sagte ihm eindeutig nichts. Dafür trat auf Esparzas Gesicht kurz ein fassungsloser Ausdruck, bevor er in schallendes Gelächter ausbrach.

»Das ist deine Geschichte?«, brachte er mühsam zwischen den Glucksern hervor. »Dass *Mitch Rapp* der amerikanischen Drogenbehörde Kokain geklaut hat und anschließend herkommt, um mich um einen Job zu bitten? Ich dachte erst, du hättest Eier in der Hose. Jetzt ist mir klar, dass du nicht ganz richtig tickst.«

Er winkte einen seiner Aufpasser zu sich, hob aber die Hand, als Rapp weitersprach. Offenbar fand er die ganze Angelegenheit höchst unterhaltsam.

»Du behauptest, du verfügst über Kontakte zu amerikanischen Führungskreisen? Dann nutze sie. Meine Geschichte lässt sich leicht bestätigen. Ich gehe davon aus, dass in Washington gerade über nichts anderes gesprochen wird. Solltest du hinterher immer noch glauben, dass ich lüge, kannst du genauso gut morgen anfangen, mich zu foltern.«

31

Im Süden Mexikos

Nach fast zwei Tagen fühlte sich Rapp in seiner Unterbringung recht heimisch. Der rostige Stahlkäfig war etwa zwei Meter lang, einen Meter breit und 1,20 Meter hoch. Er stand weit genug im Dschungel, dass er abends den schwachen Schein von Esparzas Behausung sah, tagsüber dagegen nichts als Blattwerk.

Es war ihm gelungen, das umstehende hohe Gras so hereinzubiegen, dass er sich halbwegs gemütlich darauf ausstrecken konnte. Ein Schilfrohr, an einem der Gitterstäbe befestigt, stellte eine kontinuierliche Versorgung mit Trinkwasser bei Regen bereit, was jede Nacht etwa zwei Stunden der Fall war. Käfer gab es ohne Ende, nur waren sie für seinen Geschmack etwas zu saftig und schmeckten leicht bitter. Trotzdem besser als die Echse, die er letzte Nacht gefangen hatte. Ihr Panzer war so hart gewesen, dass man sie kaum hinunterbekam. Insgesamt schien der Lacandon-Dschungel nichts bereitzuhalten, das an die angenehme Textur und die leichte Nussigkeit eines irakischen Skorpions heranreichte.

Sie hatten ihm alles abgenommen. Er trug einen leuchtend orangefarbenen Overall, der ihn an die Klamotten erinnerte, in die man die Gefangenen beim IS vor ihrer Enthauptung steckte. Das Teil war vollkommen durchgeschwitzt und starrte vor Dreck, trotzdem empfand er das Material in den relativ warmen Nächten als halbwegs angenehm.

Er drohte weder zu verhungern noch zu erfrieren. Die Frage lautete nicht länger, ob er hier draußen überlebte, sondern wie lange er durchhalten musste. Bislang hatte ihm niemand einen Besuch abgestattet. Der Käfig wirkte zwar alt und primitiv, aber stabil. Vermutlich ging er irgendwann an Langeweile ein.

Nach den Temperaturen und Geräuschen im Dschungel zu urteilen, ging die Sonne in knapp einer Stunde auf. Schmatzende Schritte kamen näher. Jemand, der ihn rausholen, abduschen und ihm einen Job geben wollte? Oder doch eher jemand, der ihm eine Kugel in den Schädel verpasste? Am Ende hätte er sowieso nichts daran ändern können. Er musste gegen seine Instinkte ankämpfen und passiv bleiben. Er wollte einen Beliebtheitswettbewerb für sich entscheiden und kein Gemetzel anrichten.

Der Mann, der auftauchte, war nicht Esparza. Er wertete das als positives Zeichen. Ihn zu erschießen oder zu verbrennen stufte der Kartellboss vermutlich als Chefsache ein.

Der andere blieb vor dem Käfig stehen, von hinten beleuchtet durch das einfallende Licht vom Haus. Etwas kleiner als Rapp mit zotteligem Bart und einer Wampe, die sich in der fleckigen Tarnmontur abzeichnete. Seine Bewaffnung bestand aus einer über die Schulter gehängten Kalaschnikow und einem Bowie-Kampfmesser in einer Scheide an der rechten Hüfte.

»Was willst du?«, fragte Rapp.

Die Waffe wanderte von der Schulter in die Hand. Er lehnte sie gegen einen Baum, bevor er mit dem Messer auf einen dicken Ast einhackte. Dann blieb er etwas dichter vor ihm stehen, jedoch außerhalb seiner direkten Reichweite.

»Kalifornien«, nuschelte er mit kaum verständlichem Zungenschlag. »Mein Cousin.«

Der Umstand, dass er den gekappten Ast durch die weit auseinanderstehenden Gitterstäbe gegen Rapps Rippen stieß, deutete darauf hin, dass es sich bei einer der Leichen, die schuld an Claudias miesem Airbnb-Bewertungsschnitt waren, um einen Verwandten handelte. Rapp täuschte Schmerzen vor, hielt sich die Seite und verkroch sich in den hinteren Teil seines Gefängnisses.

Erwartungsgemäß spornte die an den Tag gelegte Schwäche den Mann zum Weitermachen an. Er stieß den Ast wieder und wieder hinein, während Rapp ungeschickt auswich. Da dieses Arschloch nicht so clever gewesen war, vorher die Blätter zu entfernen, richtete es keinen nennenswerten Schaden an. Er schien es zu bemerken, besorgte sich aber nicht etwa eine wirksamere Waffe, sondern verließ sich auf die Wirkung der Schwerkraft und trat einen Schritt weiter vor, um Rapp einen Stoß gegen die Brust zu verpassen. Etwas mehr Schwung, aber bei Weitem nicht genug, um eine Verletzung herbeizuführen. Allerdings schien der Knabe gerade erst warm zu werden, und im Dreck zu liegen und mit einem Stock gepikst zu werden ging Mitch bereits auf die Nerven.

Der andere war fast in Reichweite. Eine günstige Gelegenheit. Mitch überlegte, ob er sie nutzen sollte. Esparzas Assistent überprüfte wohl weiterhin seine Geschichte. Einen Helfer zu attackieren schien ihm da nicht hilfreich zu sein. Andererseits riskierte er damit, tagelang wehrlos solche Schikanen über sich ergehen lassen zu müssen und als nicht ernst zu nehmender Kämpfer eingestuft zu werden.

Obwohl er sich die Argumente damit bloß zu seinen Gunsten zurechtbog, gelangte er rasch zu dem Entschluss, dass es definitiv richtig wäre, diesen Scheißkerl zu töten. Er wartete, bis der Stock das nächste Mal in seine Richtung klatschte. Statt ihn wegzuschlagen, packte er ihn und zog daran. Sein Gegner, der ohnehin mit dem Gleichgewicht kämpfte, verlor auf dem schlammigen Untergrund den Halt.

Sein rechtes Bein war zum Greifen nahe. Rapp zerrte es durch eine Lücke zwischen den Stäben. Der Scherge des Kartells beging den Fehler, an der Hüfte einzuknicken, um sich zu befreien. Rapp packte ihn am Bart und ließ sein Gesicht unsanft gegen den Käfig klatschen.

Bedauerlicherweise war der Angriffswinkel zu ungünstig, um ernsthaften Schaden anzurichten. Einen Daumen ins Auge zu rammen wäre eine Option gewesen, aber das erzeugte zu viel Lärm. Rapp gelang es, durch Ziehen an Bart und Haaren den Gegner so zu drehen, dass er eine Hand über den Mund bekam. Jetzt ging es nur noch darum, ihm das Messer abzunehmen.

Zehn Sekunden später war es vorbei. Rapp drückte den Hinterkopf des Mannes gegen die Gitterstäbe, während Blut in Fontänen aus der Stichwunde am Hals schoss. Sobald seine Gegenwehr erlahmte, ließ Rapp die Leiche in den Schlamm gleiten und wandte seine Aufmerksamkeit dem Schloss zu. Der Mechanismus war nicht besonders anspruchsvoll, aber entnervend stabil. Ihn mit dem Messer auszuhebeln konnte er sich abschminken. Eine Durchsuchung des Toten förderte keine Schlüssel zutage. Nur eine halb leere Packung Zigaretten und ein Feuerzeug.

Rapp brauchte etwas, das fest genug war, um den Mechanismus des Schlosses zu überwinden, aber weich genug, um sich mit dem Messer bearbeiten zu lassen. Ihm stand eine beschränkte Auswahl an Arbeitsmaterial zur Verfügung. Die Felsen waren hart, ließen sich aber kaum zu einem Dietrich schnitzen. Die Blätter der umstehenden Pflanzen konnte er zwar problemlos mit der Klinge in Form bringen, aber sie waren zu flexibel, um die schweren Bolzen in Bewegung zu setzen.

Er zog dem Mann einen Stiefel aus und säbelte in der Hoffnung daran herum, auf Plastik zu stoßen, das den Schaft verstärkte. Leider fanden sich nur Gummi und Leder.

Warum musste alles so schwierig sein? Er zerrte den Mann am Bein in den Käfig hinein und riss an dem Körperglied, wobei er einen der Gitterstäbe als Drehachse einsetzte. Sofort ertönte das leise Knacken eines Knochens. Er hielt den Druck aufrecht, bis das schartige Bruchstück aus der Haut ragte.

Das Messer erwies sich als erfreulich scharf, weshalb es nur knapp eine Viertelstunde dauerte, das Wadenbein des Mannes in das gewünschte Werkzeug umzufunktionieren. Sobald das Schloss geöffnet war, tauschte Rapp die Kleidung mit der Leiche und schob diese in den Käfig. Wer genauer hinsah, durchschaute den Bluff sofort, aber wenn jemand beiläufig durch das Geäst schielte, merkte er nichts davon.

Eine kurze Erkundung des Geländes bestätigte seinen ersten Eindruck: so gut wie keine elektronischen Sicherheitsmaßnahmen oder Schutzbarrieren, lediglich eine Menge bewaffneter Wachposten. Keiner wirkte besonders aufmerksam, doch ihre schiere Menge erschwerte die Absicht, im Schutz der Dunkelheit unbemerkt vorbeizukommen. Einige von ihnen geräuschlos zu töten hielt er für machbar, aber wie viele Leichen konnte man sich leisten, um aus einem Beliebtheitswettbewerb als Sieger hervorzugehen? Mit so etwas kannte er sich nicht gut aus, unterstellte jedoch, dass jeder Wert über null in die falsche Richtung ging. Also wartete er.

Die Dämmerung lieferte ihm, worauf er spekuliert hatte: eine ziemlich schlampig durchgeführte Wachablösung. Er nutzte aus, dass die nordöstliche Flanke des Grundstücks vorübergehend ungeschützt blieb, glitt aus dem Dschungel und schlich durch eine Tür, die teilweise von Lianen verdeckt wurde.

Sie führte in einen Lagerraum, in dem Lieferanten die Ware vermutlich direkt abstellten. Hinter gut gefüllten Regalen stieß er auf den Durchgang zu einer geräumigen, modernen Küche. Einige Töpfe dampften auf der Herdplatte. Vom Koch war nichts zu sehen. Er schlich über den Fliesenboden und erreichte einen weitläufigen Essbereich.

Weiterhin kein Mensch in Sicht. Der Amerikaner huschte durch ein überraschend geschmackvoll eingerichtetes Wohnzimmer und fand sich in einem Flur wieder. Die meisten Türen an den Seiten standen offen und führten in elegante Schlafzimmer, die aussahen, als wären sie noch nie benutzt worden.

Auf Zehenspitzen glitt er in einen der Räume und schloss hinter sich ab. Eine kurze Durchsuchung förderte einen Schrank voller Designerklamotten zutage, an denen teilweise noch Preisschilder hingen. Wie es das Glück wollte, hatten er und Esparza in etwa die gleiche Größe. Die Slipper kamen ihm etwas zu klein vor, waren aber garantiert bequemer als die durchnässten, abgewetzten Stiefel des Wachpostens.

Das Bad verbarg sich hinter einer massiven Steinbarriere, die zugleich als Kopfteil des Bettes diente. Die Rückwand bestand vollständig aus Glas und gab den Blick auf den dichten, florierenden Dschungel frei. Rapp bemerkte einen separaten Schalter neben den Vorrichtungen für das Licht und legte ihn um. Die Scheibe wurde undurchsichtig.

Viel besser.

32

Rapp strich die Haare aus dem Gesicht und betrachtete sich im beschlagenen Spiegel des Badezimmers. Mit einem Gürtel blieben Esparzas Designerhosen auf der

Hüfte und dass er weit geschnittene Hemden bevorzugte, erwies sich bei Rapps breiten Schultern als ungemein hilfreich. Die Slipper drückten definitiv, aber auch das konnte sich als Vorteil erweisen. Wenigstens blieben sie an den Füßen, wenn er rennen musste. Das hatte er allerdings nicht vor. Wenn ihn heute etwas zum Rennen zwang, wäre seine Mission gescheitert.

Zufrieden, weil er in diesem Outfit auch ein Bewerbungsgespräch überstanden hätte, stiefelte er zurück in den Flur. Nach wie vor niemand zu sehen. Unbemerkt erreichte er die große, von Palmwedeln beschattete Außenterrasse, die ihm bereits bei der Ankunft aufgefallen war.

Auf dem Weg durchs Wohnzimmer wäre er fast mit einer untersetzten Frau um die 50 zusammengestoßen, die aus einer Tür zu seiner Rechten kam. Sie blieb stehen und musterte ihn fragend, während sie sich die Hände an einem Kittel abwischte, der einiges mitgemacht hatte. Sie kam wie gerufen.

»Frühstück?«

Ihre Augen verengten sich, während sie die Bedeutung seiner Frage zu entschlüsseln versuchte.

»*Comida?*«, kramte er die passende Vokabel aus dem Gedächtnis hervor.

Das entlockte ihr ein Nicken.

»*Cómo se llama?*«

»María, *señor.*«

»María. *Café?*«

Ein weiteres Nicken. Damit war sein spanisches Repertoire noch nicht erschöpft.

»*Huevos rancheros?*«

»*Sí, señor.*«

»*Perfecto. Y* orange juice?« Er tat, als hielte er ein Glas in der Hand. »Äh, *naranja? Sí. Muy grande. Mucho hielo.*«

»*Entiendo. Tortillas de harina o maíz?*«

Er hatte keine Ahnung, was sie damit meinte. Wenn es um Essen ging, folgte man am besten dem Instinkt, alles anzunehmen, was eine Lady einem anbot. »*Sí.*«

Seine Antwort schien sie zu irritieren, aber das störte ihn nicht. »*Dónde está señor Esparza?*«

Sie deutete nach draußen. »*En la terraza.*«

Dort fand er Esparza tatsächlich, vor sich ein Tablett mit Früchten, in der Hand eine Zeitung. Die gesamte Terrasse samt Springbrunnen und Feuerstelle blieb ungewollten Beobachtern aus der Luft dank eines dichten Blätterdachs verborgen. Die Käfer nervten ein bisschen, aber wenigstens musste er sie diesmal nicht als Mahlzeit verspeisen.

Der Kartellboss sah erst auf, als Rapp sich gegenüber von ihm hinsetzte. Für den Bruchteil einer Sekunde starrte er ihn verwirrt an, dann setzte Erkennen ein. Er setzte dazu an, eine der Wachen in der Nähe zur Unterstützung zu rufen, doch Rapp kam ihm zuvor.

»Ich nehme an, inzwischen habt ihr eine Rückmeldung von einem eurer Kontakte in Amerika bekommen?«

Der Platz vor ihm war gedeckt. Er schüttelte die Serviette auf und legte sie auf den Schoß.

Esparza wirkte wie erstarrt. Seine Augen wanderten zum Messer neben Rapps rechter Hand. Die Körpersprache deutete darauf hin, dass er sich am liebsten nach hinten geworfen und laut brüllend Unterstützung durch Maschinenpistolen angefordert hätte, doch dann erschien María mit einer Tasse Kaffee und einem Pitcher eiskalten, frisch gepressten Orangensafts.

»*Gracias*«, bedankte sich Rapp mit einem entwaffnenden Lächeln. Esparzas verzweifelter Drang zu verschwinden schien zu verfliegen, als der Amerikaner sich ein Glas eingoss und es mit wenigen Schlucken leerte.

»Wie ich sehe, fühlst du dich bereits wie zu Hause«, meinte er und musterte die Kleidung, die Rapp trug.

»Ich dachte mir, du hast sicher nichts dagegen.« Rapp nippte seelenruhig am Kaffee. Eine erstklassige Röstung, kaum überraschend. »Was hast du in der Zwischenzeit über mich herausgefunden?«

Esparza schwieg, dann antwortete er doch noch. »Dass du möglicherweise derjenige bist, für den du dich ausgibst. Es machen eine Menge Gerüchte über die jüngsten Aktivitäten von Mitch Rapp die Runde. Sie als stichhaltig zu bestätigen erweist sich als schwierig. Mein Assistent will mir heute Morgen einen ausführlichen Bericht vorlegen.«

María servierte die *huevos rancheros*. Er machte sich darüber her, während der Kartellboss ihm ungläubig zusah.

»Wie es scheint, hast du im Verlauf deiner Karriere eine Menge Geld geklaut.«

»Von wegen geklaut.«

»Also widersprichst du den Anschuldigungen deiner Regierung?«

»Ich habe Terroristen und den Gaunern, die sie finanzieren, Geld abgenommen. 20 beschissene Jahre lang habe ich mein Leben für Amerika aufs Spiel gesetzt und dafür ein Gehalt eingestrichen, das nicht mal für die Klamotten in deinem Gästezimmer reicht. Was, wenn einer meiner Feinde Jagd auf mich macht und ich mich absetzen muss? Glaubst du, da könnte ich Hilfe von Politikern erwarten? Darauf würd ich keinen müden Cent setzen. Also hab ich ein bisschen was für magere Zeiten zur Seite gelegt.«

»Keine guten Investments, nach allem, was ich gehört habe.«

»Ich wurde schlecht beraten. In Finanzangelegenheiten bin ich nicht besonders fit.«

»Ein Mann mit so mächtigen Freunden wie du kann solche Probleme mit einem Fingerschnippen verschwinden lassen.«

Rapp schaufelte sich eine weitere Gabel von Marías hervorragenden Eiern in den Mund und schüttelte den Kopf. »Das entscheidende Wort lautet ›konnte‹, Carlos. Vergangenheitsform. Präsident Alexander will im Chaos der anstehenden Wahlen keinen Skandal riskieren. Und Christine Barnett wünscht sich nichts mehr, als meine Eier am nächsten Baum baumeln zu sehen.«

»Klingt unbequem.«

»Findest du?« Rapp steigerte die Lautstärke seiner Stimme. »Man hat mich erschossen, erstochen, angezündet und in die Luft gejagt. Mehrmals. Alles im Dienste der Verteidigung meines Heimatlandes. Im Gegenzug wollte ich lediglich genug verdienen, damit ich mich hinterher entspannt zur Ruhe setzen kann.« Er schrie fast, um die Leidenschaft zur Schau zu stellen, die ein Mann wie Esparza erwartete, aber nicht so laut, dass es seine Wachen beunruhigte. »Und jetzt sieh dir an, was mich stattdessen erwartet. Eine Gefängniszelle und eine egozentrische Präsidentin, die nur dann einen Finger krümmt, wenn es ihr Vorteile verschafft.«

Im Prinzip fasste er damit die Hiobsbotschaften zusammen, die Claudia ihm serviert hatte. Wenn es bei ihm Wirkung zeigte, warum nicht auch bei Esparza?

»Und deine Frau? Meine Leute sagen, sie habe dich für einen deiner Freunde sitzen lassen.«

»Ja. Ihren Vorgesetzten und meinen langjährigen Mitstreiter Scott Coleman.« Rapp spuckte den Namen aus wie ein Stück Dreck. »Wer weiß, wie lang das schon läuft. Wenn Geld und Macht verschwinden, verschwinden auch die Weiber.«

»Hört sich an, als möchtest du die zwei am liebsten umbringen«, stellte Esparza fest, der seine Schilderungen gezielt auf Schwachstellen abklopfte.

»Hätte nichts dagegen. Aber glaub mir, Scott ist ein gefährlicher Hurensohn. Die Agency wird damit rechnen, dass ich so etwas probiere. Fürs Erste muss ich ihn in Ruhe lassen. Wenn Gras über die Sache gewachsen ist und ich wieder Boden unter den Füßen habe, kannst du deinen Arsch drauf verwetten, dass ich den zweien einen Besuch abstatte.«

Esparza musterte abschätzend den Mann, der vor ihm saß. So verrückt es klang, alles deutete darauf hin, dass es sich tatsächlich um Mitch Rapp handelte. Das barg sowohl Gelegenheiten als auch Risiken, von denen er nie erwartet hatte, sich damit zu befassen. Im Laufe der Jahre hatten viele einflussreiche Leute für ihn gearbeitet. Aber Mitch Rapp? Keiner seiner Konkurrenten – nicht mal die, deren Einkünfte ihnen einen Platz auf der Forbes-Liste der reichsten Männer der Welt gesichert hätten – konnte etwas Vergleichbares vorweisen.

Vicente Rossi erschien und blieb auf halbem Weg über die Terrasse stehen. Eine nachvollziehbare Reaktion.

Esparza gab sich diese Blöße nicht. Er schnitt ein Stück Ananas von der Platte ab und winkte seinen Berater lässig zu sich.

»Ich glaube, ihr wurdet euch noch gar nicht richtig vorgestellt. Das ist Vicente.«

Rapp nickte unbestimmt in Richtung des anderen und verkniff sich eine weitere Reaktion.

»Was hast du für mich?«, fragte Esparza und kaute an der Frucht, um seine Nervosität zu kaschieren. Er hatte zahllose Männer getötet. Sie und ihre Familien gequält. Ein Kartell aufgebaut, das mehr Furcht und Respekt abnötigte, als es seiner Bedeutung entsprach. Auf keinen Fall durfte er sich erwischen lassen, ängstlich auf die Anwesenheit dieses unbewaffneten Amerikaners zu reagieren.

Rossi stand vor ihnen und schien das anders zu sehen. »Vielleicht sollten wir das lieber unter vier Augen bereden?«

Hatte er etwas in Erfahrung gebracht, das den CIA-Mann dazu veranlassen könnte, zum Messer zu greifen, das nach wie vor in seiner Reichweite lag? Esparza starrte in Rapps Pokerface und hielt dem Blick stand. »Nein, jetzt.«

Rossi nickte zögernd. »Ich bin davon überzeugt, dass es sich bei unserem Besucher in der Tat um Mitch Rapp handelt.«

Kein gänzlich unerwartetes Ergebnis. Trotzdem spürte der Kartellboss, wie Adrenalin durch seinen Körper schoss. »Und sein Angriff auf die DEA-Mitarbeiter?«

»Es ist uns gelungen, Leute in das Krankenhaus einzuschleusen, in dem sie behandelt werden. Es besteht kein Zweifel daran, dass auf sie geschossen wurde. Aufgrund ihrer Schutzwesten haben sie jedoch relativ harmlose Verletzungen erlitten.« Er machte eine dramatische Pause. »Im Gegensatz zu unseren Männern, die tot sind.«

Esparza lehnte sich auf dem Stuhl zurück und betrachtete den Jüngeren. Der Grund für das Überleben des DEA-Personals lag auf der Hand. Rapp hatte keinen Grund, sein Land noch weiter als nötig gegen sich aufzubringen. Dass er seine beiden Männer erschossen hatte, fand er ebenfalls logisch.

»Haben meine Leute ausgepackt?«, wollte Esparza wissen.

Rapp schüttelte den Kopf. »Deshalb wusste ich ja nicht, dass es deine Lieferung war. Kompliment, wie du deinen Laden im Griff hast. Ich hab einem von ihnen die Hand mit dem Bolzenschneider amputiert und er fürchtete sich trotzdem mehr vor dir als vor mir.«

Esparza lächelte zufrieden. Am Ende tickten er und Rapp ganz ähnlich. Zwei Raubtiere, die sich schnappten, was sie wollten. »Fahr fort, Vicente.«

»Mr. Rapp scheint seine Verpflichtungen bei der CIA vor einiger Zeit niedergelegt zu haben, um sich einer persönlichen Vendetta in Saudi-Arabien zu widmen. Ob die Agency ihn dabei unterstützt hat, lässt sich nicht mit Sicherheit beantworten. Irene Kennedy verfügt über großes Geschick im Verwischen von Spuren. Zuletzt war er im Jemen unterwegs, vermutlich von ihr beauftragt, aber auf eigene Faust.«

»Was noch?«

Rossi schien der zusätzliche Mithörer nicht zu gefallen, aber er begriff, dass ihm keine andere Wahl blieb. »Die Vorwürfe langjähriger finanzieller Unregelmäßigkeiten in Verbindung mit dem Anschießen der DEA-Agenten und der Ermordung zweier mexikanischer Staatsbürger haben seinen Ruf nachhaltig beschädigt. Wenig überraschend, dass niemand mehr etwas mit ihm zu tun haben will.«

»Auch Kennedy nicht?«

»Schwer zu sagen. Allerdings kann sie aktuell so gut wie nichts für ihn tun. Die Leute wenden sich von ihr in ähnlicher Weise ab wie von Rapp. Sollte Senatorin Barnett als Siegerin aus der Präsidentschaftswahl hervorgehen, geht jeder davon aus, dass sie Kennedy sofort entlassen wird.«

»Ich nehme an, jetzt verstehst du mein Problem«, wandte sich Rapp an Esparza. »Und weshalb eure Organisation mir interessante Karriereperspektiven bietet. Die Hälfte dieser Politiker wäre tot, wenn es mich nicht gäbe. Trotzdem lassen sie mich fallen wie eine heiße Kartoffel. Du giltst dagegen als loyaler Geschäftspartner, der kompetente Mitarbeiter schätzt und angemessen belohnt.«

Esparza sah María kommen. Sie sammelte das leere Geschirr zusammen. »Ich glaube, du wirst feststellen, dass die Zusammenarbeit mit Drogenhändlern deutlich berechenbarer ist als mit Politikern.«

»Daran zweifle ich nicht.«

»Lass dir von María ein Zimmer zeigen. Wenn meine Männer an der simplen Aufgabe scheitern, dich in einem Käfig festzuhalten, kannst du genauso gut im Haus wohnen.«

Rapp stand auf. Esparza blickte ihm hinterher, während er mit selbstbewussten Schritten über die Platten der Terrasse ging.

»Was hältst du davon?«, fragte er, nachdem der CIA-Agent durch die Glastüren im Haus verschwunden war.

»Töte ihn auf der Stelle.«

Der Anführer des Kartells lachte.

»Ich mein's ernst, Carlos. Du kannst diesem Mann nicht vertrauen.«

»Hast du mir nicht eben bestätigt, dass seine Geschichte stimmt?«

»Er und Irene Kennedy verfügen über Mittel und Wege, uns zu täuschen.«

»Warum sollten sie das tun? Ich glaube, der fehlende Arsch in der Hose trübt dein Urteilsvermögen, Vicente. Die CIA schert sich einen Dreck um Drogen, wenn sich der Stoff nicht gerade unauffällig zu Geld machen lässt, um verdeckte Operationen zu finanzieren. Und ich halte es für unwahrscheinlich, dass der kometenhafte Aufstieg von Christine Barnett nur als Trick dient, Mitch Rapp in einen mittelständischen mexikanischen Drogenring einzuschleusen. Hinzu kommt die Geschichte mit den DEA-Agenten. Selbst mit Weste hätte einer von ihnen draufgehen können. Die Amerikaner gehen solche Risiken nicht grundlos ein. Und sie foltern keine Drogenkuriere zu Tode.«

»Aber …«

»Das Timing könnte für uns kaum besser sein, Vicente. Nach dem Verlust des Einkaufszentrums in San Ysidro als Umschlagplatz befinden wir uns in einer kritischen Phase. Es steht außer Frage, dass uns jemand wie Rapp bei den Arabern weiterhelfen kann. Er beherrscht ihre Sprache. Er versteht, wie sie ihre Geschäfte betreiben und was ihnen Angst macht …«

»Das Timing könnte für uns kaum besser sein«, wiederholte Rossi die Worte seines Vorgesetzten. »Findest du das nicht auch verdächtig? Dass ein Mann, der sein Leben dem Kampf gegen den Terror im Nahen

Osten verschrieben hat, ausgerechnet vor unserer Tür auftaucht, nachdem wir die erste Ladung Heroin aus der Region verschifft haben?«

Esparza runzelte die Stirn und trank von seinem Kaffee. »Heroin aus dem Nahen Osten wird seit Jahren in die USA geschmuggelt. Damit und mit dem Öl der Saudis finanzieren die Amerikaner ihren gesamten Krieg gegen den Terror. Und selbst wenn dein Bauchgefühl stimmt, wieso sollten sie ausgerechnet uns ins Visier nehmen? Es gibt Kartelle, die schon deutlich länger mit den Arabern im Geschäft sind.«

»Trotzdem riskieren wir damit, dass sich die Amerikaner auf uns einschießen«, konterte Rossi. »Mitch Rapp trägt mehr dunkle Geheimnisse mit sich herum als jeder andere Geheimdienstler, von Irene Kennedy mal abgesehen. Möglich, dass wir der CIA egal sind, aber wenn sie erst herausfinden, dass Mitch Rapp für uns arbeitet, werden sie sich unweigerlich auf uns fokussieren.«

Esparza nickte nachdenklich. Das klang nach einem überzeugenden Argument, Rapp an Ort und Stelle zu erschießen. Sie riskierten viel, solange er hier war. Eventuell zu viel.

Rossi merkte, dass er mit seinen Ausführungen einen wunden Punkt getroffen hatte, und setzte nach. »Ich schaff das schon, eine optimale Lösung für das Heroin zu finden, Carlos. In Mexiko lebt eine Menge arabischer Einwanderer, von denen einige bereits im Drogenhandel tätig sind. Wir können so viele von ihnen anheuern, wie wir brauchen.«

Esparza trommelte abwesend mit dem Zeigefinger auf die Tischplatte. Er hielt es für eine unglaubliche

Verschwendung, jemanden wie Mitch Rapp zu exekutieren. Es wäre schade um das Talent und die Chancen, die sich ihnen boten.

Alle Vertrauten in Schlüsselpositionen hatte er im Vorfeld einem Test unterzogen. Abhängig von den spezifischen Anforderungen ihres Jobs hatte sich die Prüfung wahlweise auf Fertigkeiten, Zähigkeit, Loyalität oder Intelligenz erstreckt. In einigen Fällen fiel das Anforderungsprofil relativ durchschaubar aus. María hatte er beispielsweise angestellt, weil sich ihre Kochkünste geschmacklich nicht von denen seiner Mutter unterscheiden ließen. Andere hatten ihr Scheitern mit dem Tod bezahlt.

»Wir werden ihn auf die Probe stellen«, entschied Esparza.

»Carlos, ich halte das …«

»Entspann dich, Vicente. Wir denken uns eine Prüfung für ihn aus, die er unmöglich überlebt. Bist du denn gar nicht neugierig, Mitch Rapp in Aktion zu erleben? Zu sehen, wie er sich unter widrigsten Bedingungen schlägt und wie lange er durchhält?«

»Was, wenn er die Prüfung wider Erwarten besteht?«

Esparza dachte kurz nach. »In diesem Fall sollten wir uns mit der Idee anfreunden, dass es die Dienste eines solchen Mannes wert sind, gewisse Nachteile in Kauf zu nehmen.«

33

Rapp folgte zwei bewaffneten Wachen durch das Haus in Richtung Vordereingang. Mit Ausnahme seines Handys hatte man ihm alle Gegenstände zurückgegeben, mit denen er gekommen war. Die grünen Baumwollhosen und das braune Hemd, von Claudia besorgt, waren gereinigt und gebügelt worden. Beide Kleidungsstücke erlaubten es ihm, bei Bedarf mit dem Dschungel regelrecht zu verschmelzen. Die grauen Laufschuhe waren weniger stylish, aber robust, leicht und mit einer Sohle für weiche Oberflächen ausgestattet.

Hundegebell ertönte, als er in die schwüle Hitze des Morgens hinaustrat, ein Stück rechts vor ihm, die genaue Quelle vom dichten Bewuchs verdeckt. Sie überquerten die Lichtung, die sich vor dem Haus erstreckte, und hielten sich unter dem Blätterdach, um einer möglichen Beobachtung aus der Luft zu entgehen.

Ihr Fund entsprach bedauerlicherweise ganz und gar Rapps Befürchtungen. Zwei geländegängige Bikes und drei Wagen mit Allradantrieb, besprüht mit matter Tarnfarbe. Bei einem war eine schwere Maschinenpistole auf dem Dach montiert, die die Aufhängung aufs Äußerste strapazierte. Das sechste und letzte Fahrzeug war ein Humvee in makellosem Zustand, lackiert in britischem Rallye-Grün. Wie Rapps Klamotten verschmolz er perfekt mit der Umgebung.

17 Männer besetzten entweder die Sitze oder standen um die Gefährte herum. Alle in Flecktarnmontur mit Sturmgewehren, Pistolen und leichten Rucksäcken mit Wasserschläuchen. Die einzige Ausnahme bildete Esparza selbst,

gewandet im typischen 5000-Dollar-Designerfummel. Lediglich die Kalbslederstiefel hatte er gegen schwere Wanderstiefel eingetauscht.

Am schlimmsten fand er die sechs Hunde. Nach Rapps Erfahrung waren sie in der Regel klüger als ihre menschlichen Besitzer und gingen grundsätzlich motivierter zur Sache. Die Auswahl der Rassen schien eher auf Einschüchterung als auf Spürnasenqualitäten abzuzielen. Obwohl sich die Meute überwiegend aus Rottweilern und Pitbulls zusammensetzte, hielt er sie für außerordentlich effektiv. Vor allem wenn es ihnen gelang, ihre Beute zu erwischen. Im konkreten Fall: ihn.

»Jeder, der für mich arbeiten will, muss zuerst einen Test bestehen«, erklärte Esparza laut genug, um die aggressiven Tiere zu übertönen. »Das hier ist dein Test.«

»Ist das nicht eine Nummer zu groß?«, fragte Rapp. »Wir haben noch gar nicht über das Finanzielle geredet.«

Man merkte es dem Kartellboss an, dass er Widerworte nicht gewohnt war. Da keiner seiner Leute Englisch zu sprechen schien, fiel der herausfordernde Tonfall allerdings sonst keinem auf.

»Was glaubst du, wie viel du wert bist?«

»250.000 halte ich für angemessen.«

Der andere lachte nervös auf. »Eine Viertelmillion im Jahr? So viel bezahle ich nicht mal Vicente.«

»Im Monat, Carlos. Zweifuffzig *pro Monat*.«

Der Gesichtsausdruck seines Gegenübers sprach Bände. Er würde sich darauf einlassen. Nicht unbedingt weil er bereit war, so viel zu bezahlen. Eher weil er davon ausging, dass Rapp den Test nicht überlebte.

»Einverstanden«, meinte er und deutete auf eine primitive Schneise, die in den Dschungel führte. »Du musst es lediglich zu einem kleinen Dorf schaffen, das etwa 20 Kilometer nördlich liegt. Na ja, Dorf trifft es nicht ganz. Es sind eigentlich nur drei Häuser. Immerhin besitzt eins davon eine überdachte Veranda und wird von den örtlichen Bauern als inoffizielles Restaurant genutzt. Ich werde dort auf dich warten und dir dein erstes Monatsgehalt in die Hand drücken, falls du auftauchst.«

Rapp war relativ sicher, die Stelle zu kennen – eine Kreuzung, an der eine beschissene unbefestigte Straße auf eine nicht ganz so beschissene Schwester traf, die von Ost nach West verlief. Die klobige GPS-Uhr an seinem Handgelenk verfügte über ein Farbdisplay und eine Reihe topografischer Karten, die er bei der nächtlichen Zwischenlandung in Mexico City in den Speicher überspielt hatte. Die Auflösung des Bildschirms war zu gering, um einzelne Gebäude darzustellen, aber für die grundsätzliche Richtung und Entfernung reichte es. Außerdem tendierten Geschäftsleute generell dazu, ihre Läden an solchen Kreuzungspunkten einzurichten.

»Was, wenn ich es nicht schaffe?«, fragte Rapp.

»Dann bist du tot.«

Rapp musterte erneut die Männer um sich herum. Manche waren übergewichtig, andere erinnerten an die üblichen Psychos, die für Kartelle die Muskeln spielen ließen, einige wenige fielen ins Raster ehemaliger mexikanischer Soldaten. Die Ausrüstung wirkte generell gut in Schuss und teuer. Sie hatten Waffen, Fahrzeuge, Hunde und einen Heimvorteil. Für ihn sprach lediglich, dass die Hitze an diesem Vormittag nicht allzu schlimm war und der Himmel aufkommenden Regen andeutete. Eine Menge Regen, wie es aussah.

»Bekomme ich einen Vorsprung oder fangen alle sofort an, auf mich zu ballern?«, wollte Rapp wissen.

»Zehn Minuten.«

»Nicht besonders üppig.«

»Hier wird nicht gefeilscht«, versetzte Esparza, zog eine altmodische Stoppuhr aus der Tasche und betätigte mit übertriebener Geste den Startknopf. »Deine kostbare Zeit läuft bereits.«

Rapp setzte den Timer an der eigenen Uhr in Gang und rannte los. Der Untergrund war weich und etwas rutschig, was ihn auf ein Tempo von 200 Meter pro Minute ausbremste. Erstes Etappenziel war ein knapp anderthalb Kilometer entfernter Flusslauf. Soweit es sich der Karte entnehmen ließ, führte ein steiler, enger Pfad dorthin, bei dem selbst die Bikes passen mussten. Die Wasserversorgung versprach realistische Chancen auf eine menschliche Siedlung in der Nähe, in der er Vorräte schnorren konnte.

Für den entscheidenden Faktor hielt er, seinen Verfolgern so lange zu entgehen, bis der Regen einsetzte und die Effektivität der Hunde einschränkte. Grundsätzlich realistisch, solange ihre Besitzer sie an der Leine hielten. Sobald der Abstand stark genug schrumpfte, um sie loszulassen, wurde es spannend.

Er steigerte das Tempo für den Aufstieg gerade so weit, wie es die Bedingungen zuließen, ohne einen Sturz zu riskieren. Dass Esparza sein Versprechen mit den zehn Minuten einhielt, hielt er für unrealistisch.

Nach sechs Minuten Vollspurt aktivierte er das Display der Uhr, um zu checken, ob er auf Kurs zum Fluss war. Eine Geste, die sich als überflüssig erwies. Der Pegel war im Zuge der jüngsten Regenfälle so stark angestiegen, dass Teile der Straße überspült wurden. Rapp glitt einen Abhang zum schlammigen Gewässer hinunter und wechselte zwischen Ufer und Flussbett – abhängig davon, wo er am schnellsten vorankam. Nach knapp 100 Metern hörte er, wie die Motoren der Geländebikes angeworfen wurden. Der Timer auf seiner Uhr verriet, dass acht Minuten und vier Sekunden verstrichen waren. Immerhin eine Minute länger als erwartet. Solche Schummeleien fielen offenbar unter Ganovenehre.

Falls er es nicht mit kompletten Vollidioten zu tun hatte, dürften sie etwa drei Minuten brauchen, um die Stelle zu finden, an der er in den Dschungel abgetaucht war. Aufgrund seines hohen Tempos ließen sich die Fußabdrücke leicht erkennen. An der Frage, ob er sich stromaufwärts oder stromabwärts in Bewegung gesetzt hatte, bissen sie sich vermutlich die Zähne aus. Er vermutete, dass die Männer auf den Dirt Bikes per Funk Meldung machten und sich für die Jagd aufteilten. Die Hunde ließen sich in den Fahrzeugen zur Stelle bringen, an der Rapp die Straße verlassen hatte. Also noch etwa fünf Minuten, bevor eine koordinierte Verfolgung begann.

Wenig überraschend vermittelte die mickrige topografische Darstellung auf der Uhr kein sonderlich realistisches Bild des Geländes. Statt sich zu einem Spalt durch den Dschungel zu verengen, wurde der Strom breiter, tiefer und mächtiger. Kaskaden, halb Wasserfall, halb Schlammlawine, lieferten Verstärkung von den Wänden des Canyons und erschwerten Rapps Aufgabe, sich auf den Beinen zu halten.

Über seinem Kopf ballten sich Wolken zusammen, leider deutlich zögerlicher als erwartet. Der Regen, auf den er spekulierte, um ihm den Hintern vor den Hunden zu retten, schien auf sich warten zu lassen.

Als die Meute wieder hörbar wurde, klang es, als ob sie kurz vor dem Durchdrehen stand. Blieb die Frage, ob ihre Besitzer sie an der Leine behielten oder zur Jagd auf ihn losmachten.

Die Antwort erhielt er eine Minute später, als ihr Bellen schlagartig verstummte. Sie kämpften nicht länger gegen ein lästiges Lederhindernis, sondern waren frei.

Der Dschungel am Rand des mittlerweile zehn Meter breiten Flusses war zu dicht, um einem Menschen das Durchkommen zu ermöglichen. Für die Hunde galt diese Beschränkung nicht. Rapp watete vom flachen Wasser am rechten Ufer ins tiefere Zentrum. Er entschied sich für einen besonders dicken, belaubten Stamm, der vorbeitrieb, und nutzte ihn zur Tarnung. Ein Ast als Stütze hinter dem Kopf sorgte dafür, dass Mund und Nase über Wasser blieben. Der restliche Körper trieb unter der Oberfläche.

Auf diese Weise lieferte er den Tieren wenig Angriffsfläche für ihre Witterungsversuche. Sie würden auf beiden Seiten des Flusses entlanglaufen und versuchen, seinen Geruch aufzunehmen. Solange das Wasser in Bewegung und er untergetaucht blieb, brauchte er sich keine Sorgen zu machen.

Hoffentlich.

Nachdem er eine Stunde lang mit unbefriedigenden drei, vier Knoten dahingetrieben war, wendete sich das Blatt zu seinen Ungunsten. Auf der Habenseite notierte er, dass sein Oberschenkelknochen noch nicht als Hundespielzeug diente. Auf der Sollseite, dass es vermutlich in ein paar Sekunden so weit war.

Zwei Pitbulls am Ostufer bewegten sich etwa auf seiner Höhe. Sie schienen zu spüren, dass sich ihre Beute ganz in der Nähe versteckte, hatten den Baum, der ihm als Staffage diente, jedoch bisher nicht entdeckt. Auf der anderen Seite des Flusses war ein Dobermann mit seinem Herrchen ein Stück weiter zurückgeblieben. Zwei Soldaten ließen sich im flachen Wasser weiter westlich blicken und suchten mit vor die Brust geklammerten Sturmgewehren den dichten Dschungel der Umgebung ab.

Einer erhielt eine Nachricht per Funk und tauschte sich einige Sekunden mit der Gegenseite aus. Was er sagte, blieb unverständlich, aber Tonfall und Gestik übermittelten eine eindeutige Botschaft. Sie unterstellten, dass Rapp auf dem Fluss trieb, weil die Hunde seine Fährte nicht aufnahmen, hatten jedoch keine Ahnung, wo er sich momentan befand. Die Antwort war ebenfalls zu hören, ein von Statik durchzogener Ausbruch geballter Wut seitens Carlos Esparzas. Noch machte er sich keine Sorgen, aber ebenso wie Rapp dürfte er die dunklen Wolken am Horizont sorgsam im Auge behalten.

Als die Wolkendecke schließlich aufbrach, geschah es ohne Vorwarnung. Gerade noch war Rapp mit einem überhitzten Rottweiler, der sich wenige Meter vor ihm in den Fluten abkühlte, auf dem Fluss getrieben, nun kämpfte er verzweifelt darum, sich oben zu halten, weil Wasser aus allen Richtungen auf ihn einprasselte.

Die Rufe der Soldaten wurden vom Niederschlag verschluckt, ebenso wie ihre Silhouetten. Schüsse ertönten. Unmöglich zu sagen, ob sie glaubten, ein Ziel entdeckt zu haben, oder die Waffen lediglich als akustisches Hilfsmittel nutzten, um sich gegenseitig nicht zu verlieren. Der Rottweiler erwies sich als intelligenter Vertreter seiner Art und schwamm schnurstracks zum Ufer, um sich vor dem ansteigenden Wasserspiegel in Sicherheit zu bringen.

Rapp blieb an Ort und Stelle und wehrte sich gegen eine Welle, die ihn unter die Oberfläche zu reißen drohte. Er sah sich gezwungen, die Füße vom Baumstamm zu lösen und frei in den anschwellenden Fluten baumeln zu lassen. Seinen Kopf hielt er weiterhin zwischen dem blättrigen Geäst verborgen, bog ihn aber weit genug nach oben, um zwischendurch ein paar kurze Atemzüge zu erhaschen.

Er stieß wiederholt gegen feste Hindernisse. Die Aufprallgeräusche deuteten auf eine deutlich gestiegene Flussgeschwindigkeit hin. Er klammerte sich am Stamm fest, wohl wissend, dass er seine Verfolger weit hinter sich ließ. Bald erwies sich das Ganze als zu gefährlich. Größere, scharfkantige Objekte trieben in den Fluten und er kam nicht mehr gegen die Strömung an. Ein Stück voraus wurde der Strom schmal genug, um ihm eine Chance zu geben, das östliche Ufer zu erreichen.

Obwohl er ein begnadeter Schwimmer war und in jüngeren Jahren den Iron Man gewonnen hatte, erwies sich das Überwinden der Viereinhalb-Meter-Distanz als enorme Herausforderung. Er kassierte ein paar heftige Treibholztreffer. Ein besonders großer Baum drängte ihn in die Tiefe und schleifte ihn fast eine Minute über die Felsen am Grund.

Als er endlich wieder nach oben kam, fand er sich nur wenige Meter vom Dschungelrand wieder. Ein paar kräftige Züge brachten ihn in Reichweite eines teilweise versunkenen Stamms. Es gelang ihm, sich daran festzuklammern und auf festen Boden zu retten. Nachdem er das aufgeweichte Ufer hinter sich gelassen hatte, blieb er auf dem Bauch liegen und kotzte sich eine gefühlte Tankladung Schlamm aus dem Leib. Dann zog er sich hinter einen Busch zurück, schützte sich mit den Blättern vor dem prasselnden Regen und brachte seine nervöse Atmung unter Kontrolle.

Visionen, wie er Carlos Esparza mit einem stumpfen Stock das Herz aus dem Leib pulte, blitzten auf. Er ermahnte sich selbst, dass er eine andere Mission hatte. Es wäre ein zu billiger Triumph gewesen.

Rapp war seit etwas mehr als zwei Stunden an Land, da hörte er die Hunde erneut. Ein Mitglied von Esparzas Team schien ein äußerst fähiger Fährtenleser zu sein und setzte seine vierbeinige Truppe optimal ein.

Eine Lücke in der Wolkendecke verschaffte seinen Verfolgern einen vorübergehenden Vorteil. Ihm blieb nicht viel Zeit. Bald würden sie dicht genug herangekommen sein, um die Hunde erneut von der Leine zu lassen. Dann stürzten sich 250 Kilogramm Muskeln, Zähne und Klauen auf ihn wie Lenkraketen mit Aromasensor.

Er lag gerade auf einem großen Feld überraschend gesund wirkender Kokasträucher. Typischerweise importierten die Mexikaner das Zeug aus dem tiefen Süden, doch Esparza schien sie in sein Portfolio integriert zu haben. Die Pflanzen ließen sich aus der Luft schwerer erkennen als Marihuana. Vermutlich legte es sowieso niemand darauf an. In Anbetracht der aktuellen Beziehungen zwischen den Vereinigten Staaten und Mexiko hatte die Regierung wahrlich andere Sorgen als diese hübsche zusätzliche Einkommensquelle.

Der Komplex vor ihm bestand aus vier schlichten Gebäuden. Am auffälligsten war ein zweistöckiger Bau, den er für die hiesige Variante eines Schuppens hielt. Auf den ersten Blick wirkte es wie ein kleiner Bauernhof, doch einige Details passten nicht ins Bild. Allen voran natürlich die Kokasträucher. Außerdem die gut getarnten 250-Liter-Fässer, in denen sich vermutlich Chemikalien zur Weiterverarbeitung von Esparzas experimenteller Ernte befanden. Viel interessanter fand Rapp die zwei Wachposten.

Beide waren mit AKs bewaffnet, älter und deutlich schlechter gepflegt als die Exemplare seiner Verfolger. Sie trugen keine Pistolen am Leib, sondern begnügten sich mit Messern in Scheiden an der Hüfte. Einer saß mit dem Rücken zu Rapp in etwa fünf Metern Entfernung auf einem Baumstamm. Sein Kollege lehnte in fast doppelt so großer Entfernung am Schuppen und blickte zu seinem Begleiter. Gelegentlich wechselten sie ein paar Worte, schienen aber grundsätzlich kein Interesse an einer längeren Unterhaltung zu haben. Weitere Personen oder Aktivitäten ließen sich nicht erkennen.

Das Gebell der Hunde kam näher. Sobald sie freigelassen wurden, war es nur eine Frage von Minuten, bis sie ihn anfielen. Diesmal hatte er nicht viele Vorteile auf seiner Seite. Die Entfernung zum Ziel war zwar beträchtlich geschrumpft, dafür saß er hier auf relativ ebenem Terrain ohne ein Gewässer in kurzfristig erreichbarer

Nähe fest. Die blauen Flecke am Himmel schrumpften jedoch rapide, was andeutete, dass das Wetter noch einmal zu seinen Gunsten umschlagen könnte.

Ihm blieb keine Zeit für raffinierte Strategien und präzises Vorgehen. Es wurde Zeit, den Dampfhammer auszupacken.

Er grub die Spitzen seiner Schuhe ins weiche Erdreich und nahm eine ähnliche Haltung ein wie ein Sprinter am Startblock. Er wollte warten, bis der Mann, der am Schuppen lehnte, nicht mehr in seine Richtung sah, da hörte er, wie das frustrierte Kläffen der Hunde verklang. Sie waren wieder von der Leine gelassen worden.

Er schoss vor, riss das Messer am Gürtel des vorderen Wachpostens heraus und schnitt ihm die Kehle mit der Klinge durch. Der Kollege am Schuppen griff zur Waffe und sprang auf, da hatte Rapp bereits das Messer geschleudert. Noch während es durch die Luft surrte, blieb der Fuß des Mannes an etwas hängen und er stolperte nach vorn. Deswegen bohrte sich nicht die Schneide in seine Brust, sondern traf ihn harmlos mit dem Griff.

Rapp hechtete in seine Richtung, musste die Bewegung jedoch abbrechen und zur Seite abtauchen, weil der Mann seinen Finger an den Abzug bekam. Mehrere Patronen beharkten die Luft über ihnen, als sie zusammenprallten. Die Wache wurde von den Füßen geholt und sie stritten um die Kontrolle über die Waffe. Rapp hatte sich fast in eine Position manövriert, den Gegner zu erwürgen, als etwas durch die Kokapflanzen hinter ihm brach. Er stellte das Kämpfen ein und schob den anderen als Schutzschild vor sich. Dieser schrie gellend auf, als der Dobermann ihm die scharfen Zähne in die Schulter schlug. Rapp befreite sich. Weitere Schüsse brandeten auf.

Die AK befand sich außer Reichweite. Statt sie zu holen, stürzte Rapp zum Schuppen, verfolgt von einer unbekannten Zahl von Hunden. Er sprintete durchs Tor, hechtete über einige rostige Fässer und sprang auf die dritte Stufe einer Trittleiter, die zu einer Art Dachboden führte. Zum Klettern blieb keine Zeit. Er nutzte den Schwung, machte einen Satz und hievte sich mit dem Arm auf die wacklige Plattform.

Mindestens ein Hund klatschte gegen die Unterseite der Leiter. Rapp hörte weitere, die mit ihren Klauen verzweifelt versuchten, ihn zu erreichen. Er nahm eine Position ein, die es ihm erlaubte, alle Tiere, die es nach oben schafften, mit Tritten zu erledigen. So beeindruckend sie sich im Dschungel geschlagen hatten, mit Klettern hatten sie es nicht so. Alle paar Sekunden geriet kurz eine Pfote oder Schnauze in Sichtweite, verschwand jedoch, weil der Vierbeiner das Gleichgewicht verlor und hinunter auf die aufgehetzte Meute stürzte.

Sobald er fest davon überzeugt war, dass keins der Tiere ihn erreichen würde, blickte Rapp sich um. Keine Waffen oder zumindest Farmwerkzeuge mit spitzen Schneiden weit und breit. Stattdessen türmten sich sauber gestapelte, in Folie eingeschweißte Pakete mit kompakten Riegeln. Er riss eins davon auf und bestätigte seine Vermutung, dass es sich dabei um Kokain handelte. Esparzas botanisches Experiment funktionierte offensichtlich. Verdammt guter Stoff.

Rapp eilte zur Kante des Dachbodens zurück. Sein Anblick spornte einen der Pitbulls dermaßen an, dass er es schaffte, die obere Sprosse zu erreichen. Rapp verpasste ihm einen seitlichen Tritt gegen den Kopf und schickte ihn in hohem Bogen durch die Luft. Die harte Landung auf seinen Kumpeln schien ihn völlig ungerührt zu lassen.

Rapp zerbröckelte eine Kiloportion Kokain und wiederholte die Prozedur mit einigen weiteren Riegeln. Während er damit beschäftigt war, versuchten zwei weitere Hunde, die Leiter zu erklimmen. An Schnauzen, Hals und Brust klebte das Blut des Wachpostens, den sie vor Kurzem zerfetzt hatten.

Alle sechs Tiere verbündeten sich jetzt wie eine Truppe von Hochseilartisten, um übereinander hinwegzuklettern. Eine unerwartet effektive Strategie. Ihr Bellen wurde ohrenbetäubend laut. Rapp wehrte sie mit harten Kicks ab.

Eine kurze Atempause entstand, als ein abstürzender Rottweiler die vierbeinige Pyramide umriss. Rapp nutzte sie, um den Inhalt eines eingeschweißten Kokainblocks über ihnen auszuleeren. Sie wurden kurzzeitig in eine imposante Wolke gehüllt, die zerstäubte und sie geisterhaft weiß gepudert zurückließ. Erwartungsgemäß legten ihr Gebell und die Versuche, ihn zu erreichen, an Entschlossenheit zu. Er bereute seinen Entschluss für die leichten Laufschuhe, als er auf sie eintrat und versuchte, die Fußgelenke vor den Fängen zu schützen, zwischen denen weißer Schaum hervorquoll.

Das Kokain entfesselte allmählich seine Wirkung und sie büßten ihre Zielstrebigkeit ein. Manche kämpften untereinander, weitere liefen ziellos im Kreis oder attackierten die Wände. Einer schoss sogar hinaus in den Regen, der erneut eingesetzt hatte.

Nachdem sie erfolgreich abgelenkt waren, trat Rapp an eine Fensterluke am östlichen Rand des Dachbodens. Er stellte sich seitlich daneben, stemmte sie behutsam auf und spähte ins Freie. Der heftige Niederschlag reduzierte die Sichtweite auf weniger als zehn Meter.

Er hangelte sich vorn am Schuppen hinunter und wurde dabei von himmlischen Sturzbächen attackiert. Auf halbem Weg zum Boden wurde der Ansturm zu stark und er verlor den Halt. Glücklicherweise fiel die Landung sanft aus. Zu drei Vierteln federte Schlamm seinen Aufprall ab, zu einem Viertel die Überreste des Aufpassers, den die Hunde erledigt hatten. Rapp suchte die Leiche nach dem Maschinengewehr ab und zog sich damit zwischen die Kokapflanzen zurück.

34

Nördlich von Hargeysa, Somalia

»Ich … Ich konnte nicht so viel herstellen. Sie haben mir zu wenig Zeit gegeben.«

Sayid Halabi spähte über den Laptop hinweg auf Gabriel Bertrand, der unter dem Felsbogen stand. Das Paket in der Hand des Franzosen schien im dämmrigen Licht zu leuchten. Vakuumiert und mit Klebeband umwickelt, wirkte es tatsächlich viel kleiner als das letzte. Das Anthrax im Inneren ließ sich mit Füllmaterial auspolstern, damit es derselben Größe entsprach wie die Kilopakete, die die mexikanischen Schmuggler erwarteten. Mit etwas Glück ließ es sich in Amerika freisetzen und erzielte eine gewisse Wirkung. Die Handvoll Opfer, die es forderte, spielte ohnehin keine entscheidende Rolle.

Halabi musterte schweigend den Wissenschaftler, der unbehaglich das Gewicht von einem Fuß auf den anderen verlagerte. Er hatte sich bemüht, ihn über Natur und Ausmaß des bevorstehenden Angriffs im Unklaren zu lassen und ihm nur die Informationen zu geben, die er unbedingt benötigte. Das funktionierte nicht länger. Die komplexen Anforderungen an den vorgezogenen Zeitplan bei einem biologischen Angriff dieser Größenordnung verdammten sämtliche Versuche einer subtilen Manipulation zum Scheitern. Halabi bekam lediglich eine Chance. Sollte er scheitern und auffliegen, würde sich die gesamte Welt gegen ihn verbünden. Militärs und Geheimdienste, die sich seit Jahrzehnten bekriegten, würden ihre massiven Ressourcen bündeln, um ihn und seine Organisation auszulöschen. Innerhalb der nächsten Woche entschied sich, ob der Islamische Staat der Erde ein neues Gesicht verpasste oder von ihrer Oberfläche verschwand.

»Es wird genügen«, sagte er nach längerem Schweigen.

Der Franzose kam vorsichtig näher und legte das Anthrax-Paket auf den Sperrholzschreibtisch. Er war ein Schwächling, fast schon grotesk. Erfüllt von Feigheit und Arroganz. Das Einzige, was ihn interessierte, war das eigene Wohlergehen. Was für eine Verschwendung in Anbetracht eines so begnadeten Verstandes.

Bertrand hatte ausführliche Abhandlungen über die Entwicklung von Seuchen verfasst, angefangen im alten Ägypten bis zum SARS-Ausbruch der jüngeren

Geschichte. Er hatte sich intensiv mit der Ausbreitung von Pathogenen beschäftigt, untersucht, wie sie sich festsetzten, unaufhaltsam weite Kreise zogen und welche Konsequenzen sie nach sich zogen. Fast noch interessanter fand Halabi seine Ausführungen zu Fehlern, die frühere Epidemien ungewollt verschärft hatten, und Theorien, wie solche Patzer in künftigen Fällen deutlich schlimmere Konsequenzen fordern könnten.

Er drehte den Laptop, damit sein Besucher den Bildschirm sah. »Wissen Sie, was das ist?«

Bertrand schaute kurz auf die Darstellung und schüttelte den Kopf.

»Das ist eine Karte zur Bevölkerungsdichte der Vereinigten Staaten. Die zweite Darstellungsebene bezieht sich auf die Verkehrsinfrastruktur. Flughäfen, Bus- und Zuglinien, Autobahnen …«

Wenig überraschend konnte der Franzose nichts damit anfangen. Es gab keine subtile Möglichkeit, seine Unwissenheit zu beseitigen.

»Ich beabsichtige, fünf meiner Männer mit dem Virus zu infizieren, auf das Sie im Jemen gestoßen sind, und sie in die USA zu bringen«, kam er direkt auf den Punkt. »Sie werden die Krankheit überall im Land und von dort aus in der gesamten industrialisierten Welt verbreiten.«

Bertrand entgleisten die Gesichtszüge. »Ich … Ich verstehe nicht. Worauf wollen Sie hinaus?«

»Ich denke, das habe ich gerade deutlich gesagt.«

Der andere erstarrte und wich taumelnd einige Schritte zurück. »Sie …«, stammelte er. »Das … Das geht doch nicht.«

»Es geht nicht nur, es ist sogar ausgesprochen trivial. AJAS ist extrem ansteckend, was das Infizieren meiner

Leute sehr einfach gestaltet. Und ich habe eine Gruppe von Schmugglern an der Hand, die dazu bereit ist, sie über die Grenze zu schleusen.«

»Das können Sie nicht machen.«

»Ich versichere Ihnen, das kann ich, Doktor. Ich habe bereits mit den Vorbereitungen begonnen. Sie müssen mir lediglich beim Feinschliff helfen.«

Bertrand kniff die Augenlider vor dem Halbdunkel zusammen und bedachte den IS-Anführer mit einem Blick, als wäre er ein dummes Kind, dem man die Welt erklären musste. »Wir reden hier nicht von Anthrax, sondern von einer hoch ansteckenden, extrem tödlichen Seuche, für die derzeit noch kein Heilmittel existiert. Selbst die Spanische Grippe …« Er musste sich sammeln. »Sie hat 1918 und 1919 mehr als 30 Millionen Opfer weltweit gefordert.«

»Ich bin mit den Einzelheiten der Spanischen Grippe vertraut«, erwiderte Halabi seelenruhig.

»Alle Anzeichen deuten darauf hin, dass AJAS noch gefährlicher ist und zu einer deutlich höheren Sterblichkeitsrate führt. In Verbindung mit dem Anstieg von Fernreisen und der gewachsenen Weltbevölkerung sind Opferzahlen im dreistelligen Millionenbereich zu befürchten.«

»Das entspricht in etwa meiner Schätzung, ja.«

Bertrand schien weiterhin zu glauben, dass der Terrorist das Ausmaß der Gefahr nicht begriff. »Die Pandemie lässt sich nicht kontrollieren. Es sterben nicht nur Menschen, die Sie als Feinde betrachten. Nicht nur Amerikaner. Oder Christen. Sie wird auch hierherkommen und sich im Nahen Osten ausbreiten. Ihre Männer töten. Angehörige. Vielleicht sogar Sie selbst.«

»Wenn Gott das so will.«

»Haben Sie den Verstand verloren?« Der Franzose schien allmählich zu begreifen, worauf das Ganze hinauslief. »Wenn Gott das so wollte, hätte er es selbst angestoßen. Wir reden hier nicht von Schusswaffen, Nervengift oder gar einer Atombombe. Man kann die Auswirkungen nicht auf eine feindliche Armee oder einzelne Länder beschränken. Es ist nicht vorhersagbar, was passiert. Und wenn der Prozess erst einmal in Gang gesetzt wurde, lässt er sich nicht aufhalten. Man kann am Ende nicht als Sieger hervorgehen, weil es keine Sieger geben wird.«

»Da irren Sie, Doktor. Aufgrund ihrer Komplexität, der engen Verbindungen und der Abhängigkeit von Technologie wird die industrialisierte Welt komplett zusammenbrechen. Nicht nur die Seuche wird ihren Tod besiegeln, sondern sie werden verhungern, weil der Nachschub ins Stocken gerät. Sie werden erfrieren und in Dunkelheit und Chaos versinken.« Seine Geste umfasste die Umgebung der Höhle. »In diesem Teil der Welt wird es sicherlich ebenfalls Millionen von Opfern geben, doch das genügt nicht, um uns zu vernichten. So leben wir bereits seit Jahrtausenden.«

Bertrand wich einen weiteren Schritt zurück. »Sie glauben … Sie glauben, dass Sie auf diese Weise Ihre Nachteile in einen Vorteil ummünzen können?«

Halabi lächelte. »Eine passende Redewendung. Danke, die werde ich mir merken. Sie fasst meine Absichten perfekt zusammen. Die finanziellen, sozialen und militärischen Netzwerke des Westens werden schlicht zusammenbrechen. Das Gleiche gilt für ihren Drang, sich ständig in fremde Angelegenheiten einzumischen.«

Der Franzose hatte sich inzwischen so weit zurückgezogen, dass er gegen die Rückwand der Höhle stieß. Es schien ihm die Sprache verschlagen zu haben. Halabi füllte das Schweigen mit seinen Ausführungen.

»Wie ich bereits sagte, wird es relativ einfach sein, meine Männer zu infizieren und nach Amerika zu bringen. Das gilt auch für die Auswahl der Städte. Bezogen auf Bevölkerungsdichte, geografische Lage und Flugverkehr sind Chicago, Houston, Los Angeles, New York, Seattle und Atlanta die logischen Kandidaten. Meine Leute werden dort problemlos Aushilfsjobs finden – als Reinigungskräfte, in der Systemgastronomie und so weiter. Wo sie am effektivsten zur Verbreitung beitragen, lässt sich ermitteln. Der Transportsektor ist ein naheliegender Ansatzpunkt. Oder wie steht es mit Theatern und Kinos, in denen Menschen eng zusammensitzen und das Virus nicht direktem Sonnenlicht ausgesetzt wird? Mit Mitarbeitern im Kassenbereich, die Hunderten von Leuten täglich Geld herausgeben? Bleibt die Frage, wie man damit umgeht, wenn meine Leute Symptome entwickeln. Vielleicht trägt die schummrige Beleuchtung in Nachtclubs dazu bei, dass andere es nicht sofort bemerken?«

»Heißt das … ich soll Sie beraten, wie man die Ausbreitung möglichst effektiv gestaltet?«

Halabi ignorierte die Bemerkung. »Eine weitere Fragestellung lautet, wie ich meine amerikanischen Verbündeten am besten schütze, die die Infizierten bei sich unterbringen. Natürlich sind sie bereit, als Märtyrer zu sterben, aber es scheint mir von Vorteil zu sein, sie nicht zu infizieren, bevor meine anderen Leute dem Tod ins Auge sehen. So ließe sich eine zweite Infektionswelle hervorrufen, bevor der Seuchenschutz und andere Behörden überhaupt mitbekommen, was vor sich geht.«

»Ich habe das Anthrax hergestellt«, erwiderte der Franzose. »Das war offensichtlich ein Fehler. Wenn Sie glauben, dass ich Sie bei so einem Wahnsinn unterstütze, müssen Sie verrückt sein.«

»Bin ich das?«

»Ja«, antwortete Bertrand. »Sobald es losgeht, brauchen Sie mich nicht mehr. Sie werden mich töten. Wenn Sie es nicht tun, wird es wahrscheinlich die Krankheit übernehmen.«

Der Wissenschaftler verstummte und starrte nervös in die Schatten, als ob sie verborgene Antworten für ihn bereithielten. Halabi hatte so etwas oft erlebt. Die typische Ziellosigkeit eines Ungläubigen, wenn er erkannte, dass er sein Leben verwirkt hatte. Auf ihn wartete nichts als finstere, leere Ewigkeit.

»Kommen Sie«, sagte Halabi. Er stand auf und lief an Bertrand vorbei in den Gang. Da dem Franzosen keine andere Wahl blieb, folgte er. Sie erreichten das Ende des Korridors. Zwei Männer tauchten auf und zerrten ihn in eine Kammer auf der linken Seite. Ein erstickter Schrei stieg in Bertrands Kehle auf und erstarb, als er sah, was dort auf ihn wartete.

Ein Großteil von Victoria Schaefers Leiche war verwest. Die trockene Umgebung hatte den Rest ihres Körpers mumifiziert. Ihr Gesicht glich einem Skelett. Die fehlenden Wangen enthüllten die Wurzeln ihrer Zähne. Leere Augensockel blitzten zwischen Streifen ledriger Haut auf. Ohne ihre Kleidung und die langen blonden Haare hätte er sie gar nicht erkannt.

»Nein!«, entfuhr es Bertrand.

Halabis Männer zwangen ihn auf die Liege neben den sterblichen Überresten und schnallten ihn mit Riemen daran fest. Seine Schreie wichen nach kurzer Zeit erstickten Schluchzern und er verlegte sich auf hilfloses Betteln.

Halabi trat näher und beugte sich über ihn, während einer seiner Leute einen Schneidbrenner in Gang setzte. Bertrands Gesicht und das verrottete Gegenstück neben ihm färbten sich blau im Licht der Flamme.

»Dann lassen Sie uns mal über die Feinheiten meines Plans sprechen.«

35

IM SÜDEN MEXIKOS

Carlos Esparza blickte zurück auf die verängstigte Familie in seinem Rücken und ließ eine Hand auf den Tisch klatschen. »*¡Otra cerveza!*«

Sie drängten sich um eine Kerosinlampe, die Schatten auf das warf, was in dieser Umgebung als Küche durchging. Es handelte sich um das Gebäude, das Mitch Rapp erreichen sollte. Ein primitives Restaurant, kaum mehr als ein aus Schindeln zusammengeflicktes Drecksloch, mit eben genug Solarpaneelen auf dem maroden Dach, um den Kühlschrank in Gang zu halten. Im Freien gab es eine großzügige Terrasse, auf der sich an Wochenenden die örtlichen Bauern einfanden. Aktuell drohten die billigen Plastikmöbel vom Regen weggespült zu werden.

Der Besitzer brachte ein Bier, doch Esparza schüttelte den Kopf und deutete auf die 15-jährige Tochter. Sie nahm ihrem Vater die Flasche ab und kam zögernd näher, wobei sie das Getränk weit vor dem Körper trug.

Sie war ein reizendes kleines Ding mit wallenden Haaren, kaffeebrauner Haut und einem Körper, der etwas linkisch wirkte. Er verpasste ihr einen heftigen Klaps auf den Po, als sie das Bier auf den Tisch stellte, und schaute ihr gierig hinterher. Unter anderen Umständen hätte er sie für ein paar interessante Nächte in sein Haus schaffen lassen, doch heute war sie lediglich Begleitmusik. Eine kurzzeitige Ablenkung von der anstehenden Aufgabe.

Rapps Prüfung hatte um neun Uhr morgens begonnen. Inzwischen war es drei Uhr früh am nächsten Tag. Einer der Hunde war gefunden worden, die anderen irrten herum und suchten den Amerikaner. Die schweren Regenfälle und der damit verbundene Verlust ihrer Witterung spielten dem CIA-Agenten in die Hände, der seinen Vorteil ausnutzte und unbehelligt durch die Nacht schlich.

Mindestens sieben von Esparzas Leuten waren tot. Einige erschossen, andere erstochen. Bei einer der Leichen ragte ein Ast aus der Augenhöhle. Es fehlte so viel von ihrer Ausrüstung, dass Rapp Depots im Dschungel anzulegen schien. Um so lange wie möglich zu überleben und auf sein Ziel hinzuarbeiten.

Eine Garbe Automatikfeuer brach im Freien los. Esparza fluchte laut, bevor er sich der offenen Tür näherte. Er hatte vier Fahrzeuge auf der Kreuzung geparkt, von denen zwei mit eingeschalteten Scheinwerfern abfahrbereit warteten. Der Regen hatte etwas nachgelassen und das Licht genügte, um fünf seiner Männer zu erkennen, die sich hinter den Wagen verschanzt hatten. Sämtliche Bemühungen, Verstärkung heranzukarren, waren durch die aufgeweichten Schlammpisten in der gesamten Umgebung vereitelt worden.

Die Schüsse verstummten. Erwartungsgemäß setzte im Anschluss lautes Gebrüll ein. Verdammte Idioten. Wenn sie etwas sahen oder hörten, war es garantiert nicht Rapp. In der Angst um ihr eigenes Leben und aus Wut über den Verlust ihrer Kameraden würden sie bald anfangen, Gespenster zu sehen und sich gegenseitig über den Haufen zu schießen. Genau darauf legte es der CIA-Mann an.

Esparza blieb hinter dem Türpfosten in Deckung und spähte an den Fahrzeugen vorbei in die Düsternis. War der Amerikaner kilometerweit entfernt und plante seine nächsten Schritte? Oder hatte er die Beine in die Hand genommen und nutzte die Chance, sich abzusetzen? Genauso gut konnte er direkt hinter dem Lichtkreis lauern.

Das Geräusch eines sich abmühenden Automotors kämpfte sich von Osten heran. Esparza überquerte zögernd die hölzerne Veranda und stieg in den Schlamm hinab. Das Leuchten der Scheinwerfer wurde von den Bäumen reflektiert. Seine Männer zogen sich tiefer in die Deckung zurück. Als ob sich jemand wie Rapp in ein Auto gesetzt hätte, um über eine Straße direkt in ihre Richtung zu fahren.

Idioten!

Er bezog Position in der Mitte der Kreuzung und kniff die Augen vor dem näher kommenden Pick-up zusammen. Einer seiner Handlanger saß am Steuer, es gab keine weiteren Insassen. Zumindest keine lebenden. Der Wagen bremste und Esparzas Blick fiel auf den Mann auf der Ladefläche, der in einer blutigen Pfütze aus Regenwasser lag, die Kehle von einem Ohr zum anderen aufgeschlitzt.

»Findet diesen Hurensohn und bringt mir seinen Kopf!«, brüllte Esparza über den stärker werdenden Niederschlag hinweg. »Habt ihr verstanden? Worauf wartet ihr?«

Niemand rührte sich. Dann wagte sich einer der Männer aus seinem Versteck. »Die Dunkelheit und der Regen arbeiten gegen uns, *señor.* Ich schlage vor, wir kehren zum Haus zurück. Es soll morgen aufklaren. Sobald die Sonne …«

Esparza zog die Pistole aus dem Hüftholster und schoss dem Mann in die Brust. »Will sonst noch jemand was sagen?«

Niemand meldete sich, also stolzierte er zurück ins Haus zum kalten Bier, das dort auf ihn wartete. Wieso verschleuderte er so viel Geld für einen Haufen Schwächlinge? Wenn sie nichts Besseres zustande brachten, war er ein toter Mann. Die anderen Kartelle würden ihn schlicht überrollen. Rapp war *ein* Gegner. Ein mickriger Typ, der durch einen Dschungel irrte, in dem er sich nicht auskannte.

Esparza erreichte die Veranda und strebte auf die Türöffnung zu. Ob er das Mädchen einladen sollte, ihm für einen Drink Gesellschaft zu leisten? Wut und Nerven setzten ihm derart zu, dass der Schädel dröhnte. Bestimmt fiel ihm etwas ein, womit die Kleine zu seiner Entspannung beitragen konnte.

Als er eintrat, saß ein Mann im Tarnanzug dort, wo er sein Bier hatte stehen lassen. Die Kerosinlampe tauchte das Gesicht in Helligkeit. Vorher fiel Esparza aber der Patronengurt auf. Handgearbeitet aus Leder mit einem Holster auf der einen Seite und einer ebenso kunstvoll verzierten Scheide für den Schalldämpfer auf der anderen. Pedro Morales hatte sich zeitlebens für eine romantische Neuinterpretation eines mexikanischen Banditen aus dem 19. Jahrhundert gehalten. Jedenfalls bis vor sechs Stunden, als sie seine nackte Leiche aus dem Graben gezogen hatten.

»Wenn ich mich recht erinnere«, meinte Mitch Rapp, »hatten wir uns auf ein Gehalt von 250 Riesen im Monat geeinigt.«

Esparza fiel auf, dass das Holster leer war und Morales' vernickelter Colt Government Model 1911 wenige Zentimeter von Rapps Hand entfernt auf dem Tisch lag.

»Darauf hatten *wir* uns geeinigt«, antwortete Esparza, dem es schwerfiel, sich unter dem starren Blick des Amerikaners aufs Denken zu konzentrieren. »Was meine Männer betrifft, bin ich mir nicht so sicher. Du hast eine Menge ihrer Freunde getötet.«

Rapp blieb reglos sitzen, dann schraubte er mit geübten Bewegungen den Schalldämpfer auf die Pistole. Er stand auf und Esparza verfluchte sich stumm für die eigene Dummheit.

Der CIA-Mann lief an ihm vorbei. Der Kartellboss hörte seine Schritte auf den Holzdielen vor dem Haus. Er verzichtete darauf, sich umzudrehen. Was als Nächstes geschah, lag auf der Hand. Durch die letzte Bemerkung hatte er den Rest seiner Leute zum Tod verurteilt. Sie würden den Mann in Tarnklamotten aus dem

Restaurant kommen sehen und fälschlicherweise für einen der ihren halten.

Esparza hätte einen Warnruf ausstoßen oder die eigene Waffe ziehen und schießen können. Damit drohte er allerdings seine Rolle in diesem Spiel fundamental zu verändern. Bislang war er der Mann mit dem Job und dem Geld, auf das Rapp dringend angewiesen war. Ein falsches Geräusch genügte. Eine falsche Bewegung. Dann würde er zu einem weiteren der vielen Opfer des Agenten.

Also blieb er ruhig sitzen und malte sich die Szene aus, die sich draußen abspielte. Schalldämpfer und Regen dürften dafür sorgen, dass seine Männer erst mitbekamen, was los war, wenn die ersten zwei von ihnen tot dalagen. Die entstehende Verwirrung würde ein weiteres Opfer fordern. Und den letzten erledigte ein Schuss in den Rücken, wenn er panisch die Flucht antrat.

Esparzas Blick wanderte erneut zur Familie, die sich an der rückwärtigen Mauer zusammendrängte. Sie zuckten merklich zusammen, als auf der Kreuzung eine kurze Salve Automatikfeuer entfesselt wurde. Ein einsamer Schrei stieg im Regen auf, dann wurde alles still, bis erneut Schritte auf der Veranda ertönten.

»Dir geht langsam das Personal aus, Carlos.«

36

Kapitol-Komplex
Washington, D.C.

»Um es klar zu betonen, dies ist keine offizielle Anhörung«, gab sich Senatorin Christine Barnett alle Mühe, großmütig zu klingen. »Wir möchten uns ohne Kameras mit Ihnen unterhalten und herausfinden, wo wir in dieser Angelegenheit stehen.«

Trotz dieser leeren Versprechungen kam sich Irene Kennedy definitiv vor wie bei einer formellen Befragung. Barnett saß in leicht erhöhter Position, flankiert von treuen Gefolgsleuten. Einige Assistenten pferchten sich in der Sitzreihe dahinter zusammen. Auf der Galerie wimmelte es von Zuschauern, die Kennedy ebenfalls als politische Funktionsträger einstufte.

»Wenn Sie unsere Fragen beantworten, Dr. Kennedy, behalten Sie bitte im Hinterkopf, dass wir in dieser Angelegenheit eigene Ermittlungen durchführen.«

Eine Warnung, keine Lügen zu erzählen. Genau das gedachte sie allerdings zu tun, wenn auch nicht aus den Gründen, die Barnett unterstellte.

Kennedy beugte sich zum Mikro auf dem Tisch vor ihr. »Danke, Senatorin. Ich werde das im Hinterkopf behalten.«

Sie hatte zunächst versucht, diesen Affenzirkus zu vermeiden, doch das erwies sich als unmöglich. Barnetts Einfluss wuchs und damit auch die Umwälzungen innerhalb des Beltways. Die Verschiebung der Loyalitäten zu prognostizieren, während sich die Politik auf veränderte Machtverhältnisse einstellte, war schlicht unmöglich.

»Was hatten Sie mit der Entscheidung zu tun, Mitch Rapp zur Befragung dieser Drogenkuriere nach Kalifornien zu schicken?«

Barnetts Ermittlungen in dieser Hinsicht waren dem Vernehmen nach in einer Sackgasse gelandet. Je weiter sie die Befehlskette zurückverfolgte, desto unklarer wurde das Bild.

»Wie bereits zu einem früheren Zeitpunkt dargelegt, habe ich damit nichts zu tun.«

»Da Sie eine Beteiligung abstreiten, wer hat die Entscheidung dann getroffen?«

Eine Frage, deren Antwort massiven Sprengstoff barg. Laut Scott Coleman hatte der Präsident der Vereinigten Staaten den Befehl zwar nicht persönlich erteilt, im Gegenzug Rapp aber eine Art Freibrief ausgestellt.

Wieder lehnte sie sich zum Mikrofon. »Ich weiß nicht, wer Mr. Rapps Einsatz abgesegnet hat, obwohl meine Mitarbeiter dieser Frage weiterhin nachgehen. Eventuell können die Ermittlungen Ihres Büros ja Licht ins Dunkel bringen?«

»Ich stelle bei dieser Anhörung die Fragen!«

Kennedy goss sich ein Glas Wasser ein. In Wahrheit erfüllte dieser Termin keine konkrete Funktion. Es war ein Angelausflug. Barnett versuchte, auf irgendeine explosive Enthüllung für die erste öffentliche Anhörung zu stoßen, die sie zweifellos längst plante. Den Gefallen würde Irene ihr nicht tun.

»Lassen Sie mich noch etwas klarstellen, Senatorin. Mitch Rapp ist nicht länger für die Central Intelligence

Agency tätig, bereits seit einiger Zeit nicht mehr. Er fungiert lediglich als unabhängiger Auftragnehmer. Der letzte Vertrag, den die CIA mit ihm abgeschlossen hat, betraf das Aufspüren von Sayid Halabi im Jemen.«

»Halten Sie es für möglich, dass er aus eigenem Antrieb handelte?«, hakte einer der anderen Senatoren nach.

Zorn zeichnete sich auf Barnetts Gesicht ab, bevor sie sich in den Griff bekam. Sie wollte Munition gegen Kennedy und die Geheimdienste insgesamt sammeln, nicht bloß gegen einen einzelnen Agenten.

»Das halte ich für absolut denkbar«, erwiderte Kennedy und nahm das Geschenk dankbar an. »Mr. Rapp genießt in den höheren Rängen der Vollzugs- und Ermittlungsbehörden einen guten Ruf. Er könnte ihn genutzt haben, um Kontakte davon zu überzeugen, dass er im Namen der CIA handelte, obwohl das in Wirklichkeit nicht der Fall war.«

»Um zwei Drogenschleuser zu ermorden, drei DEA-Agenten anzuschießen und Rauschgift im Wert von mehreren Millionen Dollar zu entwenden«, ergänzte Barnett.

»Das scheint mir zutreffend zu sein, Senatorin.«

Kennedy fand sich in einer unangenehmen Situation wieder.

Verteidigte sie Rapp, schwächte sie die Undercover-Legende, die er sich zugelegt hatte, und brachte ihn unter Umständen in tödliche Gefahr. Trotzdem dachte sie nicht daran, untätig zuzusehen, wie die Senatorin Mitch den Wölfen zum Fraß vorwarf. Nein, sie musste sie rechtzeitig an die Leine legen, um das Schlimmste zu verhindern.

»Und das alles lässt sich mit seinen illegalen finanziellen Geschäften erklären?«, setzte Barnett ihr Stochern im Nebel fort.

»Unsere Ermittlung befindet sich in einer frühen Phase, aber das halte ich ebenfalls für zutreffend. Mr. Rapp unterhält eine Reihe von Auslandskonten und hat Investments mit fragwürdiger Seriosität getätigt. Eine seiner Hauptbeteiligungen – ein Finanzdienstleister mit Sitz in Polen – hat Konkurs angemeldet und ist ins Visier der EU-Behörden geraten. Das setzte einen Dominoeffekt in Gang.«

»Mit anderen Worten: Das Kartenhaus, das er gebaut hat, ist eingestürzt und zwang ihn dazu, diese Drogen zu entwenden, um genug Geld für seine Flucht aufzutreiben.«

»Das klingt in Anbetracht der momentan vorliegenden Fakten nach einer stichhaltigen Schlussfolgerung, Senatorin.«

»Woher stammt das Geld für seine Investments, Dr. Kennedy? Und seit wann war er als Investor tätig? Wir alle wissen, womit dieser Mann seinen Lebensunterhalt bestreitet. Inzwischen wissen wir auch, dass er nicht davor zurückschreckt, Unschuldige zu erschießen.«

»Wenn Sie andeuten wollen, er habe sich nebenbei als Auftragskiller verdingt, Senatorin, möchte ich das offen anzweifeln. Für wahrscheinlicher halte ich, dass er Mittel von den Terrororganisationen abgezweigt hat, die er auffliegen ließ. Sie verfügen ihrerseits über extrem komplexe finanzielle Strukturen. Es wäre nicht schwer, solche Transaktionen zu verschleiern.«

»Und dennoch … Dieses Kartenhaus, das er gebaut hat.« So rasch ließ Barnett nicht locker. »Es entstand, während er offiziell für die CIA tätig war, richtig? Während er unter Ihrer Aufsicht stand.«

Kennedy trank einen Schluck Wasser und bemühte sich, nicht aus der Rolle zu fallen. Persönliche Verantwortung zu übernehmen und Mitch Rapp die Rückendeckung zu verweigern widersprach allem, wofür sie stand.

Vorerst blieb ihr nichts anderes übrig.

»Es lässt sich nicht abstreiten, dass alles, was in meinem Wirkungskreis als CIA-Direktorin geschieht, auf mich zurückfällt. Allerdings fällt die Überwachung unserer Agenten in den Bereich einer unabhängigen Abteilung innerhalb der Agency. Sie agiert auf Basis strikter Richtlinien, die im konkreten Fall lückenlos eingehalten wurden. Das Problem besteht darin, dass Mr. Rapp seine Spuren extrem geschickt verwischt hat. Sein Geld floss in Länder, die wir nicht ohne Weiteres überwachen können, und seine eigenen Beteiligungen an Unternehmen im Ausland wurden mithilfe einer Vielzahl von Tarnfirmen und Partnerschaften verschleiert.«

»Wollen Sie damit andeuten, dass Sie als CIA-Direktorin keinerlei Verantwortung für sein Handeln übernehmen?«

»Die Aufsichtsstrukturen der Agency wurden bewusst von der Leitung der Behörde entkoppelt. Diese Unabhängigkeit ist für den Erfolg ihrer Untersuchungen und ihre Glaubwürdigkeit von entscheidender Bedeutung. In Anbetracht der jüngsten Vorfälle stimme ich Ihnen allerdings zu, dass dieses System auf den Prüfstand gestellt werden sollte.«

Christine Barnett betrat ihr Büro und wäre fast über Kevin Grays Bein gestolpert, als sie die Tür schwungvoll zuwarf.

»Diese hinterhältige Schlange!«

»Ganz ruhig, Senatorin. Es könnte …«

»Ich soll mich beruhigen? Was reden Sie da, Kevin? Jeder in der Stadt hält Irene Kennedy für eine Reinkarnation der Jungfrau von Orléans. Wir haben fest darauf gesetzt, dass sie sich für ihren langjährigen Freund, den legendären Mitch Rapp, bereitwillig ins Messer stürzt. Und was stellt sich heraus? Sie ist auch nur eine dieser Politikerinnen, die alles tun, um den eigenen Hintern zu retten.«

»Wir haben immer noch …«

»Und dann reicht ihr dieser Versager von Hansen auch noch die Schlüssel für die Handschellen an!« Sie äffte seine butterweiche Singsang-Stimme nach. »Halten Sie es für möglich, dass er aus eigenem Antrieb handelte?«

»Mitch Rapp galt jahrelang als Star der CIA, Senatorin. Nun stellt sich heraus, dass er Millionen von Dollars illegal abgezweigt hat. Die Tatsache, dass er als freier Auftragnehmer tätig war, als er diese beiden Männer ermordete …«

»Haben Sie nicht zugehört, Kevin?«

»Natürlich habe ich …«

»Rapp hat zwei *Terrorverdächtige* ermordet. Und er hat das Geld nicht von der Regierung gestohlen, sondern Extremisten weggenommen. Warum sollten sich die Wähler dafür interessieren?«

»Er hat die beiden nicht getötet, um einen Terrorangriff abzuwenden, Senatorin. Wie Sie bei Ihrer letzten

Unterredung mit Kennedy selbst sagten, hat er ihnen wohl entlocken wollen, wie er mit den Drogen, die er klauen wollte, am meisten abkassiert. Und er hat die Gelder nicht von den Terrororganisationen abgezweigt, um sie ausbluten zu lassen, sondern zu seinem eigenen Vort…«

»Zu kompliziert!«, rief sie unwirsch. »Der durchschnittliche Amerikaner ist kaum schlau genug, sich allein die Schuhe zu binden. Erwarten Sie ernsthaft, dass er komplexe Beweggründe und Auslandsinvestments eines CIA-Agenten nachvollzieht? Damit der Wähler kapiert, wen er hassen soll, brauchen wir eine schlichte, überzeugende Message. Sie muss in einen Satz passen. Kein Wort darf aus mehr als zwei Silben bestehen.«

»Wir hätten es damit sowieso nicht kurzfristig in die Schlagzeilen geschafft. Die Schießerei heute Morgen an dieser Schule zieht die komplette Aufmerksamkeit auf sich.«

»Wie viele Kinder hat es erwischt?«

»Eine schlimme Sache. 21 sind tot, weitere sieben verletzt.«

»Also müssen wir erst mal zurückstecken und die Anthrax-Geschichte …«

»… hat längst an Schwung verloren«, vollendete Gray ihren Satz. »Die Videos, die der Islamische Staat verbreitet, sind nur noch Zusammenschnitte von Material, das längst jeder kennt.«

»Wenn die Leute merken sollen, dass diese Regierung unfähig ist, sie zu beschützen, sollte Halabi endlich mal in die Pötte kommen und sich nicht darauf beschränken, harmlose Filmchen zu drehen.«

»Ich finde nicht, dass wir uns so etwas wünschen sollten, Senatorin.«

Sie ließ sich in den Stuhl hinter ihrem Schreibtisch sinken. »Hören Sie auf, den braven Pfadfinder zu mimen, Kevin.«

»Sie führen in den Umfragen, Sen…«

»Ich will nicht nur führen!«, brüllte sie. »Ich will diese Wahl mit einem Erdrutschsieg für mich entscheiden, damit alle in Washington auf die Knie sinken und mir den Hintern küssen. Verstehen Sie das nicht?«

Seinem Gesichtsausdruck nach zu urteilen tat er das nicht.

Kevin Gray war ein begnadeter Wahlkampfspezialist, aber wie jeder in seinem Metier betrachtete er das Erringen einer Präsidentschaft als Ende, nicht als Beginn seiner Mission. Ins Weiße Haus einzuziehen sicherte einem Politiker Ruhm und Aufmerksamkeit, war aber kein Garant für Macht, wie die meisten Leute glaubten. Gerade als Frau würde Barnett hart darum kämpfen müssen. Sie musste sie den einflussreichen Männern entreißen, die dieses Land seit der Gründerzeit aus dem Hintergrund steuerten.

»Die Schüsse auf die DEA-Mitarbeiter haben für Wirbel gesorgt«, fuhr er fort. »Da sie überlebt haben und die Identität des Schützen nicht öffentlich gemacht wurde, fiel der Wirbel allerdings nicht so groß aus wie erhofft. Wir könnten an die Presse weitergeben, dass es sich beim Täter um einen ehemaligen CIA-Agenten handelt, der zudem zwei Drogenkuriere auf dem Gewissen hat. Andeuten, dass Kennedy ihre Finger im Spiel hat. Jeder weiß, wie gut sie sich mit Präsident Alexander versteht. Das bringt uns …«

»Rein gar nichts«, fiel ihm Barnett ins Wort. »Beim aktuellen Nachrichtengeschehen schaffen wir es damit nicht mal bei einem Hinterwäldler-Kanal in Bumfuck, Kansas, in die Topmeldungen.«

»Dann warten wir eben«, meinte er und machte keinen Hehl aus seiner Verdrossenheit. »Sobald sich die erste Aufregung legt, erzielen wir mit einer solchen Story genug Aufmerksamkeit. Sie ruft auf jeden Fall Verschwörungstheoretiker und russische Internet-Trolle auf den Plan. Die lauern auf jede Gelegenheit, der Agency ein blaues Auge zu verpassen.«

»Uns entgleitet die Kontrolle, Kevin. Wir haben konkrete Erkenntnisse über Unfähigkeit und Korruption in der amtierenden Regierung auf dem Tisch liegen und schaffen es nicht, Hysterie zu schüren. Wir können uns doch nicht von einem Typen die Butter vom Brot nehmen lassen, der irgendwo in einem Keller haust und in einer Schule wild drauflosballert. Ich will nicht, dass wir uns den nächsten Monat mit endlosen Diskussionen über schärfere Waffenkontrollen im Kreis drehen.«

»Ich weiß nicht, was Sie von mir erwarten«, meinte Gray. »Ich kann nur mit dem Material arbeiten, das ich habe.«

Sie schwieg fast eine ganze Minute und wägte die Pros und Kontras aller Szenarien gegeneinander ab. Dann traf sie eine Entscheidung.

»Fürs Erste verzichten wir darauf, die Connection zwischen Rapp und Kennedy zu thematisieren. Stattdessen lassen wir durchsickern, dass die DEA eine Anthrax-Lieferung abgefangen hat. Wir machen den amerikanischen Wählern bewusst, dass diese Regierung nur durch einen dummen Zufall verhindert hat, dass der IS eine biologische Waffe über die US-Grenzen schmuggelte. Wir erklären den Menschen, dass Halabi bereits Nachschub produzieren lässt und der Präsident ihnen diese Tatsache bewusst verschwiegen hat. Dass Alexander unsere Bürger daran hindert, die nötigen Schutzmaßnahmen einzuleiten, weil er in der Presse kein schlechtes Bild abgeben will.«

»Ich rate entschieden von diesem Schritt ab, Senatorin. Die Beteiligung eines ehemaligen CIA-Agenten an den Vorfällen in Kalifornien aufzudecken ist das eine. Aber wir reden hier von laufenden Terrorermittlungen. Die Regierung hält die Angelegenheit nur deshalb geheim, weil sie versucht, die Spur der Lieferung zu Halabi zurückzuverfolgen. Sobald der Islamische Staat mitbekommt, dass die US-Behörden von dem Anthrax wissen, könnte er …«

»Was könnte er? Fliehen? Mir doch egal. Das Letzte, was ich gebrauchen kann, ist Präsident Alexander, der ans Podium tritt und seinen Bürgern verkündet, dass er Halabi aufgespürt und erschossen hat.«

»Senatorin, das ist …«

»Halten Sie den Mund und kümmern Sie sich darum, Kevin.«

»Das wird eine Weile dauern. Wir werden nach demselben Schema vorgehen wie bisher. Bei einer solchen Information müssen wir jedoch besondere Vorsicht walten lassen. Sollte das auf uns zurückfallen …« Er überließ es ihr, den Gedankengang zu vollenden.

37

Im Süden Mexikos

»Die Gelegenheit ist günstig wie nie«, sagte Esparza und lenkte den nach seinen Vorgaben umgebauten Humvee um eine Furche auf der lehmigen Piste. »Eure Politiker sind Schauspieler. Sie jammern den ganzen Tag über Drogen und illegale Einwanderung, tun aber nichts, um das Problem zu lösen. Sie wollen nur ihre Wähler aufhetzen, ohne jemanden zu verärgern, indem sie ihm das Koks oder das Dienstmädchen wegnehmen. Der ganze Scheiß, den ihr da oben im Norden verzapft … Kinder von ihren Eltern trennen, die Mauer zu Mexiko … Das ist ein inszeniertes Schauspiel. Ihr bringt unsere Politiker damit gegen euch auf. Und das bedeutet nicht bloß, dass sie öfter mal ein Auge zudrücken. Ich habe noch nie so viel Unterstützung vonseiten der Regierung erhalten wie im Moment. Natürlich muss ich weiterhin Bestechungsgelder zahlen, versteh mich nicht falsch. Und der letzte Scheißkerl aus dem Parlament, der mich verarscht hat, musste mitansehen, wie meine Männer seine Tochter bei einem Gangbang vergewaltigt haben. Aber selbst wenn ich das nicht täte, würden viele unserer Bürokraten mir helfen – bloß um es euch Amerikanern zu zeigen.«

Rapp saß auf dem Beifahrersitz und behielt die Ausläufer des Dschungels im Blick. Er rechnete zwar nicht mit akuten Bedrohungen, aber man konnte nie wissen. Ihm fehlte das Gespür für die aktuelle Einsatzumgebung, für Esparzas Rang in der Hierarchie der hiesigen Drogenszene und für das, was in Amerika und im Rest der Welt gerade passierte.

»Also willst du die Gelegenheit nutzen und expandieren«, steuerte er bei. Esparza hatte während der gesamten Fahrt ununterbrochen geredet, ohne etwas Nützliches mitzuteilen. Vor allem prahlte er mit seinem genialen Geschäftssinn und dem kometenhaften Aufstieg seiner Unternehmungen.

»Worauf du einen lassen kannst! Das arabische Heroin wird eine ganz große Nummer für uns. Die amerikanische Regierung macht den üblichen miesen Job bei der Lösung eures Oxycodon-Problems. Die Hälfte eurer Politiker kapiert nicht, worum es geht, die andere Hälfte kriecht den Pharmabossen bis zum Anschlag in den Arsch.« Er legte eine effekthascherische Pause ein. »Und du hast unsere Kokaplantagen gesehen.«

Rapp nickte nur. Er hatte den Großteil der Woche damit verbracht, sich auf Esparzas Ländereien umzusehen, Marías Küche zu genießen und frisch gepressten Fruchtsaft zu trinken. Er hatte keinen Zugang zu Telefon, Fernseher oder Internet. Diskussionen mit Esparza drehten sich in der Regel um seine ehrgeizigen geschäftlichen Ziele oder seine Leidenschaft für blutjunge Mädchen. Dummerweise neigte er bei Ersterem dazu, vage zu bleiben, und schmückte Letzteres entschieden zu blumig aus.

»Die Ernte fällt deutlich besser aus als erwartet«, meldete sich Vicente Rossi vom Rücksitz. »Das Projekt ist natürlich langfristig angelegt, aber wir gehen davon aus, bereits innerhalb der ersten zehn Jahre beträchtliche Profite zu erzielen.«

Wieder reagierte Rapp nicht. Die Spur zu Sayid Halabi kühlte mit jedem Tag etwas mehr ab. Ihm fehlte die Geduld für diesen Undercover-Quatsch.

»Du hast mich bestimmt nicht mitgenommen, um über Profite zu plaudern«, sagte Rapp zu Esparza. »Wo fahren wir hin?«

Der Drogenbaron schielte zu seinem Assistenten im Rückspiegel. Ein nervöser Tick, der nicht zu ihm passen wollte.

»Zu einem Treffen.«

»Details, Carlos. Ich brauche Details.«

Der Kiefer des Kartellbosses verkrampfte. Seine Antwort klang daher ein bisschen gepresst. »Wir haben die Rahmenbedingungen vor über einem Monat ausgehandelt. Seitdem droht alles den Bach runterzugehen. Das Arschloch, zu dem wir unterwegs sind, heißt Damian Losa. Ein arroganter, adliger Scheißkerl, der eine Menge Einfluss besitzt, aber im Hintergrund bleiben will. Er verdient bestimmt eine Milliarde US-Dollar pro Jahr mit Koks, Heroin und Gras. Da sind seine offiziellen Geschäfte noch gar nicht mitgerechnet. Er besitzt mehrere Autohäuser in Iowa und Fabriken in England. Der Mistkerl spendet ständig an Museen und so, mimt den Wohltäter.«

»Was geht mich das an?«, wollte Rapp wissen.

Esparza schwieg und überließ Rossi das Antworten. »Losa war einer der Hauptinvestoren des Einkaufszentrums in San Ysidro. Es gehört zu einer Reihe von Objekten, die eine Kooperative mehrerer Kartelle unter der Führung von Mr. Losa finanziert und betreibt. Seine Idee besteht darin, Konflikte zwischen einzelnen Organisationen zu minimieren, indem sie zusammenarbeiten.

Wie Sie sich vorstellen können, ist er nicht besonders glücklich, dass der Tunnel für den Drogenschmuggel von den US-Behörden entdeckt wurde.«

»War's nicht die NASA, die auf den Tunnel gestoßen ist?«, fragte Rapp. »Das kann er euch doch nicht vorwerfen. Solche Zufälle gibt's.«

Wieder verzichtete Esparza auf eine Erwiderung und konzentrierte sich darauf, herabhängenden Zweigen auf beiden Seiten der Straße auszuweichen.

»Der Bau der Mall in San Ysidro wurde von unserer Organisation beaufsichtigt«, betonte Rossi.

»Und? Nach allem, was ich gehört habe, war das eine Meisterleistung. Bei der DEA wird dieser Tunnel wie das achte Weltwunder bestaunt.«

»Ja.« Rossi zog das Wort in die Länge. »Aber das Einkaufszentrum sollte eigentlich dem Zweck dienen, Geld zu waschen.«

Rapp begriff. »Soll das heißen, der Tunnel war eure Idee und ihr habt ihn gebaut, ohne Losa und den anderen Kartellen etwas davon zu sagen?«

»Korrekt.«

»Also ist ein millionenschweres Geldwäsche-Projekt gegen die Wand gefahren, amerikanische Politiker sind wegen Bestechung aufgeflogen und eine Reihe von ausländischen Konzernen ist ins Visier der Fahnder geraten, nur weil ihr beschlossen habt, das Ganze um eine Schmuggelkomponente zu erweitern?«

»Das ist eine zutreffende Einschätzung.« Der Tonfall des Finanzberaters verriet, dass die Idee nicht auf seine Zustimmung gestoßen war. »Wir …«

»Der fette Fisch baumelte direkt vor unserer Nase«, mischte Esparza sich abrupt ein. »Wenn ich solche

Gelegenheiten nicht beim Schopf packe, tut's ein anderer. Was hab ich dann davon?«

»Eine Garantie weiterzuleben«, versetzte Rapp trocken und richtete die Aufmerksamkeit auf den Dschungel, der mit einem Mal deutlich bedrohlicher wirkte als noch vor einer halben Minute. »Erzähl mir von dem Treffen.«

»Es findet auf einer natürlichen Lichtung statt. Neutraler Boden. Die Umgebung ist weitgehend gut einsehbar und wir lassen das Areal seit zwei Tagen von Drohnen überfliegen. Keine verdächtigen Aktivitäten. Jeder von uns darf zwei Männer mitbringen. Da passiert schon nichts. Und es verschafft dir eine Gelegenheit, dir Losa genauer anzusehen.«

»Wozu?«, fragte Rapp, obwohl er die Antwort zu kennen glaubte.

»Weil du ihn töten wirst. Er wird die Sache nicht auf sich beruhen lassen. Ich werde nicht warten, bis einer seiner Männer mir im Schlaf die Kehle aufschlitzt. Wir müssen ihm zuvorkommen.«

»Willst du damit sagen, dass ich es heute erledigen soll? Bei dem Treffen?«

»Nein. Das Gelände wird von einem weiteren Kartell kontrolliert, das für die Sicherheit aller Beteiligten bürgt. Sollten wir ihn dort erledigen, schaffen wir es nicht lebend nach Hause. Es reicht, wenn es nächsten Monat über die Bühne geht.«

»Nächsten Monat«, wiederholte Rapp.

»Ist das ein Problem für dich? Du kannst wahre Wunder vollbringen, nicht wahr? So hast du dich jedenfalls verkauft. Denkst du etwa, ich zahl dir drei Millionen Dollar im Jahr, damit du dir den Bauch vollstopfst und in meinem Studio trainierst? In meinem *privaten* Studio.«

Rapp stieß angespannt die Luft aus. Es lief nicht, wie er sich das vorstellte. Er war noch keinen Schritt näher an Halabi herangekommen und befand sich auf dem Weg zu einem potenziellen Hinterhalt, eingefädelt von einem Mann, der mehr mit dem Vorstandschef von General Motors gemein zu haben schien als mit einem Drogenboss. Es wurde Zeit, diese Scharade zu beenden.

Er griff nach der Glock 19, die man ihm zur Verfügung gestellt hatte, und achtete auf fließende, natürliche Bewegungen. Es fand sich schon irgendwo ein ruhiges Plätzchen im Dschungel, um diesen beiden Gaunern die Wahrheit aus dem Leib zu prügeln. Rossi begann bestimmt nach dem ersten Schlag ins Gesicht zu plaudern, bei Esparza rechnete er ebenfalls nicht mit nennenswerter Gegenwehr. In einer Stunde konnte er dann mit dem juwelenbesetzten Satellitenhandy des verstorbenen Drogenbarons Irene Kennedy alle Informationen übermitteln, die er diesen zwei Männern über den IS entlockt hatte.

»Vorher musst du mir allerdings bei den Arabern helfen«, verkündete Esparza.

Rapp zögerte, nahm die Hand von der Waffe und schob sie auf die Armlehne zurück.

»Ich höre.«

»Die erste Fuhre unseres Lieferanten aus dem Nahen Osten wurde bei der Razzia in der Mall beschlagnahmt. Einen Teil der Ware hast du dir unter den Nagel gerissen. Das Ganze war als Probelauf gedacht, um die Leistungsfähigkeit unseres Vertriebssystems zu demonstrieren.«

»Und?«

»Diese Turbanträger haben Zugriff auf erstklassigen Stoff, machen aber eine Menge Stress. Sie haben keine Ahnung vom Business und regten sich tierisch darüber auf, dass wir ihr Testpaket verloren haben.«

Das kann ich mir lebhaft vorstellen, dachte Rapp.

Als Esparza weitersprach, ließ seine Stimme den gewohnten Optimismus vermissen. »Hör zu, dieser Heroindeal bedeutet eine Menge Geld für mich. Nach dem Zwischenfall in San Ysidro müssen wir erst mal Arbeit reinstecken.«

»Das heißt?«

»Das heißt, dass du weißt, wie sie ticken, richtig? Du sprichst ihre Sprache und alles.«

»Stimmt.«

»Dann kannst du ihnen sicher erklären, dass solche Zwischenfälle zum Geschäft dazugehören und so etwas jedem passieren kann. Sorg dafür, dass sie sich nicht nach einem anderen Partner umsehen.«

Nach einer Woche, in der ihn das Gefühl beschlichen hatte, Halabi zu verlieren, keimte Hoffnung in Rapp auf. Vermutlich kam seine Glock doch noch zum Einsatz. »Klar. Ich kann rüberfliegen und ihnen klarmachen, dass Theorie und Realität zwei Paar Schuhe sind. Und ihnen bei künftigen Lieferungen unter die Arme greifen.«

»Das wird nicht nötig sein.« Rossi steckte den Kopf zwischen den Vordersitzen durch. »Sie lassen einen Vertreter mit einer weiteren kleinen Lieferung einfliegen.«

»Genau. Du musst einfach nur auf sein Kauderwelsch eingehen, Allah den Arsch küssen und sein Vertrauen erlangen. Diesmal landet die Ware heil am Ziel, das garantier ich dir.«

Rapp nickte und entspannte die Waffenhand endgültig. Man drückte ihm zwar nicht Sayid Halabis Privatadresse und eine überschüssige Cruise-Missile in die Hand, aber für den Anfang reichte es. Esparza und Rossi hatten sich gerade eine kleine Schonfrist verschafft.

Esparza hielt auf eine Lücke mitten im Gestrüpp zu. Es schien an dieser Stelle kürzlich beschnitten worden zu sein. Dahinter geriet eine kleine Lichtung in Sicht, auf der drei Männer im Schatten am nördlichen Rand standen.

»Das ist er«, sagte Esparza, ohne näher hinzusehen. »Der in der Mitte.«

Damian Losa sah aus wie Mitte 50, hatte eine schlanke Hüfte, elegante, nicht überkandidelte Kleidung und tadellos frisiertes graues Haar. Die Männer an beiden Seiten fielen vor allem durch ihre Muskeln auf. Selbst aus der Entfernung war zu erkennen, dass es sich um hochklassige Muskeln handelte. Mutmaßlich Osteuropäer. Mit ziemlicher Sicherheit Soldaten mit Spezialausbildung. Ob hundert weitere ihres Kalibers in den Bäumen lauerten, blieb abzuwarten. Sich blind auf Esparzas Aufklärungsteam zu verlassen gefiel ihm nicht, doch er hatte keine andere Wahl.

Sie stiegen aus dem Fahrzeug. Esparza bedeutete ihm und Rossi mit einer Geste zurückzubleiben, während er selbst zum Zentrum der Lichtung lief. Losa wollte dasselbe tun, da hielt ihn einer seiner Männer am Arm fest. Rapps Hand rückte näher an die Waffe, doch der andere schien dem Boss lediglich etwas ins Ohr flüstern zu wollen. Der antwortete kurz und näherte sich anschließend Esparza.

Die Unterhaltung schien grob so abzulaufen, wie Rapp es sich vorgestellt hatte. Esparza redete lebhaft auf den Geschäftspartner ein, fuchtelte mit den Händen und sprach mit lauter Stimme. Losa beschränkte sich überwiegend auf kurzes Nicken und Erwiderungen, die zu leise waren, um sie aus dieser Entfernung aufzuschnappen.

Höchst interessant fand er, dass einer von Losas Wachposten nicht länger neben seinem Kollegen stand, sondern den Rand der Lichtung abschritt. Wieder zuckte Rapps Hand Richtung Waffe. Dann war der andere dicht genug herangekommen, dass er ihn erkannte.

»Wie läuft's bei dir, Andraž?«

»Gut, Mitch. Mr. Losa möchte gern kurz mit dir reden, wenn er fertig ist.«

»Warum?«

Der andere zuckte bloß mit den Achseln und kehrte an die Stelle zurück, von der er gekommen war.

Die Diskussion zwischen den beiden Kartellbossen zog sich noch eine weitere Viertelstunde hin, bevor Esparza kehrtmachte und zu ihnen kam. Losa blieb, wo er war, und ließ Rapp nicht aus den Augen.

Sei's drum. Warum nicht?

Er setzte sich in Bewegung. Esparza hatte etwas dagegen. »Wir brechen auf.«

Rapp ignorierte ihn und lief wortlos weiter. Als er vor Losa stand, hielt ihm der andere die Hand hin. Er schüttelte sie.

»Andraž hat Sie erkannt«, sagte er mit leichtem Akzent. »Ich habe von Ihren Schwierigkeiten in Amerika gehört, bin allerdings überrascht, Sie hier zu sehen. Darf ich davon ausgehen, dass die Drogen, die Sie gestohlen haben, Carlos gehörten?«

»Richtig«, antwortete Rapp und drehte sich um. Esparza funkelte ihn wütend an und stellte Rossi zur Rede.

»Und warum mischen Sie sich in diese Geschichte hier ein?«

»Ich verstehe die Frage nicht.«

»Oh, das glaube ich schon.«

Losa schien ihm die Legende nicht abzukaufen, die er sich zugelegt hatte, um seinen Einstieg ins Drogengeschäft zu erklären.

Als er keine Antwort gab, lächelte Losa nur. »Ich bin mir relativ sicher, dass alles, was Sie in letzter Zeit getan haben, nur der Ablenkung dient. Christine Barnetts Feindseligkeit Ihnen gegenüber kommt mir jedoch echt vor. Sie wird Ihnen eine Rückkehr nicht leicht machen.«

»Worauf wollen Sie hinaus?«

Der Mann zückte eine Visitenkarte und schob sie Rapp in die Hemdtasche. »Nachdem Sie Carlos getötet haben – ich vermute, das wird innerhalb der nächsten ein, zwei Wochen geschehen –, rufen Sie mich an. Sie werden feststellen, dass es finanziell äußerst lohnend ist, für mich zu arbeiten.«

Rapp nickte und drehte sich um. Er blieb stehen, als Losa weitersprach. »Sollte sich Ihre Freundin Irene Kennedy gezwungen sehen, die Vereinigten Staaten zügig zu verlassen, gilt mein Angebot auch für sie.«

Rapp lief zurück zum Humvee und dachte über das nach, was Coleman und Claudia gesagt hatten. Es stimmte. Im privaten Sektor musste man einfach nur warten, bis jemand angelaufen kam und mit Geldbündeln winkte.

»Was zur Hölle war das denn gerade?«, begrüßte ihn Esparza.

»Er geht davon aus, dass ich dich innerhalb der nächsten paar Wochen umlege, und will mir danach einen Job anbieten.« Rapp setzte sich neben ihn. »Jetzt sieh zu, dass du uns hier wegbringst, bevor es sich einer von denen anders überlegt und zur Waffe greift.«

38

NÖRDLICH VON HARGEYSA, SOMALIA

Sayid Halabi umarmte die letzte Person in der Reihe und trat zur Seite, während sich alle sechs zurückzogen. Allah hatte ihm eine seltene Nacht mit Bewölkung geschenkt, die den Amerikanern jegliche Bewachung aus der Luft vermasselte und die Sterne verdeckte. Er stand am Rand eines blässlichen Rings aus Licht, erzeugt von einem Lagerfeuer, das in grob 15 Metern Entfernung flackerte. Eine leichte Brise wehte den Rauch in seine Richtung und verwöhnte ihn mit Wärme und dem Duft von verbranntem Holz.

In der Nähe des Feuers lag ein junges Mädchen auf einer Liege, abgesehen von gelegentlichen Hustenattacken beunruhigend still. Aus sicherer Distanz filmte ein Mann die Flammen, die um sie herum züngelten. Er betrachtete die Glut, die durch die Luft wirbelte, dann richtete er seine Aufmerksamkeit auf die sechs Märtyrer, die vor das Mädchen traten. Jeder fuhr mit der Hand über ihr Gesicht, kleisterte sich die Finger mit Spucke, Blut und Schleim ein und rieb sich dann damit Augen und Nase.

Nachdem das erledigt war, beförderten zwei der Männer die Liege mitsamt der Sterbenden in die Flammen. Ihre Schreie erfüllten kurz die Luft, bevor sie für immer verstummten.

Entsetzt verfolgte Gabriel Bertrand vom Baum aus, an den man ihn gekettet hatte, wie der Körper des Mädchens sich krümmte und zu einer schwarzen Masse verkohlte. Danach wandte Halabi sich den Menschen zu, die ihre Kleidung ablegten und sich von oben bis unten mit starkem Desinfektionsmittel einrieben. Er wollte keine Spur der Seuche hinterlassen, die westliche Behörden nach Somalia zurückverfolgen konnten. Vor allem wollte er den Eindruck erwecken, dass die ersten Infektionen in Amerika wie aus dem Nichts auftauchten. Als handelte es sich um eine Strafe Gottes.

Tränen spiegelten sich auf den geschwollenen Wangen des Franzosen und er fing an zu schluchzen. Ob er sein eigenes Schicksal betrauerte oder das der gesamten Welt, ließ sich nicht erkennen. Natürlich war es ein Klacks gewesen, ihn zu brechen. Das Entfernen eines Fingernagels hatte gereicht, um ihn zur Mitarbeit zu bewegen. Kleinere Verbrennungen im Schrittbereich sorgten dafür, dass er keine Dummheiten versuchte.

Halabi verfügte nun über einen optimierten Fahrplan, um die Ausbreitung von AJAS in der westlichen Zivilisation voranzutreiben und den Nahen Osten so weit wie möglich zu verschonen. Individuelle Zielpersonen waren bestimmt, Abläufe verfeinert und Zeitpläne festgelegt worden. Software aus dem Internet hatte ihnen geholfen, verschiedene Szenarien zu simulieren und die Auswirkung einzelner Variablen abzuschätzen.

Selbst für den Fall, dass bei der Verbreitung der Infektion alles schiefging und die Reaktion der westlichen Staaten entschlossener ausfiel als erwartet, konnten sie von mindestens zehn Millionen Opfern ausgehen, konzentriert auf Metropolen in Amerika und Europa. Sollte alles optimal laufen, winkte ein deutlich größerer Erfolg. Die Seuche würde außer Kontrolle geraten und als Pandemie den Fortbestand der menschlichen Rasse über Generationen hinweg beeinflussen.

Die Anwendung war ursprünglich zu Forschungszwecken zur Ausbreitung der Spanischen Grippe entwickelt worden. Diese Krankheit mit AJAS zu vergleichen hatte ihn fasziniert, ebenso wie die Parallelen zwischen der damals dahingerafften Zivilisation und der heutigen.

Schon bei der Bezeichnung ›Spanische Grippe‹ handelte es sich um eine Lüge, die Amerika der Welt aufgezwungen hatte. In Wahrheit ließen sich erste Fälle zu einem militärischen Außenposten in Kansas City zurückverfolgen. Diese ›Grippe‹ hatte im Ersten Weltkrieg mehr Soldaten dahingerafft als die Kampfhandlungen an der Front. Die beengten Bedingungen von Schiffen, Schützengräben und Stützpunkten lieferten ideale Voraussetzungen für eine zügige Ausbreitung.

Die Reaktionen aus der medizinischen Forschung ließen wegen der Fokussierung auf das Kriegsgeschehen zunächst auf sich warten. Als man schließlich das Ausmaß der Bedrohung erkannte, zog das gesamte

Land an einem Strang. Die Bevölkerung trug Schutzmasken in der Öffentlichkeit, um die Infektionskette zu verlangsamen. Schlussverkäufe in Läden wurden verboten, um zu vermeiden, dass es zu größeren Menschenansammlungen auf beengter Fläche kam. Manche Städte verlangten sogar, dass Passagiere sich eine einwandfreie Gesundheit bescheinigen ließen, bevor sie Züge besteigen durften.

Es gab keinen Zweifel, dass die Vereinigten Staaten und ihre Bürger im frühen 20. Jahrhundert entschlossen reagiert hatten – gewohnt an Tod und Elend, angeführt von kompetenten Politikern, informiert durch eine ehrliche Presse.

Im letzten Jahrhundert hatte sich vieles verändert. Das amerikanische Volk begegnete den Errungenschaften der modernen Medizin inzwischen mit unerklärlicher Skepsis und zeigte sich anfällig für unsinnigste Verschwörungstheorien. Sie handelten egoistisch, stets auf den eigenen Vorteil bedacht, stellten eigene triviale Bedürfnisse über das Wohlergehen der Mitmenschen. Ihr Gesundheitssystem zielte weniger auf das Heilen von Menschen als vielmehr auf das Erwirtschaften von Profiten ab. Den USA drohte der rasche Kollaps, wenn das Land von verzweifelten Patienten in Todesangst überschwemmt wurde und das unterbezahlte Personal aus Angst, sich anzustecken, von Bord ging.

Inmitten dieser Turbulenzen rechnete er damit, dass Amerikas Politiker und Medien die aufkeimende Panik vor allem nutzten, um ihre eigene Macht und ihren Reichtum zu steigern. Zumindest bis ihnen die Größenordnung der Krise bewusst wurde. Dann würden sie sich aus dem Staub machen.

Der Lärm eines Truckmotors riss ihn aus seinen Überlegungen. Seine Leute, desinfiziert und in sauberer Kleidung, stiegen in das Fahrzeug und rollten in die Dunkelheit davon. Halabi verbeugte sich respektvoll in ihre Richtung, um ihr Opfer zu würdigen und ihnen Kraft für die lange Reise zu geben, die vor ihnen lag. Im Anschluss an den Transport nach Mogadischu stiegen sie in ein Privatflugzeug, das sie nach Mexiko brachte. Von dort aus sollten sie über die nördliche Grenze geschmuggelt werden.

Und dann änderte sich alles.

Er starrte in die Schatten jenseits des Feuers und rief sich die Schwarz-Weiß-Fotos in Erinnerung, die während der Epidemiewelle der Spanischen Grippe entstanden waren. Wie immer in solchen Fällen beunruhigten einen die Aufnahmen am meisten, die Kinder zeigten. Genau wie die Kleinen im Nahen Osten starrten sie einen von den Fotos mit einer Mischung aus Unwissenheit, Hoffnung und unangebrachtem Vertrauen an.

Auf ein verschwommenes Porträt, entstanden in der Krankenstation einer Klinik, hatte jemand mit krakeliger Schrift einen Kinderreim notiert, erdacht von einem Verstand, der zu unreif war, um die Gründe für den Zusammenbruch der Welt nachzuvollziehen, aber den verzweifelten Drang verspürte, sich damit zu beschäftigen:

Ich hatte einen Vogel,
sein Name war Xanthippe.
Ich öffnete das Fenster,
herein flog dann die Grippe.

39

Im Süden Mexikos

Rapp blieb stehen, um seine Spiegelung in der Glastür zu betrachten, bevor er hinaus auf die Terrasse trat.

Das Haarschneidegerät, das María ihm gegeben hatte, verfügte nur über einen Aufsatz, weshalb er seine lange Mähne einheitlich auf neun Millimeter gestutzt hatte. Der Bart war komplett verschwunden und glatter, leicht blässlicher Haut gewichen. Eine Pilotensonnenbrille verdeckte Augen und Teile des Sonnenbrands, den er sich zugezogen hatte.

In Verbindung mit der Kleidung, die locker um den muskulösen Körper schlotterte, gab es eine ziemlich perfekte Tarnung ab. Esparza und seine Männer waren gewarnt worden, Rapps Namen nicht in Gegenwart des Arabers zu erwähnen, der in Kürze eintreffen sollte. Immerhin ließ sich kaum ausschließen, dass der Amerikaner jemanden getötet hatte, den er kannte.

Ein SUV geriet von Westen her in Sicht. Rapp trat von hinten an Esparza und Rossi heran, die bereits auf den Gast warteten. Ihr makelloses Erscheinungsbild und die erwartungsvollen Mienen unterstrichen, wie wichtig der anstehende Deal für sie war.

Der Wagen bremste und ein Mann mit großer Kuriertasche stieg aus. Rapp blieb äußerlich ruhig, doch sein Herz schlug einen Takt schneller.

Er und Muhammad Attia waren sich nie persönlich begegnet, doch Rapp wusste alles über ihn. Größe, Gewicht, sogar die Nummer seines amerikanischen

Passes. Den Namen der ersten Freundin an der High School. Attias Familie war nach Amerika geflüchtet, als er noch in Windeln steckte, und hatte ihrem Sohn durch geschäftliche Erfolge ein behütetes Leben in der Mittelklasse ermöglicht.

Was ihn dazu veranlasst hatte, sich gegen seine Wahlheimat zu stellen, lieferte den Psychologen bei der Agency Futter für endlose Spekulationen. Rapp interessierte lediglich, dass er ein cleverer, fanatischer Hurensohn war, der mühelos in der amerikanischen Gesellschaft abtauchen konnte. Ein Mann, in dessen Ergreifung und Tötung er jede Menge Energie gesteckt hatte.

Er widerstand dem Drang, dem Gauner die Daumen in die Augen zu rammen, und begrüßte ihn mit bewusst gestelzten Worten, die seine flüssige Beherrschung der arabischen Sprache verschleiern sollten. Wer aus dem Westen stammte und redete wie ein Einheimischer, lenkte zwangsläufig Aufmerksamkeit auf sich.

»Ich spreche Englisch«, erwiderte Attia.

Esparza lächelte und reichte ihm die Hand. »Sehr erfreulich. Ich bin Carlos. Das ist mein Assistent Vicente.«

Attia schüttelte ihm etwas zögerlich die Hand und schien mehr daran interessiert zu sein, die Einsatzumgebung zu inspizieren, genau wie Rapp bei seiner Ankunft.

Esparza deutete auf Rapp. »Steh nicht rum. Trag sein Gepäck.«

Der Kartellboss hatte damit gerechnet, sich die komplette Unterhaltung von ihm übersetzen lassen zu müssen, und genoss es, sich in einer stärkeren Position wiederzufinden. Seine schroffe Anweisung sollte Rapp daran erinnern: Du arbeitest für mich.

Attia hielt ihm die Tasche hin und Esparza legte dem Gast freundschaftlich eine Hand auf den Rücken. »Kommen Sie. Das Essen steht bereits auf dem Tisch. Ich bin sicher, es wird Ihnen schmecken.« Er bedachte Rapp mit einem kurzen Blick, während sie sich dem Esstisch mit frisch geschnittenen Blumen darauf näherten. »Bring das auf sein Zimmer. Danach bist du entlassen.«

Statt in Attias Unterkunft zu gehen, tauchte Rapp in seine eigene ab und verriegelte die Tür. Eine kurze Durchsuchung der Kuriertasche förderte das erhoffte Ergebnis zutage: ein mit Klebeband versiegeltes Paket, in etwa so groß wie ein Ziegelstein.

Er legte den Fund in die Badewanne, bevor er aus dem Schrank unter dem Waschbecken einige zusammengesammelte Utensilien nahm. Eine Sonnenbrille, zwei Topfhandschuhe und einen Schal, den er vor Mund und Nase binden konnte, mussten als Schutz genügen. Besser als nichts, obwohl er davon ausging, dass er für diese Nachlässigkeit einen vorwurfsvollen Blick von Gary Statham kassiert hätte.

Mit einem Taschenmesser legte er vorsichtig den Inhalt des Pakets frei. Er war mit Schrumpffolie versiegelt. Farbe und Konsistenz entsprachen exakt den Bildern, die er vom beschlagnahmten Anthrax gesehen hatte. Fortuna war ihm hold. Oder auch nicht. Das hing davon ab, ob er in den nächsten Wochen anfing, Blut auszuhusten.

Er füllte die Badewanne, schlitzte das Plastik unter der Oberfläche auf und leerte den Inhalt ins Wasser. Sobald er sich aufgelöst zu haben schien, ließ er die Wanne ab und spülte sowohl sie als auch die Tasche mit einer Flasche hochprozentigen Tequilas aus. Ein geeigneteres Desinfektionsmittel hatte er auf die Schnelle nicht auftreiben können. Es dauerte weitere zehn Minuten, bis er mithilfe von Vorräten aus der Küche ein auf den ersten Blick vergleichbares Ersatzpaket zusammengeschnürt hatte.

Er musste die Schrumpffolie aus Marías persönlichen Vorräten ersetzen. Das Klebeband ließ sich dagegen mithilfe von etwas Sekundenkleber erneut benutzen. Vermutlich verfügte es über spezielle Markierungen, deren Abwesenheit die Männer am anderen Ende der Versorgungskette misstrauisch gemacht hätte.

Am Ende klopfte Rapp das Ganze mit einem Badetuch in Form und verwendete einen Fön zum Beseitigen der Restfeuchtigkeit. Das Endergebnis fiel recht passabel aus. Man musste schon ganz genau hinsehen, um Verdacht zu schöpfen.

Er deponierte das Paket ganz unten in der Tasche und packte die Kleidung und die anderen Gegenstände akribisch in der Reihenfolge zurück, in der er sie herausgenommen hatte. Jetzt musste er das Gepäckstück nur noch in Attias Zimmer bringen, den Ausgangspunkt seiner Reise zurückverfolgen, Halabi finden, ihn töten und seine Unternehmungen zerschlagen. Am besten bevor Attias Kontaktleute in den Vereinigten Staaten bemerkten, dass sie den Großen Satan mit einer Mischung aus Mehl, Speisestärke und Senfpulver vernichten sollten.

Was sollte also schiefgehen?

40

Mitten in Iowa

»Ich möchte, dass Sie sich alles genau anschauen«, bat Christine Barnett. »Lassen Sie die Umgebung auf sich wirken.«

Wie es ihren Gewohnheiten entsprach, taten sie, was man von ihnen verlangte. Fast 200 Menschen, überwiegend Männer in Arbeitskleidung, obwohl sie aktuell kein festes Einkommen hatten, verrenkten sich die Hälse und blickten sich um.

Die Halle war riesig und unglaublich verwahrlost. Unbenutzte Maschinen standen herum und rosteten vor sich hin. Die aufgestellten Scheinwerfer beleuchteten ausschließlich die Bühne. Die einzige Helligkeit, die auf das Publikum fiel, stammte vom wenigen Sonnenlicht, das durch zerbrochene Fensterscheiben einfiel.

Amerika erlebte einen Wirtschaftsboom. Die Aktienmärkte legten eine Rallye nach der anderen hin, die Arbeitslosenquote war auf unter vier Prozent gesunken und die Firmengewinne erreichten Rekordhöhen. Nichts davon spielte eine Rolle, solange sich ein paar abgehalfterte Fabriken als Kulisse fanden und abgehängte Bürger wie die, die gerade vor ihr standen. Ihre verwirrten, wütenden Gesichter machten all diese Erfolge bedeutungslos. Mehr noch, Joshua Alexanders Loblieder auf die Errungenschaften seiner Regierung wirkten dadurch herzlos und weltfremd.

Als sich die Aufmerksamkeit zurück auf sie richtete, beugte sie sich dichter an das Mikrofon. »Wir verfügen über die größte Wirtschaftskraft weltweit. Wir verfügen über den mächtigsten Militärapparat der Geschichte. Wir haben so gut wie alles erfunden, was man besitzen will. Autos. Strom. Computer. Smartphones. Das Internet. *Wir* haben diese Welt nach vorn gebracht. *Wir* sorgen dafür, dass sie ein sicherer Ort ist. Und das ist nun der Dank dafür? Wie konnte es so weit kommen?«

Der unvermeidliche Applaus setzte ein und sie badete im Wohlwollen der Menge. Natürlich war die Antwort auf ihre letzte Frage weithin bekannt. Maschinelle Herstellungsprozesse machten viele Jobs in den Fabriken überflüssig. Zum Teil war die Produktion aus Kostengründen notgedrungen – und, wenn man ehrlich war, unwiederbringlich – ins Ausland verlagert worden.

Die Welt veränderte sich mit rasanter Geschwindigkeit und der Trend ließ sich nicht aufhalten. Die hier versammelten Menschen blieben dabei auf der Strecke. Sie weigerten sich beharrlich, die abgehängten Städte zu verlassen, in denen sie zur Welt gekommen waren. Sie hielten sich für das Rückgrat Amerikas, blieben jedoch nur dank staatlicher Unterstützung und Invaliditätsrenten über Wasser. Junkies, Säufer und schlichte Gemüter, die jede etwas komplexere Aufgabenstellung hoffnungslos überforderte.

Ironischerweise machte sie gerade diese selbstzerstörerische Ader so nützlich. Ihr übersteigertes Selbstwertgefühl und die Opferrolle, in der sie sich sahen, ließen sich leicht manipulieren. Wenn man sie fragte, was sie überhaupt wollten, hatten sie entweder keine Antwort oder waren nicht bereit, die nötigen Zugeständnisse anzubieten, um es zu bekommen. Dafür wussten sie – mit flammender Entschlossenheit – umso mehr, was sie hassten: die Welt, die ihnen alles weggenommen hatte.

»Ihr habt euer gewohntes Leben nicht verloren«, predigte Barnett. »Es wurde euch geraubt. Inkompetenz und Korruption in Washington sind so schlimm geworden, dass eine ehrliche, hart arbeitende Person in diesem Land nicht länger überleben kann. Das ist nicht mehr das Amerika, das ich kenne. Es ist nicht das Amerika, in dem wir aufgewachsen sind. Das Land, das ich kenne, garantierte ehrlichen, hart arbeitenden Menschen Erfolg. Es garantierte, dass ihr für eure Familien sorgen konntet und eure Kinder ein besseres Leben erwartete.«

Sie wartete, bis eine weitere Welle Applaus verklungen war.

»Stattdessen verschwenden wir Milliarden, um unsere tapferen Männer und Frauen zum Kämpfen und Sterben ins Ausland zu schicken. Und wozu? Um Frieden und Demokratie zu verbreiten? Die Menschen in diesen Ländern wollen weder Frieden noch Demokratie. Selbst wenn, wäre es nicht unsere Aufgabe, dafür zu sorgen. Wieso setzen wir unser Geld und unser hervorragend ausgebildetes Militär nicht dafür ein, Probleme vor Ort zu lösen? Wieso bauen wir Brücken und Stromnetze in Afghanistan, während bei uns vor der Tür alles auseinanderfällt? Die da oben behaupten, dass Kriege und Aufbauhilfen für unsere Sicherheit sorgen, doch Billionen Dollar später stellen wir fest, dass damit das Gegenteil erreicht wird. Nun droht uns ein Verrückter mit dem Einsatz von Biowaffen. Und wie reagiert unsere Regierung? Sie tut genau das, was bereits in der Vergangenheit nicht funktioniert hat.«

Sie zog das Mikrofon vom Ständer ab und wanderte auf der Bühne hin und her. »Amerika ist die stärkste Nation seit Menschengedenken. Solche Inkompetenz werden wir auf Dauer nicht verkraften. Nichts ist unzerstörbar. Es liegt also an uns. Dies ist eine Demokratie. Es liegt an uns, die Verhältnisse zu ändern. Wir müssen unser Land schützen und sicherstellen, dass gute, hart arbeitende Menschen nicht länger ausgenutzt werden, sondern ihren verdienten Lohn erhalten.«

»Sie waren heute in Top-Form«, lobte Kevin Gray, als Barnett neben ihn auf die Rückbank der Limousine glitt. »Die ersten Blitzumfragen sehen prima aus.«

»Können wir mit einer anständigen Berichterstattung in den Medien rechnen?«

»Ich bin dran, aber Wahlkampfreden in Iowa gehören nicht unbedingt zu den Quotengaranten. Eine der britischen Royals hat gerade verkündet, dass sie schwanger ist, und Präsident Alexander legt sich enorm für Ihren Gegenkandidaten ins Zeug. Sein Auftritt in Texas war deutlich erfolgreicher, als wir erwartet haben. Nach fast acht Jahren kann er ein Publikum immer noch packen.«

»Wir müssen ihn abwürgen, Kevin. Er ist Teil der Vergangenheit. Wir müssen die Medien mit unseren Themen dominieren. Ich will die Visage dieses Kerls nicht auf jedem Sender in Amerika sehen, wie er mit Redneck-Slang seine Botschaften hinausposaunt.«

»Alexander war eindeutig der Star der Show, Senatorin. Aber sehen Sie es mal positiv. Sie treten nicht gegen ihn an. Col…« Er verstummte rechtzeitig, um nicht den Namen des Mannes auszusprechen, der nach allen Gesetzen der Wahrscheinlichkeit bei der

Präsidentschaftswahl gegen sie antrat. Sie hatte ihm verboten, den Namen in ihrer Gegenwart laut auszusprechen. »Ihr Gegner kam wie ein überflüssiges Anhängsel rüber.«

»Wie ist der Stand bei der Anthrax-Sache?«, fragte sie.

Die Trennscheibe zum Fahrer war schalldicht. Trotzdem beugte sich Gray dichter an sie heran und senkte die Stimme. »Unser Kontakt bei der Presse hat die Information erhalten und überprüft. Meines Wissens ist er mit dem Ergebnis zufrieden.«

»Also wird er sie veröffentlichen.«

Gray nickte. Man sah ihm an, dass ihm dabei etwas mulmig zumute war. »Innerhalb der nächsten 48 Stunden wird in der Presse das Pendant einer Atombombe hochgehen. Mexikanische Drogenkartelle schmuggeln Anthrax in die USA. NASA und pures Glück verhindern, dass es in Umlauf gelangt. Ex-CIA-Agent schießt auf DEA-Mitarbeiter. Das wird überall auf der Welt für Aufregung sorgen.«

»Und niemand kann die Meldung zu uns zurückverfolgen.«

»Wenn überhaupt, wird es so aussehen, als hätte jemand bei der DEA geplaudert.«

»Ganz sicher? Diese Schnalle Irene Kennedy hat überall Augen und Ohren.«

»Da müsste sie schon über seherische Fähigkeiten verfügen. Ich habe einen brandneuen Laptop benutzt, auf dem ein sicheres Open-Source-Betriebssystem installiert ist. Verschlüsselte E-Mails, die zunächst über mehrere anonyme Zwischenstationen gelaufen sind. Inzwischen liegt der Rechner in Tausende Stücke zerschlagen auf einer Mülldeponie.«

Barnett nickte zufrieden. Sie hielt den Reporter für die eigentliche Schwachstelle. Alexander und Kennedy würden ihm fraglos vorwerfen, ein laufendes Ermittlungsverfahren gegen Terroristen zum Scheitern zu verurteilen. Allerdings tickte die Uhr gegen sie. Selbst wenn sie ihn ins Gefängnis warfen, würden die Wahlumfragen zeigen, dass er sich für seine Begnadigung nur etwas gedulden musste. In ein paar Monaten würde Barnett zur Präsidentin gekürt, Alexander in die Anonymität flüchten und Kennedy ins Gefängnis wandern.

Natürlich wäre es noch hübscher, wenn der Reporter nach Verbreitung der Meldung umkäme. Auf diese Weise ließen sich Verschwörungstheorien befeuern, dass die CIA lästige Mitwisser aus dem Weg räumte. Vorerst hielt sie das für ein zu heißes Eisen.

Vorerst.

41

Im Süden Mexikos

Rapp trat aus der kühlen Luft der Klimaanlage hinaus in die spätmorgendliche Hitze. Die Sonne schickte sich an, die Regenspuren der vergangenen Nacht aus dem Dschungel zu vertreiben, und erzeugte eine spürbare Wolke aus Feuchtigkeit. Esparza und Vicente Rossi saßen auf der Terrasse an einem Tisch im Schatten.

Die Sicherheitsvorkehrungen fielen schärfer als gewöhnlich aus. Nicht weniger als 20 Männer in Kampfmontur hielten sich in Blickweite auf. Viele waren neu, von anderen Kartellen abgeworben, um die von Rapp getöteten Mitarbeiter zu ersetzen. Er prägte sich ihre Position und Bewaffnung ein, während er zum Tisch schlenderte. Ein Platz war für ihn gedeckt, doch Rapp setzte sich lieber mit dem Rücken zum Haus hin. Für gewöhnlich lud man ihn nicht zu diesen Besprechungen ein. In Verbindung mit der aufgestockten Security versetzte ihn das in ein Stadium erhöhter Wachsamkeit.

»Keinen Hunger?«, fragte Esparza und schaufelte sich mehrere Ananasstücke in den Mund.

Rapp schüttelte den Kopf und setzte die Inspektion der Bewaffneten durch die dunkle Sonnenbrille fort. Sie schienen nicht groß auf ihn zu achten und wirkten überwiegend nicht schlau genug, um Dummheiten zu versuchen. Wäre er das Ziel gewesen, hätten ihn flüchtige Blicke gestreift und Esparza nicht direkt neben ihm gesessen.

»Für deine Freundin Irene Kennedy sieht es gar nicht gut aus. Unsere Informanten sagen, in Washington gehen Gerüchte rum, dass sie über deine finanziellen Tricks Bescheid wusste oder sogar darin verwickelt war.«

»Damit kommt sie klar. Irene kriegt man nicht so schnell klein.«

»Was du mit diesen DEA-Agenten angestellt hast, ist nach wie vor nicht in den Nachrichten gelandet. Vielleicht sollte ich CNN die Aufnahmen meiner Drohnen schicken und ein bisschen Öl ins Feuer gießen.«

Rapp zuckte die Achseln. »Warum hast du mich gerufen? Gibt's Probleme mit den Arabern?«

In Esparzas Augen blitzte Ärger auf. In der Regel begegnete man ihm unterwürfig, aber in der Regel wurde er von Geschäftspartnern auch nicht derart in die

Ecke gedrängt. Eine Ecke, von der er hoffte, dass Rapp ihn daraus befreite.

»Machst du dir Sorgen, dass dein Paket erneut verloren geht?«, wollte Rapp wissen. »Ich könnte es für dich über die Grenze schmuggeln. Dann erreicht es garantiert sein Ziel.«

Er gab sich Mühe, gelangweilt zu klingen, dass man ihn als Kurier missbrauchen wollte. Hinter dem gleichgültigen Gesichtsausdruck verbarg sich das exakte Gegenteil. Sobald er Kontakt zu einem von Halabis Männern in den Vereinigten Staaten herstellte, könnte Kennedy mehrere Überwachungsteams auf ihn ansetzen. In Verbindung mit abgefangenen Telefonaten und Kommunikation über das Internet hätten sie binnen einer Woche das komplette Terrornetzwerk im Visier.

»Scheiß auf die Araber«, fluchte Esparza. »Ich hätte größte Lust, ihre Ware absichtlich zu verlieren. Dann lernen diese jammernden Arschlöcher wenigstens, nicht jedes Mal wie kleine Mädchen zu flennen, wenn die Cops einen Glückstreffer landen.«

»Wie wär's, wenn ich mich mit dem Typen unterhalte, der gestern vorbeigekommen ist? Ich könnte ihm ein paar wertvolle Lektionen fürs weitere Leben erteilen.«

»Der ist weg.« Rossi forschte in Rapps Gesicht nach einer Reaktion. Der frühere CIAler gab sich keine Blöße und starrte gelangweilt aus der Wäsche, während er innerlich laut fluchte.

»Zurück in den Nahen Osten?«, fragte er, zog einen leeren Teller heran und schaufelte ihn mit Bacon voll.

»So viel Glück haben wir nicht«, antwortete Esparza. »Diese Idioten liegen mir nach wie vor wegen der beschlagnahmten Lieferung in den Ohren. In Kürze landen ein paar ihrer Männer auf einem privaten Flugplatz, rund eine Autostunde von hier entfernt. Er ist hingefahren, um sie abzuholen. Er will, dass wir sie in die Staaten schmuggeln. Sie sollen wohl mein Vertriebsnetz unter die Lupe nehmen.«

Esparza ließ die Gabel mit Wucht auf den Tisch klirren und rief: »Dieser Scheißkerl! Er schickt Männer, die mir auf die Finger schauen! Die haben keinen blassen Schimmer, womit ich mich hier rumschlage. Die rennen bloß in ihrer Wüste rum, pflücken Mohnblüten und ficken Ziegen. Ich muss mich mit Grenzkontrollen, den Cops, dem FBI, der DEA und diesen Nervensägen von der Steuerbehörde rumärgern. Und als ob das nicht genug wäre, pfuscht mir auch noch die NASA dazwischen. Die verfickte NASA! Was wollen diese Wüstenpinscher dagegen unternehmen? Etwa Cape Canaveral auf Kamelen stürmen?«

Esparzas Gesicht war dunkelrot angelaufen und Schweiß rann ihm von der Stirn, als er sich wieder halbwegs beruhigte. Obwohl es sich eindeutig um eine rhetorische Frage handelte, schien er auf eine Reaktion zu warten.

»Ich weiß es nicht«, entschied sich Rapp für die ehrliche Antwort.

Halabi dürfte für die erste Anthrax-Lieferung längst ein Team vor Ort installiert haben. Wozu karrte er jetzt Nachschub heran? Er ging damit ein enormes Risiko ein, ohne dass sich ein konkreter Nutzen erkennen ließ.

»Mehr fällt dir dazu nicht ein?«, polterte Esparza. »›Ich weiß es nicht‹? Du hast behauptet, dass keiner diese Leute besser einschätzen kann als du.«

»Ich kann nicht in ihren Kopf reinschauen, Carlos. Überlass den Kerl mir, wenn er zurück ist. Ich besorg dir deine Antworten.«

Esparza betrachtete Rapps glatt rasiertes Gesicht und schob ihm einen Umschlag hin. »Wir haben momentan ganz andere Probleme als eine Horde Turbanträger, die mir nachspioniert.«

»Welche?« Der Amerikaner ignorierte das Kuvert und angelte sich mit der Gabel ein großes Stück Ananas.

»Damian Losa setzt mich nach dem Schlamassel mit der Mall massiv unter Druck. Er und meine restlichen Partner haben längst genug an dem Projekt verdient, um ihre Investition wieder rauszuholen, aber sie fordern mehr.«

Rapp riss den Umschlag auf und sichtete den Inhalt. Bilder von Losa, seinen Häusern, seiner Security. Lebensläufe der Leibwächter, Informationen zur Familie und den Schulen, die seine Kinder besuchten. Selbst eine Kopie der Rechnung für die Panzerung seines Range Rovers war enthalten.

»Kein leichter Job«, meinte Rapp mechanisch, während er über die Motivation hinter Halabis jüngster Aktion nachgrübelte. »Losa umgibt sich mit mehr Leibwächtern als der Präsident.«

»Ich bezahl dir eine Menge Geld. Du tust bisher nichts dafür, außer mein Essen runterzuschlingen und meine Leute zu erschießen. Jetzt kannst du zeigen, was du wert bist.«

»Soll ich es wie einen Unfall aussehen lassen oder wär's dir li…«

»Ich will einen gigantischen Feuerball! Ich will, dass die Leute ihn und seine Familie mit Zahnstochern vom

Bürgersteig abkratzen müssen. Jeder soll kapieren, dass er ein toter Mann ist, wenn er sich mit mir anlegt.«

»Ich bring keine Familien um.«

»Du arbeitest für mich.«

»Das ist unprofessionell, Carlos. Und es geht um meinen Ruf. Wenn du seine Frau und seine Kinder ausschalten willst, soll das einer deiner Jungs erledigen. Sein ältester Sohn ist neun und seine Frau spaziert mit Zehn-Zentimeter-Absätzen rum. Du hast bestimmt jemanden an der Hand, der mit solchen Zielen fertigwird.«

Esparza öffnete den Mund, um etwas zu sagen. Rapp ließ ihn gar nicht zu Wort kommen. »Ich brauche ein Team. Zwei Männer reichen. Ich habe da schon eine konkrete Vorstellung.«

»Ein Team? Das zahlst du aus deiner Tasche.«

Rapp lächelte und tupfte sich den Mund mit der Serviette ab. »So läuft das nicht, Carlos. Spesen gehen auf dein Konto.«

»Du bist nicht der einzige Killer auf der Welt.«

»Schön, besorg dir irgendeinen Amateur, der es billiger macht. Wenn er versagt und Damian Losa überlebt, wird dich seine Rache mit voller Wucht treffen. Du hast nur eine Chance und kannst dir ein Scheitern auf keinen Fall erlauben. Ich – und niemand sonst – kann dir garantieren, dass es klappt.«

Esparzas Temperament brodelte erneut, doch es gelang ihm, sich in den Griff zu bekommen. Der Mann hockte noch stärker in der Klemme, als Rapp vermutet hatte. Losa und die anderen Kartelle saßen Esparza im Nacken, seine Marihuana-Geschäfte stießen auf heftigen Gegenwind, mit dem Kokain konnte er frühestens in ein paar Jahren Gewinne erzielen und sein Vorstoß ins Heroingeschäft im Nahen Osten verlief holprig. Der Kartellboss stand mit dem Rücken zur Wand und war sich dessen bewusst.

Bevor jemand etwas sagen konnte, schälte sich ein Automotor aus der Geräuschkulisse des Dschungels. Die Wachen reagierten sofort und hievten ihre Waffen auf die Schulter.

Esparza eilte zum Rand der Terrasse und verfolgte, wie sich ein weißer Kastenwagen von Westen her näherte. Er fuhr so weit, wie es die schlechten Straßenverhältnisse zuließen, bevor er unter den Bäumen am Rand des Grundstücks hielt. Attia sprang auf der Fahrerseite heraus und öffnete die Doppeltüren am Heck, um die Passagiere aussteigen zu lassen.

Rapp bezog Position neben Esparza und musterte die Neuankömmlinge prüfend. Insgesamt sechs Menschen. Keine Kämpfer. Zwei deutlich über 50, einer fast noch ein Kind. Sogar eine Frau war dabei. Sie hockte sich hin, hielt eine Hand vor den Mund und versuchte, ein Husten zu unterdrücken. Das waren auf keinen Fall Aufpasser, die Esparzas Aktivitäten überwachen sollten. Sie kamen ihm eher wie Leute vor, die man ausgesucht hatte, weil sie in Amerika nicht weiter auffielen. Aus welchem Grund? Sollten sie als Selbstmordattentäter eingesetzt werden? Das schien ihm nach dem Aufwand, den Halabi für seine Drohkulisse mit biologischen Kampfwaffen betrieben hatte, zu banal.

»Das sollen die Leute sein, die er dir als Spione schickt?«, versuchte Rapp, Esparzas Schweigen zu brechen. Als der andere nichts sagte, bohrte er weiter.

»Das sind keine Schleuser. Sieh sie dir an. Hier stimmt was nicht, und wir müssen rausfinden, was.«

»Es ist mir völlig egal. Ich will einfach nur, dass dieser Deal über die Bühne geht.«

»Ich glaube nicht …«

»Ich hab nicht gefragt, was du glaubst«, brüllte der Drogenzar. »Sie haben uns jedenfalls aufgefordert, Abstand zu halten, und genau das werden wir tun.«

»Wie meinst du das? ›Abstand zu halten‹?«

»Keine Ahnung. Vielleicht befürchten sie, dass wir sie bestechen. Ihnen Alkohol einflößen, Delikatessen auftischen, was weiß denn ich. Jedenfalls soll keiner von uns dichter als zehn Meter an sie heran. Außerdem sollen wir sie so weit weg vom Haupthaus wie möglich einquartieren. Soll mir egal sein. Ich hab den Geräteschuppen ausräumen lassen. Sollen sie halt dort auf dem Boden schlafen.«

Kaum hatte er den Satz beendet, fing einer der älteren Männer zu husten an. Nicht so harmlos wie die Frau gerade eben. Die Heftigkeit des Anfalls holte ihn von den Beinen. Zwei Männer packten ihn an den Armen und schleiften ihn weg. In diesem Moment verstand Rapp, was hier passierte.

Halabis Männer hatten keinesfalls alle Bewohner des Dorfs im Jemen getötet, wie es ihre Propagandafilmchen suggerierten. Vorher hatten sie einige von ihnen auf die Seite geschafft, um das Virus am Leben zu halten. Nun sollte diese harmlos wirkende Gruppe über die Grenze geschleust werden, um in Flughäfen, Stadien und Restaurants andere Menschen anzustecken. Überall dort, wo sie sich in großer Zahl versammelten.

Er erinnerte sich an das Briefing zum AJAS-Virus, das er vor dem Einsatz im Dorf bekommen hatte. An die Warnung, selbst die verkohlten Überreste der Häuser auf keinen Fall anzufassen. Die Angst in der Stimme von Gary Statham, den sonst nichts aus der Ruhe brachte.

»Mitch ...«, riss ihn Esparza aus den Gedanken. »Mitch!«

Rapp löste seinen Blick von der Stelle, an der die Araber im Dschungel verschwunden waren, und bemühte sich um einen gleichgültigen Gesichtsausdruck. »Was ist?«

»Vergiss diese Spinner. Mit denen kommen wir klar. Losa ist der Einzige, über den du dir Gedanken machen solltest. Sobald er tot ist, halte ich alle Zügel in der Hand.«

42

Eine Hand berührte Carlos Esparza an der Schulter und rüttelte behutsam daran. Er schreckte aus leichtem Schlaf hoch, ohne die Augen zu öffnen. Er spürte weder die Hitze der Sonne, die durch die Fenster eindrang, noch hörte er das Rumoren der Angestellten, die Vorbereitungen für den neuen Tag trafen. Es schien mitten in der Nacht zu sein.

»Schlaf weiter oder komm mit.«

Das Mädchen war jung, bildhübsch und verfügte über einen bemerkenswerten sexuellen Appetit. Ansonsten ging sie ihm gehörig auf die Nerven. Aktuell fiel es ihm schwer genug, nachts Ruhe zu finden, da konnte er keine 17-Jährige gebrauchen, die ihn ständig aufweckte.

Es kam ihm so vor, als ob alles, was schieflaufen konnte, in den letzten Monaten tatsächlich schiefgegangen war.

Wenn man es optimistisch betrachtete, verschwanden Probleme, die so abrupt auftauchten, manchmal genauso schnell wieder. Diesmal würde es ihm gelingen, die Araber und ihren Stoff ohne Zwischenfall in die Vereinigten Staaten zu schmuggeln, und dann begannen die Gewinne aus dem Heroingeschäft endlich zu sprudeln. Rapp beseitigte Losa. Danach beseitigte Esparza Rapp. Ein Jammer, aber nicht zu ändern. Sobald Christine Barnett zur Präsidentin der USA gewählt wurde, würde sie Rapp zum Staatsfeind Nr. 1 erklären. Diesen Druck wollte er seiner Organisation ersparen.

Allerdings stellte sich die Frage, ob er Rapp tatsächlich töten oder nicht doch einen Auslieferungsdeal mit der amerikanischen Regierung aushandeln sollte. Er hielt Barnett für noch korrupter und machthungriger als die mexikanischen Politiker, mit denen er tagtäglich zu tun hatte. Mit den mickrigen Bestechungsgeldern, die er für gewöhnlich zahlte, ließ sie sich vermutlich nicht abspeisen. Bei einem Mitch Rapp in Ketten sah die Sache schon ganz anders aus. Es konnte nicht schaden, sich die Dankbarkeit der mächtigsten Person der Welt zu sichern.

Er ließ den Kopf tiefer in die Kissen sinken, vertrieb das Thema aus seinen Überlegungen und schaffte es, erneut wegzudösen. Ein Problem nach dem anderen.

Die Hand berührte ihn erneut, diesmal deutlich fester. Er wollte der Kleinen gerade einen Klaps verpassen, da zischte ihm jemand zu: »Carlos! Aufwachen!«

Der Klang von Vicente Rossis Stimme ließ ihn hochschrecken. Was hatte der Typ in seinem Schlafzimmer zu suchen? Instinktiv wollte er die Lampe auf dem Nachttisch anknipsen, doch Rossi schlug die Hand zur Seite.

Das Mädchen neben ihm rollte sich auf den Rücken. »Carlos, bist du …«

Rossi schoss vor und hielt ihr den Mund zu. »Still, du Schlampe! Bleib ganz ruhig liegen und mach keinen Mucks! Hast du verstanden?«

Esparza beobachtete, wie sich der Schatten ihres Kopfs langsam erst nach oben und dann wieder nach unten bewegte, dann ließ der andere sie los.

»Was zum Teufel machst du hier?«, flüsterte er und versuchte, sich einen Reim auf die Situation zu machen, während sein Herz unangenehm heftig in der Brust pochte. »Ist es Losa? Müssen wir …«

»Ruhig!« Rossi zog das Handy aus der Tasche. Das Display wurde hell und tauchte das hagere Gesicht seines Assistenten in bläuliches Licht.

»Was …«

»Lies«, befahl Rossi.

Esparza schaute auf den Bildschirm. Irgendetwas über Anthrax, das man an der amerikanischen Grenze abgefangen hatte. »Eine Nachrichtenmeldung? Dafür weckst du mich? Was zum …«

»Nicht reden. Lesen!«

Esparza griff zum Telefon und überflog den Text. Sein Ärger verflog, als er zur Stelle kam, an der die Razzia in der Tiefgarage der Mall von San Ysidro erwähnt wurde.

»Diese Schweine!«, fluchte er leise.

Die Araber, mit denen sie verhandelten, waren keine Heroindealer, sondern Terroristen, die mithilfe seiner Vertriebskanäle einen biologischen Kampfstoff in die Vereinigten Staaten einschmuggeln wollten.

»Sag den Wachen, sie sollen in den Schuppen gehen und jeden Einzelnen dieser …«

»Vergiss die Araber!«

Esparza schwieg irritiert.

»Du hast Mitch Rapp nur aus einem einzigen Grund angestellt. Weil du glaubst, dass er sich nicht für den Handel mit Drogen interessiert.« Rossi tippte anklagend auf das Display. »Das hier interessiert ihn definitiv.«

Mitch Rapp stand reglos im Dschungel und lauschte. Insekten summten. Zweige raschelten leise, in Bewegung gesetzt von einem Windstoß, so schwach, dass man ihn nicht spürte. Das rhythmische Tropfen von Wasser.

Die einzige praktikable Möglichkeit, Esparzas Haus unbemerkt zu verlassen, führte an einer schmalen Hecke entlang, die sich bis zur Grundstücksgrenze erstreckte. Rapp war aus dem Fenster geklettert, als zwei Wachen kurz ihren Posten verließen, um eine Zigarette zu rauchen. Er brauchte geschlagene 90 Minuten, um an der ungeschützten Stromleitung vorbeizukommen, die hinter der Hecke verlief. Schließlich erreichte er den Dschungel.

Von dort aus blickte er nun auf das dunkle Anwesen. Esparza teilte seine Security in zwei Zwölf-Stunden-Schichten ein. Alle Posten waren rund um die Uhr bemannt, drei weitere Wachen patrouillierten nachts auf dem Gelände. Das Problem bestand darin, dass er aktuell keine von ihnen sah. Sämtliche Männer schienen abgezogen worden zu sein und er nahm keinerlei Bewegung rund ums Haus wahr. Oberflächlich betrachtet war das eine gute Sache. Aber es wich von der Regel ab. Und er hasste es, wenn etwas von der Regel abwich.

Es fiel ihm schwerer als erwartet, seine Strategie an die veränderten Umstände anzupassen. Eigentlich hatte er geplant, sich Rossis Handy zu schnappen, doch diese Idee verwarf er ganz schnell. Angenommen, er hätte es unbemerkt in Rossis Zimmer geschafft und Rossis Karte wäre für internationale Gespräche freigeschaltet, was sollte er dann tun? Kennedy anrufen, damit sie die Kavallerie schickte? Laut seinem letzten Gespräch mit Esparza kämpfte sie um ihr politisches Überleben. Und er befand sich nicht im Irak oder in Afghanistan, sondern in Mexiko. Einem Land, das allergisch darauf reagierte, wenn ohne Vorwarnung US-Truppen einmarschierten.

Hinzu kam, dass die Bedrohung nicht bloß aus einem Schuppen voller Biowaffen bestand. Es ging um einen Schuppen voller eigenständig denkender und handelnder Biowaffen. Falls sie flüchteten, flog ihnen die ganze Scheiße auf eine Art um die Ohren, wie sie es seit über einem Jahrhundert nicht mehr erlebt hatten.

In Anbetracht dieser Umstände hielt er es für das Beste, keine unnötigen Risiken einzugehen. Am besten erschoss er sie auf der Stelle, isolierte ihre Leichen und fackelte den Schuppen ab. Eigentlich die perfekte Lösung für das Biowaffen-Thema. Blöd nur, dass ein Problem übrig blieb.

Er selbst.

Auch ohne Gary Stathams Expertenrat war ihm klar, dass er nicht in den Schuppen rennen und Blut verspritzen konnte, ohne Gefahr zu laufen, sich selbst anzustecken. Also durfte er hinterher keinerlei Kontakt zu anderen Menschen riskieren. Nicht zum Haus zurückrennen. Nicht gegen die Wachen kämpfen. Nicht zum nächsten Telefon laufen. Im besten Fall lebte er die nächsten zwei Wochen isoliert in einer feuchten Höhle in den Bergen. Im schlimmsten Fall starb er während der nächsten zwei Wochen isoliert in einer feuchten Höhle in den Bergen.

Ein weiteres vorsichtiges Absuchen des Grundstücks förderte keine Spur der verschollenen Wachposten zutage, also setzte er seinen Weg fort. Um im dichten Blattwerk keine verräterischen Geräusche zu erzeugen, musste er im Schneckentempo kriechen. Endlich erreichte er den Verschlag, in dem die Araber einquartiert waren.

Die vorher darin aufbewahrten Werkzeuge und Gerätschaften verteilten sich wahllos in der Umgebung. Rapp rutschte auf dem Bauch über den klammen Untergrund und näherte sich einem Gefährt, das er für einen Aufsitzmäher hielt, vollgepackt mit Harken und Schaufeln.

Vermutlich befand sich Benzin im Tank, das er für die Umsetzung seines Vorhabens dringend brauchte, aber es abzuzapfen hätte zwangsläufig Aufmerksamkeit erregt. Glücklicherweise stieß er kurz darauf neben einem Stapel modriger Paletten auf eine deutlich bequemere Lösung in Form eines 20-Liter-Kanisters. Ein prüfender Stoß verriet, dass er fast voll war. Zufrieden schraubte er den Schalldämpfer vor die Mündung der Glock und kämpfte sich durch die überall herumliegende Ausrüstung zur Vorderseite des Schuppens.

Sein Plan war denkbar simpel. Die Tür eintreten. Alle erschießen und die Mündungsblitze als Lichtquelle nutzen. Danach etwas Benzin. Ein Feuerzeug. Und Abmarsch Richtung Hügel.

Bedauerlicherweise scheiterte er bereits am ersten Schritt. Als er die Tür erreichte, stand sie weit offen.

Rapp zog sich das T-Shirt vor Nase und Mund, bevor er zur Schwelle schlich. Er ließ das Feuerzeug kurz aufflackern, um ins Innere zu spähen.

Leer.

Einen Moment später folgten die ersten Schüsse. Instinktiv wirbelte er herum, merkte dann aber, dass sie nicht aus direkter Nähe kamen. Hinter den Bäumen flackerte seitlich an Esparzas Haus das wabernde Licht von Automatikfeuer auf. Obwohl sich die Anzahl der Waffen nicht genau bestimmen ließ, gab es keinen Zweifel am Ziel, das sie anvisierten: sein Schlafzimmer.

Rapp schleppte den Gaskanister zum Schuppen und verteilte den Inhalt großzügig auf die Außenwände. Als er die Tür erreichte, warf er den fast leeren Container hinein und umrundete den klapprigen Holzbau ein weiteres Mal, diesmal mit dem Feuerzeug. Als er fertig war, loderten die Flammen an der hinteren Wand bereits drei Meter hoch.

Der Beschuss am Haus stoppte, stattdessen ertönten laute Rufe. Er verstand kein Wort, doch der Tonfall verriet, dass sie bemerkt hatten, nur auf ein leeres Bett zu zielen.

43

»Rückzug, ihr Idioten!«

Die Wachposten wichen in enger Formation in den Flur zurück. Esparza achtete darauf, geduckter als die anderen Männer zu laufen. Die einzige Ausnahme bildete Vicente Rossi, der aussah, als wäre er am liebsten auf Knien weggekrochen.

Die Schwachköpfe, die er derzeit zu seinem Schutz einsetzte, hatten ein verlassenes Bett unter Beschuss genommen und ihre Munition in einer panischen Welle abgefeuert. Jetzt waren sie zum Ausgang am südlichen Ende des Grundstücks unterwegs. Sie erinnerten sich nur zu gut, was Rapp ihren Kameraden angetan hatte. Die wenigen, die so dämlich gewesen waren, keine Ersatzmunition mitzunehmen, schienen mit dem Gedanken zu spielen, sich abzusetzen.

»Bleibt zusammen!«, rief Esparza. »Sobald wir uns trennen, wird er einen nach dem anderen abknallen.«

Das war natürlich gelogen. Mitch Rapp interessierte sich nicht für die Wachen, die Esparza als menschlichen Schutzschild einsetzte. Vermutlich interessierte er sich für gar keinen von ihnen, sondern nur für die Araber. Diese beschissenen verlogenen Turbanträger, die …

Das betäubende Dröhnen von Automatikfeuer erfüllte plötzlich das Haus. Esparza wurde fast umgestoßen, als sich die Männer vor ihm zurückfallen ließen. Ein paar versuchten, die Schüsse zu erwidern, aber da sie so dicht gedrängt standen, mussten sie einander ausweichen, was genaues Zielen so gut wie unmöglich machte. Esparza bemerkte Mündungsblitze am anderen Ende des Gangs, doch Gesicht und Körper des Schützen waren weitgehend verdeckt. Die Männer hinter ihm ergriffen die Flucht. Er folgte ihnen und forderte sie auf, ihm Deckung zu geben. Sie reagierten nicht.

Die zwei Wachen vor ihm gingen zu Boden und er spürte ein Brennen am rechten Ohr, als ihn eine Kugel streifte und einen weiteren seiner Leute niederstreckte.

Der Schütze – höchstwahrscheinlich Rapp – richtete seine Aufmerksamkeit auf die Deckenlichter. Glassplitter regneten auf ihn herab und es wurde schlagartig finster. Neben ihm geriet Rossi ins Stolpern, schaffte es aber, sich auf den Beinen zu halten. Die weiter vorn Laufenden bogen um eine Ecke.

Statt ihnen zu folgen, duckte sich Esparza in eine große, unbenutzte Bibliothek. Er wollte gerade die Tür schließen, da warf sich Rossi von der anderen Seite dagegen. Der Jüngere zwängte sich durch den Spalt und rang keuchend nach Luft, dann legte Esparza die Kette vor. Im Flur war es still geworden. Nur der Gestank von Schießpulver erinnerte an die Aufregung.

»Das wird ihn nicht lange aufhalten«, meinte Rossi und stolperte eine kurze Treppenflucht hinunter, die zum anderen Ende der Bibliothek führte. Der Boden war an dieser Stelle fast zwei Meter abgesenkt, was in Verbindung mit der offenen Deckenstruktur ein beeindruckendes Gefühl von Weitläufigkeit erzeugte. Wandregale, bestückt mit ungelesenen Büchern, überragten das einzige andere Möbelstück im Raum – einen ultramodernen Schreibtisch aus Acryl samt Chefsessel mit Lederlehne. Rossi bezog Deckung hinter Letzterem. Sein studiertes Gehirn schien nicht zu begreifen, dass er so gut wie keinen nennenswerten Schutz bot.

Esparza trug nur eine Trainingshose, Slipper ohne Socken und ein Schulterholster, in dem seine Desert Eagle steckte. Er zog die Waffe und richtete sie auf Rossi.

»Was soll das …«

Esparza gab einen einzelnen Schuss auf den oberen Teil der Lehne ab, stanzte ein Loch hinein und bedeckte seinen Assistenten mit Lederbröckchen.

»Geh raus und red mit ihm, Vicente.«

»Nein! Er wird mich erschießen!«

»Warum sollte er das tun? Drogen interessieren ihn nicht, oder? Erklär ihm, dass wir nichts vom Anthrax wussten, und find raus, was er will.«

»Wir haben gerade versucht, ihn umzubringen, Carlos. *Du* hast versucht, ihn umzubringen. Er …«

Esparza zielte erneut auf den Sessel, was Rossi veranlasste, in Richtung Boden abzutauchen. »Hör auf zu schießen!«, kreischte er.

»Die nächste Kugel landet in deinem Gesicht, du nutzloses Stück Scheiße! Mach, dass du da rauskommst!«

Der Jüngere blieb, wo er war, schien aber langsam zu begreifen, dass sein Boss nicht bluffte. Zögernd näherte er sich den Stufen und lief sie hinauf, während Esparza ihn durch das Visier im Blick behielt.

»Mr. Rapp«, rief er durch die geschlossene Tür. »Hier ist Vicente. Wir haben gerade eine Meldung über den Anthrax-Schmuggel gelesen. Davon wussten wir nichts, bitte glauben Sie uns. Warum sollten wir uns in einen Anschlag gegen Amerika verwickeln lassen? Uns geht es nur darum, ein sicheres, qualitativ hochwertiges Produkt an Leute zu liefern, die daran interessiert sind. Damit unterscheiden wir uns in nichts von Ihren Firmen, die Alkohol, Tabak oder Medikamente anbieten. Wir wollen bloß Geld verdienen. Wir haben darüber gesprochen. Allein aus diesem Grund arbeiten wir mit den Arabern zusammen.«

»Mach die verdammte Tür auf«, forderte Esparza und nahm ihn weiter ins Visier. »Sofort!«

Sein Assistent folgte der Aufforderung, schob die Kette zurück und zog die Tür ein paar Zentimeter weit auf. Als nichts geschah, öffnete er sie vollständig und trat zögernd in den Flur.

»Das ist schrecklich für unser Geschäft. Wir wollen Ihnen helfen, die Angelegenheit zu klären. Wir könnten …«

Erneut setzte Beschuss ein und verschluckte seine nächsten Worte. Esparza kam mit gezückter Pistole herangestürmt, ahnte jedoch, dass Rapp nichts damit zu tun hatte. Er hätte durch einen gezielten Schuss kurzen Prozess mit Rossi gemacht. Eher handelte es sich um einen seiner Männer, der den Amerikaner entdeckt hatte, nachdem dieser sich kurz aus der Deckung gewagt hatte.

Rossi wollte zurück in die Bibliothek fliehen, verfehlte jedoch die Öffnung und prallte mit voller Wucht gegen den Knauf. Die Kollision schleuderte ihn in die Mitte des Korridors zurück, wo ihn mindestens zwei Geschosse trafen. Sie ließen ihn taumeln, dann landete er flach auf dem Rücken und starrte mit leerem Blick an die Decke.

Esparza sprintete zur Tür, knallte sie zu und verriegelte erneut. Rapp würde kurzen Prozess mit dem Schloss machen, doch fürs Erste dürfte ihn die Wache aufhalten, die den Flur deckte. Er zog sich über die Stufen zurück und wich nach links aus, wo er nach einem versteckten Schalter hinter einem Regal tastete. Sobald er ihn drückte, schwang der komplette Aufbau zur Seite. Er hatte den Geheimgang nicht einbauen lassen, weil er damit rechnete, ihn je zu brauchen, sondern weil er sich immer einen gewünscht hatte. Nun rettete er ihm womöglich das Leben.

Esparza glitt seitlich hinein und schob das Regal an die ursprüngliche Position. Seine Platzangst machte sich sofort bemerkbar, als er im matten Licht zwischen den engen Betonwänden stand. Der Architekt hatte darauf bestanden, den Gang möglichst schmal anzulegen, um die elegante Stilistik der Bibliothek nicht zu stören. In diesem Moment verfluchte sich Esparza, auf ihn gehört zu haben.

Vor einer scharfen Biegung im mittleren Abschnitt zögerte er. Sein Bauchumfang hatte in den vergangenen Jahren deutlich zugelegt, aber Panik und ein Schweißfilm als Schmiermittel halfen ihm am Hindernis vorbei.

Dann ging das Licht aus.

Esparza erstarrte. Das Blut rauschte in den Ohren und verhinderte, dass er in der Stille etwas hörte. Da war ohnehin nichts. Keine Schüsse. Keine Schreie. Nur das angestrengte Rasseln des eigenen Atems.

Am Ende waren es nicht seine Ohren, die etwas registrierten, sondern seine Nase. Rauch. Adrenalin schoss ihm durch den Körper und er merkte, wie der Mund trocken wurde. Hatte Rapp das Haus angezündet, um ihn aus seinem Versteck zu locken?

Er setzte sich in Bewegung. Panik ergriff von ihm Besitz. Am Ende des Geheimgangs tastete er blind nach dem Hebel. Wo genau brannte es? Wo befand sich Rapp? Hatte er sich Zugang zur Bibliothek verschafft und war ebenfalls auf den Gang gestoßen? Schlich er in diesem Moment an ihn heran? Lauerte er wenige Meter entfernt in der Dunkelheit?

Verdammter Hebel! Wo bist du?

Auf der anderen Seite der Wand erwartete ihn die Freiheit, redete er sich ein. Rapp war allein und das Haus riesengroß. Man konnte nicht töten, was man nicht sah.

Endlich streiften seine Finger einen tief eingelassenen Griff. Er zog daran. Das unterdrückte Klicken kam ihm gefährlich laut vor. Er hievte den Körper in eine

Position, die es ihm ermöglichte, das Brett einige Zentimeter nach außen zu schieben. Zur Belohnung strömte heiße, rauchige Luft durch den Spalt. Flammen flackerten. Rapp mochte ein begnadeter Killer sein, aber er war kein Zauberer. Auf keinen Fall wusste er von der Existenz des versteckten Gangs. Niemals fand er zufällig den Ausgang, der sich gut getarnt hinter Weinranken befand.

Die Wahrheit lag auf der Hand: Der CIA-Mann mochte sich im Dschungel passabel angestellt haben, aber er operierte außerhalb seiner Komfortzone. Weder beherrschte er die Sprache der Einheimischen fließend noch kannte er sich in der Region aus. Ihm stand weder ein Back-up noch ein Kommunikationsmittel zur Verfügung. Esparza dagegen musste sich nicht mit solchen Einschränkungen herumschlagen. Es reichte, wenn er sich zu seinem Wagen durchschlug und davonfuhr. War die akute Gefahr gebannt, konnte er Verstärkung anfordern. Dann sähe Rapp sich nicht bloß einer Handvoll Wachen gegenüber, sondern Militär, Polizei und selbst die Bauern aus der Gegend würden Jagd auf ihn machen. An Entkommen wäre nicht zu denken.

Der Kartellboss schob sich an der Wand entlang und hielt die Desert Eagle vor sich gestreckt. Als er den Rand der von Ranken überwucherten Mauer erreichte, konnte er endlich die Quelle des Rauchs zuordnen. Es war nicht das Haus, das brannte, sondern der Schuppen, in dem die Araber untergebracht gewesen waren.

Esparza gab seine Deckung auf, stürmte an der Ostseite des Gebäudes ins Freie und arbeitete sich in großzügigem Abstand vorbei an Bäumen zu einer frei stehenden, etwa 50 Meter entfernten Garage. Als er den seitlichen Zugang erreichte, presste er sich daneben mit dem Rücken gegen die Wand. Seine Hand zitterte und glänzte vor Schweiß. Nach einigen Fehlversuchen gelang es ihm, den Knauf zu drehen. Die gut geölte Tür schwang auf und er glitt hinein. Im Halbdunkel zeichnete sich wenige Schritte weiter der Umriss eines Humvees ab.

Der geländegängige Truck aus Armeebeständen war schwer gepanzert, verfügte über kugelsicheres Glas, Run-Flat-Reifen mit Notlaufeigenschaften und einen aufgebohrten Motor. Auf dem ganzen Gelände würde Rapp keine Waffen finden, um diese Festung auf vier Rädern zu sprengen, und kein Fahrzeug, das flott genug war, ihn einzuholen.

Im Krebsgang arbeitete er sich zum Seitenfenster des Wagens vor und spähte hinein, um sich zu vergewissern, dass Rapp nicht auf ihn lauerte.

Leer.

Er fühlte sich ähnlich erleichtert wie nach dem Verlassen des Geheimgangs. Gut möglich, dass Rapp nicht mal nach ihm suchte. Oder, noch besser, dieser verräterische Mistkerl war von einem der Wachposten erschossen worden. Nicht ausgeschlossen.

Esparza kletterte in den Humvee. Der Schlüssel lag in einem versteckten Fach unter dem Armaturenbrett. Das Garagentor war verschlossen. Es zu öffnen nahm zu viel Zeit in Anspruch. Er beschloss, der Panzerung zu vertrauen, Vollgas zu geben, die Tür zu rammen und Rapp die Rücklichter zu präsentieren. Er drehte den Schlüssel in der Zündung und brachte den Fuß über dem Gaspedal in Position.

Nichts passierte.

Ein zweites Drehen des Schlüssels hatte den gleichen Effekt. Ihm fiel auf, dass die Innenbeleuchtung beim

Öffnen der Tür nicht angegangen war. Er fummelte am Schalter. Auch da tat sich nichts.

Seine emotionale Verfassung schlug abrupt in Entsetzen um, als er die Verriegelung der Kühlerhaube löste und einen Blick auf den Motor warf. Die Funktionsweise eines Autoantriebs mochte ihm ein völliges Rätsel sein, doch dieses Problem konnte selbst ein totaler Laie identifizieren: Die Batterie fehlte.

Esparza sank neben dem Reifen auf der Fahrerseite auf die Knie und verlor die Kontrolle über seine Atmung. Das musste Rapps Werk sein. Der CIA-Agent spielte mit ihm und setzte es darauf an, dass er in Panik geriet. Damit er irgendetwas Dummes tat und verriet, wo er sich auf dem weitläufigen Gelände aufhielt.

Esparza verließ die Garage wieder durch die Seitentür und hielt die Pistole in den zitternden Händen. Er bildete sich ein, eine Bewegung im Flackern der Flammen zu erkennen, verkniff sich jedoch, die Waffe abzufeuern. Tarnung war seine einzige Hoffnung. Das leiseste Geräusch könnte seinen Tod besiegeln.

Er kroch in Richtung Dschungel und schob sich an nassen Blättern vorbei auf der Suche nach den Wartungsfahrzeugen, die geschätzt 75 Meter weiter östlich parkten. Die Dunkelheit nahm zu und seine Augen forschten nach menschlichen Umrissen in den Bäumen. Alle paar Sekunden blieb er stehen, weil der Verstand ihm etwas vorgaukelte: Rapp, wie er sich von hinten näherte. Rapp, der sprungbereit in einem Baum über ihm hockte. Rapps mit Schlamm verschmierte Hand, die hinter einem Busch hervorragte.

Er schlug sich bis zur Zufahrt durch, blieb am Rand, hielt Ausschau nach Bewegung. Bis auf eins der

Fahrzeuge – ein Jeep mit offenem Verdeck – waren alle verschwunden. Diese elenden Feiglinge. Die überlebenden Wachen hatten sich damit abgesetzt.

Er blieb reglos stehen und suchte das Fahrzeug mit Blicken ab. Normalerweise steckten die Schlüssel. War das auch jetzt der Fall? Rapp rechnete bestimmt nicht damit, dass er hier auftauchte. Wusste er überhaupt, dass dieser Abstellplatz existierte? Nein, versuchte Esparza, sich selbst zu überzeugen. Der CIA-Mann konzentrierte sich garantiert auf die naheliegenderen Fluchtwege.

Er kämpfte gegen den Drang an, sich aus der Deckung zu wagen. Mit jeder verstreichenden Sekunde wuchs seine Nervosität. Der Jeep stand direkt vor ihm. Wenige Meter entfernt. Er konnte damit über die schlecht erhaltene, aber passierbare Lehmpiste in die Zivilisation zurückkehren, zu Kräften kommen und die nächsten Schritte planen.

Er traf eine Entscheidung, joggte ein paar Schritte und sprang in das zurückgebliebene Fahrzeug. An der Zündung stießen seine Finger nicht etwa auf den erhofften Schlüssel, sondern gegen etwas Glattes und Nasses. Er beugte sich vor und erkannte die Umrisse einer abgetrennten Hand, die sich nach wie vor am Schlüssel festklammerte.

Esparzas Verstand setzte aus. Er verließ den Geländewagen fluchtartig und stürmte über den holprigen Weg, der vom Grundstück führte. Nach weniger als 25 Metern meldete sich ein stechender Schmerz im rechten Bein und er brach zusammen. Er begriff nicht, was geschehen war. Als Esparza mit der Hand an seinem Bein entlangfuhr, blieb er an der zerschmetterten Kniescheibe hängen.

Er schrie auf und wollte aufstehen, doch seine Gelenke versagten den Dienst. Einen Augenblick später packte ihn etwas am Fuß und schleifte ihn ins Unterholz.

44

NÖRDLICH VON HARGEYSA, SOMALIA

»Wir sind in Sicherheit.«

Die Mitteilung kam stark verzerrt, aber noch verständlich über Sayid Halabis Headset herein. Er stieß erleichtert die Luft aus, lehnte sich gegen die Wand der Höhle und starrte ausdruckslos ins Halbdunkel.

Er hatte mehr als 100 Mitarbeiter in der ganzen Welt darauf angesetzt, 24 Stunden täglich das Nachrichtengeschehen zu überwachen. Dank Allahs Hilfe hatten sie wenige Minuten nach der ersten Veröffentlichung von dem abgefangenen Anthrax erfahren und es war ihm gelungen, die Nachricht an Muhammad Attia weiterzuleiten.

»Esparzas Wachen haben nicht versucht, euch aufzuhalten?«

»Wir wollten eigentlich erst bei Sonnenaufgang aufbrechen. Dass wir früher gefahren sind, schien sie nicht zu beunruhigen.«

»Wo seid ihr jetzt?«

»Im Van auf der 307 westlich von Juncaná. Laut Navi sind wir in ungefähr neun Stunden an der Lagerhalle, wo wir den Truck abholen sollen. Wie lauten deine Befehle?«

Der Plan sah vor, dass sie nach Córdoba fuhren und dort in einen Sattelschlepper mit doppeltem Boden umstiegen, der das Schmuggeln der Infizierten über die Grenze erleichtern sollte. Die Frage war, inwieweit sich ihre Lage verändert hatte. War es nötig, die Strategie in Anbetracht der jüngsten Entdeckung der US-Regierung anzupassen? Er hätte Attia anweisen können, die Kranken einzeln in Städten auf der Fahrt nach Norden abzusetzen. Doch was erreichten sie damit? Die Leute sprachen kein Spanisch, hatten keine sichere Zuflucht oder mexikanische Papiere und ihre kollektive Barschaft beschränkte sich auf 10.000 Dollar. Die Seuche würde sich dann ebenfalls ausbreiten, aber langsamer und in einer dünn besiedelten Region, Tausende Kilometer von der südlichen Grenze der Vereinigten Staaten entfernt. Sobald der Rest der Welt mitbekam, was vor sich ging, blieb ihnen genug Zeit, die Ausbreitung zu stoppen, so wie seinerzeit bei SARS in Asien.

»In welchem Zustand befinden sich deine Mitfahrer?«

»Zwei weisen leichte Symptome auf. Einer ist relativ krank, hält sich aber auf den Beinen.«

»Rechnest du mit Problemen, den Truck zu erreichen?«

»Nein. Die Straßen sind gut und es bleibt trocken. Um diese Zeit morgens herrscht kaum Verkehr und wir haben bisher keine Polizei gesehen. Meine einzige Sorge ist, dass Esparza seine Leute informiert hat und das Kartell jetzt gegen uns arbeitet.«

Halabi stand auf und hinkte im engen Gewölbe auf und ab. Er hielt es für möglich, dass Esparza gar nichts von dem Anthrax mitbekommen hatte. Selbst wenn, wieso sollte er daraufhin nennenswerte Ressourcen für eine Suche nach Attia einsetzen? Ihm ging es vor allem darum, Schaden von der eigenen Unternehmung abzuwenden. Sich zum einen vor den US-Behörden zu schützen, die sein Kartell als Terrororganisation abzustempeln drohten, zum anderen vor der mexikanischen Regierung und anderen Drogenringen.

»Wie lauten deine Befehle?«

Halabi antwortete nicht sofort, obwohl seine Entscheidung feststand. In Wahrheit hatte sie das von Anfang an. Gott hatte ihm diesen Wendepunkt der Geschichte zu Füßen gelegt – eine Zeitspanne von ein paar Stunden, in der eine Handvoll Leute alles zerstören konnten, was der Westen innerhalb der letzten zwei Jahrtausende mühsam aufgebaut hatte.

Die Arroganz in den Herzen der Menschen würde verschwinden. Einmal mehr würde die Menschheit vor dem Schöpfer niederknien und ihn um Vergebung anflehen. Einmal mehr würden sie begreifen, dass nichts von dem, was sie erreicht und erschaffen hatten, von Bedeutung war.

»Wir machen weiter wie geplant«, entschied er. »Sei vorsichtig.«

»Verstanden.«

Halabi beendete den Anruf und sah sich um. Die Vorbereitungen für die Flucht liefen bereits. Ihre Kommunikation war relativ gut abgesichert, aber längerer Kontakt mit Attia von einem festen Standort aus stellte definitiv ein Risiko dar. So gut wie jede Verbindung ließ sich abhören und niemand wusste, welche neuen technischen Tricks den Amerikanern in letzter Zeit eingefallen waren.

Er lief zu einer Sperrholzkiste, die auf dem Boden stand, und holte eine Pistole heraus. Eine Glock 19. Dasselbe Modell, das Mitch Rapp benutzte.

Als er die Kammer verließ, hatten die Aktivitäten im restlichen Höhlensystem fieberartige Ausmaße angenommen. Alle Beweise für ihre Anwesenheit wurden ausgelöscht, Ausrüstung wurde zerlegt und Vorräte zu Lastwagen gebracht, die vor dem Eingang warteten. Sobald sie beladen waren, verteilten sich die Lkws in alle Himmelsrichtungen und blieben bis zum Grenzübertritt nach Äthiopien ununterbrochen in Bewegung. Eine Sturmfront wurde vorhergesagt, drei Tage schwere Regenfälle und bedeckter Himmel. Das konnten sie nutzen, um die westlichen Überwachungssysteme auszuhebeln und sich am Ende in einem ähnlichen Höhlenkomplex weiter westlich zu sammeln.

Halabi lief an einer Gabelung rechts weiter, bis er die gesuchte Kammer erreichte.

Gabriel Bertrand gab ein völlig anderes Bild ab als noch vor einer Woche. Die relativ luxuriöse Umgebung war abgelöst worden durch … einen Hauch von nichts. Er hockte im Dreck, ein Handgelenk an einen in das Gestein getriebenen Keil gekettet. Körper und Haare waren verdreckt mit Schlamm, Blut und etwas, das nach eigenen Exkrementen aussah.

Der Franzose drehte sich zu Halabi um. Sein stumpfer Gesichtsausdruck verriet, dass er ihn gar nicht richtig wahrnahm.

»Ich dachte mir, bevor du stirbst, interessiert es dich, dass der Startschuss für den von dir ausgearbeiteten Plan gefallen ist.« Halabi zielte mit der Glock auf ihn. »Nichts kann uns jetzt noch aufhalten.«

45

Im Süden Mexikos

»Aber du bist in Ordnung?«, fragte Kennedy. Ihre blecherne Stimme dröhnte aus dem Lautsprecher des Satellitenhandys, das auf dem Kotflügel des Humvee lag.

»Ja«, antwortete Rapp, öffnete einen Schrank an der Rückwand der Garage und fischte die Batterie des Fahrzeugs heraus. »Für den Moment schon.«

»Und du bist dir sicher, dass die Anthrax-Lieferung vernichtet ist?«

Neben dem offenen Garagentor lag Carlos Esparza auf dem Boden. Er verrenkte sich den Hals, um mitzubekommen, was passierte. Rapp hatte ihn mit Utensilien aus einer Schublade gefesselt. Die Hände mit einem längeren Stück Draht, die Beine mit einem mehrfarbigen Bungeeseil. Die Blutung am Bein musste fürs Erste mit einem schmierigen Lappen und Tape als Verband vorliebnehmen.

»Ja. Die spielt eh keine Rolle. Halabi wollte uns damit bloß ablenken.«

»Uns ablenken? Wovon?«

»Er hat nicht alle erkrankten Dorfbewohner im Jemen getötet. Mindestens einen von ihnen ließ er leben, um seine eigenen Leute mit AJAS zu infizieren. Sechs von ihnen sind in Begleitung von Muhammad Attia auf dem Weg zur Grenze.«

Eine kurze Pause entstand in der Leitung. Als Kennedy weitersprach, klang sie ungewöhnlich erschüttert.

»Von deinem aktuellen Standort nach Texas braucht man mit dem Auto ungefähr 36 Stunden. Hast du eine Ahnung, wo sie momentan sind? Was sie vorhaben?«

»Nein«, entgegnete Rapp, der nebenbei die Batterie in den Motor einsetzte. »Ich werde es herausfinden.«

Esparza wollte sich davonmachen, kam aber nur wenige Zentimeter weit, bevor Rapp ihn an den Haaren festhielt.

»Ich weiß nichts über dieses Anthrax oder das, was im Jemen passiert ist«, rief er panisch. »Das muss dir doch klar sein. Ich wollte nur eine Partnerschaft mit …« Er fing an zu kreischen, als Rapp eine Hand um die zerschmetterte Kniescheibe krallte.

»Das Einzige, was ich im Moment von dir hören will, sind Antworten auf meine Fragen. Klar?«

»Ja! Sonnenklar. Aber ich …«

Rapp drückte erneut zu und wieder hallten die Schreie des anderen durch die Garage.

»Alles nach ›Ja‹ war unnötig.«

Esparza kniff die Lippen zusammen und zwang sich zum Schweigen.

»Die Araber, Carlos. Wo sind sie?«

Sein Staunen wirkte echt. »Was … Was meinst du?«

Rapp wollte sich erneut über sein Knie hermachen. Der Kartellboss versuchte, der Attacke auszuweichen. »Stopp! Du hast sie doch umgebracht! Du hast sie samt Schuppen abgefackelt!«

»Ich habe einen leeren Schuppen abgefackelt. Sie waren bereits weg, als ich hinkam. Genau wie der Van, mit dem sie gekommen sind.«

»Das … Davon wusste ich nichts.«

Rapp schnappte sich einen Spannbackenhalter vom Boden und klemmte damit das Mittelgelenk von Esparzas rechtem Zeigefinger ein. Der Knochen wurde zerquetscht und er bekam vor lauter Schreien fast keine Luft mehr.

»Falsche Antwort, Carlos.«

Der Kartellboss wurde blass und seine Augen schielten unstet, während er gegen die Bewusstlosigkeit ankämpfte. Er hatte unter Garantie zahllose Männer, Frauen und vermutlich auch ein paar Kinder auf ähnliche Weise gequält. Wenn er selbst einstecken musste, schlug er sich deutlich weniger souverän. Rapp verließ die Garage und stieß auf einen Blumentopf, der zur Hälfte mit Regenwasser gefüllt war. Er schüttete den Inhalt über Esparzas Kopf aus und holte ihn schlagartig unter die Lebenden zurück.

»Soll ich dir ernsthaft abkaufen, dass die Wachen sie ohne deine ausdrückliche Genehmigung wegfahren ließen?«

»Natürlich«, kam die Antwort im Flüsterton. »Ich habe ihnen eine sichere Stelle für den Grenzübertritt und die Kontaktdaten von ein paar Schleusern gegeben, die ihnen dabei helfen können. Sie schlugen vor, sich selbst um alles Nötige zu kümmern. Wieso hätte ich sie daran hindern sollen? Ich wollte sie nicht hier haben und mir nicht selbst die Hände schmutzig machen, indem ich mich aktiv an Menschenschmuggel beteilige.«

»Namen, Carlos. An welche Schleuser hast du sie vermittelt?«

»Ich … Das weiß ich gar nicht so genau.« Er tat sich schwer, genug Luft zum Sprechen zu holen. »Vicente kümmert sich um die Einzelheiten.«

Rapp zog die Waffe und hielt sie ihm an den Kopf. »Dann brauch ich dich nicht mehr.«

»Warte! Ich kenne die Namen! Ich kenne sie alle! Ich kann dir nur nicht genau sagen, wen von ihnen Vicente ausgesucht hat. Bitte, Mitch. Bitte. Warum sollte ich dich anlügen? Sie haben mich benutzt. Ich wünsch mir ihren Tod genauso wie du.«

Rapp steckte die Pistole zurück ins Holster und schloss die Motorhaube des Humvee.

»Irene. Welche Unterstützung kannst du mir bei der mexikanischen Regierung organisieren?«

»Tut mir leid, Mitch. Die Antwort lautet: gar keine. Unsere Beziehung zu den Mexikanern war nie die beste. Hinzu kommt, dass sie aktive Profiteure des Drogenhandels sind. Sollten wir sie einschalten, werden sie die Schleuser vorwarnen. Und selbst wenn das nicht der Fall wäre, fehlt es den örtlichen Behörden an Know-how zum Umgang mit biologischen Kampfstoffen. Sollten sie Halabis Leute abfangen, käme es zwangsläufig zu Infektionen bei den Beamten. Und stell dir mal vor, was los ist, wenn sie die Infizierten in ein überfülltes Gefängnis sperren. Oder sie erschießen sie in aller Öffentlichkeit und es wird Blut verspritzt. Im schlimmsten Fall scheitert die Aktion und die Infizierten verstreuen sich in alle Richtungen. Das Ausbreiten der Seuche lässt sich nicht von Grenzen aufhalten. Ich befürchte …«

»Wie steht's mit Gary Statham und seinen Leuten?«, unterbrach Rapp.

»Schlägst du ernsthaft vor, eine Truppe des US-Militärs über die Grenze nach Mexiko zu schicken?«

»Wenn du mich fragst, wär das nicht die schlechteste Lösung.«

»Selbst in einem kooperativeren politischen Klima würde es Wochen dauern, so etwas auszuhandeln. Und das Klima ist alles andere als kooperativ. Mitch, hier ist es kurz nach fünf Uhr morgens und die Geschichte über den Anthrax-Fund schlägt immer höhere Wellen. Das Weiße Haus ist vollauf damit beschäftigt, den Schaden zu begrenzen. Ich sitze gerade im Auto und bin ebenfalls dorthin unterwegs.«

»Ich nehme an, Christine Barnetts Leute tun genau das Gegenteil.«

»Davon kannst du ausgehen. Sobald die Morgenmagazine über den Sender gehen, bricht im Regierungsbezirk die Hölle los.«

Rapp packte Esparza am Kragen und zerrte ihn zum Humvee. Der Kartellboss brüllte vor Schmerzen. Er brachte ihn mit einer Hand vor dem Mund zum Schweigen.

»Was ist mit Scott? Kannst du ihn und seine Jungs über die Grenze lotsen?«

»Sie sind in Texas. Einsatzbereit. Warten auf deine Befehle.«

»Informier sie, was los ist, und sag ihnen, sie sollen aufbrechen.« Er verfrachtete Esparza auf den Rücksitz. »Und setz deine restlichen Zauberkünste ein, um Garys Team zumindest in die Nähe des Einsatzortes zu bringen.«

»Ich werde tun, was ich kann, Mitch.«

Er schnappte sich das Telefon vom Kotflügel und eine Rolle Klebeband vom Garagenboden.

»Ich geb dir jetzt Esparza.«

Rapp beugte sich durch die offene Hecktür, drückte ihm das Handy ans Ohr und fixierte es mit ein paar Runden Tape.

»Ich werd mich am Ende des Telefonats erkundigen, wie es gelaufen ist, Carlos. An deiner Stelle würd ich dafür sorgen, dass auf der anderen Seite keine Fragen offenbleiben.«

Esparza nickte schwach und schien erneut gegen eine Ohnmacht anzukämpfen. Teilweise dürfte es dem Blutverlust geschuldet sein, teilweise aber auch dem Schock, wie rasant er sein Leben vor die Wand gefahren hatte. Noch vor wenigen Stunden rekelte er sich mit einer seiner blutjungen Huren auf teuren Satinbezügen und träumte von den Millionen, die er im Heroingeschäft scheffeln wollte. Und jetzt verblutete er langsam und sah sich gezwungen, intimste Geschäftsgeheimnisse einem Handy anzuvertrauen, das an seiner Wange klebte.

»Mr. Esparza?«, hörte Rapp Kennedys Stimme. Er warf die Tür zu und stieg vorn ein. Ihre Stimme klang entschlossen und besänftigend zugleich. Genau der richtige Tonfall, um eine trügerische Illusion von Hoffnung zu wecken.

»Ich bin sicher, dass eine schwierige Nacht hinter Ihnen liegt, aber es gibt da einige Fragen, die Sie mir beantworten müssen.«

46

Arlington, Virginia

»Er lügt!«, rief Senatorin Christine Barnett und schwang die Fernbedienung in ihrer Hand wie eine Waffe.

Da hatte sie zweifellos recht, erkannte Kevin Gray. Der DEA-Mitarbeiter schaffte es beim Interview kaum, seinem Gegenüber in die Augen zu sehen. So lief das eben in der Politik. Es kam nicht darauf an, was wahr und was gelogen war. Es kam darauf an, was die Menschen glaubten.

Er war gegen halb fünf Uhr morgens bei Barnett eingetroffen, kurz nachdem im Internet die ersten Gerüchte über eine an der US-Grenze abgefangene Anthrax-Lieferung auftauchten. Mittlerweile war es hell geworden und die Zeitungsartikel mit den von ihm zugefütterten reißerischen Details lagen an den Kiosken. Erwartungsgemäß stürzte sich jeder auf die Story. So gut wie jeder Nachrichtensender auf der Welt berichtete ausführlich. Wie bei jedem Inferno, das man entfesselte, scheiterte der Versuch, es zu kontrollieren.

Joshua Alexander stellte einmal mehr seine politische Raffinesse unter Beweis, die seinen kometenhaften Aufstieg zum Präsidenten erst möglich gemacht hatte. Er und Irene Kennedy beschränkten sich nicht darauf, den Schaden zu begrenzen oder gar von sich abzulenken. Sie versuchten, die Meldungen in einen Vorteil umzumünzen.

»Können Sie es unseren Zuschauern zeigen?«, fragte die Reporterin im Fernsehen gerade.

Der DEA-Mitarbeiter verzog schmerzhaft das Gesicht, lupfte das Hemd und präsentierte der Kamera die starke Quetschung im Brustbereich.

»An dieser Stelle ist die Kugel in Ihre Weste eingeschlagen?«

Er nickte. »Eine hier, eine weitere am Rücken.«

»Und Sie waren sicher, dass die Weste Sie schützt?«

»Ja«, antwortete er und zog das Hemd wieder nach unten. »Na ja, jedenfalls ziemlich sicher.«

»Da sind Sie ein unglaublich großes Risiko eingegangen.«

Ein gequältes Lächeln umspielte seine Mundwinkel. »Den Kartellen stehen Millionen Dollar an Spielgeld zur Verfügung und sie stecken einen Großteil davon in die Überwachung. In diesem Fall konnten wir das zu unserem Vorteil nutzen. Es dauert oft Jahre, Undercover-Agenten in einen Schmugglerring einzuschleusen. In Anbetracht der biologischen Bedrohung blieb uns nicht so viel Zeit. Wir mussten dafür sorgen, einen weiteren Angriff zu verhindern und die Quelle zum IS zurückzuverfolgen. Wie heißt es so schön? Außergewöhnliche Zeiten erfordern außergewöhnliche Maßnahmen.«

Der Gesichtsausdruck der Reporterin deutete an, dass sie jegliche Objektivität eingebüßt hatte. »Ich hätte nie gedacht, mal einem ausgewiesenen Helden am Küchentisch gegenüberzusitzen. Und da bin ich nun.«

Der DEA-Mann winkte ab. »Das amerikanische Volk finanziert mein Gehalt. Das gehört zum Job.«

Barnett stach erneut mit der Fernbedienung auf die Luft ein. »Jetzt sieh sich einer diesen Hurensohn an! Der genießt das! Er und seine Kollegen waren eben noch die letzten Deppen, die jemanden mit ihrem Koks entwischen ließen, und jetzt frisst ihnen jeder aus der Hand.«

Gray wurde übel. Er hatte keine Ahnung, wie er seiner Chefin Vernunft einreden sollte. Zum ersten Mal in seiner Karriere war er ratlos.

Barnett zappte wie eine Besessene zwischen den Sendern hin und her, doch überall wurde eine ähnliche

Version erzählt. Solange sie abgelenkt war, zog er das Telefon aus der Tasche und tat, als ob er seine SMS läse. In Wahrheit startete er eine Audioaufzeichnung.

Barnett blieb bei einem Kanal hängen, auf dem ein ehemaliger FBI-Beamter an einer Gesprächsrunde mit Experten teilnahm. Am unteren rechten Rand war ein winziges Videobild eingeklinkt, das zeigte, wie Journalisten in den Briefing Room des Weißen Hauses drängten.

»… nächste Mal, wenn Sie sich darüber beschweren, so hohe Steuern zu zahlen oder dass unsere Regierung nichts leistet, erinnern Sie sich an diese tapferen Männer, die sich anschießen ließen, um die Überwachungsdrohne eines Kartells in die Irre zu führen.«

»Wollen Sie damit andeuten, dass die Geldnot des CIA-Agenten und sein Motiv, die Drogen zu stehlen, eine Täuschung waren?«, fragte der Mann neben ihm.

»Selbstverständlich. Die Agency dürfte IRS, SEC und einige ausländische Nachrichtendienste eingespannt haben, um eine wasserdichte Legende für den Mann zu erschaffen. Es musste absolut überzeugend wirken, dass er aus Verzweiflung zu so extremen Mitteln greift. Über alles Weitere kann ich nur spekulieren. Ich vermute, er sollte Verbindung zum Kartell aufnehmen, das das Anthrax ins Land gebracht hat, und sich dort als Mitarbeiter einschleichen. Eine unglaubliche Finte. Extrem gefährlich. Der Kerl muss verrückt sein. Wir reden hier von einer 99-prozentigen Chance, zu Tode gefoltert zu werden, weil er ihren Stoff geklaut hat.«

»Schwachsinn!«, brüllte Barnett. »Dieses Arschloch zieht doch nicht von sich aus eine solche Theorie aus dem Hut. Er und Kennedy sind seit Jahren befreundet.

Sie hat ihm die Geschichte gesteckt und ihn damit zu den Medien geschickt.«

»Und was vermuten Sie, wo dieser Mann jetzt ist?«, erkundigte sich einer der Moderatoren.

»Tot«, antwortete der FBI-Beamte und man kaufte ihm seine Wut ab. »Sollte es ihm tatsächlich gelungen sein, das Kartell zu infiltrieren, wurde er erschossen, sobald die ersten Meldungen in der Presse auftauchten.«

»Und unsere Chancen, die Terroristen und das Kartell aufzuspüren, sind mit ihm gestorben«, fasste der Moderator zusammen. »Wie ich gerade höre, fängt die Pressekonferenz im Weißen Haus in Kürze an.«

Die Ansicht des Briefing Rooms wurde aufgezoomt und ersetzte das Bild der Gesprächsrunde. Alexanders Pressesprecher betrat das Podium.

»Das wird nicht lange dauern«, sagte er und las ein vorbereitetes Statement ab. »Die in einem heute Morgen von der *Washington Post* veröffentlichten Artikel dargelegten Fakten sind größtenteils zutreffend. Wir haben eine Anthrax-Lieferung in San Ysidro abgefangen. Ein CIA-Agent schoss im Anschluss drei Mitarbeiter der DEA an, die sich freiwillig für diesen Einsatz gemeldet haben. Er versuchte auf diese Weise, das Vertrauen des Kartells zu erlangen, das für diese Lieferung mit dem IS zusammengearbeitet hat. Was Sie bisher nicht wussten: Dieser Versuch verlief erfolgreich. Unser Mann ist bis in die Spitze des betreffenden Kartells vorgedrungen und hat dies genutzt, um Sayid Halabi und den Rest der IS-Führungsspitze ausfindig zu machen.

Es gelang ihm ferner, einen zweiten Versuch zu vereiteln, weiteres Anthrax über die Grenze zu schmuggeln. Seit Kurzem haben wir allerdings den Kontakt zu ihm verloren und müssen davon ausgehen, dass er tot ist. Bedauerlicherweise waren die bislang an uns übermittelten Informationen nicht allzu konkret. Unsere Behörden bemühen sich trotzdem, sie optimal zu nutzen. Ferner hat das FBI Kontakt zum Reporter aufgenommen, der den Artikel in der *Post* verfasst hat, und befragt ihn zu seiner Quelle. Zum aktuellen Zeitpunkt können wir noch nicht viel mehr sagen, bedanken uns aber ausdrücklich bei den Männern und Frauen, die ihr Leben riskiert haben, damit unser Land sicher bleibt. Wir werden ihre Opfer nie vergessen.«

Sofort schossen erste Hände im Auditorium nach oben. Der Pressesprecher rief einen der Journalisten auf.

»Wissen wir bereits, ob es gelungen ist, das gesamte Anthrax abzufangen? Könnten möglicherweise weitere Lieferungen bevorstehen?«

»Wir sind uns relativ sicher, dass die Anthrax-Bedrohung erfolgreich abgewendet wurde«, antwortete Alexanders Pressesprecher. »Ohne Kontakte vor Ort können wir die aktuellen Entwicklungen natürlich nicht länger im Blick behalten.«

Er zeigte auf einen anderen Medienvertreter.

»Können Sie uns mehr über das geplante Vorgehen gegen den Islamischen Staat und die Kartelle verraten?«

»Nein. Nächste Frage.«

»War Christine Barnett über die Aktivitäten dieses Undercover-Agenten informiert?«

Kevin Gray starrte auf den Bildschirm und hielt unwillkürlich den Atem an. Die Alexander-Regierung neigte nicht dazu, solche Vorfälle zu politisieren. Blieb sie diesem Kurs treu?

»Im Rahmen der üblichen Informationskette wurde die Senatorin über die anstehende Anthrax-Attacke in Kenntnis gesetzt«, antwortete der Pressesprecher. Gray sackte das Herz in die Hose.

Kein weiteres Wort. Bitte, Gott, er soll es dabei belassen.

»Sie war allerdings nicht über das Einschleusen eines Undercover-Agenten informiert. Dieses Wissen wurde gezielt auf einen kleinstmöglichen Kreis von Eingeweihten beschränkt. Aus Gründen, die nunmehr auf der Hand liegen, mussten wir befürchten, dass dieses Wissen über ein Leck nach außen dringt.«

Gray kniff die Augen zusammen und stieß zittrig die Luft aus. Der Super-GAU. Der offizielle Pressesprecher des Präsidenten der Vereinigten Staaten hatte gerade öffentlich angedeutet, dass man Barnett vertrauliche Informationen vorenthielt, weil man befürchten musste, dass sie diese an Dritte weitergab. Und genau das war passiert.

Er bekam kaum etwas vom Rest der Pressekonferenz oder Barnetts immer heftigeren Schimpfkanonaden mit. Als er wieder auf den Bildschirm sah, war erneut die Expertenrunde zu sehen.

»Sie haben nicht explizit bestätigt, dass Ihr Informant tot ist«, meinte der Moderator gerade. »Nur dass Sie den Kontakt zu ihm verloren haben.«

Der Ex-FBI-Mitarbeiter schüttelte ernüchtert den Kopf. »Den Kontakt zu einem Undercover-Agenten zu verlieren bedeutet eigentlich immer dasselbe. Glauben Sie mir, aufgrund dieses Zeitungsartikels liegt dieser tapfere Bastard jetzt irgendwo mit durchgeschnittener Kehle in einem Graben.« Er stützte beide Ellbogen auf die Tischplatte. »Ich habe mich zeitlebens für eine Durchsetzung von Recht und Gesetz in unserem Land engagiert. Was mich betrifft, hat die Person, die diese Information ausgeplaudert hat, unser Rechtssystem nicht verdient. Man sollte ihren Kopf aufspießen und damit durch die Straßen marschieren.«

Barnett schleuderte die Fernbedienung auf das Gerät. Sie flog knapp vorbei und prallte gegen die Wand. Der Fernseher verstummte und Gray gab sich alle Mühe, gegen die wachsende Übelkeit anzukämpfen.

»Das ist mein Kopf, von dem er redet.«

»Hören Sie auf zu flennen«, herrschte ihn Barnett an. »Das Betriebssystem des Rechners ist hundertprozentig sicher. Gott persönlich würde daran scheitern, die Nachricht zum Ursprung zurückzuverfolgen. Wir müssen uns darauf konzentrieren, den Schaden zu begrenzen. Wo stehen wir?«

»Wo wir stehen?«, fragte er, fassungslos über ihre Ignoranz. »Wir stehen mitten in einem Haufen Scheiße. Wir waren drauf und dran, die Nominierung zu gewinnen. Sie lagen in den Bevölkerungsumfragen klar vorn und hätten auf dem roten Teppich ins Oval Office marschieren können. Nur hat Ihnen das ja nicht gereicht. Was glauben Sie, wie lang dieser Reporter durchhält, bevor er seine Quelle preisgibt? Hier geht's nicht länger um eine Story über die Alexander-Administration, die ihre Inkompetenz verschleiert. Durch seine Veröffentlichung hat er einen Undercover-Agenten auf dem Gewissen und Ermittlungen zu einem Attentat mit biologischen Kampfstoffen zum Erliegen gebracht. Er … *Wir* … könnten am Ende dafür verantwortlich sein, dass die Vereinigten Staaten angegriffen werden.«

Die Senatorin starrte ihn wortlos an. Der Zorn wich einer Gleichgültigkeit, die er fast noch beunruhigender fand. Gray fragte sich, ob er zum ersten Mal seit Beginn ihrer Zusammenarbeit Barnetts wahres Gesicht sah.

Natürlich war diese Frau komplett durchgeknallt. Doch das galt eigentlich für alle Politiker. Früher hatten sie ihre Erfolge dank Patriotismus oder einem tief verwurzelten Verantwortungsgefühl für ihre Landsleute eingefahren. Heutzutage ging es allein um Macht. Ein gewisser Grad an Irrsinn schien die Bedingung für eine politische Karriere zu sein. Das amerikanische Volk verlangte regelrecht danach.

Er hätte sich am liebsten in Luft aufgelöst. Aus dem Raum zu stürzen, ins nächste Flugzeug zu steigen und fluchtartig das Land zu verlassen, hielt er für ungemein verlockend. Bei einem multinationalen Konzern anzuheuern und Seife zu vermarkten. Oder Parfüm. Zur Not auch Pillen gegen überhöhten Blutdruck. Hauptsache er konnte dieses Leben hinter sich lassen.

Doch seine Angst war zu groß. Die Frau, die ihn ansah, als ob sie das alles überhaupt nichts anging, war clever, skrupellos und zerfressen von Ehrgeiz. Egal was geschah, ob mit ihm oder ohne ihn, sie wurde vermutlich zur nächsten Präsidentin der Vereinigten Staaten gewählt. Und nach ihrem Amtsantritt machte sie sich als Erstes daran, jeden zu vernichten, der sich im Wahlkampf gegen sie gestellt hatte. Jeden, den sie als Bedrohung wahrnahm. Landete er am Ende im Gefängnis? In Guantanamo? Oder mit Drogen benebelt und gefesselt in einem Auto, das eine Klippe hinunterstürzte?

»Okay«, bemühte er sich, die Stimme unter Kontrolle zu bringen, während er sein Mantra rezitierte. »Es gibt keine Katastrophen. Nur Chancen, die wir noch nicht genutzt haben.«

Barnett stellte wieder ihre vertraute – und in diesem Moment seltsam beruhigende – wütende Fratze zur Schau.

»Wo stehen wir?«, wiederholte Gray die vor wenigen Augenblicken von seiner Chefin gestellte Frage. »Wenn jemand fragt – und das werden sie –, müssen Sie leugnen, irgendetwas mit diesem Leck zu tun zu haben. Betonen Sie, dass es nicht mal im Ansatz Beweise gibt, die darauf hindeuten. Außerdem bleibt es dabei, dass die erste Anthrax-Lieferung über die Grenze gelangt ist und nur durch pures Glück rechtzeitig entdeckt wurde. Im Gegenzug rate ich Ihnen dringend davon ab, Menschen zu kritisieren, die sich in die Schusslinie geworfen haben, um ihr Land zu schützen. Das macht sich nicht gut in den Umfragen.« Er rieb sich die Schläfen und überlegte, was zu tun war. Die Lösung lag auf der Hand.

»Uns bleibt nur eine Option, Senatorin. Wir bleiben beharrlich und versuchen, die Geschichte in eine andere Richtung zu drehen. Wie Sie selbst sagten, besitzen die meisten Wähler die Aufmerksamkeitsspanne eines Goldfischs. Und in diesem Fall trifft Sie keine Schuld. Sie wussten zwar von der abgefangenen Lieferung, wurden aber vom Präsidenten und von Irene Kennedy genötigt, dieses Wissen für sich zu behalten. Solange es keiner schafft, das Leck mit Ihnen in Verbindung zu bringen, löst sich die Sache in Wohlgefallen auf.«

»In Wohlgefallen?«, wiederholte Barnett. »Sie glauben doch nicht, dass ich einfach schweige und zulasse, dass Irene Kennedy mich wie eine Idiotin aussehen lässt?«

»Ma'am, Mitch Rapp ist tot und …«

»Er ist nicht tot!«, brüllte Barnett. »Dieser Hurensohn hat mehr Leben als eine streunende Katze. Er lebt und verrät es bloß keinem. Er ist nach wie vor da draußen und arbeitet an diesem Einsatz. Er wartet.«

»Er wartet? Worauf denn?«

»Darauf, dass ich die Vorwahlen gewinne. Und dann wird er genau im richtigen Moment auftauchen und den Helden raushängen lassen. Dann werden Alexander und Kennedy gefeiert und ich steh da wie ein begossener Pudel.«

Gray starrte sie an. Wieso merkte er es erst jetzt? Die Präsidentschaft war für Barnett nicht die Krönung ihrer Karriere, sondern erst der Anfang. Sie wollte an die Macht kommen, um alles und jeden zu zerquetschen. Sie betrachtete Kennedy und Rapp als minderwertige Geschöpfe – als bedeutungslose Regierungsangestellte, die gefälligst zu parieren hatten. Durch ihre Missachtung hatten sie Barnetts Hass bis zu einem Punkt gesteigert, der an Paranoia grenzte.

»Senatorin, die Vorstellung, dass Mitch Rapp sich für ein komplexes politisches Manöver einspannen lässt, halte ich …«

»Er hält mich für eine Bedrohung«, stellte sie fest. »Genau wie Kennedy. Sie werden diesen Skandal gegen mich verwenden. Wir müssen herausfinden, was in Mexiko passiert ist, und ihnen einen Schritt voraus sein.«

»Wir verfügen nicht über die Mittel, das herauszufinden.« Barnetts sprunghaftes Verhalten beunruhigte ihn zunehmend. »Niemand wird uns darüber Auskunft geben. Und wenn wir uns im Armdrücken mit den Geheimdiensten messen, kommt das raus und fliegt uns um die Ohren.«

»Wir müssen uns ja nicht in *amerikanischen* Regierungskreisen umhören«, erklärte Barnett. »Nutzen wir unsere Kontakte in Mexiko. Sie wollen, dass wir bei Einwanderung und Drogen die Füße stillhalten, oder? Als Präsidentin kann ich dafür sorgen. Im Gegenzug bitte ich sie, jetzt mit mir zu kooperieren und mir ihre gesammelten Erkenntnisse zukommen zu lassen.«

»Warten Sie, Senatorin. Sollte Rapp noch leben, ist es möglich, dass er weiterhin auf der Spur des IS ist. Wir …«

»Ich setz mich doch nicht hin und seh untätig zu, wie dieser Hurensohn sich im Fernsehen Gefechte mit Terroristen liefert!« Sie brüllte nicht länger, sie kreischte.

Gray versuchte die Fassung zu bewahren, aber allmählich verfiel er in Panik. Zum ersten Mal erlebte er Barnett in einer echten Belastungssituation. Sonst führte sie ein angenehmes Leben mit einem unverschämt reichen Ehemann, Kindern, die auf Knopfdruck parierten, um sie zu unterstützen, und einer Karrierekurve, die steil nach oben zeigte. Was, wenn sie in eine Ecke gedrängt wurde, wie es früher oder später allen Präsidenten passierte? Was, wenn sie während einer ausgewachsenen Staatskrise das Zepter in der Hand hielt?

»Wir stecken in einem Loch fest, Senatorin. Wenn wir weitergraben, werden wir verschüttet. Aktuell geht es darum, mögliche Imageverluste zu vermeiden. Sie sollten vor die Kameras treten und ein Loblied auf die Tapferkeit der drei DEA-Mitarbeiter singen. Und dann erinnern Sie Ihre Wähler daran, dass sie sich nicht jedes Mal auf die NASA und die Opferbereitschaft von Regierungsangestellten verlassen können, wenn Amerika bedroht wird. Machen Sie den Menschen klar, dass für ein solches

Versagen nicht die Männer und Frauen in den Schützengräben verantwortlich sind, sondern die politische Führung. Und dann reden wir über die Wirtschaft. Über Russland. Nordkorea. Waffen. Völlig eg…«

»Das werden sie nicht zulassen«, fiel sie ihm ins Wort. »Hier geht es um starke Männer, die an vorderster Front kämpfen, während ich mich in meinem Büro verkrieche. Ich soll das Bild einer schwachen Frau abgeben. Das lasse ich mir nicht gefallen, Kevin. Nein, wir müssen in Mexiko nachhaken.«

»Das ist verrückt.« Der Satz kam aus seinem Mund, bevor er es verhindern konnte. »Man kann die Mexikaner nicht kontrollieren, Senatorin. Sie bringen Ihnen nicht die geringste Loyalität entgegen und betrachten die USA aktuell eher als Feind. Wenn Sie die um Informationen über Mitch Rapp bitten, werden sie zuerst die Kartelle informieren und …«

»Tun Sie's.«

»Wie bitte?«

»Rufen Sie an, Kevin. Bei den Mexikanern. Finden Sie raus, was los ist. Wir können uns einen Vorsprung erarbeiten. Wenn dort unten wirklich etwas vor sich geht, schaffen wir es vielleicht, dass die mexikanischen Ermittler die Sache regeln und Rapp und Kennedy den Triumph vorenthalten. Sollte es klappen, könnten wir sogar einen Anteil am Erfolg für uns beanspruchen. Auf diese Weise zeigen wir dem amerikanischen Volk, dass ich in der Lage bin, Bedrohungen aufzuhalten, bevor sie überhaupt erst in den Vereinigten Staaten ankommen.«

Gray sagte nichts. Er hatte sich bereits überreden lassen, der Presse Hinweise zuzuspielen. Das hatte sich zu einem absoluten Desaster entwickelt. Er steckte viel zu tief drin und beschloss, seinem eigenen Rat zu folgen und nicht länger zu graben. Sonst schaufelte er sich am Ende sein eigenes Grab.

Gray griff seinen Mantel und ging zur Tür. »Wenn Sie die Mexikaner anrufen wollen, Senatorin, müssen Sie das selbst erledigen.«

47

El Paso, Texas

Scott Coleman ließ den Minivan hinter dem Prius ausrollen. An der Spitze der Schlange passierte ein SUV gerade den Grenzübergang nach Mexiko.

Er hatte die Fenster unten und genoss die kühlen Temperaturen, bevor die Sonne in knapp einer Stunde hoch am Himmel stehen würde. Die Nachrichten im Radio beschränkten sich auf das Thema, das momentan jeden interessierte: die in die USA gelangte Anthrax-Lieferung und der ungenannte CIA-Agent, der sich an ihre Spur geheftet hatte. Der ungenannte CIA-Agent, mit dem er sich in Kürze traf.

»Mas ist durch.« Claudia blickte neben ihm vom Telefon auf. »Bruno kommt als Nächster. Noch drei Fahrzeuge bis zum Checkpoint.«

Coleman machte sich keine großartigen Sorgen, dass es sein Team unbehelligt über die Grenze schaffte. Als einzeln reisende, gefährlich wirkende Männer in Pickups und SUVs fielen sie zwar ins Fahndungsraster der Zollbeamten, waren aber absolut sauber. Makellose

Ausweise, rückdatierte Reservierungen für eine Unterbringung und nichts als Sonnencreme und Badehosen im Gepäck.

Bei ihm sah es da schon anders aus. Auf der Habenseite stand, dass Pärchen in modernen Minivans normalerweise kein Misstrauen bei der Grenzkontrolle hervorriefen. Nicht ganz so ideal war die Tatsache, dass sie genug Waffen mit sich führten, um einen ausgewachsenen Regierungsumsturz anzuzetteln. Natürlich gut versteckt unter stapelweise anderem Gepäck, aber nicht gut genug, um jemanden zu täuschen, der genauer hinschaute.

»Bruno ist durch«, sagte Claudia. Sie legte das Telefon zur Seite. »Mitch ist unterwegs. Wir treffen ihn am Flugplatz.«

»Vorausgesetzt wir schaffen es über die Grenze.«

»Machst du dir Sorgen?«

»Nö. Gott würde nicht zulassen, dass ich in einem IZOD-Hemd erschossen werde. So sehr hasst er mich nicht.«

Vor ihnen blinkten über den Fahrspuren nach Mexiko regelmäßig grüne Lichter auf. Das Ganze lief nach dem Zufallsprinzip ab. Gelegentlich sprang eine der Anzeigen auf Rot um und signalisierte, dass das Auto vom Zoll durchsucht wurde. Unter normalen Umständen hätte die Agency in das Auswahlverfahren eingegriffen, aber Kennedy wollte auf keinen Fall die mexikanischen Behörden einbeziehen. Also ließen sie es auf ihr Glück ankommen.

Claudia schien den Druck ebenfalls zu spüren. Ihre Hand schoss abrupt vor und sie wechselte den Radiosender, als ob sie eine eingeschaltete Nachrichtensendung über Anthrax automatisch verdächtig machte. Das grüne Licht flackerte auf und der Wagen zwei Positionen vor ihnen setzte ungehindert die Fahrt fort. Der Prius vor ihnen kam als Nächster dran, ebenfalls ohne herausgegewinkt zu werden. Und dann …

Grün.

Coleman stieß einen leisen Seufzer aus und fuhr weiter. Noch hatten sie es nicht geschafft. Es gab einen zweiten militärischen Kontrollpunkt, der konkret nach eingeschmuggelten Waffen Ausschau hielt. Laut Claudias Schmugglerkontakten interessierten sie sich vornehmlich für Pick-ups und SUVs, in denen ein oder zwei Männer zwischen 25 und 40 saßen. Sobald ihnen größere Fahrzeuge als verdächtig auffielen, stoppten sie diese ebenfalls.

Ebendiese Schmuggler hatten ihnen auch geraten, mit diesem roten, vollgepackten Minivan und ›Baby an Bord‹-Aufkleber über die Grenze zu fahren. Ohne Baby. Weißes Pärchen, nicht zu jung, nicht zu alt. Der Goldstandard für einen erfolgreichen Grenzübertritt.

Ihr Rat erwies sich als richtig. Die Soldaten am Straßenrand schauten nicht mal näher hin, als sie an ihnen vorbeirollten.

Claudia wechselte zurück auf einen Sender, der die Chancen für die Präsidentschaftskandidaten vor dem Hintergrund des Anthrax-Zwischenfalls analysierte. Christine Barnett kämpfte wie eine Löwenmutter um ihre Jungen, doch dass sie von den Abläufen im Hintergrund nichts mitbekommen hatte, ließ sie schwach aussehen. Zudem wurde von einigen Seiten spekuliert, sie könne etwas mit dem Durchsickern der Geschichte an die Presse zu tun haben. Dafür gab es allerdings keine

Beweise. Die Manipulationen beider Parteien liefen auf Hochtouren. Es wurde zunehmend schwieriger, die Wahrheit von Ablenkungsmanövern zu unterscheiden.

Coleman blendete die Stimmen aus und drückte aufs Gas. Er wollte sich nicht unnötig ablenken lassen. Seine Rolle war klar definiert: in die Richtung schießen, die Mitch ihm vorgab.

Claudias Handy klingelte. Sie ging ran und leitete den Ton auf das Lautsprechersystem des Vans um.

»Ich habe gehört, ihr seid alle heil durchgekommen«, meldete sich Irene Kennedy über die Boxen. Ihre Stimme klang wegen der eingesetzten Verschlüsselung etwas abgehackt, blieb aber verständlich.

»Ja, wir sind alle in Mexiko«, bestätigte Coleman. »Wir werden gegen 23:30 Uhr am Flugplatz eintreffen. Wie sieht's bei euch aus?«

»Unser Worst-Case-Szenario sieht vor, dass die Terroristen Esparzas Grundstück gegen halb zwei nachts verlassen haben und grob 30 Stunden bis zum nächsten Grenzposten brauchen. In diesem Fall dürften sie etwa auf Höhe von Coatzacoalcos sein. 22 Stunden von der Grenze entfernt.«

Er konsultierte das ins Armaturenbrett integrierte Navi. »Dann frag ich mich, ob unsere Strategie richtig ist, Irene. Das klingt fast, als ob wir sie unterwegs einholen.«

»Davon gehen wir nicht aus«, erwiderte Kennedy gelassen. »Sie scheinen sich mit einem Schmugglerring in Verbindung gesetzt zu haben und unterwegs das Fahrzeug wechseln zu wollen. Das wird eine Weile dauern.«

»Gibt es schon eine konkrete Spur zu den Schleusern?«, fragte Coleman.

»Wir lassen die Namen überprüfen, die Carlos Esparza genannt hat. Bisher ohne brauchbares Ergebnis. Wir suchen auch die Straßen im Süden Mexikos ab, rechnen aber nicht mit einem Erfolg. Viel Strecke und unsere Satellitenabdeckung ist eher lückenhaft.«

»Und wenn ihr doch noch eine Zielperson findet?«, wollte er wissen. »Wie sollen wir dann vorgehen?«

Dass sie nicht sofort antwortete, machte ihn nachdenklich.

»Vorerst handelt es sich um einen unautorisierten Privateinsatz auf ausländischem Boden. Ich habe mit dem Kommandanten der Luke Air Force Base gesprochen, mit dem ich eng befreundet bin. Er hat sich bereit erklärt, ein geeignetes Flugzeug in Alarmbereitschaft zu versetzen. Ohne direkten Befehl des Präsidenten wird er jedoch nicht aktiv.«

»Glaubst du, dass Alexander sich dazu breitschlagen lässt?«, erkundigte sich Claudia.

»Ich treffe ihn in einer Stunde. Ein militärisches Vordringen in den mexikanischen Luftraum in Verbindung mit einem Bombenangriff auf ein bewegliches Ziel ist keine Lappalie. Zumal eine Menge Personalaufwand betrieben werden müsste, um sicherzustellen, dass das Virus vollständig neutralisiert wird. Ich bin nicht besonders optimistisch.«

»Na toll«, meinte Coleman. »Also sind wir mit einer Handvoll Leuten und einem Minivan mit ein paar Waffen auf uns gestellt. Und wenn wir den kleinsten Fehler machen? Ach, halb so wild. Das fordert höchstens ein paar Hundert Millionen Opfer.«

»Ich versuche alles, Scott. Alexander ist ein anständiger Mann und war ein guter Präsident. Trotzdem sind

Politiker nicht für solche Alles-oder-nichts-Entscheidungen geschaffen.«

»Was, wenn wir ihn außen vor lassen?«

Diesmal fiel die Pause so lang aus, dass Coleman fast annahm, die Satellitenverbindung sei zusammengebrochen.

Dann sagte Irene doch noch etwas: »Dazu habe ich mich mit einigen hochrangigen Regierungsvertretern unter der Hand ausgetauscht. Ich kann nur so viel dazu sagen: Niemand besitzt die notwendige Courage für solch einen Schritt. Wir reden immerhin von einem Putsch. Irgendwie beruhigt es mich auch, dass bei einer solchen Bedrohung Verlass auf die Integrität der Verantwortlichen ist.«

»Von meiner Warte aus ist es nicht ganz so beruhigend, Irene.«

»Ich weiß. Und es tut mir leid. Claudia? Hörst du mit? Wie geht's dir damit?«

Eine verständliche Frage. Claudia Gould mochte ein wahres Logistikgenie sein, doch sie hatte den Großteil ihrer Berufszeit mit Zuarbeit für ihren Ehemann verbracht, der sich als privater Auftragskiller verdingte. Für sie galt es als Fehlschlag, wenn ein Angriff auf die Zielperson scheiterte, es zu einer Festnahme kam oder der Auftraggeber nicht bezahlen wollte. Nun erhielt sie einen Crashkurs, wie groß der Unterschied zwischen ihrer alten Welt und dem Universum war, in dem Mitch Rapp agierte.

Ihre Augen verengten sich und in das jugendliche Gesicht trat eine seltene Härte. Sie hatte zu Hause eine Tochter sitzen und mit 36 noch ein langes Leben vor sich.

»Wenn du meinst, dass wir die Einzigen sind, die sich darum kümmern können, werden wir genau das tun. Uns darum kümmern.«

48

Im Umland von San Luis Potosí, Mexiko

Rapp bremste und sondierte das Tor mit dem Kettenschloss, das von den Scheinwerfern des Humvee angestrahlt wurde. Das Schild, das daran hing, war stark ausgeblichen. Noch ließ sich allerdings das farbenfrohe Logo einer Firma erkennen, die hier früher Rundflüge über den nahegelegenen Nationalpark angeboten hatte.

Er holte eine Packung Antibiotika aus der Tasche und schaufelte sich eine der Pillen in den Mund. Nach ein paar Stunden Fahrt hatte er am Straßenrand eine Apotheke entdeckt und kurz gehalten. Der Mann hinter der Theke reagierte unerwartet gefasst auf seine Frage nach einem Anthrax-Gegenmittel. Im Nachhinein wunderte es ihn nicht. Das amerikanische Volk war durch Halabis Drohungen in Panik geraten und stand darauf, billige Medikamente aus Nachbarstaaten zu bunkern. Mit Sicherheit war er nicht der erste Gringo gewesen, der auf der Heimfahrt einen Zwischenstopp bei diesem Laden einlegte.

Den bitteren Geschmack der Tablette empfand er als merkwürdig beruhigend. Er hatte keine Ahnung, ob beim Ausleeren des Paketinhalts in die Wanne Sporen in seine Lunge gelangt waren, hielt die Chancen aber für hoch. Vermutlich gab es Gründe, weswegen die CDC keine Einmalhandschuhe und Bandanas aus Touristenshops als Standardschutzmontur einsetzten.

Er registrierte eine Bewegung im Augenwinkel und schob eine Hand dichter an die Glock heran, bis er den blonden Schopf von Scott Coleman erkannte. Das Tor schwang auf. Er fuhr durch und wartete, bis der Ex-SEAL abgeschlossen hatte und auf den Sitz neben ihm rutschte.

»Ich hab seit mehr als zwei Stunden nicht mehr mit Irene gesprochen«, sagte Rapp und drückte aufs Gas. »Gib mir einen Statusbericht.«

»Wir sind vor etwa einer halben Stunde eingetroffen. Ein Chopper ist auf dem Weg hierher. Die Piste befindet sich in schlechterem Zustand als erwartet, deshalb scheidet die Landung von größeren Flugzeugen aus. Wir sollten es allerdings hinkriegen, zwei Privatmaschinen vom benachbarten Lokalflughafen aus in die Luft zu bringen. Irene mobilisiert im Prinzip jeden, den die Agency vor Ort hat, sogar ein paar frühere Mitarbeiter, die sich in der Nähe zur Ruhe gesetzt haben. Sicher nicht die eingespielteste oder am besten ausgebildete Truppe, die uns je zur Verfügung stand, aber immerhin haben alle noch Puls.«

»Und dein Team?«

»Ich hab sie kurz hinter der Grenze abgesetzt, damit sie eine Verteidigungslinie bilden. Sobald wir das Zielfahrzeug entdeckt haben, begeben sie sich in Position, um es von Norden her abzufangen. Bisher gibt es keine Spur.«

Ein dunkler Holzkasten von Gebäude tauchte im Scheinwerferlicht auf. Rapp hielt dahinter neben einem

Minivan mit ›Baby an Bord‹-Aufkleber. Ein Generator verrichtete brummend seinen Dienst, mehrere Verlängerungskabel führten ins Innere.

»Was ist mit Esparza?«, wollte Coleman wissen, als sein Blick vor dem Aussteigen die leere Rückbank streifte.

»Er hat's nicht geschafft.«

Eine zutreffende Formulierung, allerdings nicht die ganze Wahrheit. Seine Blutung hatte aufgehört und er schien über den Berg zu sein, während Rapp mit Kennedy telefonierte. Danach entschied er, dass es keine so tolle Idee war, mit einem gefesselten Kartellboss im Wagen durch die Gegend zu kurven, und die Risiken die Vorteile klar überwogen. Also lenkte er den Humvee zwischen die Bäume und ließ Esparza mit gebrochenem Genick dort liegen. Mit etwas Glück hatten die Aasgeier seine Knochen bereits säuberlich abgenagt.

Coleman zuckte nur mit den Achseln und lief zum einzigen Zugang.

Der Anstrich griff die Farben des Logos am Tor auf, größtenteils abgeblättert oder fleckig, weil das Dach undicht war. Zwei Fenster waren mit Sperrholz und Tüchern verdeckt, um Lichteinfall zu verhindern. In der Ecke fand sich ein bescheidenes Bad mit abgestürztem Waschbecken. Mobiliar gab es keins, nicht mal einen Tisch. Sie mussten den Einsatz wohl oder übel auf dem Boden planen.

Claudia befand sich im hinteren Teil, wo sie eine Karte anstarrte und aufgeregt auf ihr Telefon einredete. »Wo? Ja, ich verstehe. Und wie zuverlässig ist diese Information? Okay. Ja. Meld dich wieder, sobald du Zeit hast.«

Sie legte auf, drehte sich zu ihm um und fixierte ihn mit mandelförmigen Augen. Erleichterung blitzte darin auf, dann hatte sie sich sofort im Griff. »Wir könnten eine brauchbare Spur haben. Eine der Schleuserorganisationen, die Esparza uns genannt hat, sitzt in einer Lagerhalle in Córdoba, südöstlich von Mexico City. Die Halle ist vor drei Stunden abgebrannt.«

»Kommt mir seltsam vor«, fand Coleman. »Wieso riskiert man, sie anzuzünden? Das erzeugt nur unnötig Aufmerksamkeit. Sicher, dass es kein Zufall ist?«

»Das ist kein Zufall«, stellte Rapp fest und fuhr mit dem Finger über die Karte an der Wand. »Unser großes Plus ist, dass Halabi die Vereinigten Staaten abgrundtief hasst. Ich kenn dieses Arschloch besser, als es sich selbst kennt. Hier geht's nicht um Gott, sondern um ihn. Er will nicht, dass sich eine Bande von Schleusern mit AJAS ansteckt, durch Mexiko rennt und die Seuche überall verbreitet. Er hat die Lagerhalle aus demselben Grund abgefackelt, aus dem er Esparza aufforderte, seine Männer auf Abstand zu halten. Er will, dass die ersten Infektionen aus Amerika gemeldet werden. Alle sollen denken, dass Allah uns damit bestraft. Dass wir der Welt das eingebrockt haben. Nicht Mexiko.«

»Wenn das stimmt, wendet sich das Blatt endlich mal zu unseren Gunsten«, sagte Claudia. »Die Schleuser, die sich dort eingemietet hatten, waren darauf spezialisiert, Ware in Kühllastern zu schmuggeln. Tadellose Papiere und versteckte Ladebereiche, die man höchstens findet, wenn man die Dinger gezielt aufschweißt.«

»Sie kommen langsamer voran, als wir dachten«, stellte Rapp fest, der sich erneut dem Studium der Karte widmete. »Ich vermute, sie waren bis kurz vor Mexico City auf Nebenstraßen unterwegs und hingen dort im Stau fest. Dann mussten sie noch ihre menschliche

Fracht umladen und den Laster mit Tiefkühlkost füllen. Claudia, wenn wir davon ausgehen, dass sie etwa zum Zeitpunkt des Brandausbruchs weitergefahren sind, wo befinden sie sich jetzt ungefähr?«

»Knapp eine Fahrstunde östlich von Mexico City.«

Rapp zeichnete mit dem Stift einen Kreis, der den betreffenden Bereich erfasste. Dann ergänzte er mehrere Linien, die jeweils ungefähr 70 Kilometern entsprachen, und versah sie mit Zeitmarken.

Er wies auf den Abschnitt zwischen den mit zwölf und 13 Uhr beschrifteten Linien. »Wie ich es sehe, müssen wir nach einem voll beladenen Kühllaster irgendwo hier Ausschau halten. Claudia, bitte die Spezialisten der Agency, uns eine interaktive Karte zu programmieren, die in Echtzeit die Straßenabschnitte darstellt, auf die wir uns aktuell konzentrieren sollten.«

»Dürfte kein Problem sein.«

»Scott, wie steht's mit dem Personal vor Ort, das du vorhin erwähnt hast?«

»Ich lass Bruno, Wick und Mas nach Süden aufbrechen. Zwei Propellermaschinen können in spätestens 40 Minuten in der Luft sein und die Verkehrswege in deiner Zielzone absuchen. Weitere 20 Leute sind auf das Gebiet zwischen US-Grenze und Guatemala verteilt. Wie gesagt keine Cracks, aber auf jeden Fall in der Lage, auf einen bestimmten Lkw zu achten. Zum Glück ist der Himmel wolkenfrei, also können wir auch auf Satellitenbeobachtung setzen. Jetzt muss uns nur noch jemand erklären, wie sich ein Kühllaster optisch von einem normalen unterscheidet.«

Rapp nickte. »Claudia, Irene soll alle spanischen Muttersprachler in ihrem Team zusammentrommeln.

Sobald wir einen Truck entdecken, den wir für einen wahrscheinlichen Kandidaten halten, geben wir ihr Kennzeichen und Beschreibung durch. Dann können ihre Leute bei der Firma anrufen, auf den er zugelassen ist, sich bestätigen lassen, dass er nicht gestohlen wurde, und anhand der genannten Fahrtroute ermitteln, ob er sich gerade dort befindet, wo er sein soll. Wie viel Zeit bleibt uns?«

»Wenn deine Vermutung stimmt, wo sie gerade unterwegs sind, brauchen sie noch mindestens zehn Stunden bis zum Grenzübertritt.«

Rapp drehte sich von der Karte weg. Es gab nicht viel, was ihm den Schweiß den Rücken hinuntertrieb. Dieses Szenario gehörte definitiv dazu. Sie versuchten, Tausende von Quadratkilometern in einem Land abzusuchen, in dem sie noch nie einen Einsatz durchgeführt hatten, unterstützt von zusammengewürfelten Leuten, die über geringe oder gar keine Erfahrung in diesem Bereich verfügten. Keine Rückendeckung von Militär oder örtlichen Behörden. Und die mexikanische Regierung begegnete ihnen mit einer Mischung aus Gleichgültigkeit und offener Feindseligkeit.

»Sollen wir den amerikanischen Grenzschutz alarmieren, dass sie unter Umständen einen der Übergänge abriegeln müssen?«, fragte Coleman.

Rapp überlegte kurz und schüttelte den Kopf. »Sobald sich das herumspricht, landet es bei der Presse. Es gab schon ein Leck und wir wissen, wie Halabi darauf reagiert hat. Wenn er Schiss bekommt und seine Leute in Mexiko aussteigen lässt, sind wir geliefert.«

»Wie wäre es mit zusätzlichen Kontrollen von Kühlfahrzeugen?«, schlug Claudia vor.

»Dasselbe Problem. Wir müssen davon ausgehen, dass der IS die Grenzübergänge beobachten lässt. Ich kann mir nicht vorstellen, dass es ihnen entgeht, wenn das Personal plötzlich anfängt, jeden Kühllaster akribisch zu filzen. Halabi klammert sich an die verzweifelte Hoffnung, dass sein Plan funktioniert. Wir dürfen nichts unternehmen, was ihn vom Gegenteil überzeugt.«

»Mal angenommen, wir haben Glück und finden den Truck«, überlegte Coleman. »Wir könnten die RPGs einsetzen, aber dann lägen überall halb verkohlte Körper und aufgetaute Tiefkühlkost rum. Gaffer, Cops, vielleicht sogar Soldaten. Können wir die Sache unter Verschluss halten?«

Rapp schwieg. Er hatte auf der Fahrt mehrere Strategiesitzungen mit Kennedy abgehalten. Ein realistischer Plan, um den Erreger in Mexiko zu isolieren, war ihnen nicht eingefallen. Es widersprach seinen tiefsten Überzeugungen und Instinkten, aber er musste sich damit abfinden, dass eine Grenze letztlich nur ein bedeutungsloser Strich auf einer Karte war. Nicht Attia und die sechs Märtyrer, die er durchs Land karrte, waren der Feind. Sondern die Milliarden von Erregern in ihren Körpern.

»Nein«, stellte er fest. »Wir können es nicht unter Verschluss halten. Und deshalb werden wir sie ungehindert weiterfahren lassen.«

»Wie bitte?«, hakte Claudia nach, die davon ausging, wegen ihrer nicht ganz perfekten Englischkenntnisse einem Missverständnis aufzusitzen.

»Gary Statham steht mit einem Team in New Mexico bereit. Wir sorgen dafür, dass der Transport ohne Zwischenfall die Grenze passiert. Er fängt sie dann auf der anderen Seite ab.«

49

WESTLICH VON MONTEMORELOS, MEXIKO

Rapp schraubte den Schlauch an das 200-Liter-Benzinfass, während Coleman die Pumpe betätigte. Ihr Pilot leitete die Flüssigkeit mit dem Stutzen direkt in den Tank des gemieteten Hubschraubers und spornte sie mit aktuellen Informationen zum Füllstand an.

Sie waren vor 15 Minuten auf einem abgelegenen Feldweg gelandet und hatten nach längerer Suche die dort deponierten Treibstoffvorräte entdeckt. Der Bewuchs war dichter und das Gelände hügeliger, als es Rapp in diesem Teil von Mexiko erwartet hätte. Berge zeichneten sich am Horizont ab und sie waren unterwegs an Klippen vorbeigeflogen, die über 300 Meter hoch zu sein schienen.

Die bewohnten Gebiete verteilten sich weitläufig und wurden zum größten Teil durch zweispurige Landstraßen miteinander verbunden. Der Zustand der Fahrbahnen war nicht schlecht, aber es gab zahlreiche Unebenheiten, weshalb die unzähligen Lastwagen mit relativ überschaubarem Tempo fuhren.

Das Handy in seiner Hosentasche vibrierte und er kniff die Augen zusammen, um in der Vormittagssonne die Nummer des Anrufers auf dem Display zu entziffern.

»Mach weiter«, bat er, nahm das Gespräch entgegen und ließ Scott mit der Pumpe allein.

»Wir haben einen vielversprechenden Kandidaten«, verriet Claudia.

»Noch einen?«

Sie ließen insgesamt neun Fahrzeuge auf den Straßen nach Kühllastern Ausschau halten, ergänzt um zwei Privatflugzeuge und den Heli, den sie gerade betankten. Anfangs befürchtete er, dass das nicht reichte. Inzwischen fragte er sich, ob es nicht zu viel des Guten war. Kennzeichen und Namen von Speditionen an Analysten bei der Agency weiterzuleiten erwies sich als fehlerträchtiges Geschäft. Es hatte bereits dreimal falschen Alarm gegeben – einmal wegen falsch archivierter Frachtbriefe in Guadalajara, einmal wegen eines Zahlendrehers und einmal, weil sie zwar auf einen Schmuggler stießen, aber nicht auf den, den sie suchten.

»Diesmal passt alles«, antwortete sie. »Es gibt eindeutige Indizien, dass er in Córdoba ungefähr zu der Zeit aufgebrochen ist, als die Lagerhalle brannte.«

Rapp nickte. Nicht viel, aber immerhin etwas.

»Ist einer von unseren Leuten dran?«

»Ja. Er fährt ein gutes Stück voraus. Er hat gerade angehalten und will uns in etwa zehn Minuten Fotos vom vorbeifahrenden Lkw liefern.«

»Wie steht's mit Scotts Jungs?«

»Bruno ist etwa eine halbe Stunde vom Zielobjekt entfernt, Mas und Wick etwas mehr als anderthalb Stunden.«

»Verstanden.«

»Gary Statham wartet auf deine Anweisungen. Spec-Ops-Teams haben sich an allen entscheidenden Abzweigungen auf dem Weg postiert. Es wird langsam eng, Mitch. Laut unserem Kartenmaterial ist Halabi mit seiner Fracht nur knapp drei Stunden vom nächsten Grenzposten entfernt. Laut Irene gerät der Präsident allmählich in Panik. Er will die Übergänge abriegeln.«

Rapp besah sich die umliegende Landschaft. Er wollte den IS nach wie vor ungehindert auf amerikanischen Boden gelangen lassen. Sobald sie auf der US-Seite waren, sollte ein Scharfschütze den Fahrer mit einem gezielten Schuss niederstrecken und das Biohazard-Team der Armee anrücken, um quasi einen riesigen Plastiksack über das Fahrzeug zu stülpen. Ein beängstigendes Szenario, wenn man auf sein Bauchgefühl hörte, doch je länger er darüber nachdachte, desto besser gefiel es ihm. Einen Sattelschlepper kurz hinter dem Grenzübergang zu blockieren war eine simple Angelegenheit – ein Fahrzeug davor und eins dahinter reichten, um ihn zum Anhalten zu zwingen. Das Ausschalten des Fahrers hielt er für reine Routine, die Leiche blieb an Bord. Dass die eingeschmuggelten Infizierten in der Lage waren, aus eigener Kraft ihr Versteck zu verlassen, stufte er als ausgesprochen unwahrscheinlich ein. Selbst für den Fall, dass sie es probierten, kämen sie keinen Meter weit, bevor sie ein Brusttreffer von den Beinen holte.

»Sag ihr, sie soll etwas Zeit bei ihm rausschinden. Im Moment läuft es vielversprechend. Wir wissen zwar nicht mit Sicherheit, wo Halabis Leute sind, aber wir können davon ausgehen, dass sie alle zusammen und eingesperrt sind. Sobald sich das ändert, sind wir geliefert.«

»Das geb ich so weiter.«

Er hörte lautes Rufen. Coleman winkte. Das Auftanken war abgeschlossen und die Rotoren des Helikopters setzten sich bereits in Bewegung.

»Schick mir die Koordinaten von diesem Truck. Wir sind in zwei Minuten in der Luft.«

»Was hast du gesagt? Grupo Amistoso?«, brüllte Rapp in das Mikro, das vor seinem Mund baumelte.

Coleman, der neben ihm im Ladebereich des Choppers saß, bestätigte mit einem Daumen-hoch-Signal. Rapp richtete das Fernglas auf den Sattelschlepper unter ihnen, ohne den gesuchten Schriftzug an den Seiten zu entdecken.

»Das ist er nicht, Fred«, meinte er. »Wir fliegen zu weit südlich.«

»Roger«, bestätigte der Pilot.

Coleman knuffte ihm in die Seite und schob ihm einen Laptop auf den Schoß. Rapp klickte auf die Datei, die Claudia geschickt hatte. Eine Reihe hochauflösender Bilder baute sich auf. Sie zeigten einen Lkw auf einem kerzengeraden Abschnitt des Highways. Er vergrößerte eine der Aufnahmen und konzentrierte sich auf die Windschutzscheibe. Wer immer das Foto gemacht hatte, war schlau genug gewesen, einen Polarisationsfilter zu benutzen. Man konnte erkennen, wer hinter der Scheibe saß.

Muhammad Attia.

Der erwartete Adrenalinschub blieb aus. Ganz im Gegenteil. Er verspürte lediglich grenzenlose Erleichterung.

»Das ist unser Mann.«

Coleman ballte triumphierend die Faust.

»Fred, bring uns in seine Nähe, aber halt Abstand. Er darf uns nicht bemerken. Wir müssen rausfinden, wo die nächsten Ausfahrten sind, und sie kontrollieren lassen. Die Flieger sollen sich zurückziehen und unser Mann auf der Straße an ihm dranbleiben. Scott, wann ist Bruno da?«

»In höchstens fünf Minuten. Mas und Wick sind noch rund eine Stunde entfernt.«

»Okay. Wir brauchen Leute und Fahrzeuge an allen infrage kommenden Routen, damit sie uns nicht entwischen. Es geht rein ums Beobachten. Unsichtbar bleiben lautet die Devise. Sorg dafür, dass das alle kapieren. Keine gezielte Behinderung, nichts, das ihn irgendwie auf uns aufmerksam macht.«

»Verstanden.« Coleman klinkte sich aus dem gemeinsamen Funkkanal aus, um die notwendigen Maßnahmen zu koordinieren.

Rapp beantwortete Claudias E-Mail und inspizierte erneut die Straße mit dem Feldstecher. Es herrschte nur leichter Verkehr, der Abstand zwischen den Fahrzeugen betrug im Schnitt fast 200 Meter. Die Strecke blieb weiterhin hügelig. Die Gipfel am Horizont ließen sich im leichten Dunst nur schwach ausmachen.

Eine weitere Minute verstrich, dann meldete sich der Pilot über Rapps Kopfhörer. »Das muss er sein. Auf elf Uhr.«

Er setzte zu einer leichten Schräglage an, damit Rapp den besagten Lkw besser unter die Lupe nehmen konnte. Blaues Führerhaus, gelber Anhänger mit dem deutlich sichtbaren Schriftzug GRUPO AMISTOSO. Genau wie auf den Fotos.

Attia fuhr knapp unterhalb des Tempolimits und hielt Abstand zum restlichen Verkehr. Eine etwas lädierte Limousine fuhr fast 300 Meter hinter ihm.

Rapp stöpselte das Headset ins Telefon ein und rief Kennedy an.

»Ihr habt ihn gefunden«, sagte sie anstelle einer Begrüßung.

»Ja. Südöstlich von Monterrey, Mexiko. Er steuert wohl einen der Übergänge im Osten von Texas an. Mit dem Auto braucht man zweieinhalb Stunden dorthin. Ein Jet ist innerhalb von wenigen Minuten da. Sorg dafür, dass sich einer auf den Weg macht.«

»Es tut mir leid, aber das geht nicht.«

»Schwachsinn, Irene. Das ist ein perfektes Szenario. Er sitzt auf dem Präsentierteller, niemand ist in der Nähe. Wir können die Sache ohne zusätzliche Opfer regeln. Bevor die Mexikaner etwas mitbekommen, ist der Vogel längst wieder …«

»Es liegt nicht am Präsidenten, Mitch. Er hat die Aktion genehmigt.«

»Was hindert uns dann?«

»Ich habe ein paar Sprengstoffexperten und Biologen um eine Einschätzung gebeten. Niemand weiß, wie viel Tiefkühlkost sich im Laderaum befindet und was genau. Zudem ist uns nicht bekannt, aus welchem Material die versteckte Kammer besteht, in der die Infizierten eingeschmuggelt werden. Daher lässt sich nicht mit absoluter Gewissheit ausschließen, dass bei einem Bombardement aus der Luft nach der Explosion infizierte Gewebepartikel in die Umgebung gelangen. Laut den Aufzeichnungen, auf die wir in Gabriel Bertrands Account an seiner Universität gestoßen sind, wurde die Seuche im Jemen vermutlich von Fledermäusen auf Menschen übertragen. Das birgt das Risiko, dass die Seuche von wild lebenden Tieren in Mexiko verbreitet wird und …«

»Hast du mit Gary darüber gesprochen?«

»Ja. Er stimmt mir zu. Den Truck über die Grenze zu lassen bleibt unsere beste Option.«

»Shit«, raunte Rapp. Der Fluch ging im Dröhnen der Triebwerke unter. Gary Statham verstand seinen Job wie kein Zweiter. Sein Wissen über biologische Gefahrenstoffe anzuzweifeln wäre in etwa dasselbe wie Stan Hurleys Expertise zu Prostituierten in Südostasien infrage zu stellen.

»Na schön«, erwiderte er. »Ich bin raus.«

»Warte, Mitch. Da ist noch etwas.«

»Machst du Witze? Was denn nun?«

»Ich habe gerade einen Anruf von einem Abteilungsleiter des mexikanischen Geheimdienstes erhalten, der mir ab und zu Informationen zuspielt. Seine Bosse erkundigen sich an allen möglichen Stellen, ob die CIA möglicherweise eine illegale Operation vor ihrer Tür durchführt. Jemand aus höheren Kreisen der amerikanischen Regierung scheint angerufen und entsprechende Fragen gestellt zu haben.«

»Mensch, Irene, du weißt genauso gut wie ich, wo das Leck ist. Stopf es, sonst flieg ich persönlich rüber nach Washington und erledige das für dich.«

»Im Moment solltest du dich lieber auf diesen Truck konzentrieren. Ich befürchte, dass sich diese Anfragen zu jemandem herumsprechen, der von Halabi geschmiert wird. In diesem Fall könnte die Lage schnell unübersichtlich werden. Mit der Frage, was wir wegen der undichten Stelle unternehmen, beschäftigen wir uns später.« Sie räusperte sich. »Falls es ein Später gibt.«

50

Östlich von Monterrey, Mexiko

Der Highway unter Rapp verlief inzwischen geteilt. Zwei Spuren in jeder Richtung und ein breiter Lehmstreifen als Trennung in der Mitte. Niedrige Sträucher wuchsen am Straßenrand, so weit das Auge reichte. Das Verkehrsaufkommen blieb überschaubar. Der Sattelschlepper, den Muhammad Attia steuerte, war in der Optik des Fernglases auf Stecknadelgröße zusammengeschrumpft. Joe Maslick und Charlie Wicker fuhren in getrennten Fahrzeugen knapp anderthalb beziehungsweise zwei Kilometer davor. Bruno McGraw klebte etwa einen Kilometer dahinter an der imaginären Stoßstange.

Quasi zum ersten Mal in seiner Karriere lief alles für seinen Geschmack ein bisschen zu glatt. Nach dem letzten Richtungswechsel kam eigentlich nur noch ein Grenzübergang in Betracht. Gary Statham kümmerte sich gerade darum, das Team dorthin zu lotsen, und versicherte ihm, rechtzeitig in Position zu sein.

»Behält er sein Tempo bei, Fred?«

»Yep. Bleibt genau zwei Stundenkilometer unter dem Limit. Wie ein Schweizer Uhrwerk.«

Erwartungsgemäß sah Attia keinen Grund, sich zu beeilen. Wichtiger war ihm, ungewollte Aufmerksamkeit zu vermeiden.

»Scott. Ich brauche eine aktualisierte Prognose zur Ankunftszeit.«

»Einige von den Hügeln haben ihn etwas Zeit gekostet. Etwa eine Stunde 45 bis Texas. Unsere Kontakte an der

Grenze melden wenig Verkehr und rechnen nicht damit, dass sich daran etwas ändert.«

Rapp schielte auf sein Handy. Keine Nachrichten. »Da passiert nichts mehr. Wir hätten ’nen Kasten Bier mitnehmen sollen.«

Der frühere SEAL grinste. »Ich halte dagegen. Was hältst du von einer kleinen Wette? Dein Charger würde sich gut in meiner Garage machen.«

Rapp verzichtete auf eine Antwort. Er strich mit dem Fernglas auf der Suche nach potenziellen Bedrohungen den Bereich östlich von ihrer Position ab. Erneut ohne Ergebnis.

Wie klug es gewesen war, nicht auf Colemans Wettvorschlag eingegangen zu sein, zeigte sich 19 Minuten später, als Claudias Stimme aus dem Lautsprecher der Bordkommunikation drang.

»Die Gerüchte, die bei der mexikanischen Regierung die Runde machen, haben sich herumgesprochen, Mitch. Gerade ist online ein Artikel erschienen, wonach die Vereinigten Staaten einen Anthrax-Transport durch Mexiko ohne Wissen der dortigen Regierung verfolgen.«

Rapp fluchte in sich hinein und sah auf die Uhr. Gerade war die geschätzte Zeit, bis der Truck die Grenze erreichte, unter die 90-Minuten-Marke gefallen.

»Noch gibt es keinen Grund zur Panik«, beruhigte Claudia. »Es ist nur eine hochgradig spekulative Meldung auf einem spanischen Portal, das für seine sensationsheischenden Storys berüchtigt ist. Sie nennen nicht mal eine Quelle.«

»Halabis Unterstützer werden nicht nur CNN verfolgen«, stellte Rapp fest. »Und ich bin mir relativ sicher, dass sie mit Google Translate umgehen können. Wenn wir drauf gestoßen sind, werden sie's auch bald.«

»Du hast vermutlich recht«, räumte sie ein. »Fraglich ist, wann genau, und wie sie auf die Information reagieren.«

»Mas. Verringere den Abstand. Ich will, dass du den Transport im Auge behältst. Wick und Bruno? Setzt eure Fahrt normal fort.«

»Roger«, bestätigte Joe Maslick. »Nur denk dran, Mitch. Wenn ich ihn sehen kann, kann er mich auch sehen. Ich kann nicht dauerhaft in konstantem Abstand vor ihm bleiben, ohne dass es auffällt.«

Coleman drehte den Laptop zu Rapp und tippte auf einen blauen Punkt auf dem Display. Er symbolisierte ein Fahrzeug, das ihr Team zwischen den Bäumen ein Stück abseits der Hauptstraße versteckt hatte.

»Es gibt ein Auto rund 20 Kilometer vor deiner aktuellen Position. Du kannst kurz ranfahren und umsteigen. Bruno, während er damit beschäftigt ist, bremst du runter und löst ihn für eine Weile ab. Von hier aus bis zur Grenze muss immer einer von euch dicht an ihm dran sein. Claudia, kümmer dich bitte um die Koordination von Personal und Fuhrpark entlang der Route.«

»Bin bereits dabei.«

»Mitch«, schaltete sich ihr Pilot ein. »Das Zielfahrzeug bremst.«

»Gibt es ein Hindernis?«

»Ich seh keins. Die Straße ist frei. Warte mal … Er scheint zum Wenden anzusetzen.«

Rapp klemmte sich hinter das Fernglas, während Fred Mason den Kurs korrigierte. Außer einer Staubwolke ließ sich nichts erkennen. Als der Truck daraus auftauchte, fuhr er tatsächlich auf der Gegenseite dorthin zurück, woher er gekommen war.

»Das Ziel hat den Mittelstreifen überquert und beschleunigt in westlicher Richtung«, meldete Rapp per Funk. »Ich wiederhole, das Ziel ist nach Westen unterwegs. Bruno, fahr hinterher und versuch, dich vor ihn zu setzen. Versuch dafür zu sorgen dass er es nicht mitbekommt. Wick und Mas, ihr folgt ihm. Wick, verringere den Abstand und behalt ihn im Auge. Mas, du bleibst weit genug zurück, damit er dich nicht sieht. Claudia, schalt Irene in den Kanal.«

Wenige Sekunden später meldete sich Kennedy. »Was ist passiert?«

»Wie es aussieht, hat Halabi die Meldung gelesen. Attia hat den Mittelstreifen überquert und fährt zurück nach Monterrey.«

Sie setzte zu einer Antwort an. Wicks Meldung kam ihr dazwischen. »Ich kann ihn sehen. Der drückt mächtig auf die Tube. 130 Stundenkilometer laut meinem Tacho.«

»Mitch«, schaltete sich Kennedy ein. »Monterrey ist ein Ballungsgebiet, in dem über eine Million Menschen leben. Laut den Satellitenaufnahmen, die ich vor mir habe, erreicht er die Außenbezirke innerhalb der nächsten 30 Minuten. Sollte er eine Möglichkeit finden, diese Leute dort rauszulassen, werden sie sich zerstreuen und wir haben keine Chance, sie zu finden. Er darf Monterrey auf keinen Fall erreichen.«

Rapp überlegte, was sie tun konnten. »Wir haben eine Panzerfaust dabei. Wir können die Zugmaschine ins Visier nehmen und sie hochjagen.«

»Das führt zu dem gefährlichen Szenario, über das wir uns vorhin unterhalten haben: Attias potenziell kontaminierte Überreste verteilen sich in der Landschaft, wilde Tiere könnten sich anstecken. Der Anhänger könnte durch die Explosion beschädigt werden. Blut. Polizei. Mögliche Helfer am Unfallort …« Mit neu gefundener Entschlossenheit verkündete sie: »Wir müssen am ursprünglichen Plan festhalten. Dieser Lkw muss über die Grenze fahren und von Garys Team aus dem Verkehr gezogen werden.«

»Wenn du mich fragst, ist das leichter gesagt als getan, Irene.«

»Ich werde den Präsidenten anrufen und sehen, ob er etwas für uns tun kann. Ich mache mir keine großen Hoffnungen. Die Zeit läuft gegen uns und sein Amtskollege in Mexiko …«

»Ein verlogener Mistkerl mit der Intelligenz eines Kohlkopfs?«, bot Rapp an.

»Das trifft es leider ziemlich gut. Ich melde mich, sobald ich etwas weiß. Tut ihr inzwischen alles, damit dieser Truck nie in Monterrey ankommt.«

Sie legte auf.

Coleman meinte: »Vor ihm liegen die Hügel. Vorhin schaffte er es kaum mit mehr als 40 Sachen über die Steigungen.«

»Ja. Blöderweise stellt sich mit 40 Sachen dasselbe Problem wie mit 130.«

»Wir haben den Heli, einige Männer und ein paar Waffen«, fasste Scott zusammen. »Wenn es uns gelingt, den Laster vom Weiterfahren abzuhalten und den Fahrer aus der Kabine zu holen, würde das nicht sofort die Cops und Neugierige auf den Plan rufen. Vielleicht reicht das, damit Alexander die Situation mit den Mexikanern regeln kann?«

Rapp schüttelte den Kopf. Damit überließen sie zu viel dem Zufall. Hinzu kam, dass es nur eins gab, was noch unberechenbarer war als ein Virus: Politiker.

»Fred«, wandte er sich an den Piloten. »Flieg uns über die Hügel da drüben. Mal schauen, ob wir was Passendes entdecken.«

Mason kitzelte die nicht sonderlich beeindruckende Höchstgeschwindigkeit aus dem Chopper heraus, während Rapps Blick an einem Sattelschlepper hängen blieb, der auf der Straße unter ihnen Rohre transportierte. Weniger als eine Minute später zogen sie über eine weitere Zugmaschine hinweg. Auf deren Anhänger prangte das Logo einer bekannten mexikanischen Fast-Food-Kette.

»Du hast eine Idee?«, fragte Coleman, dem nach ihrer langjährigen Zusammenarbeit keine Nuance seiner Mimik entging.

Rapp schwieg und verrenkte sich den Hals, um den Lkw mit Attia am Steuer so lange wie möglich im Blick zu behalten, während er in ihrem Rücken hinter einer Kuppe zurückblieb.

»Den können wir nicht nehmen«, stellte Rapp fest, während sie beobachteten, wie ein Sattelzug mit Auflieger den steilen Anstieg erklomm, über dem sie schwebten. Das Fahrzeug befand sich bereits auf halbem Weg zur Spitze und bewältigte die Steigung mit Leichtigkeit. Höchstwahrscheinlich unbeladen.

»Bleiben noch die zwei von vorhin«, erinnerte Coleman. »Fast Food und Rohre.«

Rapp nickte. »Wie steht's mit unserem Sprit, Fred?«

»Reicht für weitere 40 Minuten in der Luft. Eine halbe Stunde, wenn man den Umweg zum nächsten Treibstoffversteck einrechnet.«

Der Lkw mit dem Schriftzug POLLO FELIZ erreichte den Fuß des Hügels und fuhr sofort deutlich langsamer. »Der ist perfekt. Scott, wann trifft Attia hier ein?«

»In weniger als fünf Minuten.«

»Und er wird uns bestimmt nicht vorher bemerken, Fred?«

»Nein«, bestätigte Mason. »Solange wir niedrig fliegen, sieht er uns frühestens hinter dem letzten Anstieg.«

»Okay, dann los.«

Mason schoss nach unten und schwebte knapp drei Fahrzeuglängen vor dem Lkw zwei Meter über dem Boden. Der Fahrer reagierte sofort, stieg voll auf die Bremse und hupte. Die Steigung in Verbindung mit dem Gewicht seiner Fracht ermöglichte es ihm, binnen Sekunden komplett zum Stillstand zu kommen.

Mason setzte mit dem Chopper auf dem Asphalt auf. Rapp sprang hinaus. Der Mann im Führerhaus glotzte ihn durch die dreckige Windschutzscheibe bloß an und kam gar nicht auf die Idee, sich einzuschließen, während der Amerikaner auf ihn zurannte. Er unterstellte garantiert, dass ihm ein Kartell den Truck abluchsen wollte und seine Überlebenschancen stiegen, wenn er kooperierte. Wer wollte schon wegen einer Ladung auf Eis gelegter Flattermänner draufgehen?

Rapp riss die Tür auf, zerrte den Fahrer nach draußen und setzte sich ans Steuer. Er hatte noch nie einen solchen Sattelschlepper gesteuert, kam nach seinen langen Einsätzen im Irak und Afghanistan allerdings mit so gut wie jedem fahrbaren Untersatz zurecht. Den ersten Gang einzulegen stellte sich als relativ schwierig heraus, aber sobald er es geschafft hatte, setzte sich der voll beladene Laster samt Anhänger träge in Bewegung. Mason stieg mit dem Helikopter wieder in die Luft. Der Truckfahrer hatte sich an den Straßenrand zurückgezogen, das Handy bereits am Ohr. Es war ihm egal. Früher oder später gelangte der Zwischenfall sowieso an die Öffentlichkeit.

Im Seitenspiegel sah Rapp, wie ein geländegängiger Pick-up näher kam. Er wechselte auf die linke Spur und bremste, bis er direkt neben ihm fuhr. Bruno McGraw beugte sich über den leeren Beifahrersitz und rief durchs offene Fenster: »Alles in Ordnung, Boss?«

»Ja. Fahr weiter und such mir eine Stelle zum Wenden.«

McGraw raste weiter, während Rapp aus dem Motor des Sattelzugs das Maximum herausholte. Er war gerade bei mageren 25 Sachen angelangt, da rauschte Attia ein Stück hinter ihm vom Hügel ins Tal. Von seinem enormen Tempo blieb nicht viel übrig, sobald die Gesetze der Schwerkraft griffen. Er wurde immer langsamer und schloss rapide zum Anhänger auf, den Rapp hinter sich herzog. Als die Entfernung zwischen ihnen auf maximal 100 Meter zusammengeschrumpft war, zog der IS-Terrorist nach links, um zum Überholen anzusetzen. Mitchs Schätzung nach fuhr er weiterhin mindestens 15 Stundenkilometer schneller. Sobald er bis auf 20 Meter herangekommen war, hatte sich der Geschwindigkeitsunterschied locker halbiert.

Rapp klebte mit den Augen förmlich am Seitenspiegel und wartete, bis Attia auf drei, vier Meter herangekommen war, dann riss er das Steuer herum, setzte sich direkt vor den anderen Truck und trat voll auf die Bremse.

Die Kollision ließ nicht lange auf sich warten. Rapp wurde im Sitz zurückgeschleudert, schaffte es jedoch, die Hände am Steuer zu behalten und im Spiegel zu verfolgen, was geschah. Attia, der offenkundig begriffen hatte, was vor sich ging, wollte auf die rechte Spur ausweichen. Er tat es ihm gleich, schaltete runter und stieg erneut in die Eisen.

Das Ausweichmanöver setzte sich noch weitere zehn Sekunden fort. Als laut Tacho die Fünf-Stundenkilometer-Marke unterschritten wurde, verschwand der Gegendruck von hinten. Attia bremste ebenfalls und hatte sich von ihm gelöst.

Der Lauf eines Sturmgewehrs erschien in der offenen Fensterscheibe und Rapps Seitenspiegel explodierte. Glassplitter regneten auf ihn ein. Attia setzte mit kurzen Feuerstößen nach, driftete dabei nach links, versenkte erfolgreich einige Patronen in Rapps Zugmaschine und stanzte ihm Löcher in die Windschutzscheibe.

Rapp hatte allmählich die Schnauze voll von dieser Verfolgungsjagd in Zeitlupe, also kurbelte er schwungvoll am Rad und brachte den Lkw quer auf der Fahrbahn zum Stehen. Attia musste stoppen, verfügte nun aber über einen günstigeren Zielwinkel. Den nutzte er aus und zwang den CIA-Mann, sich in den Fußraum zurückzuziehen, während sich der Inhalt des Magazins in die Tür an der Fahrerseite entleerte. Das Lärmen des Gewehrs wurde von einem dumpfen Schlag überlagert.

Die Schussgeräusche blieben, aber es schlugen nicht länger Patronen von außen in das Metall ein. Rapp wagte sich vorsichtig aus der Deckung und sah, wie Coleman seitlich aus dem Helikopter hing und Attia mit sorgfältig platzierten Einzelschüssen unter Druck setzte. Der Terrorist lud derweil nach und zielte auf den Ex-SEAL. Kurz darauf stieg eine Rauchwolke aus dem Heck des Drehflüglers. Mason verlor die Kontrolle und der Heli entfernte sich mit unkontrollierten Drehungen vom Truck.

Rapp hechtete aus der Beifahrertür und landete mit der Schulter voran auf der Fahrbahn, bevor er sich hinter dem Vorderrad der Zugmaschine verschanzte. Kaum war er in Deckung, überzog Attia die Kabine mit einer weiteren Feuergarbe.

Rapp hatte keine Zeit gefunden, die Handbremse zu ziehen. Deshalb rollte der Truck langsam auf die Böschung am westlichen Straßenrand zu. Er zückte die Glock, umrundete das Vorderrad und warf sich zu Boden, als die Kabine über den Abgrund kippte. Staubwolken wirbelten auf, der Trailer wurde nach oben gehebelt und rutschte ebenfalls Richtung Böschung. Attia verlor sein Ziel aus den Augen und stellte den Beschuss ein. Rapp nutzte die Gelegenheit und brachte die Pistole beidhändig in liegender Position in Anschlag.

Sobald der Anhänger seinen Platz auf der Straße geräumt hatte und ebenfalls in die Tiefe rutschte, entdeckte er Attias Gesicht dicht neben der vorderen Stoßstange seines Lkws. Genau darauf hatte er spekuliert.

Sanfter Druck gegen den Abzug führte dazu, dass der Kopf des Terroristen nach hinten geschleudert wurde und er auf den Asphalt prallte. Der Terrorist hielt weiterhin das Gewehr umklammert. Rapp sprintete zu ihm und blockierte die Waffe mit dem Fuß, damit der andere sie nicht hochbekam. Das Projektil hatte seinen

Wangenknochen gestreift und eine tiefe, heftig blutende Wunde gerissen. Es reichte nicht, ihn in die Bewusstlosigkeit zu treiben. Ein Laut irgendwo zwischen Ruf und Aufschrei, löste sich aus seiner Kehle, als er Rapp erkannte.

Der CIA-Mann richtete die Pistole auf Attias Stirn, dann verlagerte er den Lauf auf die Brust des anderen und schoss. Ihm fiel Irenes Mahnung ein. Er durfte keine zu große Sauerei anrichten.

Rapp schielte den Abhang hinunter. Mason mühte sich mit durchwachsenem Ergebnis, den lädierten Hubschrauber zu einem kontrollierten Absturz zu bewegen. Wicker und Maslick näherten sich von Osten her, doch Rapp winkte sie zurück. Attia war tot, stellte in diesem Stadium aber vermutlich eine größere Bedrohung dar als zu Lebzeiten. Sein Herz pumpte nicht länger, doch aus der Wunde im Gesicht strömte weiterhin Blut – mutmaßlich mit AJAS infiziert – auf den Asphalt.

Er beugte sich über die Leiche, packte sie nach kurzem Zögern unter den Armen und schleifte sie zurück in die Fahrerkabine. Als er es geschafft hatte, klebte so viel Blut an ihm, dass er wie ein Statist in einem besonders billig abgedrehten Zombiestreifen aussah.

»Wick!«, brüllte er ins Kehlkopfmikro. »Hier ist beschissen viel Blut auf der Straße. Du musst es wegmachen.«

»Wegmachen? Womit denn?«

»Woher soll ich das wissen? Wie wär's, wenn du ein Loch in deinen Treibstofftank bohrst und es damit versuchst? Ruf Gary an und frag ihn, was am besten funktioniert.«

»Roger«, kam die wenig begeisterte Antwort.

»Bruno.« Rapp ließ den Motor von Attias Truck an und legte den Gang ein. »Hast du eine Stelle zum Wenden für mich gefunden?«

»Etwa 200 Meter hinter dem Gipfel des nächsten Hügels. Du wirst eine ganze Weile rangieren müssen, aber das haut schon irgendwie hin.«

»Alles klar. Sobald ich gewendet habe, geht's mit Vollgas zur Grenze. Bruno und Mas, ihr sperrt hinter mir die Straße ab. Versucht, keine Zivilpersonen oder Cops zu töten, es sei denn, ihr seht keine andere Möglichkeit. Ich übernehm die Verantwortung für etwaige Tote. Wick? Sobald du das Blut beseitigt hast, setz dich in die Wüste ab und meide jeden Kontakt, bis jemand aus Stathams Team kommt und dich einsammelt.«

Er überquerte den Gipfel und sah, dass McGraws Laster quer auf der Straße stand und den Verkehr aufhielt. Ein Fahrer stieg aus und forderte ihn mit aggressiven Gesten zum Weiterfahren auf. Als McGraw ein HK416-Sturmgewehr vom Rücksitz holte und damit in die Luft ballerte, überlegte er es sich spontan anders.

»Scott!«, erkundigte sich Rapp per Funk. »Seid ihr tot?«

»Noch nicht, Arschloch. Aber wir sind abgestürzt. Fred behauptet, er kann den Schaden reparieren. Er braucht eine halbe Stunde dafür.«

»Ich geb ihm eine Viertelstunde, dann muss dieser beschissene Chopper in der Luft sein, hast du mich verstanden?«

»Roger, Mitch.«

Die Musik, die bisher aus dem Lautsprecher gekommen war, verstummte. Stattdessen meldete sich eine panische Stimme auf Arabisch.

»Muhammad? Was ist los? Haben wir was gerammt? Und waren das eben Schüsse?«

Rapp griff in die Hemdtasche und friemelte ein paar Antibiotika-Pillen aus der Verpackung, die von Attias Blut völlig durchgeweicht war. Er steckte sie in den Mund, zerbiss sie und genoss den bitteren Geschmack.

»Muhammad! Antworte! Waren das Schüsse?«

Natürlich würde ihm dieser arrogante Gary Statham später einen Vortrag halten, dass Antibiotika gegen Viren nichts ausrichten konnten. Egal. Er fühlte sich sofort viel besser. So ähnlich wie wenn man eine leichte Schussweste anlegte, sobald die Gewehre gezückt wurden. Man wusste zwar, dass sie einen nicht rettete, aber allein ihr Gewicht übte eine herrlich beruhigende Wirkung aus.

51

IM NORDEN MEXIKOS

»Sieht gut aus«, meldete sich Joe Maslick in Rapps Earpiece. »Die Straße ist weitgehend frei, keine Cops in Sicht. ETA an der Grenze beträgt bei momentaner Geschwindigkeit geschätzt eine Stunde drei Minuten.«

»Roger«, bestätigte Rapp, beugte sich über das Steuer des Sattelschleppers und kontrollierte das Gebiet am Rande des Highways. Keine Menschenseele.

Laut Tempomat fuhr er exakt einen Stundenkilometer unter der zulässigen Höchstgeschwindigkeit und schaffte es trotz der zunehmend heftigen Böen aus Richtung

Süden, den Lkw stabil geradeaus zu lenken. Maslick fuhr einige Kilometer vor ihm, deutlich außer Sichtweite. Bruno McGraw hatte er über den Seitenspiegel im Blick.

Die CIA hatte nicht weniger als drei Dutzend spanische Muttersprachler darauf angesetzt, die Polizei in der Region zu beschäftigen. Sie führten die Beamten mit falschen telefonischen Hinweisen aufs Glatteis, störten den Funkverkehr und gaben sich als Cops aus, um Verwirrung zu stiften. Früher oder später fiel dieses Kartenhaus zwangsläufig in sich zusammen. Hauptsache, es blieb noch eine Weile stehen.

»Wir sind wieder in der Luft«, meldete Scott Coleman über eine schlechte Verbindung. »Tut mir leid, hat ein bisschen länger gedauert. Der Schaden war schlimmer, als es aussah. Wenn Freddys Flickwerk hält, sollten wir in 30 Minuten bei dir sein. Wenn nicht, steht uns eine weitere aufregende Landung bevor.«

»Verstanden.«

Ein schrilles Klingeln erfüllte die Kabine. Rapp blickte auf das blutverklebte Satellitenhandy neben Muhammad Attias Leiche. Er wollte sich gerade rüberbeugen, um den Anruf wie bei den vier letzten Versuchen abzuweisen, da meldete sich Claudia per Funk.

»Mitch. Die NSA sagt, dass Attias Telefon wieder klingelt. Sie glauben, dass sie den Anruf zurückverfolgen können. Du musst rangehen.«

Vorher kurbelte er zunächst das Fenster ein paar Zentimeter nach unten.

»Muhammad! Bist du da?«

Selbst auf Lautsprecher gestellt und von Windgeräuschen verzerrt, blieb Sayid Halabis Stimme unverwechselbar. Rapp hatte sie nur ein paarmal gehört, doch ihr Klang hatte sich unauslöschlich in sein Gedächtnis eingebrannt.

Er schaltete einen Gang runter, um den Motorenlärm zu steigern, und rief: »Hier bin ich!«

»Ich hör dich kaum. Wie ist dein Status?«

Genau die Frage, auf die er gehofft hatte. Sie bewies, dass Halabi nicht wusste, was vor sich ging. Attia war es offensichtlich nicht gelungen, ihn telefonisch zu warnen. Für den Fall, dass der IS-Anführer die Position des Transports per GPS nachverfolgte, dürfte er den kleinen Umweg Richtung Monterrey auf eine kurzzeitige Signalstörung schieben.

Die Agency hatte zunächst befürchtet, die im Trailer eingesperrten Menschen könnten Verbindung zur Außenwelt aufnehmen. Bis sich einige der Technik-Geeks der CIA testweise in einem Laderaum mit Tiefkühlkost einschlossen und feststellten, dass Funk- und Handykontakt völlig illusorisch waren.

»Alles ist gut«, sagte Rapp auf Arabisch. »Ich bin knapp eine Stunde von der Grenze entfernt.«

»Wieso hast du nicht auf meine Anrufe reagiert?«

Die Stimme seines Gesprächspartners faszinierte Rapp – als ob jemand aus dem Jenseits zu ihm sprach. Er hatte ein komplettes Höhlensystem über dem IS-Anführer zum Einsturz gebracht, und der überlebte trotzdem. Ob es der NSA gelang, ihn zu lokalisieren? Und ob Rapp lange genug lebte, ihm ein letztes Mal in die Augen zu sehen, bevor er einen Schuss zwischen ihnen platzierte?

»Dies ist der erste Anruf, der mich erreicht hat. Möglicherweise ist die Netzabdeckung nicht so gut wie erwartet.«

Eine kurze Pause entstand. Halabi schien über das Gehörte nachdenken zu müssen.

»Verstehe. Gott sei mit dir. Melde dich, wenn du auf der anderen Seite bist.«

Erstaunlich, mit welchen Ausreden man in der modernen Gesellschaft davonkam. Meistens genügte es, alles auf den miesen Handyempfang zu schieben.

»Gott sei mit dir«, erwiderte Rapp, obwohl Halabi anscheinend bereits aufgelegt hatte. Einen Moment später meldete sich Claudia erneut über Funk.

»Mitch, hörst du mich?«

»Ja. War das lang genug? Konnten sie ihn orten?«

»Das finde ich noch raus. Erst mal habe ich Gary Statham für dich in der Leitung. Sprich kurz mit ihm, okay?«

»Klar, stell ihn auf Lautsprecher.« Er kurbelte das Fenster hoch.

»Mitch? Wie läuft's bei Ihnen?«

»Ich bin von oben bis unten mit Blut bespritzt, hab eine Leiche unter dem Armaturenbrett liegen und meinen Führerschein nicht dabei. Ansonsten läuft alles bestens.«

»Verstanden. Wir sind an der Grenze und bereiten unauffällig alles vor. Die Mexikaner sollen nicht mitbekommen, dass etwas außer der Reihe läuft. Der Übergang ist nach wie vor geöffnet. Ganz normaler Betrieb. Relativ überschaubar. Die Mexikaner hindern niemanden daran, ihr Land zu verlassen. Wenn Sie herkommen, wird man Sie direkt durchwinken. Halten Sie an, sobald Sie auf der US-Seite sind. Was immer Sie vorhaben, bleiben Sie unter allen Umständen im Truck.«

»Verstanden.«

»Dann sehen wir uns in etwa 53 Minuten. Viel Glück.«

»Mitch«, meldete sich Coleman über den Kanal. »Ein Cop kommt auf der Gegenspur in deine Richtung. ETA in gut zwei Minuten. Er wirkt nicht, als hätte er's besonders eilig. Wahrscheinlich fährt er an dir vorbei.«

»Schön, von dir zu hören. Wie steht's mit dem Chopper? Hält euer Flickwerk?«

»Fred meint, die Chancen stehen fifty-fifty. Ich finde, ein bisschen Glück hätten wir uns verdient.«

Noch ungefähr eine halbe Stunde bis zur Grenze. Es lief so reibungslos wie erhofft. Alles im Normbereich, das einzige Fahrzeug in Sichtweite war das von Bruno McGraw im Rückspiegel.

»Der Cop hat meine Position soeben passiert«, meldete Joe Maslick. »Weiterhin nicht auffällig schnell.«

In diesem Moment tauchte der Streifenwagen in einiger Entfernung auf. Rapp verfolgte, wie er näher kam und anschließend im Seitenspiegel zusammenschrumpfte. Nach geschätzt 100 Metern flackerten die Bremslichter auf.

»Siehst du das?«, fragte Rapp.

»Ja«, kam McGraws Antwort. Das Polizeifahrzeug überquerte den Mittelsektor und folgte ihnen mit heulender Sirene.

»Dann kümmer dich drum.«

Sein Mann wechselte auf die rechte Spur und erweckte den Eindruck, den Cop vorbeilassen zu wollen. Sobald der Streifenwagen auf gleicher Höhe war, lenkte er hart nach links. Der unerwartete Aufprall reichte, um den Cop auf den Mittelstreifen abzudrängen, wo dessen Karre sich dreimal überschlug und auf dem Dach liegen blieb.

»Claudia«, machte Rapp Meldung. »Ein Bulle wollte grad Stress machen. McGraw hat ihn ausgeschaltet.«

»Verstanden. Über den Polizeifunk kam nichts über euch rein. Habt ihr irgendwas angestellt, um seine Aufmerksamkeit auf euch zu lenken?«

»Negativ.«

»Dann tauschen sie sich vermutlich per Handy aus. Kein gutes Zeichen.«

»Sieht aus, als hätten die Mexikaner beschlossen mitzufeiern«, drängte sich Colemans Stimme dazwischen. »Zwei weitere Streifenwagen nähern sich aus östlicher Richtung. Noch ein paar Kilometer entfernt, aber mit voller Lightshow und mächtig Tempo. Wartet mal. Sieht aus, als ob sie langsamer werden. Ja. Sie errichten eine Straßensperre auf dem Abschnitt vor euch. Ein weiterer Cop kommt von hinten auf euch zu. Ewig weit weg allerdings. Das dauert, bis er zu euch aufgeschlossen hat. Ich denke, er holt euch ein, bevor ihr die Sperre erreicht. Da dürfte noch genug Luft sein, sich in die Gegenrichtung abzusetzen.«

Rapp schielte auf den Tacho. 130 Stundenkilometer. Mehr ließ sich aus dem Truck nicht herausholen. »Komm ich irgendwie an der Barriere vorbei?«

»Negativ. Sie haben sich eine Stelle mit Felswänden und dichtem Baumbewuchs auf beiden Seiten ausgesucht.«

»Mas!«

»Lass mich nur machen, Mitch.«

Als die Straßensperre in Sichtweite kam, herrschte das reinste Chaos. Maslick hatte seinen Pick-up seitlich an der Straße abgestellt und zielte mit dem Sturmgewehr über die Kühlerhaube auf das Polizeifahrzeug, das die rechte Spur blockierte. Aus dieser Entfernung konnte

Rapp nicht erkennen, wie die Cops darauf reagierten. Es war ihm eigentlich auch egal.

»Was soll das werden?«, hakte er über Funk nach. »Ich bin in weniger als einer Minute da und hab nicht vor abzubremsen. Sorg dafür, dass ich vorbeikomme!«

20 Sekunden später gab es immer noch keine freie Fahrt, aber Maslick hatte das Gewehr gegen eine Panzerfaust eingetauscht. Eine Rauchwolke stieg in den Himmel, wenig später wurde der linke Streifenwagen auf einer Flammensäule in die Luft katapultiert. Rapp wechselte auf seine Spur und behielt das Tempo bei. Im selben Moment fing das angrenzende trockene Unterholz Feuer.

Die lädierte Cop-Karre hing noch halb auf der Fahrbahn. Es wurde mächtig eng. Mit einem ohrenbetäubenden Knall touchierte sein linker Kotflügel die Stoßstange des anderen Fahrzeugs. Er zwängte sich mit Ach und Krach durch die schmale Lücke.

»Bin durch«, verkündete er. »Erreiche die Grenze in Kürze. Ist Gary startklar?«

»Ist er«, bestätigte Claudia per Funk. »Allerdings meldet er gestiegene Aktivität auf der mexikanischen Seite der Grenze. Wir wissen nicht genau, was los ist, aber sie scheinen mitbekommen zu haben, dass etwas im Busch ist.«

»Roger. Ich bin gleich da. In ein paar Minuten lassen wir den ganzen Mist hinter uns.«

Er würdigte McGraw im Vorbeifahren keines Blickes, sondern konzentrierte sich auf den Streifenwagen, der durch den Rauch heranschoss und ihn überholen wollte. Einen Augenblick später tauchte Colemans Heli auf. Der Ex-SEAL nahm den Gegner aus der Luft ins Visier. Der

Verfolger kam schlitternd von der Fahrbahn ab und geriet auf dem Lehm des Mittelbereichs ins Trudeln, blieb stehen und rührte sich nicht vom Fleck. Ob der Motor beschädigt war oder der Fahrer aufgegeben hatte, ließ sich schwer abschätzen. So oder so spielte er nicht länger mit.

Der Verkehr nahm zu. Gebäude ragten auf beiden Seiten der Fahrbahn in die Höhe. Er bremste und passte seine Geschwindigkeit dem Tempolimit an. Von der Durchgangsspur zweigten zahlreiche Querstraßen ab. In Verbindung mit der dichteren Bebauung ließen sich mögliche Bemühungen, sie aufzuhalten, schwer erkennen.

»Bislang keine roten Ampeln oder Stoppsignale. Sobald welche auftauchen, muss jemand den Verkehr an der Kreuzung blockieren, damit ich ungehindert durchkomme. Ich will auf keinen Fall einen Crash …«

Rapp verstummte, als 50 Meter vor ihm eine Batterie von Bremslichtern aufflammte. Das Fahrzeug vom Grenzschutz stellte sich quer auf die Straße und blockierte einen Engpass zwischen zwei Häusern. Ihm blieb nicht mal genug Zeit, eine entsprechende Anweisung zu erteilen, da schoss McGraw bereits auf das Hindernis zu. Sein Kühlerschutz kollidierte hart mit dem vorderen Seitenflügel des anderen Fahrzeugs und ließ diesen mit Schwung durch die Schaufensterscheibe eines Ladens auf der linken Straßenseite segeln.

Bedauerlicherweise geriet McGraws Pick-up ebenfalls außer Kontrolle. Die Airbags lösten aus, das kopflastige Gefährt geriet auf zwei Rädern ins Wanken und landete hart auf der Seite. McGraw schien nichts passiert zu sein. Er kletterte aus dem offenen Fenster auf der Fahrerseite und feuerte mit dem Gewehr in die Luft. Fußgänger strömten hastig zur Seite und machten ihm Platz.

Rapp wechselte in den nächsthöheren Gang und trat das Gaspedal voll durch. »Wir haben Bruno verloren. Mas, komm zu mir. Wir müssen hier ein bisschen Porzellan zerschlagen.«

»Verstanden, Boss.«

Rapp hatte den Sattelschlepper auf fast 80 Stundenkilometer beschleunigt, als Maslicks hochgezüchteter Jeep Grand Cherokee überholte und einige Meter vor ihm die Führung übernahm. Er drückte auf die Hupe. Als das noch nicht reichte, löste ein Schubser seiner Stoßstange das Problem.

»Ich seh euch!«, plärrte Gary Stathams aufgeregte Stimme aus dem Kopfhörer. »Bei den Mexikanern geht's rund, aber es läuft nicht besonders koordiniert ab. Kommt einfach her und passt auf, dass ihr auf gar keinen Fall den Truck beschädigt.«

»Halt sie mir vom Leib, Scott.«

»Mach ich.«

Der Chopper zog über sie hinweg. Coleman lehnte sich durch die offene Seitenluke und feuerte auf so gut wie alles, was sich bewegte. Der Grenzübergang war bereits in Sichtweite. Maslick tobte sich aus wie der Teilnehmer eines Stockcar-Rennens. Auf amerikanischer Seite waren alle Schranken geöffnet und die verbliebenen Fahrzeuge wurden zügig durchgewinkt.

Als Rapp näher kam, schossen zwei Fahrzeuge der mexikanischen Grenzbehörde aus Parklücken, um ihn aufzuhalten. Maslick streifte sie seitlich und legte dann den Rückwärtsgang ein, fuhr zwischen ihnen hin und her und hielt sie so davon ab, an ihm vorbeizukommen.

Rapp schoss auf eine Spur, die für den gewerblichen Lkw-Verkehr reserviert war, und hielt auf das geöffnete Tor zu, hinter dem amerikanischer Boden auf ihn wartete. Sobald er es durchquert hatte, stieg er voll in die Bremsen und schaltete runter, bis er die Zugmaschine in den Stillstand gezwungen hatte.

Sofort kamen Fahrzeuge herangeprescht und bildeten einen Schutzring. Einige besonders penetrante Gaffer filmten mit ihren Handys, statt sich zu verziehen. Ein bisschen Automatikfeuer regelte das Problem in Windeseile.

Männer in Hazmat-Schutzanzügen erschienen wie aus dem Nichts und näherten sich mit gezückten Waffen der Fahrerkabine. Einer sprach in ein Mikrofon neben dem Lautsprecher an der Hüfte.

»Nicht aussteigen. Haben Sie mich verstanden, Mitch? Bleiben Sie sitzen!«

Rapp ließ die Stirn auf das Lenkrad sinken, während Menschenmassen den Lkw umschwärmten, die Räder verkeilten und die Elektrik lahmlegten. Die Klimaanlage setzte aus und er merkte sofort, wie heftig die Sonne gegen die Fenster knallte.

»Mitch?«, meldete sich Claudia über den Knopf im Ohr. »Geht es dir gut?«

Statt zu antworten, fischte er die zwei letzten Antibiotika-Pillen aus der Tasche und warf sie sich in den Mund.

52

WESTLICH VON TALEH, SOMALIA

Die Frontscheinwerfer des Trucks schufen einen Ring aus Helligkeit, der nicht allzu weit in die ihn umgebende Schwärze vordrang. Gut 300 Meter weiter sah Sayid Halabi zwei ähnliche Lichtquellen. Er wusste, dass es noch weitere hinter ihm gab. Sie waren seit fast 48 Stunden unterwegs, fuhren nachts und gingen tagsüber in Deckung.

Die Landschaft war frei von jeglichen Sichthindernissen und der Himmel deutlich wolkenloser als vorhergesagt, was ein unbemerktes Vorankommen merklich erschwerte. Aus diesem Grund hatte er seinen Leuten erlaubt sich zurückzuziehen und vertraute sich stattdessen dem Schutz örtlicher Dschihadisten an. Das Ziel bestand darin, im chaotischen Rhythmus eines Landes abzutauchen, den die Amerikaner nicht durchschauten.

Es war ein riesiger Fehler gewesen, Muhammad Attia während des Einsatzes anzurufen. Als der andere nicht ranging, wiederholte er den Fehler, indem er ein zweites Mal anrief. Und ein drittes Mal. Schließlich kam die Verbindung zustande, war jedoch so verrauscht, dass er kaum etwas verstand.

Inzwischen stand für ihn fest, dass es sich bei der verzerrten Stimme am anderen Ende nicht um seinen treuen Diener gehandelt hatte, sondern um Mitch Rapp.

Halabi blickte durch das offene Fenster auf den sternenreichen Nachthimmel und forschte nach verräterischen Signalen der Amerikaner. Sie lauerten irgendwo da draußen. Beobachteten, sammelten Daten, errechneten Wahrscheinlichkeiten. Warteten auf eine günstige Chance zum Zuschlagen.

Nur Gott konnte ihn jetzt noch beschützen. Er rechnete allerdings nicht fest damit. Die AJAS-Operation hatte seine Ressourcen vollständig erschöpft. Er hatte jede Brücke hinter sich abgerissen, ohne greifbare Erfolge zu erzielen. Der Truck mit seinen Leuten war kurz hinter der US-Grenze abgefangen, versiegelt und auf dem Luftweg an einen unbekannten Ort gebracht worden.

Irene Kennedy hatte eine raffinierte Geschichte aus dem Hut gezaubert, wonach im Anhänger radioaktive Komponenten für eine schmutzige Bombe transportiert wurden. Das machte es zum Kinderspiel, die Gegend weiträumig abzusperren. Niemand wagte sich freiwillig in ein kontaminiertes Gebiet, während jene, die sich in der Zone aufhielten, geduldig ausharrten. Die Regierung behauptete, die Strahlungsquelle entfernt zu haben, und versprach jedem, der ihr potenziell ausgesetzt gewesen war, kostenlose radiologische Tests und Behandlungen. Für den unwahrscheinlichen Fall, dass das Virus außerhalb des Trucks gelangt war, ließ sich die Verbreitung somit gezielt eindämmen.

Halabi sah zu seinem somalischen Chauffeur, bevor er erneut in die Finsternis starrte. Attia war tot. Die IS-Streitkräfte hatten sich in alle Himmelsrichtungen zerstreut und formierten sich zu Verbrecherbanden mit begrenztem Wirkungskreis. Die hervorragend ausgebildete Gruppe von Männern, mit denen er sich umgab, würde den Rest ihres kurzen Lebens damit zubringen, sich von weltweiten Geheimdiensten jagen zu lassen.

Eine weitere massive Bedrohung für Amerika, Christine Barnett, verlor ebenfalls rapide an Einfluss. Ihre verbalen Attacken gegen amerikanische Einsatzkräfte kamen nicht gut an bei Menschen, die DEA, CIA und Army für Helden hielten. Zum ersten Mal in ihrer politischen Karriere kämpfte sie ums Überleben.

Halabi schloss kurz die Augen, um sich von der unerfreulichen Realität abzukapseln. Sein Vorhaben, die Vereinigten Staaten zu vernichten, war nicht nur gescheitert. Es hatte ihnen zudem eine greifbare, beängstigende externe Bedrohung frei Haus geliefert. Nachdem sich das Land lange Zeit innerlich zerfleischt hatte, konnte es sich nun von den imaginären Gefahren abwenden und den realen widmen. Er hatte das amerikanische Volk ungewollt mit der Wahrheit konfrontiert, die ihm Politiker und Medien so lange vorenthalten hatten.

Halabi griff nach dem fabrikneuen Handy im Fußraum, packte es aus und ließ es dann einfach fallen. Es gab niemanden mehr, den er anrufen konnte. Nichts mehr, das sich in Erfahrung bringen ließ. Details, Strategien, Vorhaben … Das alles hatte an Bedeutung verloren. Mitch Rapp war nicht nur der Feind des Islam. Er war mehr als das. Die Kräfte des Bösen hatten ihn erwählt und unterstützten ihn. Schenkten ihm Stärke.

Solange der Amerikaner lebte, blieb Gottes Wille ungeschehen.

Halabi begriff, dass er alt und verletzlich war. Dass er und sein Netzwerk in den Fokus einer Menschenjagd bisher ungekannter Ausmaße gerückt waren. Eine Gelegenheit wie die, die er ungenutzt hatte verstreichen lassen, bot sich ihm nie mehr. Allerdings war er nicht völlig hilflos. Er hatte nach wie vor Gönner und

Millionen von Dollar, verteilt auf Bankkonten in aller Welt. Und Tausende Jünger, die keine Sekunde zögerten, auf seinen Befehl zu sterben.

Es gab keinen Zweifel, dass er bald ins Grab wanderte, doch er nahm sich vor, Mitch Rapp mit seinem letzten Atemzug ebenfalls in die Tiefe zu reißen.

Die ohnehin schlecht erhaltene Straßendecke wurde durch herumliegende Felsen nahezu unpassierbar. Sein Chauffeur musste extrem langsam fahren und die Hindernisse umkurven. Jedes Gefühl von Fortschritt, in Halabis neuem Universum ohnehin auf Sparflamme reduziert, schien sich in Luft aufzulösen.

Vor ihm im Halbdunkel blitzte etwas auf. Er erkannte sofort, worum es sich handelte, konnte den Ausgangspunkt jedoch nicht zuordnen. Den Bruchteil einer Sekunde später durchschlug eine Kugel die Windschutzscheibe und ließ seinen Fahrer leblos gegen die Sitzlehne prallen.

Halabi wollte die Tür aufreißen, musste jedoch feststellen, dass sie blockierte. Eine kaum erkennbare Gestalt beugte sich an das offene Fenster. Im künstlich geschaffenen Licht kristallisierten sich Einzelheiten heraus.

Kein somalischer Bandit. Das Gesicht war mit Farbe beschmiert, eine sandfarbene Kappe verdeckte die Haare. Was sich jedoch nicht tarnen ließ, waren die kaukasische Herkunft und die durchdringenden blauen Augen.

Eine Pistole schob sich in sein Sichtfeld. Halabi wich zurück und hob schützend den rechten Arm, da hörte er die Stimme des Unbekannten: »Mit freundlichen Grüßen von Mitch Rapp, du Hackfresse!«

53

FORT DETRICK, MARYLAND

Rapp richtete mit erkennbarer Mühe die Fernbedienung auf den Bildschirm an der Wand, um die Lautstärke zu erhöhen.

Senatorin Christine Barnett joggte die Stufen zum Kapitol hinauf, umringt von Reportern, die sie mit Fragen bestürmten, Kameras auf sie richteten und sich mit ausgestreckten Mikrofonen Fechtkämpfe lieferten. Die Presse, die sie so lange erfolgreich nach ihrer Pfeife hatte tanzen lassen, war vollständig ihrer Kontrolle entglitten.

»... hat der Bericht die Existenz einer geheimen Anti-Terror-Operation aufgedeckt, was dazu führte, dass eine schwere Bedrohung über die Grenze auf amerikanischen Boden gelangen konnte. Wird Ihr Ausschuss dieser undichten Stelle nachgehen?«

»Selbstverständlich«, erklärte sie und wirkte dabei ausgesprochen unsicher und angepisst. »Das ist eine extrem wichtige Angelegenheit, die wir vollständig aufklären werden.«

Jegliche Autorität war aus ihrer Stimme verschwunden. Ihre Antworten klangen vorgefertigt. Alles andere als überzeugend.

»Wenn Sie mich jetzt bitte entschuldigen.« Sie beschleunigte ihre Schritte, ohne es nach Flucht aussehen zu lassen. »Ich muss zu einem Meeting.«

Der Sender schaltete zurück zu einem Interview mit einem Gouverneur, der bei den Vorwahlen ihrer Partei mit deutlichem Abstand auf dem zweiten Platz lag. Rapp war ihm bei mehreren Gelegenheiten begegnet und fand, dass er für einen Politiker ganz in Ordnung war. Ein ehemaliger Captain der Army, dem Washington noch keine komplette Gehirnwäsche verpasst hatte.

»Wie schätzen Sie die Entwicklung ein?«, fragte der Moderator ihn.

»Offensichtlich stellt sich eine ganze Reihe von Fragen. Hinsichtlich des Lecks. Hinsichtlich der aggressiven Vorwürfe der Senatorin gegen das Personal von CIA und DEA, das sein Leben riskiert hat, um Amerika zu schützen. Nach meinen Informationen wird der Mann, der den IS-Truck gekapert und an die Armee übergeben hat, wohl nicht überleben. Ich frage mich, ob Barnett bereit wäre, ein ähnliches Opfer für ihr Land zu bringen.«

»Was ist mit den Berichten, wonach ihr Kampagnenmanager Kevin Gray seinen Rücktritt erklärt hat und zur Stunde vom FBI verhört wird?«

»Das wirft Fragen auf«, erwiderte der Gouverneur. »Sollte Senatorin Barnett weiterhin erwägen, unsere Partei in den nächsten Wahlkampf zu führen, müssen sie vorher beantwortet werden.«

Ein vorproduzierter Beitrag, den Rapp bereits kannte, wurde eingespielt. Rapp drückte die Pause-Taste. Die Darstellung fror auf Barnetts Gesicht ein. Verängstigt wie ein Reh starrte sie ins Scheinwerferlicht. So sah er sie am liebsten.

Er sank in die Kissen zurück und konzentrierte sich auf die Decke, die ihm in den vergangenen Wochen für seinen Geschmack zu vertraut geworden war. Der Raum, in dem er eingesperrt war, maß knapp 36 Quadratmeter und bestand überwiegend aus rostfreiem Stahl und Glas. Mysteriöse medizinische Gerätschaften summten, werteten Lebenszeichen und andere Daten aus, bestätigten, dass er wohlauf war. Als ob die stechenden Kopfschmerzen und die Anstrengungen, Luft zu bekommen, nicht gereicht hätten.

Die Krankheit hatte ihn 36 Stunden nach Beginn der Quarantäne mit voller Wucht erwischt. Es fing mit leichtem, harmlosem Husten an und entwickelte sich rasant weiter zu Fieber im 40-Grad-Bereich, einem Beatmungsgerät und schließlich Bewusstlosigkeit.

Er hörte ein vertrautes Zischen zu seiner Linken und drehte müde den Kopf. Gary Statham trat in voller Bioschutz-Montur durch die Luftschleuse.

»Wie fühlen Sie sich?« Er beschäftigte sich mit den jüngsten Messwerten.

»Großartig.«

»Freut mich zu hören. Ich hatte zwischendurch befürchtet, wir verlieren Sie.«

»Wie bitte?«, presste Rapp hervor. »Sie haben mir doch seit meiner Auskunft versichert, dass es mir bald wieder gut geht.«

»Das war gelogen. Heute komme ich aber mit positiven Nachrichten. Lunge und Nieren machen einen guten Eindruck. Es gibt keine Anzeichen für bleibende Schäden. Es wird noch eine Weile dauern, aber Sie werden bald ganz der Alte sein.«

»Ist das jetzt ehrlich? Oder wieder eine Lüge?«

»Das ist ehrlich«, versicherte Statham und wandte sich dem Bett zu. Durch den Schutzanzug fiel es schwer, ihn zu verstehen. »Ehe Sie sich's versehen, erschießen Sie die ersten Leute.«

»Hervorragend.« Das Gespräch machte ihn bereits kurzatmig. Im Moment konnte er sich kaum vorstellen, das Bett aus eigener Kraft zu verlassen, von einem Kampfeinsatz ganz zu schweigen.

»Ob Sie's glauben oder nicht, ein paar Leute warten ganz ungeduldig darauf, Sie zu sehen. Fühlen Sie sich fit genug für weiteren Besuch?«

»Klar.«

Statham klipste Rapp ein Mikro ans Krankenhemd und verschwand durch die Luftschleuse. Ein paar Sekunden später tauchten Claudia und Anna auf der anderen Seite eines langen Fensters zu seiner Rechten auf.

»Sie haben mir gesagt, du wirst bald vollkommen gesund sein.« Claudia klang erleichtert, aber das harte Neonlicht unterstrich die Sorgenfalten in ihrem Gesicht.

»Mom meint, du hast 'ne Grippe.« Anna stellte sich auf die Zehenspitzen, um am unteren Rand durch die Scheibe spähen zu können. »Meine Lehrerin sagt, dagegen kann man sich impfen lassen.«

Jedes Mal wenn er verletzt von einem Einsatz zurückkehrte, mussten sie sich eine Ausrede für Anna ausdenken. Und jedes Mal warf ihm sein Mädchen vor, nicht genug aufzupassen. Nach angeblichen Autounfällen hielt sie ihm Vorträge, wie wichtig es sei, sich anzuschnallen. Treppenstürze entlockten ihr den Rat, auf ausreichend Licht und Schuhe mit fester Sohle zu achten. Diesmal ging es also um seine Nachlässigkeit beim Impfen.

»Vielleicht sollte ich auch in deine Schule gehen, um so was zu lernen.« Dankbar stellte er fest, dass die Stimme durchs Mikro stärker klang, als er sich fühlte.

»Du bist älter als meine Lehrerin! Vielleicht können wir ja was spielen, Mitch. Jemand hat eine Xbox gespendet. Sie wollen sie auch anschließen, aber das kann noch ein paar Tage dauern, wegen dem Internet und so.«

»Gern.«

»Was möchtest du denn spielen?«

»Wie wär's mit einem von diesen Zombie-Games?«

»Du stehst doch nur auf diese Shooter, weil du da immer gewinnst.«

»Vielleicht schlägst du mich ja dieses Jahr.«

Ihre Augen verengten sich.

»Lassen wir Mitch etwas ausruhen, okay, Süße? Dein Vater fühlt sich nicht so gut. Denk dran, wie nett er umgekehrt zu dir ist, wenn du krank im Bett liegst.«

»Okay.« Sie klang etwas schuldbewusst. Ihre Augen verschwanden, als sie von den Zehenspitzen runterkam. Jetzt sah er nur noch den Haarschopf.

Claudia musterte ihn lange schweigend durch die Scheibe. So hatte sie ihn noch nie gesehen. Der Anblick schien sie zu ängstigen. Er hätte gern etwas gesagt, um sie zu beruhigen, fühlte sich nach dem Schlagabtausch mit Anna jedoch zu erschöpft.

»Scott ist auch gekommen. Soll ich ihn wegschicken? Willst du dich erst ein wenig ausruhen?«

Rapp schüttelte den Kopf. »Ich bin okay.«

»Irene will morgen reinschauen, wenn du dich ein bisschen stärker fühlst. Sie sitzt gerade an einem Projekt, von dem sie glaubt, dass es dir gefallen wird.« Claudia täschelte den Kopf ihrer Tochter. »Sag deinem Daddy Tschüs.«

»Tschüs, Mitch. Ich sag ihnen in der Schule, sie sollen sich mit der Xbox beeilen!«

Sie zogen sich zurück. Kurz danach erschien die leicht sonnenverbrannte Miene von Scott Coleman. Er hatte sich nach seinem Zusammenstoß mit Grischa Asarow in einem ähnlichen Krankenhausbett wiedergefunden und schien die Tatsache zu genießen, dass die Rollen diesmal vertauscht waren.

»Du siehst scheiße aus.«

»Leck mich. Wie geht's den Jungs?«

»Gut. Wick liegt ein paar Räume weiter und glotzt Löcher in die Decke. Er hat's sich zwar nicht eingefangen, aber sie wollen ihn noch eine Woche dabehalten, um sicherzugehen. Mas hat's heil über die Grenze geschafft und sitzt mit gebrochener Hand und ausgerenkter Schulter zu Hause. Bruno hockt in einem mexikanischen Gefängnis. Die Diplomaten glauben, sie können ihn in den nächsten Tagen rausboxen. Er käm auch allein klar. Der Anführer der mächtigsten Bande in der Gegend ist bei einem perversen Unfall ertrunken. Sie haben Bruno entdeckt, als er ihn mit der Hand um seine Kehle in die Toilette tunkte. Wie man so hört, fehlt nicht viel und sie ernennen ihn zum Nachfolger.«

Rapp nickte müde. Coleman grinste ihn breit an.

»Er war da, weißt du?«

»Wer war wo?«

»Wir konnten die Anrufe von Halabi in die Nähe von Hargeysa zurückverfolgen. Sie hatten sich dort in einer Höhle verschanzt. Als wir das herausfanden, waren sie bereits auf der Flucht, aber dank der guten Satellitenabdeckung in der Region gelang es den Leuten von der Agency, ihre Bewegungen nachzuvollziehen. Gar nicht so leicht. Das Wetter war extrem mies und ihr Konvoi teilte sich ständig auf und sammelte sich später neu.«

»Komm mal langsam auf den Punkt.«

Colemans Scheißgrinsen sprengte fast die Mundwinkel. Er ließ einen farbigen Abzug gegen die Glasscheibe klatschen. Ein mächtiger Blitz in der Dunkelheit warf einen grellen Schein auf einen bärtigen Mann, dem ein Teil seines Kopfs fehlte. Rapp stemmte sich in den Kissen hoch, vergaß für ein paar Sekunden die Schläuche im Körper und starrte die Aufnahme von Sayid Halabi an.

»Keine Sorge«, meinte Coleman. »Ich hab ihm vorher Grüße von dir ausgerichtet.«

EPILOG

ARLINGTON, VIRGINIA

Christine Barnett schloss das Büro auf, das sie sich im Südflügel ihres Hauses in Georgetown eingerichtet hatte. Es diente ihr als Zuflucht. Selbst ihr Mann durfte es bei den seltenen Gelegenheiten, wenn er sich in der Stadt aufhielt, nicht betreten. Und nun brauchte sie eine solche Zuflucht mehr denn je.

Barnett hatte seit Wochen kaum geschlafen. Sie wälzte sich nachts ruhelos auf der Matratze, gefangen zwischen Traum und Realität. Endlose Szenarien, Gefahren und Gelegenheiten rasten durch ihre Gedanken. Die Gesichter von Verbündeten und Feinden waberten in der Dunkelheit. Zum ersten Mal in ihrer Karriere hatte sie die Kontrolle über ihr Universum verloren und wusste nicht, wie man sie zurückerlangte.

In den vergangenen Wochen waren ihre Umfragewerte so heftig abgesackt, dass sie sich ein Kopf-an-Kopf-Rennen mit ihrem engsten Herausforderer lieferte. Dramatische Videos von Mitch Rapp, wie er sich über die Grenze kämpfte und danach von der Armee isoliert wurde, liefen auf sämtlichen Kanälen rauf und runter. Das Heimatschutzministerium und die Regierungsstellen, in deren Diskreditierung sie so viel Energie gesteckt hatte, wurden vom Pöbel wie Gottheiten verehrt.

Plötzlich sorgten Heldentum und Patriotismus für bessere Quoten als persönliche Angriffe und

Parteikämpfe. Wut und Negativität, die ihren steilen politischen Aufstieg befeuert hatten, drohten wirkungslos zu versickern. Das amerikanische Volk sehnte sich nach etwas Neuem.

Wonach nur?

Kevin Gray reagierte nicht auf ihre Anrufe. Ohne ihn erwiesen sich alle Bemühungen ihrer Kampagne, negative Publicity im Keim zu ersticken, als Rohrkrepierer. Vor allem wollte sie wissen, was es mit seinen Terminen beim FBI auf sich hatte. Es war ihr nicht gelungen herauszufinden, warum sie ihn befragten und um welche Themen es ging. Sie konnte sich nicht vorstellen, dass er auspackte, was sie den Medien zugespielt hatte. Er war clever genug zu wissen, dass man dafür eher Leute auf seiner als auf ihrer Ebene zur Verantwortung zog. Konnte sie sich allerdings darauf verlassen?

Nein.

Bei ihren Anstrengungen, Präsidentin zu werden, ging es nicht länger um den Drang nach Macht oder die Unsterblichkeit, die ihr als erstem weiblichen Staatsoberhaupt der Vereinigten Staaten winkte. Sie kämpfte ums nackte Überleben. Sie war auf die volle Rückendeckung ihrer Partei angewiesen, auf die Möglichkeiten, die einem im Weißen Haus zur Manipulation der Presse zur Verfügung standen, und auf die Autorität, Irene Kennedy und ihre loyalen Helfer von ihren Posten zu verdrängen. Sobald sie im Oval Office saß, konnte ihr niemand mehr etwas anhaben. Bis dahin musste sie durchhalten.

Ein zunehmend vertrautes Gefühl von Aggressivität und Hilflosigkeit machte sich in ihr breit. Sie bemühte sich, es zu vertreiben, weil sie sonst auch heute Nacht keinen Schlaf finden würde. Stundenlang dazuliegen und in die Schwärze zu starren, konnte sie sich nicht noch einmal erlauben. Ihr Tag begann um fünf Uhr morgens und endete meistens erst nach Mitternacht. In dieser Zeit durfte ihr kein einziger Fehltritt passieren. Ein falsches Wort, ein Zögern, ein unkontrollierter Gesichtsausdruck … mehr brauchte es nicht, damit sie sich das Weiße Haus dauerhaft abschminken konnte.

Sie setzte sich an den Schreibtisch, knipste die Lampe an und spähte daran vorbei in den ausladenden Raum. Nachdem sich ihre Augen an die Helligkeit gewöhnt hatten, bemerkte sie im Schaukelstuhl an der Wand etwas, das dort nicht hingehörte.

»Lange Nacht«, stellte Mitch Rapp fest.

Ihr Körper erstarrte und sie holte Luft für einen Schrei, der ihr in der Kehle stecken blieb. Seine Haare waren raspelkurz abrasiert, der Vollbart, den er sonst trug, säuberlich getrimmt. Die dunklen Augen wirkten eingefallen und blutunterlaufen, verfügten aber über jene Intensität, die sie im Verlauf der Jahre hassen gelernt hatte. Allerdings war es nicht der starre Blick, der ihr den Gallensaft in der Kehle hochtrieb, sondern die chirurgischen Handschuhe, die er über die Finger gestreift hatte.

Sie schluckte und schaffte es doch noch, einen panischen Ruf auszustoßen: »Hilfe! Kommen Sie sofort rauf!«

Die Schritte der Secret-Service-Agenten auf den Stufen blieben aus. Sie hörte lediglich ihr eigenes Keuchen und das Knacken des antiken Stuhls, auf dem Rapp schaukelte.

»Ich musste mich nicht an ihnen vorbeischleichen«, verriet er. »Sie haben mich reingelassen.«

Barnett konnte sich kaum rühren. Das durfte einfach nicht passieren. Selbst Mitch Rapp wagte es nicht, eine der heißesten Anwärterinnen auf das Amt des US-Präsidenten zu ermorden.

»Was wollen Sie?«, hörte sie ihre eigene Stimme. »Den Posten des CIA-Direktors? Das Heimatschutzministerium?«

Er schaukelte weiter und sagte nichts.

»Die Stelle des Verteidigungsministers? Sagen Sie's einfach.«

»Ich weiß, dass ich es Ihnen verdanke, dass diese Anthrax-Geschichte an die Öffentlichkeit gelangt ist. Das hätte mich fast umgebracht.«

»Das ist nicht wahr! Wer hat Ihnen das erzählt?«

Rapp konnte auf keinen Fall Beweise haben. Selbst wenn Gray ausgepackt hätte, stand sein Wort gegen ihres. Der Laptop, über den die Informationen verschickt worden waren, lag zertrümmert auf irgendeinem Schrottplatz. Die besten IT-Spezialisten ihres Ehemanns hatten das Open-Source-Betriebssystem, das darauf installiert war, als absolut sicher eingestuft. Und einige von ihnen waren von der NSA abgeworben worden.

»Es gab in den letzten Jahren eine Menge undichter Stellen in Regierungskreisen«, stellte der Agent fest. »Und natürlich fällt auf, dass die meisten davon Ihnen geholfen und Ihren Gegnern geschadet haben.«

»All diese Fälle wurden untersucht. Nie wurde auch nur ansatzweise eine Beteiligung von mir angedeutet«, widersprach Barnett, die ihren anfänglichen Schock überwunden hatte. Sie musste klar denken. Ihr Überleben hing davon ab.

Rapp lächelte so humorfrei, dass es eher wie ein unbewusstes Zähnezeigen wirkte. Barnett rührte sich nicht vom Fleck, als würde sie von einer wilden Bestie bedroht.

»Für eine Weile haben Sie uns getäuscht«, gab Rapp zu. »Die NSA hat alles versucht, um die Quelle dieser Lecks aufzuspüren, und stand mit leeren Händen da.«

»Meine Regierung wird dieser Angelegenheit mit höchster Priorität nachgehen«, versicherte Barnett mechanisch. »Es gibt nichts Wichtigeres als die Sicherheit dieses Landes und der Männer und Frauen, die diese Sicherheit gewährleisten.«

Diesmal grinste er breit. Barnett verfluchte sich innerlich. Sie war schon so lange als Politikerin unterwegs, dass ihr diese Plattitüden wie von selbst über die Lippen kamen. Ihre Millionen von Anhängern mochte sie damit überzeugen. Für einen Mann wie Rapp mussten sie wie Hohn klingen.

»Interessiert Sie, an welcher Stelle Sie einen Fehler gemacht haben, Senatorin?«

»Ich habe keine Ahnung, wovon Sie sprechen.«

»Kevin Gray. Brillanter Kerl, aber ein Gewohnheitstier. Er kauft seine Laptops immer im selben Laden. In der Best-Buy-Filiale ein paar Kilometer von seiner Wohnung entfernt. In den letzten zwei Jahren wurden alle Geräte, die er dort bekommen hat, von uns präpariert.«

Barnetts Gedanken überschlugen sich, während sie im Kopf die kühlen Berechnungen anstellte, für die sie so bekannt war. Wie viele Storys hatte sie innerhalb dieses Zeitrahmens an die Medien weitergeben lassen? Wieso hatte Kennedy dieses Wissen nicht längst für sich genutzt? Bluffte Rapp womöglich? Oder hatte Kennedy die Unterlagen im Giftschrank weggeschlossen, um sie für den Fall hervorzuholen, dass Barnett im Weißen Haus landete?

»Ich glaube das nicht«, widersprach sie. »Ich glaube nicht, dass Kevin zu so etwas fähig ist.«

Sie hielt es für den einzigen Ausweg, die Schuld auf einen anderen abzuwälzen. Zu behaupten, dass Gray eigenmächtig gehandelt habe. Er besaß ohnehin den Ruf, einer der skrupellosesten und ehrgeizigsten Politstrategen in ganz Washington zu sein. Auf dieser Grundlage ließ sich das Bild eines Manns entwerfen, der über Leichen ging, um zu gewinnen.

»Wenn Sie meinem Ausschuss das Beweismaterial zur Verfügung stellen, das gegen ihn vorliegt, werden wir es umfassend und parteiübergreifend prüfen lassen. Sollten wir zu dem Ergebnis gelangen, dass er vertrauliche Informationen weitergegeben hat, werde ich mich persönlich für eine Strafverfolgung stark machen.«

Rapp griff in die Tasche und Barnetts Blase spielte verrückt. Als seine Hand wieder auftauchte, schwenkte er jedoch nicht seine legendäre Glock, sondern ein Handy.

»Wie ich schon sagte, ein brillanter Kerl.« Er deutete auf das Display. »Hat genau gewusst, dass Sie ihn den Wölfen zum Fraß vorwerfen, wenn's eng für Sie wird.«

»Ma'am, Mitch Rapp ist tot und …«, drang die aufgezeichnete Stimme von Gray aus dem Lautsprecher des Telefons.

»Er ist nicht tot! Dieser Hurensohn hat mehr Leben als eine streunende Katze. Er lebt und verrät es bloß keinem. Er ist nach wie vor da draußen und arbeitet an diesem Einsatz. Er wartet.«

»Er wartet? Worauf denn?«

»Darauf, dass ich die Vorwahlen gewinne. Und dann wird er genau im richtigen Moment auftauchen und den Helden raushängen lassen. Dann werden Alexander und Kennedy gefeiert und ich steh da wie ein begossener Pudel.«

»Senatorin, die Vorstellung, dass Mitch Rapp sich für ein komplexes politisches Manöver einspannen lässt, halte ich …«

»Er hält mich für eine Bedrohung. Genau wie Kennedy. Sie werden diese Sache gegen mich verwenden. Wir müssen herausfinden, was in Mexiko passiert ist, und ihnen einen Schritt voraus sein.«

»Wir verfügen nicht über die Mittel, das herauszufinden. Niemand wird uns darüber Auskunft geben. Und wenn wir uns im Armdrücken mit den Geheimdiensten messen, kommt das raus und fliegt uns um die Ohren.«

»Wir müssen uns ja nicht in amerikanischen *Regierungskreisen umhören. Nutzen wir unsere Kontakte in Mexiko. Sie wollen, dass wir bei Einwanderung und Drogen die Füße stillhalten, oder? Als Präsidentin kann ich dafür sorgen. Im Gegenzug bitte ich sie, jetzt mit mir zu kooperieren und mir ihre gesammelten Erkenntnisse zukommen zu lassen.«*

»Warten Sie, Senatorin. Sollte Rapp noch leben, ist es möglich, dass er weiterhin auf der Spur des IS ist. Wir …«

»Ich setz mich doch nicht hin und seh untätig zu, wie dieser Hurensohn sich im Fernsehen Gefechte mit Terroristen liefert!«

Er setzte die Aufnahme an einer anderen Stelle fort.

»Rufen Sie an, Kevin. Bei den Mexikanern. Finden Sie raus, was los ist. Wir können uns einen Vorsprung erarbeiten. Wenn dort unten wirklich etwas vor sich geht, schaffen wir es vielleicht, dass die mexikanischen Ermittler

die Sache regeln und Rapp und Kennedy den Triumph vorenthalten. Sollte es klappen, könnten wir sogar einen Anteil am Erfolg für uns beanspruchen. Auf diese Weise zeigen wir dem amerikanischen Volk, dass ich in der Lage bin, Bedrohungen aufzuhalten, bevor sie überhaupt erst in den Vereinigten Staaten ankommen.«

Rapp stoppte die Wiedergabe. Barnett war leichenblass geworden und musste sich an der Tischplatte festhalten. Sie würde nicht nur die Vorwahlen verlieren, sondern als Verräterin vor Gericht landen. Vermutlich wurde sie in Handschellen als verurteilte Verbrecherin aus dem Saal geführt. Von ihren Druckmitteln, um Rivalen und Mitstreiter gleichermaßen einzuschüchtern, blieb nichts übrig. Zum ersten Mal in ihrer Karriere steckte sie viel tiefer drin als alle anderen.

Rapp stand auf und griff erneut in die Tasche. Diesmal zog er eine Flasche mit Pillen heraus und warf sie ihr hin. Sie fing den Behälter auf und las das Etikett. Schmerzmittel, rückdatiert auf das Datum eines harmlosen Eingriffs, dem sie sich vor zwei Jahren unterzogen hatte.

»Ein Geschenk von Irene Kennedy. Der schnellste Ausweg. Für Sie und für Amerika.«

Er ging zur Tür und blieb mit den Handschuhen am Knauf stehen. »Nutzen Sie das Geschenk, Senatorin. Andernfalls werden wir die Sache auf meine Art regeln.«

Und damit war er verschwunden.

Barnett starrte lange auf die Flasche. Schließlich schraubte sie den Verschluss ab und griff zu einer Flasche Wasser, die neben der Schreibtischlampe stand. Bei der ersten Tablette kämpfte sie mit Widerstand. Ihre Angst löste einen Würgereflex aus. Danach ging es ganz leicht.

DANKSAGUNGEN

Da man das ganze Jahr allein im Keller hockt, wirkt die Entstehung des Buchs leicht wie ein Soloprojekt. Nichts könnte weiter von der Wahrheit entfernt sein. Dankenswerterweise ist es mir gelungen, bei einer guten Truppe zu landen.

Emily Bestler und Sloan Harris waren für Vince immer da und unterstützen mich genauso sehr. Lara Jones hält mich in der Spur. Simon Lipskar und Celia Taylor Mobley verhindern, dass ich mich in dem komplexen Netz verstricke, das in den letzten 20 Jahren gesponnen wurde. David Brown lässt keinen Marketingstein auf dem anderen. Ryan Steck spornt mich mit Enthusiasmus und unvergleichlichem Wissen über das Rapp-Universum an. Meine Mutter und meine Frau stehen als erste Redakteure in der Frühphase mit Kritik und Ideen bereit. Rod Gregg wird immer wieder zur Anlaufstelle und sorgt dafür, dass mir keine schwerwiegenden Fehler bei der Schilderung von Schusswaffen unterlaufen.

Ohne euch alle würde ich bloß auf einen leeren Computerbildschirm starren …

www.vinceflynn.com

VINCE FLYNN wird von Lesern und Kritikern als Meister des modernen Polit-Thrillers gefeiert. Dabei begann seine literarische Laufbahn eher holprig: Der Traum von einer Pilotenlaufbahn beim Marine Corps platzte aus gesundheitlichen Gründen. Stattdessen schlug er sich als Immobilienmakler, Marketingassistent und Barkeeper durch. Neben der Arbeit kämpfte er gegen seine Legasthenie und verschlang Bücher seiner Idole Hemingway, Ludlum, Clancy, Tolkien, Vidal und Irving, bevor er selbst mit dem Schreiben begann.
Insgesamt 60 Verlage lehnten sein Roman-Debüt ab. Doch Flynn gab nicht auf und veröffentlichte es in Eigenregie. Der Auftakt einer einzigartigen Erfolgsgeschichte: *Term Limits* wurde ein Verkaufsschlager, ein großer US-Verleger griff zu, die Folgebände waren fortan auf Spitzenpositionen in den Bestseller-Charts abonniert.
Der Autor verstarb 2013 im Alter von 47 Jahren infolge einer Krebserkrankung.

Der Anti-Terror-Kämpfer Mitch Rapp ist der Held in zahlreichen Romanen. Aufgrund des bahnbrechenden Erfolgs wird die Reihe in Absprache mit Flynns Erben inzwischen von Kyle Mills fortgesetzt.

Die Mitch-Rapp-Serie:

AMERICAN ASSASSIN – Wie alles begann
KILL SHOT – In die Enge getrieben
TRANSFER OF POWER – Der Angriff
THE THIRD OPTION – Die Entscheidung
SEPARATION OF POWER – Die Macht
EXECUTIVE POWER – Das Kommando
MEMORIAL DAY – Die Gefahr
CONSENT TO KILL – Der Feind
ACT OF TREASON – Der große Verrat*
PROTECT AND DEFEND – Die Bedrohung*
EXTREME MEASURES – Der Gegenschlag*
PURSUIT OF HONOR – Codex der Ehre
THE LAST MAN – Die Exekution
THE SURVIVOR – Die Abrechnung (mit Kyle Mills)
ORDER TO KILL – Tod auf Bestellung (mit Kyle Mills)
ENEMY OF THE STATE – Der Überläufer (mit Kyle Mills)
RED WAR – Die Invasion (mit Kyle Mills)
LETHAL AGENT – Die Pandemie (mit Kyle Mills)

* Neuauflage bei Festa in Vorbereitung

AMERICAN ASSASSIN und KILL SHOT handeln chronologisch vor TRANSFER OF POWER, wurden aber später veröffentlicht.

KYLE MILLS ist *New York Times*-Bestsellerautor, Jahrgang 1966. Er lebt mit seiner Frau in Wyoming.

Zuletzt erschienen in der Reihe FESTA ACTION:

J. L. Bourne: *Tomorrow War – Die Chroniken von Max*
J. L. Bourne: *Tomorrow War – Die Chroniken von Max – Das 2. Buch*
Vince Flynn: *Separation of Power – Die Macht*
William R. Forstchen: *One Second After*
John Gilstrap: *Hostage Zero – Menschenhändler*
Ben Coes: *First Strike – Geiselnehmer*
Joel C. Rosenberg: *Die Warnung*
Marc Cameron: *State of Emergency – Die Katastrophe*
Joel C. Rosenberg: *Die Kreml-Intrige*
Stephen Hunter: *Nacht des Donners*
William R. Forstchen: *One Year After*
Vince Flynn: *Enemy of the State – Der Verräter*
William R. Forstchen: *The Final Day*
Vince Flynn: *Red War – Die Invasion*
Marc Cameron: *Die Gewalt der Waffen*
Mark Greaney: *The Gray Man – Tod eines Freundes*
Dalton Fury: *One Killer Force – Absolut tödlich*
Ben Coes: *Trap the Devil – Verschwörung*
Vince Flynn: *Executive Power – Das Kommando*
Jack Carr: *Hass*
Brad Thor: *Verschwörung gegen die Nation*
Stephen Hunter: *Im Visier des Snipers*
Vince Flynn: *Memorial Day – Die Gefahr*
Dalton Fury: *Eine tödliche Einheit*
Tim Tigner: *Der Preis der Zeit*
Mark Greaney: *The Gray Man – Deckname Dead Eye*
Brad Taylor: *Schwarze Witwe*
Vince Flynn: *Consent to Kill – Der Feind*
Tim Tigner: *Betrayal – Der Verrat*
Vince Flynn: *Lethal Agent – Die Pandemie*